www.penguin-verlag.de

INGE LÖHNIG

Verflucht seist du

EIN FALL FÜR KOMMISSAR DÜHNFORT

Kriminalroman

 PENGUIN VERLAG

Penguin Random House Verlagsgruppe FSC® N001967

1. Auflage
Copyright © 2012 der Originalausgabe by List Taschenbuch, Berlin.
Copyright © 2024 by Penguin Verlag
in der Penguin Random House Verlagsgruppe GmbH,
Neumarkter Straße 28, 81673 München
Umschlaggestaltung: www.buerosued.de
Umschlagabbildung: Getty Images (Taken by Ben!),
www.buerosued.de
Druck und Bindung: GGP Media GmbH, Pößneck
Printed in Germany 2024
ISBN 978-3-328-11226-6
www.penguin-verlag.de

1

Prüfend hielt Ricarda die Flasche gegen das Licht. Beinahe leer. Ein letzter Schluck floss ins Glas, bevor der Bocksbeutel kopfüber im Kühler landete. Ein leises Klirren. Sie fischte den Rest eines Eiswürfels aus dem Wasser, ließ ihn über Wange und Stirn gleiten, spürte kalte Nässe an ihrer Haut und fächelte sich mit der freien Hand Luft zu. Es war viel zu warm. Und sie war betrunken. Na und? Interessierte keinen.

Die Spaghettiträger des Tops rutschten über die Schultern und gewährten tiefen Einblick. Kritisch zog sie den Stoff von sich und musterte, was von ihrem Busen sichtbar war. Im warmen Schein des Windlichtes sah er ziemlich akzeptabel aus. Harald war allerdings anderer Meinung.

Eine wegwerfende Handbewegung, mit der sie um Haaresbreite das Glas vom Tisch fegte. Er war ein Spinner. Seinetwegen würde sie ihre Brüste nicht machen lassen. Über diese Entscheidung erfreut, schob sie die Träger zurecht. Bis Harald von seiner Geschäftsreise aus Madrid zurückkam, war das Thema vertagt.

Mit einem Zug leerte sie das Glas. Schon kurz nach elf. Den ganzen Abend hatte sie auf dem Balkon zwischen Kübelpflanzen, Teakholzmöbeln und orientalisch anmutendem Firlefanz verbracht und auf ein wenig Abkühlung gehofft. Doch zwischen den Häusern staute sich die Hitze des Tages. Kein Hauch rührte sich. Eine geschlossene Wolkendecke hing am Himmel wie eine Bleiplatte. Feiner Schweiß bedeckte ihre Haut. Sie vermisste den Geruch nach Sommer, nach Getreide und Heu, den der Wind an manchen Tagen von den Feldern und Wiesen herübertrug, die sich zwischen Unterhaching und der Stadtgrenze von München noch behaupteten.

Sie stand auf und lehnte sich ans Geländer. Ein Auto kam die Straße entlang, bog hundert Meter weiter links in den Kreisverkehr und verschwand in der Ausfahrt Richtung München. Eine Weile blickte sie den Lichtern nach, dann wandte sie ihre Aufmerksamkeit der gegenüberliegenden Häuserzeile zu. Vier waagerechte Fensterreihen, teilweise von den Kronen der Kastanien verdeckt. In den Wohnungen dahinter war es inzwischen dunkel geworden. Was wohl genau in diesem Moment jenseits der Mauern geschah? Wilder Sex? Streit? Ein schnarchender Mann, eine schlaflose Frau, quengelnde Kinder? Ein einsamer Kerl, der sich einen runterholte? Ihr Blick wanderte weiter und blieb am Rohbau des Wohn- und Geschäftshauses hängen, das zwischen zwei Wohnblocks errichtet wurde. Dort glimmte im ersten Stock ein roter Punkt auf. Jemand stand da und rauchte. Wer wohl? Um diese Zeit. Und warum? Doch zum Denken war es zu schwül. Konnte ihr auch egal sein. Außerdem musste sie mal pullern. Schwankend ging sie hinein. Drei Zimmer. Maisonette. Dummerweise war das Bad oben. Sie schaffte es, ohne zu stolpern ihr Ziel zu erreichen, und erleichterte sich. Wein zu Wasser. Kichernd griff sie nach dem Toilettenpapier. Eine Weile blieb sie noch sitzen, zog den Slip hoch und den Rock herunter, starrte auf das Glasregal über Haralds Waschtisch und hoffte plötzlich inständig, er möge nie aus Madrid zurückkehren. Konnte sein Flugzeug nicht abstürzen?

Erschrocken schlug sie die Hand vor den Mund. Nein! Das war ungerecht. Das hatte er nicht verdient. Er war nur ein Blender und Angeber. Wie so viele. Darauf stand nicht die Todesstrafe. Vielleicht suchte er sich ja eine Jüngere, mit den richtigen Brüsten. Dann würde sich das Problem von alleine lösen.

Meine Güte, was dachte sie nur? Sicher lag es an der drückenden Schwüle und natürlich am Wein. Ihr Mund war trocken, die Zunge fühlte sich wattig an, ihre Kehle wie ausgedörrt. Vorsichtig ging sie die Treppe hinunter, hielt sich am Geländer fest und nahm, als sie heil die Küche erreichte, eine Flasche Volvic aus dem Kühlschrank. Mit dem Wasser kehrte sie auf den Balkon zurück. An Schlaf war bei diesem Wetter einfach nicht zu denken.

Im Rohbau gegenüber war es ruhig, das Glimmen der Zigarette erloschen. Der Raucher war gegangen. Sie trank Wasser und hing ihren Gedanken nach. Irgendwann schlug eine Kirchturmuhr Mitternacht. Noch immer kein Windhauch, kein Luftzug, als ob die Nacht den Atem anhielt.

Das Quietschen einer einfahrenden S-Bahn drang leise vom Bahnhof herüber. Aus der Wohnung nebenan hörte sie den Fernseher und von unten sicher gesetzte Schritte. Ricarda sah über die Brüstung. Ein junger Mann mit lockigen Haaren ging den Bürgersteig entlang, die Hände in den Taschen der Bermudashorts vergraben. Er trug Turnschuhe und kickte einen Stein weg. Vor dem Rohbau stutzte er und blieb stehen, drehte den Kopf, als ob er lauschte, und tauchte dann zögernd in den Schatten einer Betonmauer. Weg war er, wie verschluckt. Was machten die Leute nachts auf Baustellen?

Ricarda gähnte. Es war Zeit, schlafen zu gehen. Sie schob den Stuhl zurück und stand auf.

Etwas knallte. Ein Schuss!

Erschrocken fuhr sie herum und beugte sich über die Brüstung. Ihr Herz klopfte wie rasend. Doch augenblicklich war es wieder still. Kein Schrei. Keine sich hastig entfernenden Schritte. Keine Bewegung. Unsicher stolperte Ricarda in die Wohnung. Ihre Hand bebte, als sie nach dem Telefon griff. Die Notrufnummer wollte ihr nicht einfallen. Einser und Nullen. Doch wie viele und in welcher Reihenfolge? Sie starrte auf das Mobilteil in ihrer Hand. Was sollte sie sagen? *Da schießt jemand.*

War das wirklich ein Schuss gewesen? Schließlich hatte sie nie einen gehört. Außer in Filmen natürlich. Zögernd legte sie das Telefon zurück in die Ladeschale und ging wieder hinaus. Irgendwo schlug eine Autotür. Ein Motor wurde gestartet. Aus der Straße, die hinter dem Rohbau vorbeiführte, bog ein Lieferwagen in den Kreisverkehr. Ziemlich schnell. Er nahm die Kurve zu eng. Scheppernd touchierte er das Vorfahrtsschild und fuhr weiter. Es blieb weiterhin ruhig. Niemand rief nach der Polizei. Keine heulenden Sirenen, keine zuckenden Blaulichter. Es war nichts passiert.

Kurz nach eins ging sie endlich zu Bett. Aber sie konnte nicht schlafen, wälzte sich unruhig hin und her. Das war doch ein Schuss gewesen. Der Junge war nicht wieder herausgekommen. Ich sollte endlich die Polizei rufen, dachte Ricarda Nowotny. Beim Aufstehen wurde ihr schwindlig. Haltsuchend tastete sie sich an der Wand entlang zum Telefon.

2

Kurz nach vier gab es einen Platzregen, der die Party an der Isar schlagartig beendete. Mika flüchtete mit Lukas unter die Reichenbachbrücke, während die anderen zur Trambahnhaltestelle in der Eduard-Schmid-Straße liefen. Die Isar rauschte. Der Regen prasselte. Das Licht der Laternen erhellte die Finsternis unter der Brücke nur dürftig. Im Augenwinkel bemerkte Mika eine Bewegung und fuhr herum. Ein Penner saß von Tüten und Bündeln umgeben auf einem Schlafsack. Struppige Haare wie ein Wolf. »Schleichts euch. Des is mei Platz.« Schnaufend stand er auf. Schützend stellte Lukas sich vor Mika und zog eine Flasche Tegernseer aus der Tasche seines bodenlangen schwarzen Mantels. »Ist ja gut. Fünf Minuten. Bis der Regen vorbei ist. In Ordnung?«

Abwägendes Kopfgewackel. »Guad. Des is a G'schäft.« Die Augen des Mannes bekamen einen gierigen Glanz, als er sich die Flasche schnappte. Der Kerl war ihr unheimlich, und er stank wie nie gewaschen. Mika atmete flach. Sie wollte hier weg. Egal, ob sie in ihrer dünnen Bluse und den sündteuren Peter-Jensen-Shorts nass bis auf die Haut wurde. Der Penner verzog sich auf seinen Platz.

»Komm, lass uns gehen.«

»In ein paar Minuten ist das Schlimmste vorbei. Besser, wir warten solange.« Lukas senkte den Kopf. Sie mochte seine hellen Augen, seine einfühlsame Art. Nur seinen Kleidungsstil fand sie ziemlich daneben. Gab es Gothic-Emos? Wenn ja, dann traf diese Bezeichnung bei ihm wortwörtlich ins Schwarze. »Der lässt uns in Ruhe. Jedenfalls solang er mit dem Bier beschäftigt ist.«

»Das kann ja nicht lange dauern.«

Nach einigen Minuten ebbte die Sintflut tatsächlich ab, wurde zu einem Vorhang feiner Regenfäden. Mika griff nach Lukas' Hand. »Zeit, zu verschwinden.«

Sie liefen die Böschung hoch, über den Weg bis zur Trambahnhaltestelle und stellten sich atemlos unter. Die anderen waren schon weg. Vermutlich hatten sie ein Taxi angehalten; um diese Zeit fuhren weder Tram noch S-Bahn.

Mikas Monatsbudget war verbraucht. Eine Taxifahrt also nicht drin. Einen Moment überlegte sie, ihre Mam anzurufen, damit die sie hier abholte. Für Saskia wäre das kein Problem. In ihren Augen war Mika noch immer das kleine Mädchen, das man behüten und beschützen musste, und nicht die Tochter, die gerade Abi gemacht hatte und im Mai volljährig geworden war. Doch seit einigen Monaten setzte Mika ihrer Mutter Grenzen. Und die wollte sie jetzt nicht aus Bequemlichkeit aufgeben. Um Viertel nach fünf fuhr die erste S-Bahn. Bis dahin mussten sie die Zeit irgendwie rumkriegen.

Lukas unterbrach ihre Gedanken. »Wir könnten zu Fuß heimgehen.« Die schwarzen Haare fielen ihm ins Gesicht und verdeckten eines der dunkel umrandeten Augen. »Erstes Vogelgezwitscher am Ostfriedhof. Sonnenaufgang am Giesinger Bahnhof. Frühstück bei mir?«

»Bei diesem Regen?«

»Der hört bald auf.«

Lukas behielt recht. Nach zehn Minuten war der Regenguss vorbei. Im Licht der Morgendämmerung schimmerte der nasse Asphalt. Ein paar Frühaufsteher waren schon unterwegs. Eine alte Frau trug Zeitungen aus. Ein Jogger bog Richtung Isar ein. Am Nockherberg kam ihnen ein Radler in hohem Tempo entgegen. Sie hinauf, er hinunter. Die Tore des Ostfriedhofs waren noch geschlossen. Das Zwitschern der erwachenden Vögel drang über die Mauern. Irgendwo klingelte ein Wecker. Kurz bevor sie den Giesinger Bahnhof erreichten, ging die Sonne auf. Ein milchigroter Ball. Der Morgen umfing sie wie ein warmes, dampfendes Tuch. Schon beinahe fünf. Bald fuhr die erste S-Bahn. Sie beschlossen, auf sie zu warten. Schweigend setzten sie sich auf eine Bank am Bahnsteig und beobachteten, wie die Sonne langsam höher stieg. Irgendwann sagte Lukas, er habe den Song für Isa fertig. Er würde ihn gerne aufnehmen, mit Mika als Sängerin, ob sie Lust habe.

Natürlich. Ein Lied für Isabelle. Ihre beste Freundin. Bald waren es schon fünf Monate.

Die S-Bahn war pünktlich. Drei Stationen bis Unterhaching. Mika fielen beinahe die Augen zu. Sie beschloss, nach Hause zu gehen. Erst schlafen. Dann frühstücken. Da auch Lukas eine Mütze Schlaf brauchen konnte, trennten sie sich vor dem Bahnhof. »Dann bis später.« Er stapfte davon. Eine hagere schwarze Gestalt mit hängenden Schultern. Einen Augenblick sah Mika ihm nach und bog in ihr Viertel ein, das wieder einmal unentschlossen auf sie wirkte. Einfamilienhäuser. Doppelhaushälften. Reihenhausketten. Dazwischen ab und zu ein mehrgeschossiger Wohnblock und kleine Gewerbebauten. Gartenzwerge und Pools. Doppelgaragen und Schrebergartenhütten. Satellitenschüsseln und Alarmanlagen. Gähnend blinzelte sie in die aufsteigende Sonne. Etwas war anders. Was? Es dauerte einen Moment, bis ihr auffiel, dass es in Unterhaching nicht geregnet hatte.

Weiter vorne, bei der Baustelle, standen Polizeifahrzeuge. Was da wohl los war? Kaffeeduft stieg ihr in die Nase. In der Kaffeerösterei arbeiteten sie also schon. Ein paar Minuten später kam die *mediterrane Traumvilla* in Sicht, der Stolz ihrer Eltern. Früher hatte sie das Haus auch toll gefunden. Ihr Zimmer mit eigenem Bad und begehbarem Kleiderschrank. Den Pool. Die Marmorbäder mit angeschlossenem Wellnessbereich. Die Designerküche mit amerikanischem Kühlschrank und allem möglichen Schnickschnack. Doch seit Isas Tod erschien ihr all dieser Luxus völlig übertrieben, eitel und unwichtig.

Auf dem Platz vor der Doppelgarage parkte neben Phillips schwarzem Cabrio der Range Rover ihrer Mutter. War sie wieder mal zu faul gewesen, ihn in die Garage zu stellen. Zu Papas Cayenne. Obwohl, der befand sich zurzeit am Flughafen im Parkhaus. Ihr Vater war für zehn Tage in China. Neuerdings interessierten sich die Chinesen für die Photovoltaikanlagen, die er herstellte.

Vier Personen. Drei Fahrzeuge. Das war doch krank. Ihren Eltern war die Kinnlade runtergeklappt, als Mika verkündet hatte, zum Abi kein Auto zu wollen, sondern eine Jahresnetzkarte für die Bahn. Paps hatte geschmunzelt und etwas von verspäteter Pubertät gemurmelt.

Mika tippte den Zugangscode in das Tastaturfeld der Türöffneranlage und betrat das Grundstück. Dieselbe Prozedur an der Haustür. In der Küche nahm sie eine Flasche Bionade aus dem Kühlschrank und ging nach oben. Die Schlafzimmertür ihrer Eltern öffnete sich. Ihre Mutter trat in den Flur. »Bist du endlich da. Ich habe mir Sorgen gemacht.«

»Völlig unnötig. Wie du siehst, wurde ich weder von einem Besoffenen überfahren noch von einem Perversen angegriffen. Alles ist gut. Du kannst ruhig weiterschlafen.« Ohne eine Antwort abzuwarten, ging Mika in ihr Zimmer und warf Schuhe und Tasche auf den Boden. Ein Berg Klamotten lag auf dem Bett. Sie schleppte ihn ins Ankleidezimmer auf den Hocker und blieb vor dem Spiegel stehen.

Sie war schön. Schon immer gewesen. Auch jetzt, nach der durchgemachten Nacht. Seidiges Haar. Gleichmäßiger Teint, gute Figur, lange Beine, gebräunte Haut. Doch es war ihr egal. Vor ein paar hundert Jahren hätte man sie vielleicht als hässlich verspottet. Schönheit, was war das? Wer bestimmte das? Schönheit war ein Richterspruch, ein Urteil, der alle abwertete, die nicht über dieses unverdiente Privileg verfügten. Isa zum Beispiel. Was an ihr schön gewesen war, hatte sie selbst nicht wahrhaben wollen. Ihre Wahnsinns-Porzellanhaut, die großen blauen Augen. Denn sie war dick gewesen. Nicht mollig oder pummelig, sondern dick. Und das allein schien für sie zu zählen. Eine Million Minuspunkte. Und doch war sie die netteste und lustigste Person gewesen, die Mika kannte. Ihre beste Freundin. Und nun war sie schon seit fünf Monaten tot, verrottete ihr Körper in diesem Sarg tief in der Erde, fraßen Würmer sich an all dem satt, was Isa zu viel gewesen war.

Mika schauderte. Fröstelnd zog sie die Arme um die Schultern und wandte sich von ihrem Spiegelbild ab.

Die Jalousien ließ sie nur zur Hälfte herunter. Dunkelheit machte ihr Angst. Sie nahm das Handy aus der Handtasche, um es auszuschalten, und entdeckte eine SMS. Von ihrer Mutter. Natürlich. *Es ist schon nach zwei. Soll ich dich irgendwo abholen?* Mika verzog das Gesicht.

Keine weitere Nachricht. Keine SMS von Daniel. Endlich gab er auf. Endlich hatte er verstanden, dass es vorbei war.

3

Dühnfort ging als Erster ins Bad. Frisch geduscht trat er kurz vor sechs auf den kleinen Küchenbalkon. Die Luft war nach dem Regenguss in der Nacht satt von Feuchtigkeit, der Himmel jedoch wieder von so verheißungsvollem Blau wie beinahe an jedem Tag in den letzten sechs Wochen dieses Jahrhundertsommers. Das Thermometer stand bereits bei zweiundzwanzig Grad. Aus den Lichtinseln, die sich zwischen den Schatten der Bäume auf dem Alten Südfriedhof mit der aufsteigenden Sonne stetig Platz eroberten, stieg die Nässe als feiner Dunst. Die mit Gräsern und Farnen bedeckten Flächen rund um die Gräber dampften. Tropfen funkelten darin, ebenso wie im Efeu, der die verwitterten Grabsteine überwucherte.

Unter Dühnforts Balkon stand seit über hundert Jahren ein Marmorengel am Grab eines Musikers und belächelte gleichmütig die Endlichkeit allen Seins. Daneben, in der Ulme, raschelte es. Eine Krähe landete auf einem Ast, legte den Kopf schief und beäugte Dühnfort. *In Nächten wie diesen wird zu viel gefeiert, getrunken und gestritten. In solchen Nächten fallen die Hemmungen, brodeln das Blut und die Gewalt. Und du musst die Scherben wegräumen. Was wird dich heute erwarten?*, schien der Vogel ihn zu fragen.

Schritte erklangen. Gina schaltete die Espressomaschine an und kam auf den Balkon. Ihre dunklen Haare waren verstrubbelt, ihr Gesicht verknautscht, die Augen noch klein. »Morgen, Tino.« Erst reckte sie sich, dann ließ sie sich gegen ihn fallen. Er legte seine Arme um sie. Ihr Körper war vom Schlaf noch ganz warm.

»Wir sollten einen Ventilator kaufen. Vorausgesetzt, es gibt irgendwo noch einen.«

»So schlimm?« Aus ihrer Halsbeuge stieg der Duft nach Schlaf, durchtränkt mit Müdigkeit.

»Ich fühle mich, als hätte ich überhaupt nicht geschlafen. Was nicht stimmen kann, denn ich bin ja ständig aufgewacht.«

»Du hast geschlafen. Dafür gibt es einen Zeugen.«

Sie beugte den Kopf zurück. »Du beobachtest mich beim Schlafen?«

»Ich meinte, einen Ohrenzeugen.« Das aufsteigende Schmunzeln unterdrückte er.

Überrascht stiegen ihre Brauen in die Höhe. Ihre Schokoladenaugen wirkten plötzlich wach. »Ich schnarche? Das glaube ich ja nicht.«

»Ziemlich leise. Es war eher ein Pühen.«

»Ein Pühen?«

»Beim Ausatmen spitzt du die Lippen und machst dabei püh.«

Zwei Sommersprossen verschwanden in der Falte an der Nasenwurzel. Das schelmische Grinsen, das er so liebte, erschien auf ihrem Gesicht. »Püh! Äh … puh! Tut mir leid. Habe ich dich geweckt?«

»Ich war ohnehin wach. Bei dieser Hitze kann ich nicht schlafen. Wir sollten vielleicht einen Ventilator kaufen?«

»Gute Idee. Warum bin ich nicht längst darauf gekommen?« Sie gab ihm einen Kuss. »Ich gehe jetzt duschen. Eiskalt. Sonst werde ich heute nicht mehr munter.«

Während sie im Bad war, bereitete Dühnfort das Frühstück. Milchkaffee für Gina, Cappuccino für sich.

Ab morgen würde sich die Frage, wer als Erster ins Bad ging, nicht mehr stellen. Ab morgen hatten sie zwei Bäder, zwei Küchen, zwei Wohnungen. Die Nachbarwohnung war frei geworden. Genauso geschnitten wie seine, nur spiegelverkehrt. Gina hatte sie gemietet und der Hausverwalterin die Genehmigung für einen Umbau abgerungen. In einer halben Stunde kamen zwei Polen, die den Durchbruch im Flur machen und die Tür einbauen sollten. Und damit war das Problem des Zusammenziehens endlich gelöst.

Das Frühstück war gerade fertig, als Gina sich zu ihm setzte. Er fragte, ob er morgen nicht doch freinehmen und ihr beim Umzug helfen sollte. Doch sie wiegelte ab. Da sie nur ein Zimmer in ihrer WG bewohnte, gab es nicht viel zu transportieren. Ihre Mutter war arbeitslos. Ferdinand hatte Urlaub. Beide wollten ihr helfen. »Das erledigen wir mit einer Fuhre. Außerdem wirst du eh keinen freien Tag bekommen, jetzt, wo die halbe Mordkommission in Urlaub ist.«

Seit sie offiziell ein Paar waren, arbeiteten sie nicht mehr zusammen, denn Dühnfort war Ginas Chef gewesen. Inzwischen widmete sie sich in der Abteilung von Thomas Wilzoch den ungeklärten Altfällen. Während des Frühstücks erzählte sie ihm von ihrer aktuellen Aufgabe, einem über zwanzig Jahre alten Tankstellenmord, den sie seit gestern wieder aufrollten.

Damals war Alicia Ehlers, Verkäuferin in einer Tankstelle in Milbertshofen, spätabends überfallen, ausgeraubt und bestialisch getötet worden. Der Täter hatte sie gefesselt, ihr eine Plastiktüte über den Kopf gezogen, diese mit Klebeband verschlossen und die Frau hilflos liegen lassen. Bis heute war ihr Mörder nicht gefasst.

»Sie hatte keine Chance. Der nächste Kunde kam erst dreiundzwanzig Minuten später. Da war sie schon jämmerlich erstickt.«

»Es gibt also ein Überwachungsvideo?«

»Hm.« Gina nickte kauend. »Schwarzweißes Gekrissel. Der Täter war maskiert. Man sieht, wie er sie mit der Waffe bedroht. Sie sagt etwas, das ihn aus dem Konzept zu bringen scheint, denn er tritt einen Schritt zurück, zögert und lässt sogar die Waffe sinken. Doch dann rastet er aus, reißt eine Rolle Klebeband vom Verkaufsständer für Autobastelkram, schnappt sich die Plastiktüte, in der er die Waffe mitgebracht hat, und stürzt sich auf die Frau. Mehr sieht man leider nicht, denn der Rest hat auf dem Boden hinter der Verkaufstheke stattgefunden. Über drei Minuten bleibt er verschwunden. Erst dann taucht er auf, leert die Kasse und geht seelenruhig hinaus.«

»Das ist eine ungewöhnliche Tötungsart. Seid ihr sicher, dass es ein Raubüberfall war, der sich anders entwickelte als geplant? Mich erinnert das Vorgehen an Atemkontrolle und BDSM-Praktiken. War die Kleidung derangiert? Gab es ein Luftloch in der Tüte?«

»Nee, nichts dergleichen. Da ging es nicht ums Ausleben perverser Phantasien. Der Überfall ist aus dem Ruder gelaufen. Alicia muss den Täter erkannt haben.«

»Er war bewaffnet. Weshalb hat er nicht auf sie geschossen?«

»Vermutlich hätte das zu viel Krach gemacht. Die Videothek nebenan hatte noch geöffnet. Ich werde heute die Asservate raussuchen und in die KTU bringen und versuchen, die Zeugen von damals aufzutreiben. Und was steht bei dir an?«

»Papierkram. Der Abschlussbericht im Fall Eigner muss geschrieben werden.« Plötzlich fühlte er sich unwohl. Er saß hier beim Frühstück und unterhielt sich über den qualvollen Tod einer jungen Frau, als wäre er das Selbstverständlichste auf der Welt. Das Klingeln an der Wohnungstür holte ihn aus diesen Gedanken.

»Hoffentlich die Handwerker. Wäre schön, wenn die Tür bis heute Abend drin ist.« Gina ging in den Flur. Dühnfort folgte ihr. Bereits gestern hatten sie Teppich, Kommode und den Garderobenschrank ins Wohnzimmer geräumt. Die Wand war frei und mit einer Markierung versehen, wo der Durchbruch zu Ginas Wohnung gemacht werden sollte.

Der Hausmeister stand auf dem Vorplatz, Seite an Seite mit einem rotgesichtigen Mann mit Halbglatze. Blaue Latzhose, Goldkette mit Kreuz an nackter Brust, die Muskeln eines Bodybuilders und in einer Hand einen 15-Kilo-Vorschlaghammer. »Bin ich Stanislaw. Schickt mir Frau Stock von Hausverwaltung. Komme ich machen Loch in Wand.«

»Und wo ist die Tür?« Gina spähte ins Treppenhaus.

Das Gesicht des Hausmeisters war vom Rauchen gegerbt. Er zog ein Päckchen Gauloises Blondes aus der Tasche seines grauen Arbeitskittels und fingerte nach einer Zigarette. »Die bringt sein Kollege gleich rauf. Die Jungs sind in Ordnung. Keine Sorge.«

Gina schien nicht ganz überzeugt. »Und wo wollen sie den Schutt hintun? In die Hosentasche stecken?«

»Kollege bringt Wanne, Sturz, Mörtel. Alles. Machen wir Ordnung. Nix Sorge. Du beide Polizei. Will nix Ärger mit Polizei. Ist sich alles picobello heute Abend.«

Hoffentlich, dachte Dühnfort. Hinter ihm erklang die Melodie seines Handys, das gleichzeitig einen sirrenden Tanz auf der Ablage aufzuführen begann. Er erwischte es gerade noch, bevor es auf den Boden fallen konnte.

4

Pia Cypris, Hauptkommissarin beim Kriminaldauerdienst, meldete sich. »Guten Morgen, Tino. Auch wenn das echt kein guter Morgen ist.« Ein abgrundtiefer Seufzer klang durchs Telefon. »Du bist hoffentlich schon auf. Oder habe ich dich aus dem Bett gescheucht?«

»Ich wollte mich grad auf den Weg ins Präsidium machen.«

»Brauchst du nicht. Heute Nacht gab es einen Toten in Unterhaching. Heigl meint, du könntest das mit deinen Leuten übernehmen.«

»Kein Problem. Ist die KTU schon vor Ort?«

»Buchholz hat es sich nicht nehmen lassen, gleich selbst zu kommen.«

»Gut.« Buchholz übersah nichts.

»Na ja. Richtig optimal läuft das im Moment nicht. Gleich wirst du fluchen, so wie ich geflucht habe. Der Tote ist uns abhandengekommen. Er ist bereits auf dem Weg in ein Kühlfach der Rechtsmedizin.«

Erlaubte Pia sich einen Scherz? »Das glaube ich jetzt nicht.«

»Ist aber so. Der Notarzt war schneller als ich. Als ich ankam, war er mit dem Toten schon weg.«

»Bitte? Das musst du mir erklären.«

»Die Kollegen der Schutzpolizei, die als Erste vor Ort waren, haben dem Notarzt geholfen, den Jungen zu drehen, und dabei hat er geseufzt. Auf der Baustelle war es noch dunkel. Im Licht der Handlampen kannst du Wiederbelebungsmaßnahmen vergessen, deshalb haben sie ihn in den Rettungswagen gebracht. Der Notarzt beginnt mit der Reanimation, und ab geht es mit Blaulicht in Richtung Klinik. Unterwegs wurde dann der Exitus festgestellt, und nun bringen sie die Leiche in die Rechtsmedizin. Aber ich schwöre dir, da lag ein Toter und kein Verletzter. Dem hat man den Schädel weggeblasen, laut Aussage der Kollegen fehlt der halbe Hinterkopf. Wieso der noch geseufzt haben soll … Frag mich was Einfacheres.«

Dühnfort hatte eine Vermutung. »Wenn die Leiche bewegt wurde, kann Luft aus dem Magen entwichen sein. Das hört sich dann tatsächlich wie ein Seufzer an.« Er hatte das selbst einmal erlebt und sich beinahe zu Tode erschrocken. »Ich mache mich sofort auf den Weg. Wohin müssen wir?«

»Anemonenweg, Unterhaching. Bei der Baustelle.«

Er rief erst Alois an, dann Kirsten, die vor vier Wochen Ginas Stelle übernommen hatte. Da sie kein Fahrzeug aus dem Fuhrpark zur Verfügung hatte, bot er an, sie abzuholen. Ihre Wohnung lag ohnehin auf dem Weg.

Mittlerweile hatte Gina Stanislaw gezeigt, was zu tun war. Dühnfort griff nach Sakko und Autoschlüssel. »Ich muss los.« Er zog sie an sich und gab ihr einen Kuss. »Hab einen schönen Tag, ja?«

Als er durchs Treppenhaus ging, trug er ihren Apfelduft noch mit sich, als er vors Haus trat, verflüchtigte er sich bereits, und während der Fahrt verschwand er ganz.

Kirsten wartete am Mangfallplatz vor dem Haus auf ihn. Wenn die Redewendung von der kühlen Blonden je auf eine Frau zugetroffen hatte, dann auf sie. Er wurde mit ihr einfach nicht warm.

Heute trug sie einen schmalen Rock, ein weißes Top und einen leichten Blazer und hätte problemlos als Bankkauffrau durchgehen können. Rein äußerlich passte sie bestens zu Alois. Doch auch er kam mit ihr nicht klar. Die Chemie stimmte nicht. Früher oder später würde es zwischen den beiden richtig krachen. Dühnfort stoppte am Gehweg. Kirsten stieg ein, wünschte ihm einen guten Morgen und fragte, was anstand.

Er erklärte es ihr, während er den Blinker setzte und in den Verkehr einfädelte.

Was er an ihr schätzte, war die Art, wie sie ihren Job erledigte. Strukturiert, zuverlässig, genau mit der Sorgfalt, die er von seinen Mitarbeitern erwartete. Doch ihre abweisende Art ärgerte ihn gelegentlich, vor allem aber verunsicherte sie ihn. Was er über sie wusste, wusste er nicht von ihr, sondern aus den Personalunterlagen. Neununddreißig, Mutter einer Tochter, verwitwet. Bis Mai hatte sie beim Polizeipräsidium Unterfranken in Würzburg Dienst getan und das sehr gut, denn ihre Beurteilungen waren erstklassig. Er nahm an, dass der Tod ihres Mannes Anlass für das Versetzungsersuchen gewesen war. Alles hinter sich zu lassen, was an einen geliebten Menschen erinnert, und neu zu beginnen, war keine ungewöhnliche Reaktion auf einen derartigen Schicksalsschlag. Doch das war nur eine Annahme.

Schweigend sah sie aus dem Fenster. Lediglich die Mitteilung, dass die Leiche nicht mehr am Tatort war, entlockte ihr ein ungläubiges Kopfschütteln. »Das ist ja eine kuriose Geschichte. Vor allem aber erschwert es unsere Arbeit.«

Sie erreichten Unterhaching, einen typischen Münchener Vorort. Wohnblocks, Ein- und Mehrfamilienhäuser und die charakteristischen Reihenhausketten der Achtziger prägten das Ortsbild. Sie erreichten die Ortsmitte mit zahlreichen Geschäften, Volkshochschule und Kulturzentrum, passierten den S-Bahnhof und bogen in ein Wohnviertel ein. Häuserblocks. Kleine Gewerbebetriebe. Dazwischen Doppelhaushälften und Einfamilienhäuser. Der intensive Duft nach frischem Kaffee stieg Dühnfort ebenso plötzlich in die Nase, wie er wieder verschwand. Im Anemonenweg angekommen, entdeckte er weiter hinten in der Straße die Absperrung.

Rotweiße Bänder hingen schlaff im Morgenlicht. Pia hatte den Tatort weiträumig absperren lassen. Einige Mitarbeiter der Kriminaltechnik suchten Gehwege und Gebüsche ab und nahmen in der Einfahrt des Nachbarhauses einen Müllcontainer in Augenschein. Sie waren offenbar auf der Suche nach der Tatwaffe. Wieder einmal erinnerten sie ihn in ihren Einwegoveralls an emsige weiße Käfer. Dühnfort stoppte hinter zwei Einsatzfahrzeugen und den Bussen der Spurensicherung.

Einen Augenblick später fuhr ein schwarzer Mini vor und hielt auf der anderen Straßenseite. Alois war da. Wie immer wirkte er, als hätte er sich soeben in einer eleganten Herrenboutique neu eingekleidet. Heute trug er einen lichtgrauen Sommeranzug mit weißem Hemd, dessen oberster Knopf geöffnet war. Das einzige Zugeständnis an die Hitze. »Guten Morgen, Tino. Hallo, Kirsten. Was steht an?«

Dühnfort erklärte es ihm. Auch die Tatsache, dass sie es mit einem Tatort ohne Leiche zu tun hatten, und woran das lag.

»Ein seufzender Toter? Wenn ich jemals ein Buch über meine Arbeit schreiben sollte, dann wird das der Titel.« Kopfschüttelnd wandte Alois sich der Baustelle zu.

5

Dühnfort schlüpfte unter der Absperrung hindurch und hielt sie für Kirsten hoch. Dabei betrachtete er das Gebäude. Ein Rohbau für ein Wohn- und Geschäftshaus mit vier Etagen. Noch herrschte hier Ruhe. Und würde auch weiter herrschen. Denn gearbeitet wurde hier heute ganz sicher nicht. Jedenfalls nicht von den Mitarbeitern des Bauunternehmens.

Er sah sich nach Pia Cypris um, einer drahtigen Frau von Anfang fünfzig, und entdeckte sie auf der betonierten Zufahrtsrampe zur Tiefgarage. Sie befand sich im Gespräch mit zwei Männern, denen sie offenbar genau das klarzumachen versuchte. »Vor allem ist das ein Tatort, und der ist gesperrt, beschlagnahmt, nennen Sie es, wie Sie wollen, und Sie können gern Ihren Anwalt bemühen. Er wird Ihnen nichts anderes sagen als ich.« Pia verschränkte die Arme vor der Brust. Zu diesem Thema war aus ihrer Sicht alles gesagt. Das sollte der Mann, der Bauarbeiterhelm zum Anzug trug, langsam mal akzeptieren.

Bauherr oder Architekt?, fragte Dühnfort sich. Der andere, ein stämmiger Kerl mit Bierbauch und muskulösen Waden, steckte in kurzen Twillhosen, Arbeitsschuhen und T-Shirt. Unterm Arm klemmte der Helm. »Was machen wir jetzt, Herr Senftleben? Soll ich die Männer etwa heimschicken?«

»Es sieht nicht so aus, als hätten wir die Wahl. Die Leute bekommen einen Tag frei. Das geht vom Urlaub ab. Damit das klar ist, Herr Schaller.« Senftleben zog sein BlackBerry aus der Sakkotasche und bekam den verärgerten Blick nicht mit, den ihm sein Vorarbeiter zuwarf. Schaller verließ den abgesperrten Bereich und ging zu einem VW-Bus, der jenseits der Absperrung parkte. Hinter den Scheiben erkannte Dühnfort ein halbes Dutzend Köpfe.

»Wie lange wird das dauern?«, fragte Senftleben Pia.

Ein Schulterzucken war ihre Antwort.

»Haben Sie eine Ahnung, was mich das kostet?«

Bauherr also. Dühnfort begrüßte Pia. Sie sah übernächtigt aus und stellte ihn vor. »Wenden Sie sich an den zuständigen Ermittler. Kriminalhauptkommissar Dühnfort.«

Er nickte Senftleben zu. »Geben Sie mir Ihre Karte. Ich rufe Sie an, sobald wir hier fertig sind. Das kann allerdings zwei Tage dauern.«

»Zwei Tage?« Senftleben zog eine Visitenkarte hervor und reichte sie ihm. Er war nicht Bauherr, sondern Bauleiter. »Wer bezahlt den Schaden? Papa Staat etwa?«

»Haben Sie keine Versicherung dafür?«, fragte Alois, der hinzugetreten war.

Der Bauleiter warf ihm einen verärgerten Blick zu.

Dühnfort steckte die Karte ein. »Wir werden nicht unnötig Zeit verlieren. Aber wir machen unsere Arbeit gründlich. Und die hat jetzt Vorrang.«

Resigniert nahm Senftleben das zur Kenntnis und verabschiedete sich. Pia reckte sich. Man sah ihr die Nachtschicht an. Die Fältchen um Augen und Mund wirkten tiefer. Mit einer Hand fuhr sie sich durchs Haar und gähnte. »Schön, euch zu sehen. Machen wir die Übergabe, und dann tue ich es meinen Leuten gleich und fahr heim. Hier ist unser Trampelpfad.« Sie wies auf einen Seiteneingang, den Buchholz mit einem orangefarbenen Band markiert hatte. Diesem folgten sie bis zu einem Vorplatz im Gebäude, an dem die Markierung endete. »Besser, wir bleiben hier stehen, sonst flippt Buchholz aus. Seine Laune ist eh unter dem Gefrierpunkt.« Sie zuckte die Achseln. »Dann wollen wir mal: Kurz nach vier ging der Notruf von Ricarda Nowotny bei uns ein. Sie wohnt im

Haus gegenüber und dachte, sie hätte einen Schuss gehört. Die Kollegen von der Streife haben das nicht so ganz ernst genommen und wohl nicht damit gerechnet, eine Leiche zu finden, denn sie sind überall rumgelatscht und haben jede Menge Schuhabdrücke hinterlassen und tatrelevante Spuren vernichtet. Buchholz ist echt sauer.«

Alois schnaubte. »Unbestritten: die Nacht der Profis.«

»Weshalb haben sie das nicht ernst genommen?«, fragte Kirsten.

»Lag wohl an einem Kommentar aus der Notrufzentrale, dass die Anruferin nicht ganz nüchtern klang oder vielleicht einfach nur schlecht geträumt hat. Denn den Schuss will sie bereits Stunden zuvor gehört haben. Das war wohl alles etwas wirr.«

Dühnfort schüttelte den Kopf. »Stunden zuvor? Weshalb hat sie uns nicht sofort gerufen?«

»Sie war unsicher, ob das wirklich ein Schuss war. Und sie hatte guten Grund, ihrer Wahrnehmung nicht so ganz zu trauen. Jedenfalls hatte sie noch eine ordentliche Fahne, als ich vorhin mit ihr gesprochen habe.«

Alois zog sein Notizbuch hervor und notierte Name und Adresse der Zeugin, während Dühnfort sich umsah. In der Ostseite der Fassade befanden sich große Öffnungen. Vermutlich für Schaufenster. Dahinter verlief eine Parallelstraße zum Anemonenweg. Hier einzusteigen und wieder abzuhauen war kein großes Problem. Fluchtmöglichkeiten nach zwei Seiten. Man musste nur die Absperrgitter beiseiteschieben, mit denen die Baustelle nachts vor Diebstahl geschützt wurde. Vor Dühnfort lag blanker Betonboden, stellenweise bedeckt von einer Schicht aus Zementstaub, Sand und Sägemehl. Rechts eine Treppe aus roh betonierten Stufen. Linker Hand ragten Sanitäranschlüsse aus der Wand. Es roch nach Mörtel und Dichtmasse. Gipskartonplatten waren vor einer Wand gestapelt. Im großen Raum mit den Fensteröffnungen arbeitete Frank Buchholz mit einem seiner Kollegen. Er kniete auf dem Boden und beleuchtete mit dem Polilight eine Ansammlung von Zementstaub. Als habe er Dühnforts Blick gespürt, sah er hoch.

Dühnfort hob die Hand. »Guten Morgen, Frank.«

»Hier kommt keiner von euch rein, bevor ich fertig bin. Und dann auch nur in Schutzanzügen und in meiner Begleitung. Wollte ich nur gesagt haben. Nicht, dass es da Missverständnisse gibt.« Grummelnd wandte er sich wieder seiner Arbeit zu.

Die Markierung für die Position der Leiche entdeckte Dühnfort gleich hinter der Treppe. Sie war mit der Spurennummer 1 gekennzeichnet. Pia hielt sich gähnend die Hand vor den Mund. »Also, der Reihe nach: Frau Nowotny saß den ganzen Abend auf dem Balkon. Gegen elf Uhr hat sie bemerkt, dass jemand in der Baustelle an einem Fenster im ersten Stock stand und rauchte. Kurz vor halb eins betrat dann ein junger Mann den Rohbau. Wenig später gab es ein lautes Geräusch, von dem Frau Nowotny dachte, es sei ein Schuss. Doch alles blieb still. Niemand rief nach der Polizei. Frau Nowotny ging schließlich ins Bett, in dem sie sich schlaflos wälzte, bis sie sich dann doch sicher war, einen Schuss gehört zu haben, und endlich den Notruf wählte. Die Kollegen von der PI 28 haben dann den Toten gefunden. Daniel Ohlsberg, zweiundzwanzig Jahre alt, wohnhaft in der Geranienstraße, fünfhundert Meter von hier. Kopfschuss, sagen die Kollegen. Bei den schlechten Lichtverhältnissen, die nachts hier herrschen, war das kein Zufallstreffer. Ich nehme an, der Schütze kann mit einer Waffe umgehen. Ohlsberg hat die Baustelle am Eingang Anemonenweg betreten, der Täter kam aus der Parallelstraße, dem Petunienweg. Es gibt verwischte Schuhspuren, die darauf hindeuten. Vermutlich hat der Täter hier gewartet.« Pia wies in den Raum, in dem Buchholz arbeitete.

»Was wollte Ohlsberg nachts um halb eins auf dieser Baustelle?«, fragte Dühnfort.

»Anscheinend war er verabredet. Die Kollegen haben nach seinen Papieren gesehen und in der Hosentasche dabei drei Tütchen mit Ecstasy gefunden. Außerdem zweihundert Euro Bargeld. Seine Daten habe ich schon durch den Computer sausen lassen. Der Junge hat vor drei Jahren eine Jugendstrafe kassiert, weil er mit Ecstasy erwischt wurde. Sieht ganz nach einem Mord im Drogenmilieu aus.«

Kirsten, die sich bisher aufmerksam umgesehen hatte, wandte sich an Pia. »Das ist nicht logisch. Wenn es um Drogen und Geld ging, hätte der Täter beides mitgenommen.«

Pia zog die Schultern hoch. »Weiß man doch, wie die im Drogenrausch drauf sind. Ziemlich verquer. Jedenfalls nicht logisch denkend.«

6

Dühnfort stand neben seinem Wagen und betrachtete den Inhalt von Daniel Ohlsbergs Hosentaschen, den die Kollegen Pia übergeben hatten. Handy, Schlüsselbund und Autoschlüssel. Die Geldbörse enthielt Führerschein, Ausweis, EC-Karte und die Mitarbeiterkarte eines VW-Autohauses in Unterhaching. Drei Euro Kleingeld befanden sich im dafür vorgesehenen Fach. Keine Scheine, nur ein Kassenbon von Aldi. Vier zerknüllte Fünfziger hatte Ohlsberg lose in der Tasche bei sich getragen, sowie drei kleine durchsichtige Plastiktüten mit Druckverschluss, darin je vier weiße Tabletten mit einem eingeprägten Logo, das Dühnfort kannte, im Moment aber nicht zuordnen konnte.

Kirsten trat neben ihn. »Weiße Mitsubishi. Dürften so um die fünfzehn Euro kosten. Das Stück. Je nachdem, wie viel MDA drin ist. Die Menge sieht nicht unbedingt nach Eigenbedarf aus.«

»Scheint so.« Mitsubishi. Genau. Das Logo des Autoherstellers zierte die Tabletten. Manchmal waren es Drachen oder Sterne, Schmetterlinge, Vögel, Herzen oder das Peace-Zeichen. Nun eben das Mitsubishi-Logo. Von null auf hundert in zehn Sekunden.

Alois kam aus dem Rohbau und klopfte sich Zementstaub von der Hose. »Warum hat Daniel sich nachts um halb eins ausgerechnet in dieser Baustelle für einen Deal verabredet? Das hätte er einfacher haben können. Um diese Zeit ist niemand unterwegs.«

Kirsten musterte das Haus auf der gegenüberliegenden Straßenseite. »Es war heiß, da schlafen die Leute bei offenen

Fenstern. Ich kann mir nicht vorstellen, dass außer Frau Nowotny niemand etwas gehört hat.«

Die Einschätzung, weitere Zeugen zu finden, teilte Dühnfort. »Übernimmst du die Nachbarschaftsbefragung? Und rede mit der Zeugin, vielleicht fällt ihr ja noch etwas ein.«

Alois, der inzwischen den Inhalt des Spurenbeutels eingehend betrachtet hatte, legte ihn zurück auf die Motorhaube. »Sind die Angehörigen schon informiert?«

Dühnfort verneinte. Alois erklärte sich bereit, das zu übernehmen.

»Wo war Daniel gestern Abend? Welche Kontakte hat er in die Drogenszene? Von wo bezog er das Zeug? All das sollten wir schnell klären.« Dühnfort teilte sein Team ein. Alois würde Daniels Arbeitsplatz aufsuchen, nachdem er die Angehörigen informiert hatte, und mit Chef und Kollegen reden. Kirsten sollte weitere Zeugen finden, und er selbst würde sich in Daniels Wohnung umsehen.

Dühnfort schaute Kirsten und Alois nach. Noch hatte er kein Gefühl für den Tatort und keine Vorstellung von der Tat. Kurzentschlossen verschob er den Besuch in Daniels Wohnung, schlüpfte in einen weißen Einwegoverall, zog Überschuhe an und kehrte entlang des markierten Pfads durch den Seiteneingang zurück an den Tatort.

Buchholz arbeitete noch immer in dem großen Raum, der sich zur Parallelstraße öffnete. Gebeugt stand er vor einer Säule, an der ein Schildchen mit der Spurennummer 15 haftete. Einer seiner Mitarbeiter fotografierte dort. Buchholz griff zur Pinzette, entfernte das Objekt seines Interesses und schob es in eine kleine Plastikschachtel. Dabei entdeckte er Dühnfort, der am Ende der Markierung stehen geblieben war. »Hast du ein paar Minuten für mich?«

»Gleich.« Trotz seiner Körperfülle folgte Buchholz erstaunlich flink einem für Dühnfort nicht sichtbaren Pfad zu einer Alubox, verstaute dort den Beutel und kam dann zum Vorplatz. »So, jetzt kannst du rein. Achte auf die markierten Wege. Dort darfst du rumlatschen. Daneben nicht. Hier gibt es jede Menge Schuhspuren, die noch nicht alle erfasst sind. Und etliche, die wir nicht dokumentieren können, weil die Kollegen und der Notarzt zum Haupteingang rein sind und sich erst einmal gründlich umgesehen haben. Das sollte man denen langsam mal einbläuen, wie man sich an einem Tatort verhält.«

Dühnfort folgte ihm zwischen blauen Kreidestrichen zur Positionsmarkierung der Leiche. »Freihand nach den Angaben der Kollegen gemacht«, meinte Buchholz. »Schaffen die einfach den Toten weg. Ich habe ja schon viel erlebt, aber das noch nicht.«

Ein getrockneter tellergroßer Blutfleck befand sich auf dem Boden vor der Säule, Blut und Hirnmasse waren trichterförmig ausgetreten und hatten sich auf Wand und Boden verteilt. »Bauch- oder Rückenlage?«

»Rückenlage.« Mit der Hand fuhr Buchholz sich über den graumelierten, stoppeligen Schädel. »Der Junge hat die Baustelle am Eingang Anemonenweg betreten. Dort habe ich einen Abdruck von Turnschuhen entdeckt, die sich auch hier finden.« Er deutete auf die Lageposition. »Ich gehe davon aus, dass es die des Opfers sind. Sobald ich die Schuhe habe, wissen wir das sicher. Auf dem Vorplatz hat der Junge gezögert und ist dann weiter. Der Schuss hat ihn von vorne getroffen. Eintritt über dem rechten Auge. Derjenige, der auf ihn gewartet hat, hat das zunächst oben im ersten Stock getan. Dort lagen zwei frische Kippen im Flur, kurz hinter der Treppe, direkt am Fenster, genau wie es die Zeugin gesagt hat.«

»Als Daniel hier ankam, war der Täter also bereits unten und wartete?«

»Keine Ahnung. Vielleicht hat der Junge auf dem Vorplatz gezögert, weil der andere von oben kam. Vielleicht war der aber auch schon hier und lehnte dort an der Säule.« Buchholz wies auf den Pfeiler, an dem er gerade noch gearbeitet hatte. »Ein paar graue Fasern sind dort hängengeblieben.«

Dühnfort sah sich um, zog eine gedachte Linie von der Säule zur Lage der Leiche und verlängerte sie. Weiter hinten standen ein Dutzend Rollen Isoliermaterial. An einer haftete eine Spurennummer. Buchholz folgte Dühnforts Blick. »Das Projektil steckt noch drin. Das holen wir später raus. Eines nach dem anderen.«

»Eine Patronenhülse …«

»Bis jetzt haben wir keine gefunden. Entweder hat der Täter sie mitgenommen, oder die Tatwaffe ist ein Revolver. Ich nehme an, dass der Täter an der Säule stand, als er den Jungen erschossen hat. Entfernung keine drei Meter.«

»Kann ich rauf?«

»Kein Problem. Oben sind wir fertig.«

»Die Kippen … Was für eine Marke?«

»Marlboro. DNA bekommst du schnellstmöglich.«

»Danke.«

Dühnfort folgte den Kreidelinien bis zur Treppe und ging nach oben. Ein breiter Flur. Linker Hand eine noch unverputzte Ziegelmauer, davor eine Wand aus Dämmstoffrollen. Rechts Fensteröffnungen zum Anemonenweg. Hier hatte der Täter gestanden. Dühnfort beugte sich vor und konnte die Straße etwa hundertfünfzig Meter in beide Richtungen einsehen. Rechter Hand mündete sie in einen Kreisverkehr. Er versuchte, sich vorzustellen, was geschehen war.

Es ist dunkel, nur die Straßenlaternen spenden trübes Licht. Schon nach Mitternacht, der Anemonenweg liegt ruhig dort unten. Ab und zu fährt ein Auto vorbei. Hier oben steht jemand und wartet. Als er Schritte hört, beugt er sich vor, sieht hinaus. Daniel kommt. Hastig tritt er die Kippe aus, geht nach unten. Und dann? Gab es Streit um Weiße Mitsubishi? Ein Wortgefecht? Eine Rangelei? Der Täter greift zur Waffe und schießt. Oder war es ganz anders?

Dühnfort trat zum Treppenabsatz und rief zu Buchholz hinunter: »Sag mal, Frank, weißt du, ob der Junge bewaffnet war?«

»Nee. War er nicht.«

»Danke.« Dühnfort kehrte ans Fenster zurück. Der Täter geht hinunter, nachdem er Daniel entdeckt hat. Sind die beiden wirklich verabredet? Oder lockt er ihn in die Falle? Daniel betritt die Baustelle, zögert vor dem Treppenaufgang. Warum? Dann nimmt er den anderen wahr, geht auf ihn zu. Der zieht die Waffe und schießt. Ohne Vorankündigung. Ist es so abgelaufen?

7

Stefan schob den Stuhl zurück und stand auf. »Ich beginne jetzt mit dem Aushub.«

Sie nickte. In den letzten Monaten war er alt geworden. Graue Strähnen zogen sich durchs dunkle Haar, das noch immer dicht und lockig war, so wie damals, als sie sich kennengelernt hatten. Zweiundzwanzig Jahre war das her, und sie liebte ihn noch immer. Vielleicht mehr als je zuvor. Doch sie wusste nicht, was in ihm vorging. Was er dachte, was er fühlte. Er hatte sich hinter Mauern zurückgezogen. Dicken, kalten, abweisenden Wehrbauten. Wie konnte das sein?

Die Tür schloss sich hinter ihm. Marlis Schäfer begann den Frühstückstisch abzuräumen. Zwei Gedecke. Es sah so falsch aus.

Wie jedes Mal, wenn sie an Isabelle dachte, legte sich ein dumpfer Schmerz in ihre Brust. Würde sich das denn nie ändern? Doch eigentlich wollte sie das nicht. Sie wollte den Verlust spüren, sich nie daran gewöhnen, dass Isabelle tot war. Sie wollte daran denken, dass sie jetzt in Südfrankreich sein sollten, alle drei. Der Urlaub war lange geplant gewesen, das Haus gemietet. Ein letzter Urlaub zu dritt, bevor Isabelle für ein Jahr als Au-pair in die USA ging. Ein Haus direkt am Meer. Lavendel und Hortensien. Brandung, Gischt, Sonnenschein, der Duft von Salz, das Geschrei der Möwen. Das pure Leben.

Der kalte Tod.

Ihre Hand zitterte. Die Tassen klapperten, als Marlis sie aufs Tablett stellte. Das Schälchen aus hauchdünnem Glas, in das sie die Kirschmarmelade gefüllt hatte, glitt ihr aus der

Hand, knallte auf die Kante der Tischplatte und zerbrach. Sie ließ sich auf den Stuhl sinken und beobachtete, wie die klebrige, mit Scherben durchsetzte Masse langsam auf den Teppich tropfte. Dreitausend Euro. Ein Ziegler Farahan. Aus dem Grenzgebiet zwischen Afghanistan und Pakistan. Handgeknüpft von Nomaden. Sie sah Kamele vor sich. Bunte Zelte. Wüste. Sand. Flirrendes Licht. Licht, in dem sich alles auflöste.

Als der letzte Tropfen zäh von der Tischkante lief und auf dem Flor auf seinesgleichen traf, stand sie endlich auf und holte warmes Wasser, ein Tuch und einen Löffel aus der Küche. Nachdem sie das Gemisch aus Scherben und Konfitüre weggekratzt hatte, tränkte sie den Fleck mit warmem Wasser und rieb ihn sorgfältig aus. Keine Seife. Das war wichtig. Seife löste die schützende Lanolinschicht der Wolle. Das hatte der Verkäufer gesagt.

Ein Blütenmuster. Knospen. Blätter. Sie starrte darauf. Ranken mäanderten ins Ungewisse. Sie betupfte die Stelle erneut, rieb den Fleck ganz aus. Gründlich. Sorgfältig. Sie durfte sich nicht gehen lassen. Wenn sie das tat, würde alles zerstört werden. Der Rest ihres Lebens. Ihre Ehe mit Stefan, die alles war, was sie noch hatte. Ihre Liebe zu ihm hatte sie bisher jeden Morgen davor bewahrt, sich vor die einfahrende S-Bahn zu werfen.

Mit einem Ruck stand sie auf. Schon beinahe neun. Die Sonne stieg höher. Es war Zeit zu funktionieren, zu tun, was getan werden musste.

Sie trug das Tablett in die Küche, schaltete den Geschirrspüler ein, putzte die Arbeitsfläche, polierte die Glastüren von Mikrowelle und Backofen. Dann machte sie die Betten, lüftete, füllte eine Maschine mit Wäsche und leerte den Trockner.

Südfrankreich.

Natürlich waren sie nicht gefahren.

Stefan nutzte den Urlaub, um den Badeteich anzulegen, den Isa sich gewünscht hatte. Vielleicht war das gut so. Er hatte etwas zu tun. Er sprach nicht über Isas Tod. Kein Wort. Nur stumme Vorwürfe. Bis auf ein Mal. Da war er laut geworden. In jener schrecklichen Nacht: *Du bist schuld! Du mit deinem verdammten Ehrgeiz!*

Doch sie war nicht schuld. Und das wusste er. Sie musste Geduld haben, bis sie ihm das verständlich machen konnte. Sie musste warten, bis er bereit war, zuzuhören und endlich zu reden.

Als es nichts mehr zu tun gab, ging sie in den Wintergarten. Lamellen verschatteten die Glasflächen. Der Ventilator surrte. Hier war es angenehm kühl. Plötzlich fiel ihr das Geräusch auf. Sie hatte es schon seit einiger Zeit gehört, aber nicht bewusst wahrgenommen. Kurz nachdem Stefan vom Frühstück aufgestanden war und gesagt hatte, dass er nun mit dem Aushub beginnen würde, hatte es angefangen. Als ob jemand etwas hackte.

Marlis zog eine Jalousie hoch und blickte in den Garten. Vor ein paar Tagen hatte Stefan vier Pflöcke in den Rasen gerammt, Schnüre gespannt und so Lage und Form des Badeteichs festgelegt. Seit gestern waren die Grassoden abgetragen und entsorgt. Ein leerer Container war für den Aushub bereit. Stefan stand in Shorts und Arbeitsschuhen in der Mitte des Schnurgerüsts, sein kräftiger Oberkörper war nackt. Breitbeinig schwang er eine Spitzhacke und löste mit heftigen Schlägen die harte Erde, griff nach der Schaufel, die am Schubkarren lehnte, und füllte ihn mit Aushub. Muskeln und Sehnen am Rücken traten hervor, als er die Fuhre anhob und damit aus Marlis' Blickfeld verschwand.

Sie ging in den Flur und öffnete die Haustür. Auf dem Stellplatz stand der Container. Stefan hatte Schalbretter als Rampe angelegt. Darüber balancierte er nun und schüttete die

Erde hinunter. Es rumpelte. Schweiß lief ihm übers Gesicht. Mit dem Handrücken wischte er ihn weg.

»Du wolltest dir doch einen Minibagger leihen.«

Schweigen. Ein schmales Lächeln. »Das geht auch so.«

Acht mal fünf Meter. Zwei Meter tief. Achtzig Kubikmeter. Sie ging hinein, starrte im Garderobenschrank ihr Spiegelbild an und lehnte den Kopf gegen das kühle Glas.

Das geht auch so.

Sie hatte Angst, ihn zu verlieren. Dabei verlor sie ihn doch schon. Jeden Tag ein klein wenig mehr.

8

Die kurze Strecke zu Daniels Wohnung im Geranienweg ging er zu Fuß. Ein vierstöckiger Wohnblock aus den achtziger Jahren. Die Raupputzfassade war frisch gestrichen, der Rasen vorm Haus gemäht. An den Balkonen hingen Blumenkästen. Daniels Name stand auf einem Klingelschild der zweiten Etage. Dühnfort zog den Schlüsselbund des Jungen hervor und betrat das Haus. Über die Treppe stieg er nach oben. Die Tür war nicht abgesperrt, nur ins Schloss gezogen. Das war schon ein wenig leichtsinnig.

Die Wohnung lag im Halbdunkel. Dühnfort zog Latexhandschuhe über, schaltete das Licht ein und wartete einen Moment, bis seine Augen sich daran gewöhnt hatten. Ein kleines Appartement lag vor ihm. Flur, Bad, ein Zimmer mit Kochnische. Die Einrichtung war schlicht und stammte bestimmt aus einem Möbelmarkt. Einziger Luxus war ein großer Flachbildfernseher, der an der Wand hing, darunter ein Sideboard mit DVD-Player und Tuner und davor ein modernes Sofa aus Kunstleder. Die herrschende Unordnung erreichte lediglich einen unteren Wert auf der Chaos-Skala. Dühnfort hatte weiß Gott schon Schlimmeres gesehen.

Kleidungsstücke, DVDs, CDs und Computerspiele lagen herum. Das war es dann schon. Keine gammelnden Essensreste, keine stinkenden Abfälle.

PC und Spielkonsole standen auf dem Schreibtisch. Es roch ein wenig nach schmutziger Wäsche und schweißigen Socken. Die Jalousie war halb heruntergelassen. Dühnfort zog sie hoch und blickte sich weiter um.

Hinter einem Paravent mit einem Aufdruck der New Yorker Skyline verbarg sich das Bett. Kissen und Decke steckten in FC-Bayern-Bettwäsche. Auf dem Boden stand eine halbleere Flasche Cola light, und daneben lag ein silberner Bilderrahmen mit der Bildseite nach unten auf dem Teppichboden. Dühnfort nahm ihn hoch. Das Foto eines Pärchens steckte darin. Ein junger Mann mit braunen Locken und einem markanten, eckigen Gesicht. Er lachte in die Kamera. Doch in seinen Augen lag ein Ausdruck, den Dühnfort schon oft gesehen hatte. Unsicherheit. Das Mädchen, das er im Arm hielt, war von seltener Schönheit. Ein ebenmäßiger Teint, ovale Kopfform mit einem spitzen Kinn, hohen Wangenknochen und schrägstehenden Augen, lange, blond gefärbte Haare, volle Lippen. Ein gewinnendes Lächeln.

Das war also Daniel mit seiner Freundin. Ein auf den ersten Blick sympathischer Junge. Daniel, der nun in einem Kühlfach im Institut für Rechtsmedizin lag, weil ihm jemand eine Kugel in den Kopf gejagt hatte.

Dieser Silberrahmen. Er passte nicht zu ihm und das Mädchen irgendwie auch nicht. Nur ein Gefühl. Dühnfort stellte das Bild zurück und begann die Wohnung zu durchsuchen.

Die Kontoauszüge wiesen auf den ersten Blick keine Unregelmäßigkeiten auf. Monatlicher Gehaltseingang aus dem Autohaus, in dem er arbeitete. Kein üppiger Verdienst, aber ausreichend. Regelmäßige Abbuchungen von Miete, Nebenkosten, Handyflatrate, Versicherungen und so weiter. Auch die Bargeldabhebungen am Automaten entsprachen dem, was ein junger Mann so brauchte. Ein auf den ersten Blick geordnetes Leben. Weshalb hatte der Junge gedealt? Möglicherweise um den Eigenbedarf zu finanzieren.

Systematisch arbeitete Dühnfort sich durch die Schubladen des Schreibtischs, durch das Chaos im Küchenschrank, durch das Regal im fensterlosen Bad und wurde dabei langsam, aber stetig ungeduldiger. Er sah in Gläser und Flaschen, in Schachteln und Dosen und zwischen Unterhosen und Socken nach. Schließlich hinter der Abdeckung des Spülkastens, im Tiefkühlfach und sogar im Rauchmelder. Keine Spur von Ecstasy. Kein Krümel. Keine dieser Plastiktüten mit Druckverschluss, kein Bargeld. Daniel war offenbar nicht leichtsinnig gewesen. Er musste ein besseres Depot haben. Das zu finden war nur eine Frage der Zeit. Ebenso die Lieferanten und die Kunden. Wenn Daniel ein Adressbuch besessen hatte, war es verschwunden. In der Wohnung entdeckte er keines, und beim Opfer war es nicht sichergestellt worden. Doch wer unter fünfzig besaß heute noch ein Adressbuch? Vermutlich waren die Daten auf dem PC und im Handy gespeichert. Der Rechner war ausgeschaltet. Dühnfort rief Meo an, ihren IT-Spezialisten, und bat ihn, den Computer sicherzustellen und sich auch Daniels Handy vorzunehmen. In Mails und SMS würden sich die gesuchten Informationen finden.

Bevor Meo kam, um die Sachen abzuholen, klickte er sich durch die Kontaktliste in Daniels Handy. Allzu viele waren es nicht, vielleicht zwanzig oder fünfundzwanzig, und das irritierte ihn. Er fand keine Nummer der Eltern, nur eine der Oma. Manchen waren Bilder zugeordnet, und dabei entdeckte er das Mädchen von der gerahmten Fotografie. Mika Eckel.

9

Sie fühlte sich zerschlagen, total müde und gleichzeitig völlig überdreht. Ihr Kopf summte. Bilder und Gesprächsfetzen der vergangenen Nacht blitzten auf wie von Stroboskoplichtern beleuchtet und verschwanden sofort wieder in der Dunkelheit. Es gelang Mika einfach nicht, einzuschlafen.

Unten in der Küche rumorte jemand. Sicher Mam. Vielleicht auch Phillip. Obwohl? Phil eher nicht. Der schlief bestimmt noch. Ihr Bruder hatte den aktiven Teil seines Lebens während der Semesterferien in die Nacht verlagert. Erst wenn Paps aus China zurückkam, musste er wieder spuren. Ab zum Praktikum ins Unternehmen. Schließlich sollte er nach erfolgreichem Physikstudium irgendwann mal die Entwicklungsabteilung leiten, denn früher oder später wollten ihre Eltern die Firma ihren Kindern übergeben. Mika wälzte sich auf die Seite. Einerseits war es ja prima, sich keine Sorgen um die berufliche Zukunft machen zu müssen. Doch die Vorstellung, ihr Leben sei bereits verplant, nahm ihr die Luft zum Atmen.

Stöhnend setzte sie sich auf. Ihr fehlte jede Leidenschaft für BWL. Doch ihre Eltern erwarteten, dass sie genau das studierte. Ganz brave Tochter, hatte sie die Bewerbungsfristen eingehalten und ihre Unterlagen an diversen Unis eingereicht. Beinahe täglich rechnete sie mit einem Bescheid, und da sie ziemlich gute Noten hatte, war die Wahrscheinlichkeit, dass sie abgelehnt wurde, eher gering. Sie wollte nicht. Nicht BWL. Kunst oder Architektur. Das würde sie reizen. Doch gegen Mam und Paps kam sie einfach nicht an.

Vielleicht hätte sie doch mit zu Lukas gehen sollen. Auf ein Frühstück mit ihrer Mam oder Phil hatte sie absolut keine

Lust. Er war einfach nur ein aalglatter Schleimer, der stets sein Fähnchen nach dem Wind hängte. Hauptsache, er erlangte dadurch einen Vorteil. So war er schon immer gewesen, und das würde sich vermutlich nie ändern. Und Mam würde über ihre Arbeit in der Firma reden oder über Klamotten, Kosmetik, Restaurants und in welches Wellnesshotel sie im Herbst fahren sollten. Bei der Vorstellung eines Gesprächs über Belanglosigkeiten hätte Mika am liebsten geschrien.

Seit Isas Tod kam es ihr vor, als ob der Boden wankte, auf dem sie stand. Sie suchte krampfhaft Halt und fand ihn nicht. Etwas verschob und veränderte sich, und das machte ihr Angst. Als ob sie langsam und unaufhaltsam auf einen Abgrund zuschlidderte, unfähig anzuhalten oder auch nur die Richtung zu ändern.

Sie stützte den Kopf in die Hände. Was dachte sie denn da? Lauter trübe Gedanken. Isa würde jetzt sagen: *Kopf hoch. Ist alles nicht wirklich schlimm, und irgendwie regelt sich das meiste von selbst. Let's have fun.*

Bei dem Gedanken an Isa zog sich alles in Mika zusammen. Sie fehlte ihr so! Nie wieder freche Sprüche. Nie wieder Isarfeste mit Isa, nie wieder Couchpotato-Abende, nie wieder verstohlene *Twilight*-Kinobesuche. Sie hatten sich echt unter die schluchzenden Teenies gemischt und mitgeheult, als Bella und Edward endlich Hochzeit feierten.

Warum hast du nicht angerufen, Isa, an jenem Abend? Ich hätte dir zugehört und deine Tränen getrocknet, ich wäre mit dir wütend gewesen auf Sascha, dieses Arschloch, und dann hätten wir gemeinsam über ihn gelästert, bis wir über ihn gelacht und es ihm mit gleicher Münze vergolten hätten. Ich hätte dir das ausgeredet, Isa. Warum hast du nicht angerufen?

Das Summen in ihrem Kopf nahm zu. Die ewig selben Gedanken kreisten darin. Wieder und wieder. Sie stand auf und schlüpfte in Jeans und T-Shirt, steckte Handy und Geldbörse ein. *Da kann man nichts machen. Shit happens. Let's have fun, Mika.*

Sie würde jetzt Croissants besorgen und zu Lukas gehen. Barfuß schlich sie die Treppe hinunter. Mam unterhielt sich in der Küche mit der Zugehfrau. Ihre Stimmen drangen gedämpft ins Treppenhaus. Der Marmor fühlte sich kühl an. Mit einem Korb voller Wäsche kam Rosa aus der Küche. Mika legte den Zeigefinger auf die Lippen. Die Zugehfrau verstand, schloss den Mund wieder, den sie bereits zum Gruß geöffnet hatte, und verschwand Richtung Keller. Keine Lust auf Mam. Nicht am frühen Morgen.

Mika erreichte die unterste Stufe, als die Klingel an der Gegensprechanlage erklang und auf dem Monitor, der sich einschaltete, das Gesicht eines Mannes auftauchte. Mist. Noch bevor sie die Eingangshalle durchquert und die Tür erreicht hatte, erschien ihre Mam auf der Bildfläche.

Niemand hätte geglaubt, dass sie schon fünfzig war. Sie sah aus wie die jüngere Schwester von Christine Neubauer. Nur dass ihre Mutter kein Vollweib war, eher ein Magerweib, so superschlank, wie sie war. Size zero kurz vor der Menopause, dachte Mika gehässig.

»Mika?« Sorgenvolle Falten erschienen auf Saskias Stirn. »Du bist so blass. Geht es dir nicht gut?« Ihre Mam war gestylt, als müsste sie in fünf Minuten die Reporter einer Frauenzeitschrift für eine Homestory empfangen. Perfekt geschminkt, manikürt, pediküert, epiliert und gebräunt. Luftiges Chiffonkleid, Riemchensandalen mit hohem Absatz, dezenter Schmuck. Das braune Haar fiel in weichen Locken über die Schultern und umspielte das faltenfreie Dekolletee. Nur das übliche unverbindliche Lächeln fehlte.

»Ich habe schlecht geschlafen. Das ist alles. Du musst dir nicht ständig Sorgen um mich machen, sonst hilft irgendwann nur noch Botox.«

Die Klingel ertönte erneut. Saskia ging mit einem unwilligen Kopfschütteln über die Provokation hinweg und wandte sich der Gegensprechanlage zu, ließ Mika dabei aber nicht aus den Augen. »Du kannst dich ja nach dem Frühstück wieder hinlegen.« Gleichzeitig drückte sie den Knopf der Anlage. »Ja, bitte?«

»Dühnfort. Kripo München. Ich würde gerne Mika Eckel sprechen.«

Ihre Mam fuhr zusammen, als habe ein elektrischer Schlag sie getroffen. »Kripo? Wieso denn?« Die Stimme bekam einen metallischen Unterton. Das Summen in Mikas Kopf verwandelte sich in ein sphärisches Rauschen. *Kann ich Mika sprechen? Isa ist tot. Sie hat sich umgebracht.*

»Das würde ich ihr gerne selbst sagen. Kann ich reinkommen?«

»Ja, natürlich.«

Mika wusste es plötzlich: Jemand war gestorben. Ihre Beine fühlten sich schlagartig an wie mit Sand gefüllt. Die Knie gaben nach. Ehe sie es sich versah, saß sie auf der untersten Treppenstufe.

10

Das leise Summen des Türöffners erklang. »Bist du in Schwierigkeiten?« Mams Röntgenblick heftete sich an sie, versuchte tief in ihr Innerstes vorzudringen. »Hat Daniel dich in irgendwas hineingezogen?«

»Wieso hackst du noch immer auf ihm rum? Ich hab mit ihm Schluss gemacht. Und du hast das sicher mit Champagner gefeiert. Also lass es endlich gut sein.«

Durch die Glasscheibe der Haustür sah sie den Mann näher kommen. Anfang vierzig, dunkle Haare. Chino, Poloshirt. Er sah nicht aus wie ein Kriminalbeamter. Aus der Hosentasche zog er seine Marke und hielt sie hoch, während Saskia bereits die Tür öffnete.

Bitte nicht Paps!, schoss es ihr durch den Kopf. Doch dann wurde ihr klar, dass der Mann in diesem Fall nach Saskia gefragt hätte.

»Dühnfort.« Er reichte Mam die Hand. »Es tut mir leid, so früh zu stören.« Sein Blick wanderte durch die Halle, traf auf Mikas. »Sind Sie Mika?«

Ein mühsames Nicken gelang ihr. »Eigentlich Monika.« Weshalb hatte sie das jetzt gesagt? Sie rappelte sich auf. Mama schaltete sofort auf Gastgeberin um, bat den Mann ins Wohnzimmer, fragte, ob sie ihm etwas anbieten könnte. Kaffee, Tee, Saft? Benommen folgte Mika den beiden, sie fühlte sich wie unter Wasser.

»Bei Kaffee sage ich niemals nein.« Dühnfort hatte ein freundliches Lächeln, das aber sofort wieder verschwand. Mam bot Platz an und ging in Richtung Küche, dabei warf sie Mika einen Blick zu, der zwischen Ratlosigkeit und Panik pendelte. Sie hatte echt Schiss, Daniel habe irgendwas angestellt und sie sei darin verwickelt.

Mika ließ sich auf eine Ecke der Sitzlandschaft fallen. Hinter den Panoramascheiben lag der Garten. Die Wasserfläche des Pools war glatt wie ein Spiegel. Ihr Blick verfing sich in der Eibenhecke und kehrte zu dem Polizisten zurück. Abwartend saß er auf dem Polsterhocker und beobachtete sie.

Die Frage purzelte einfach so aus ihr heraus. »Wer?«

Er verstand sofort. Sein Brustkorb hob und senkte sich. Es fiel ihm nicht leicht. »Daniel. Daniel Ohlsberg. Es tut mir leid.«

»Daniel?« Nicht Daniel!

Ein glühender Schmerz breitete sich in ihrer Brust aus, wie ein alles versengendes Feuer. Die Tränen schossen ihr in die Augen. Sie kannte ihn ihr Leben lang. Er hatte immer dazugehört. Mal mehr, mal weniger. Aber dazu. Seit sie denken konnte. Und jetzt sollte er tot sein? Das musste ein Irrtum sein. Dühnfort reichte ihr ein Tempo. »Sie sind seine Freundin?«

»Ja … Nein. Nicht so, wie Sie denken. Wir sind Freunde und waren auch mal ein Paar. Seit einigen Wochen aber nicht mehr. Was ist denn passiert?« Dumme Frage, dachte sie. Zu schnell gefahren, Kontrolle verloren, gegen einen Baum geknallt. Daniel und sein aufgemotzter Golf. Er konnte nicht tot sein.

»Daniel … Er wurde heute Nacht … Es ist ganz hier in der Nähe passiert. Vorne in der Baustelle im Anemonenweg. Jemand hat auf ihn geschossen.«

»Geschossen?« Sie klang wie sein Echo. »Wer denn? Warum?« Das konnte doch nicht sein.

»Das wissen wir noch nicht.«

Sie wollte sich das nicht vorstellen. Ein letzter Blick, ein letzter Gedanke, eine erstaunte Frage und alles war vorbei. Von einem Augenblick zum nächsten. Patsch. Aus.

Mam kam mit Kaffee, Sahne und Zucker. Als wäre es möglich, jetzt Kaffee zu trinken. Daniel war tot, und alles ging weiter, als wäre nichts geschehen. Dasselbe Gefühl wie bei Isa. Jemand musste die Zeit anhalten. Wenigstens für einen Augenblick. Bitte!

Unter ihrem perfekten Make-up wurde Mam ganz grau, als sie erfuhr, was geschehen war. Ihre Hände zitterten kaum merklich, als sie Dühnfort die Kaffeetasse reichte und sich auf die Sofakante setzte. Einen Moment wirkte sie ehrlich bestürzt. Dann strich sie mit dieser für sie so typischen energischen Geste mit dem Mittelfinger über die eingebildete Falte an ihrer Nasenwurzel und atmete durch. Mika wusste, was sie dachte. *Das ist zwar schrecklich, aber nun haben wir endlich Ruhe vor ihm, nun stört er unsere Kreise nicht länger.* Ihre Mam hatte Daniel von Anfang an nicht gemocht, von der ersten Sekunde an, als Phillip ihn damals eingeladen hatte, seinen Schulfreund, diesen schmuddeligen, frechen Jungen ohne jeden Benimm, in dessen billigem T-Shirt ein großes Loch klaffte. Dort war ein Fleck gewesen. Daniel hatte ihn einfach herausgeschnitten. So war er gewesen. Kreativ. Witzig. Voller Humor.

Und nun war ihre Mam erleichtert, dass Daniel nie wieder in das Leben der Familie Eckel funken würde. In diesem Moment verabscheute Mika sie. Eine Eiswelle von Verachtung überspülte und erschreckte sie. Eigentlich hatte sie ihre Mam immer gemocht, bis vor einigen Monaten war ihr Verhältnis eher das von Schwestern gewesen als eines von Mutter und Tochter. Doch alles veränderte sich, verschob sich, rutschte in Richtung eines alles verschlingenden Schlunds. Wieso nur? Was geschah mit ihnen?

Daniel war tot! Jemand hatte ihn erschossen. Das konnte nicht sein. »Was hat er denn in der Baustelle gemacht?«

Dühnfort stellte die unberührte Kaffeetasse auf den Couchtisch. Er konnte also nicht Kaffee trinken, als sei nichts geschehen.

»So wie es aussieht, war er dort für einen Deal verabredet.«

Für einen Deal? Mika schüttelte den Kopf. »Daniel doch nicht. Er hat nicht gedealt. Und er hat das Zeug auch nicht genommen.«

»Wir haben Ecstasy bei ihm gefunden. Und zwar eine Menge, die über den Eigenbedarf hinausgeht.«

»Das kann nicht sein. Daniel …«

Mams Hand landete auf ihrer. »Entschuldige, wenn ich dich unterbreche.« Ihr Blick blieb jedoch unverwandt auf Dühnfort gerichtet. Jede Spur von Anteilnahme oder Bestürzung wich aus ihrer Stimme. »Daniel hatte vor einigen Jahren Probleme, weil er mit diesen Tabletten gehandelt hat, und hat dafür eine Jugendstrafe erhalten.«

Na klar. Das hatte jetzt kommen müssen. »Das ist ewig her, und er hat damit aufgehört.«

»Mika.« Mams Hand umschloss ihre. »Kannst du dir da wirklich sicher sein?«

11

Zu Fuß kehrte Dühnfort zu Daniels Wohnung zurück, um sich den Golf vorzunehmen, von dem Mika erzählt hatte. Er stand vorm Haus in einer Parkbucht. Metallicblau mit Rallyestreifen, tiefergelegt, doppelter Auspuff. Fünf Minuten später war das erledigt. Nichts. Vom Hausmeister ließ er sich das Kellerabteil des Jungen zeigen. Es war leer bis auf einige zusammengefaltete Umzugskartons und ein Paar Carver. Daniel sei ein netter Junge gewesen, meinte der Hausmeister, der sichtlich erschüttert über diesen gewaltsamen Tod war. Hin und wieder hatte Daniel ihm bei seinem Wagen geholfen, ohne auch nur einen Cent zu nehmen. Die Idee, er habe gedealt, war ihm nie gekommen.

Während Dühnfort zum Tatort zurückkehrte, stieg ihm Kaffeeduft in die Nase. Beinahe elf. Zeit für einen Doppio. Er fragte eine Passantin, ob es hier ein Café gab. Sie beschrieb ihm den Weg. Supremo Kaffeerösterei. So stand es an der Fassade eines schlichten Gewerbebaus. Dühnfort trat durch die Glastür ein. Im hinteren Bereich befand sich ein Café mit Tischen und Stühlen. Linker Hand ging es zum Verkaufsraum, den eine Glasscheibe von der Rösterei trennte. Neugierig trat Dühnfort davor. Im Röstofen drehte sich die Trommel. Der Meister zog gerade eine Probe, prüfte sie und schaltete den Mixer im Kühlsieb an. Ein Griff an einem Hebel, und frisch gerösteter Kaffee rauschte hinein. Ein intensiver Duft verbreitete sich, der allein schon belebend wirkte und Dühnfort an die Theke im Café trieb.

Platten mit Kuchen und Gebäck reihten sich darauf. Dahinter befand sich eine Arbeitsfläche mit einem dampfenden

Automaten und dazwischen eine junge Frau, die Dühnfort anlächelte. Er nahm auf einem Barhocker Platz, ließ sich angesichts der überwältigenden Auswahl beraten und entschied sich für einen jamaikanischen Arabica. Minuten später wähnte er sich im Paradies. Ein unglaubliches Aroma entstieg der Tasse. Beim ersten Schluck erschmeckte er ein harmonisches Miteinander von Körper und Säure, beim zweiten eine leicht süße Note und einen Hauch von Zartbitter. Zufrieden seufzend stellte er die geleerte Tasse ab.

Sein Handy begann zu sirren. Alois meldete sich. »Daniels Eltern sind bereits verstorben. Ich war bei seiner Oma, bei der er aufgewachsen ist, und mit seinem Chef und den Kollegen habe ich auch schon gesprochen. Sollen wir uns für einen Zwischenstand treffen?«

»Gute Idee. Es gibt hier ein nettes Café.« Dühnfort beschrieb ihm den Weg. »Und sag Kirsten Bescheid.«

Dass Daniel bei seiner Oma aufgewachsen war, hatte Mika ihm bereits erzählt. Seine Eltern waren bei einem Autounfall ums Leben gekommen. Der Vater war ein arbeitsloser Trinker gewesen, während die Mutter mit Aushilfsjobs versucht hatte, die Familie über Wasser zu halten. In einer Winternacht vor fünfzehn Jahren war ihr Wagen in der Autobahnunterführung bei Neubiberg gegen die Tunnelwand gedonnert und in Flammen aufgegangen. Wäre Daniel an diesem Tag nicht bei seiner Oma gewesen, wäre er wohl mit seinen Eltern verbrannt.

Es vergingen zehn Minuten, bis sich die Glastür öffnete und Kirsten eintrat und mit zielsicherem Schritt die Theke ansteuerte. »Das Gespräch mit Ricarda Nowotny hat sich gelohnt.« Ihr Blick blieb an der Espressotasse hängen.

»Sehr schön. Magst du einen Cappuccino?« Seiner Erfahrung nach tranken Frauen selten Espresso.

Er hatte das schon häufig beobachtet. Wenn Kirsten etwas

nicht passte, griff sie nach ihrer Halskette. So wie jetzt. Automatisch umfasste sie den Anhänger, ein herzförmiges Vorhängeschloss aus Weißgold. »Wir sollten den Ermittlungsstand nicht hier besprechen, wo jeder mithören kann. Dort drüben sind wir ungestört.« Mit dem Kinn wies sie in den hinteren Bereich des Lokals zu den Tischen.

Der Tonfall gefiel ihm nicht, auch wenn er annahm, dass sie nicht wusste, wie er auf andere wirkte. »Trotzdem etwas zu trinken?«

Sie ließ die Kette los. »Ein Glas Wasser wäre jetzt gut.«

Er wollte es für sie bestellen. Doch sie kam ihm zuvor. »Ein Mineralwasser, ohne Kohlensäure, und bitte nicht aus dem Kühlschrank. Aber auch nicht lauwarm.«

Dühnfort orderte für sich einen weiteren Espresso und dazu einen Florentiner, der unter einer Glashaube auf der Tortenplatte lag und ihn schon seit einer Weile anlachte. »Wir nehmen das am Tisch.«

Sie hatten sich gerade gesetzt, als Aloïs zu ihnen stieß und sich umsah. »Tino im Schlaraffenland«, meinte er schmunzelnd. Doch er wurde sofort wieder ernst. »Die Sache mit dem Ecstasy gefällt mir nicht. Niemand glaubt, dass Daniel damit noch zu tun hatte. Seine Jugendstrafe ist am Arbeitsplatz bekannt. Zur Oma gab es nur unregelmäßigen Kontakt. Bei ihr hat er nichts untergestellt. Und falls er mit Drogen angekommen wäre, hätte sie ihn hochkant rausgeworfen. Hast du etwas gefunden?«

Die Bedienung brachte Espresso und Wasser. »Nichts. Seine Freundin ist aus allen Wolken gefallen, als ich ihr von den Weißen Mitsubishi erzählt habe. Entweder hat er ein gutes Versteck, oder jemand versucht uns abzulenken. Wir werden jetzt Daniels Leben auseinandernehmen. Wen hat er sich zum Feind gemacht? Gab es Streit? Hatte er Schulden? Wer waren damals seine Lieferanten? Wer wusste von der Jugendstrafe?«

Mit dem Zeigefinger fuhr Kirsten einen Rand nach, den ihr Wasserglas auf dem Tisch hinterlassen hatte.

»Was hat sich bei Frau Nowotny noch ergeben?«

»Ihr ist eine Menge eingefallen.« Kirsten zog einen Notizblock aus der Umhängetasche. »Sie saß ja die halbe Nacht auf ihrem Balkon. Etwa gegen elf Uhr hat sie in der ersten Etage des Rohbaus Zigarettenglut aufleuchten sehen. Später nicht mehr, deshalb hat sie angenommen, der Raucher wäre gegangen. Kurz vor halb eins näherte sich Daniel Ohlsberg zu Fuß. Er blieb vor der Baustelle stehen und ging dann hinein. Gleich darauf knallte es. Sie lief in die Wohnung, um den Notruf zu wählen, ließ das dann aber aus den bekannten Gründen bleiben. Als sie wieder auf den Balkon trat, wurde in der Straße hinter dem Rohbau ein Wagen gestartet, der kurz darauf in den Kreisverkehr Richtung München einfuhr. Bei dem Fahrzeug handelt es sich um einen dunklen Lieferwagen mit einem Schriftzug, der orangefarbene oder rote und weiße Buchstaben enthält. Marke unbekannt, an die Aufschrift kann Frau Nowotny sich nicht erinnern, bis auf das Wortfragment *art*. Das Kennzeichen hat sie nicht erkannt. Beim Einfahren in den Kreisel kam der Wagen ins Schlingern und touchierte das Vorfahrt-gewähren-Schild.«

Dühnfort war beeindruckt von der Fülle an Informationen, die Kirsten aus der Zeugin noch herausgeholt hatte. Wie hatte sie das geschafft? »Buchholz sollte ...«

»Ich habe die KTU schon informiert. Das Schild wurde bereits sichergestellt und ins Labor gebracht.«

»Gut. Läuft die Nachbarschaftsbefragung noch?«

Kirsten nickte.

»Die Kollegen sollen nach dem Lieferwagen fragen. Vielleicht hat ihn noch jemand gesehen.«

»Habe ich schon veranlasst.«

»Prima. Sehr schön. Die Ermittlung des Lieferwagens hat

absolute Priorität. Machen wir weiter.« Mit diesen Worten erhob Dühnfort sich und bezahlte an der Theke.

Während er in seiner Geldbörse nach Münzen suchte, klingelte sein Handy. Dr. Ursula Weidenbach meldete sich. »Ihr hübscher junger Mann steht auf meinem Zettel. Bestimmt wollten Sie mich gerade anrufen, wann wir mit der Obduktion beginnen.«

Tatsächlich hatte er das vorgehabt. »Sie können Gedanken lesen.«

»Eigentlich nicht. Alles eine Frage der Erfahrung. Sie gehören nun mal zu den Ungeduldigen, und in Ihrem Alter wird sich das nicht mehr ändern.«

»Tatsächlich?«

»Vielleicht liege ich ja daneben. Dann ist es sicher kein Problem, dass wir uns erst morgen mit Daniel Ohlsberg beschäftigen.«

»Morgen? Können Sie ihn nicht noch heute unterbringen?«

»Sag ich doch: Sie haben zu wenig Geduld. Und ich habe zu wenig Personal und jede Menge Leichen, die zu obduzieren sind. Allen voran die drei Babys aus Grünwald. Und dann ist auch noch Urlaubszeit. Uns fehlen etliche Sektionsgehilfen. Ich ziehe ihn auf den Vormittag vor. Einverstanden?«

Die toten Kinder schockierten derzeit ganz München. Bei den Renovierungs- und Umbauarbeiten einer Villa in Grünwald, die ein bekannter Immobilienmakler gekauft hatte, waren in einer mit Kies aufgefüllten Garagengrube die sterblichen Überreste von drei Neugeborenen gefunden worden. Seit zwei Tagen sorgte der Fall, den Moritz Russo mit seinem Team bearbeitete, für Schlagzeilen.

»Habe ich die Wahl?«, fragte Dühnfort.

»Eigentlich nicht.«

»Ja, dann …«

»Ja, dann bis morgen um zehn.«

Bevor er ging, kaufte er noch ein Päckchen jamaikanischen Arabica und trat ins Freie. Kirsten war schon verschwunden. Alois stand vor seinem Mini, das Handy am Ohr. »Wieso denn? Das kann doch nicht sein. Bei mir war Simon topfit ... Natürlich haben wir rumgetobt ... Er ist doch nicht aus Zucker ... Ich denke, die Mumps hat er längst überstanden.«

Dühnfort stutzte. Alois hatte erzählt, dass Simon Mumps gehabt hatte. Die Impfung hatte offenbar nicht angeschlagen, und nun war Simon anscheinend wieder krank.

»Es tut mir leid. Das wusste ich nicht. Aber Halsschmerzen sind kein Grund, sich Sorgen zu machen.« Alois verabschiedete sich von Evi.

»Ist Simon krank?«

Ein ratloses Schulterzucken war die Antwort. »Evi meint, ich hätte nicht mit ihm toben sollen, wo er doch grad die Mumps überstanden hat.« Ein Anflug von Panik lag in seiner Stimme. Ganz und gar untypisch für ihn. Doch wenn es um Simon ging, wurde er dünnhäutig.

In Momenten wie diesen fühlte Dühnfort sich hilflos. Er hatte keine Kinder. Was konnte er schon sagen? »Vermutlich die Sommergrippe, die grad rumgeht. In ein paar Tagen ist er bestimmt wieder gesund.«

12

Dühnfort kehrte zum Tatort zurück, ohne zu wissen, was er dort wollte. Eine seltsame Unruhe trieb ihn an. Natürlich ging er Buchholz im Weg um, der ihn grantelnd weiterschickte. »Wenn du einen ordentlichen Tatortbefund von uns willst, dann schleichst dich und lässt uns unsere Arbeit machen.«

Irgendetwas fehlte. Die Unruhe verstärkte sich, bis ihm klarwurde, woran es lag. Eine Art Distanz zur Tat, zum Opfer. Er hatte die Leiche des Jungen nicht gesehen.

Kurzentschlossen fuhr Dühnfort in die Stadt zurück, tankte unterwegs und kaufte sich bei dieser Gelegenheit eine Tafel Zartbitterschokolade, die er zur Hälfte gegessen hatte, als er die Schranke zum Parkplatz der Innenstadtkliniken passierte und vor dem Institut für Rechtsmedizin der Universität München hielt.

Eine Gluthitze schlug ihm entgegen, als er ausstieg. Bis er den Eingang des Instituts erreicht hatte, klebte das Poloshirt an seiner Haut. Er mochte derartige Temperaturen nicht. Allein die Vorstellung eines Urlaubs in der Karibik oder in Afrika, auf den griechischen Inseln oder im Süden Italiens trieb ihm den Schweiß auf die Stirn. Er liebte das gemäßigte Golfstromklima, einen steten auflandigen Wind und ab und an einen richtig schönen Regenschauer.

Hinter den mehr als hundert Jahre alten Mauern des Instituts empfing ihn angenehme Kühle. Zügig steuerte er das Büro von Dr. Weidenbach an. Falls sie dort nicht war, würde er sein Glück im Sektionssaal versuchen. Doch auf sein Klopfen erklang ein »Herein«. Sie saß an ihrem Schreibtisch, über die Tastatur ihres PC gebeugt, und blickte auf, als er eintrat.

Dabei schob sie die silbergefasste Brille ins Haar, durch das sich erste graue Strähnen zogen.

»Ach, Herr Dühnfort. Ich hab mir schon gedacht, dass Sie heute noch hier auftauchen. Der Notarzt hat Ihnen den Toten ja weggeschnappt.«

»Und meine Geduld reicht nicht bis morgen.«

»Eben.« Sie schob den Stuhl zurück. »Eine willkommene Entschuldigung, mich ein wenig vor der Schreibarbeit zu drücken. Ein paar Minuten kann das warten.«

Er folgte ihr über den Flur in den Vorraum des Sektionssaals, in dem es nach Tod und Desinfektionsmittel roch. Durch ein offenes Fenster wehte Rosenduft. Eine irritierende Mischung. Sie passierten eine Verbindungstür und erreichten den Kühlraum. Schmale Oberlichter ließen nur wenig Licht herein. Flackernd ging das Neonlicht an. Kaum wahrnehmbar stieg Dühnfort Verwesungsgeruch in die Nase. Die Tür zum Kühlfach mit der Nummer elf quietschte, als Ursula Weidenbach sie öffnete, die Bahre mit dem Leichnam herauszog und auf einen Rollwagen gleiten ließ, den sie in die Raummitte unter das kalte Licht der Neonröhren schob.

»Ein hübscher Mann, ein richtiger Adonis.« Sie zog den Reißverschluss des Leichensacks bis zu den Hüften auf, breitete die Teile auseinander und betrachtete das marmorweiße Antlitz mit einem Blick des Bedauerns. »Und nun hat er ein Loch im Kopf, genauer gesagt zwei. Eine imposante Austrittswunde.« Sie zog die Stirn kraus. »Was für eine Verschwendung. Ewig schade.« Aus dem weißen Kittel holte sie eine Packung Zigaretten. »Ich lasse Sie fünf Minuten mit ihm allein und geh solange rauchen.«

Dühnfort sah ihr nach, bis die Tür sich hinter ihr schloss. Dann wandte er sich den sterblichen Überresten von Daniel Ohlsberg zu. Das mittellange Haar hatte jemand zurückgestrichen. Die dunklen Locken kringelten sich auf der hellgrauen Unterlage. Einige Strähnen waren starr von getrocknetem Blut. Die blutverkrustete Einschusslücke klaffte knapp über der rechten Braue. Blutspuren zogen sich von der Stirn über die rechte Gesichtshälfte bis zum Hals. Abstreifring und Schürfsaum waren gut zu erkennen. Dühnfort schätzte, dass der Junge aus etwa drei Metern Entfernung erschossen worden war. Von Angesicht zu Angesicht. Die Zeugin hatte keinen Streit gehört, kein Geschrei, keine hitzigen Worte. Weniger als eine Minute war zwischen Betreten der Baustelle und dem Schuss vergangen. Jemand hatte gewartet, den Jungen in einen Hinterhalt gelockt und kaltblütig abgeknallt. Keine Tat im Affekt, keine überbordenden Emotionen. Ein eiskalt geplanter Mord. Warum? Ging es wirklich um schnell verdientes Geld, um den Handel mit bunten Träumen? Außer bei der Leiche war nirgendwo Ecstasy gefunden worden. Das war mehr als seltsam. Und dann hatte er eine Vermutung.

Er rief die PI28 an, fragte nach den Kollegen, die als Erste am Tatort gewesen waren, und wurde mit Polizeiobermeister Wolfgang Seidel verbunden. Nachdem er sich als zuständiger Ermittler im Mordfall Ohlsberg vorgestellt hatte, kam er auf den Grund seines Anrufs zu sprechen. Er ließ sich die Lage der Leiche beschreiben und wollte wissen, in welcher Hosentasche die vier Fünfziger und die Tabletten gesteckt hatten.

»Hm. Lassen Sie mich überlegen.« Einen Augenblick war Seidel still. »In der linken. Ist das wichtig?«

Wie er vermutet hatte. »Ich denke schon. Ohlsberg lag auf dem Rücken?«

»Richtig.«

»Und die Geldbörse war wo?«

»In der rechten Gesäßtasche.«

»Danke.« Dühnfort verabschiedete sich und steckte das Handy ein.

Ein Rechtshänder hätte Scheine und Tütchen mit hoher

Wahrscheinlichkeit in die rechte Tasche geschoben. Es war daher nicht auszuschließen, dass der Täter Daniel beides zugesteckt hatte.

Dühnfort betrachtete das marmorweiße Gesicht des Toten. Trotz der massiven Schädelverletzung war Daniels entrückte Schönheit noch sichtbar. Vielleicht noch für eine Stunde oder zwei. Die Kühlung verzögerte den einsetzenden Zerfall nur.

Die Tür öffnete sich. Ursula Weidenbach kam herein und mit ihr ein Hauch von Zigarettenqualm. »Zeit, Abschied zu nehmen. Ihnen läuft er ja nicht davon. Mir bei dieser Hitze schon.«

13

Es war beinahe sieben Uhr, als Dühnfort seinen Wagen in der Pestalozzistraße parkte, die Post aus dem Briefkasten nahm und die drei Etagen zu seiner Wohnung hochstieg.

Als er die Tür aufsperrte, machte er sich darauf gefasst, ein Trümmerfeld von Ziegel- und Putzbrocken zu betreten. Doch seine Erwartung wurde nicht erfüllt. Es roch nach feuchtem Mörtel und Zement. Der Durchbruch war gemacht, der Boden gekehrt und das Werkzeug in einer schwarzen Plastikwanne verstaut. Verwundert sah er sich um. Offenbar hatte er Vorurteile. *Ist sich alles picobello heute Abend.* Stanislaw hatte Wort gehalten. Der Verputz war noch nicht getrocknet. Türstock und Türblatt lehnten an der Wand. Daran klebte ein Zettel. *Putz mus trocken. Komme ich morgen, mache fertig. Stani.*

Dühnfort legte die Post auf die Ablage und nutzte den Durchbruch, um in Ginas Wohnung zu spazieren. Abgeschliffener Dielenboden im Flur. Die Küche war noch unmöbliert. Er öffnete die Tür zum Balkon und sah hinüber zu seinem. Unwillkürlich stellte er sich vor, wie er auf ihn trat und Gina auf ihren. Lächelnd blickte sie zu ihm hinüber. *Guten Morgen, Herr Nachbar.*

Ihr Wohnzimmerfenster ging, wie seines, zum Alten Südfriedhof hinaus. Das Bad war nach dem Auszug des Vormieters saniert worden. Mattgraue Fliesen, eine weiße Eckbadewanne, Dusche und Waschtisch. Im Gegensatz zu seinem Schlafzimmer hatte ihres zwei Fenster. Eines zum Friedhof und eines zur Pestalozzistraße. Während er da so stand und hinunterblickte, breitete sich glückliche Zufriedenheit in ihm aus. Ab morgen würde Gina hier wohnen. So nah bei ihm. Mit ihm. Eine Weile spürte er diesem Gefühl nach, dann ging er in seine Wohnung, holte die Post von der Ablage und warf die Werbung in den Müll. Übrig blieb eine Postkarte seiner Mutter. Sie lebte schon seit über zwanzig Jahren mit ihrem Lebenspartner Georges in einem alten Herrenhaus im Elsass, in dem sie auch ihr Atelier hatte. Früher hatte sie Porträts gemalt. Sehr eigenwillige Porträts, denn sie malte nicht gefällig, sondern das, was sie hinter den Fassaden erspürte. Ihre Auftraggeber brauchten Mut und Selbstbewusstsein, sich ihrem Blick zu stellen. Doch im Lauf der Jahre hatte seine Mutter das Interesse an diesen Menschenerkundungen verloren und die Natur als Motiv entdeckt. Diese bannte sie auf gigantische Formate. Nicht die idyllische, sondern die gewalttätige Seite interessierte sie. In diesem Punkt waren sie sich wohl ähnlich.

Cher Tino, Georges ist krank. Die Prostata. Wir werden im September nach München kommen und einen Spezialisten aufsuchen. Vielleicht muss der Liebe sich auch operieren lassen. Bist du da? Wir haben uns viel zu lange nicht gesehen. Mama.

Mama. Es berührte ihn. Er war den Kinderschuhen schon seit einer Ewigkeit entwachsen, doch noch immer war er ihr Kind. Umgehend griff er zum Telefon. Leider erreichte er nur den Anrufbeantworter und hinterließ die Nachricht, dass er sich nochmals melden würde. Er hatte kaum aufgelegt, als die Tür zu Ginas Wohnung geöffnet wurde. Mit dem Mobilteil in der Hand trat er in den Flur. Gina stand auf der anderen Seite des Durchbruchs und sah sich verblüfft um. »Ist nicht wahr, oder? Stanislaw hat Wort gehalten.« Ihre Stimme hallte in den leeren Räumen nach.

Er gab ihr einen Kuss. »Wie war dein Tag?«

»Staubig. So staubig, dass ich jetzt was trinken muss.«

Sie folgte ihm in die Küche und schenkte sich ein Glas Wasser ein. Während er das Abendessen zubereitete, erzählte sie vom Wühlen in den über zwanzig Jahre alten Akten zum Tankstellenmord und von ihrer Suche nach den Asservaten. »Im Verwahrbuch sind sie aufgeführt. Aber dort, wo sie laut Eintrag sein müssten, sind sie nicht. Ich habe mich durch Dutzende Kartons und Regale gewühlt. Nichts. Nothing. Niente. Vielleicht sind auch die Schachteln falsch beschriftet. So eine Schlamperei.« Sie schob sich eine Haarsträhne hinters Ohr und holte Teller und Besteck aus dem Schrank. »Vielleicht sollten wir Stanislaw fragen, ob er dort mal Ordnung schaffen will.« Bei diesen Worten erschien das von ihm so sehr geliebte freche Grinsen auf ihrem Gesicht.

»Warum machst du nicht dem zuständigen Mitarbeiter Feuer unterm Hintern?«

»Hab ich schon. Ich glaube ja nicht, dass der jetzt gemütlich im Biergarten sitzt.« Ihre Brauen hüpften in die Höhe, ihre Handflächen kehrten sich nach außen. »Zumindest hoffe ich das. Und bei dir?«

»Wir haben einen neuen Fall.«

Während er das Brett mit Aufschnitt und Käse, mit Tomaten, Oliven und gefüllten Peperoni auf den Balkon trug und sie den Tisch deckte, erzählte er ihr davon.

»Wer auch immer die falsche Spur gelegt hat, er weiß von Daniels Jugendstrafe«, meinte Gina.

»Er scheint offen darüber gesprochen zu haben. Der halbe Ort weiß davon.«

»Na, das ist ja blöd. Wie macht sich eigentlich meine Nachfolgerin?« Gina versuchte die Frage nach Kirsten wie nebenbei fallen zu lassen. Doch er wusste, was in ihr arbeitete: ein klein wenig Neugier und ein klein wenig Angst, ersetzbar zu sein; ein klein wenig Wehmut, nicht mehr dazuzugehören, und ein klein wenig Sorge. Denn es hatte sich unter den

Kollegen natürlich herumgesprochen, wie umwerfend gut Kirsten aussah. Aber Gina musste sich keine Sorgen machen. Er liebte jeden ihrer einhundertachtundsechzig Zentimeter Körpergröße, jedes der angeblichen fünf Kilo zu viel, jede Sommersprosse auf ihrer Nase und ihren scharfen Verstand und frechen Humor sowieso.

»Sie ist schwierig, aber sie macht einen guten Job. Welche Informationen sie heute von einer Zeugin noch bekommen hat, das ist …« Plötzlich fiel ihm ein, dass er einfach in die Rechtsmedizin gefahren war, ohne sie zu informieren. Morgens hatte er sie zur Tatortübergabe abgeholt, da sie ohne eigenes Fahrzeug war. Hoffentlich hatte Alois sie mitgenommen.

Gina stützte das Kinn in die Hand. »Das ist …?«

»Das ist beeindruckend. Und ich bin ein Depp.« Er erklärte ihr warum.

»Kirsten ist erwachsen. Sie wird sich eine Fahrgelegenheit organisiert haben. Schlimmstenfalls knallt sie dir morgen eine Taxiquittung auf den Tisch.«

»Trotzdem ist mir das unangenehm.«

Gina neigte den Kopf zur Seite und lächelte. »Na ja, Karmapunkte fürs Ein-toller-Chef-Sein gibt es dafür nicht.«

14

Es war keine Taxiquittung, sondern eine Einzelfahrkarte des MVV, die er am nächsten Morgen auf seinem Schreibtisch fand. Es war höchste Zeit für eine Entschuldigung. Also überquerte er den Flur und betrat das Büro von Kirsten und Alois.

Kirsten saß bei geöffnetem Fenster vor ihrem PC. Während sein Büro schon seit einer Stunde von der Sonne aufgeheizt wurde, war es hier noch angenehm kühl. Einen Moment fragte er sich, ob diese Kühle nicht von ihr ausging. Dieser eisige Blick. Plötzlich sperrte sich etwas in ihm, eine Entschuldigung vorzubringen.

»Ist Alois noch nicht da?«

Sie sah zu dessen Schreibtisch. »Scheint so.«

Das war ja wie im Kindergarten! Er zwang sich zur Ruhe. »Ich habe einfach vergessen, dich zu informieren, als ich zurückgefahren bin. Es tut mir leid. Die Erstattung deiner Auslagen kannst du bei Renate Schuster beantragen. Zweite Etage, Zimmer 212.« Mit diesen Worten legte er die Fahrkarte auf ihren Tisch. Im Hinausgehen drehte er sich um. »In zehn Minuten ist Meeting.«

»Danke für die Erinnerung.«

Herrgott! Woran lag es, dass sie ihn im Handumdrehen auf die Palme brachte? Am stummen Vorwurf? An ihrer distanzierten Art, mit der sie sich selbst einen Platz außerhalb des Teams gewählt hatte? Er wusste es nicht. Er wusste nur, dass er eben unangemessen reagiert hatte. So konnte das nicht weitergehen.

Als er den Besprechungsraum betrat, war Buchholz schon da und heftete Tatortfotos an die Magnetwand. Meo kam herein, eine Dose Isodrink in der Hand. Blonder Wuschel-kopf, Flusenbart, viel zu große Klamotten. Ein Shirt mit dem Aufdruck *Sei Realist! Versuche das Unmögliche.* Meo war zwar der jüngste IT-Spezialist der Münchner Kripo, doch er war richtig gut. Schlurfend kam er an den Tisch, setzte sich und zog den Verschluss der Dose auf. »Daniels Adressbuch und Kontakte habe ich euch schon rausgezogen. Bekommt ihr bis Mittag als Excel-Datei. Das sind seine SMS der letzten Wochen.« Meo reichte Dühnfort einen Stapel Ausdrucke. Er sah sie durch. Nichts, was er nicht schon gestern gefunden hatte, als er sich in Daniels Handy durch die Kurznachrichten geklickt hatte. Die meisten waren an Mika gegangen.

»Soll ich anhand der Anmeldedaten des Handys ein Bewegungsprofil erstellen?«, fragte Meo.

Dühnfort nickte. »Das wäre prima.«

Auf die Minute pünktlich betrat Kirsten den Raum, griff nach einer der Wasserflaschen auf dem Tisch und schenkte sich ein Glas voll. Nur Alois fehlte noch. Dühnfort zog das Handy hervor und entdeckte eine SMS von ihm, die bereits eine Stunde alt war. *Komme heute später. Wir bringen Simon ins Krankenhaus.* Weshalb ins Krankenhaus? Doch nicht wegen einer Sommergrippe? »Alois kommt später. Wir fangen schon mal an.« Er sah zu Kirsten. »Beginnst du?«

Sie schob den Stuhl zurück und trat an die Magnetwand. Dort heftete sie einen Übersichtsplan der Tatortumgebung neben die Fotos der Spurenlage. Anemonenweg, Petunienweg. Dazwischen ein bebautes Tortenstück Land. Linker Hand der Kreisverkehr. Wiesen und Felder nördlich der Bebauung. Farbige Aufkleber markierten den Tatort, die Wohnung der Zeugin und den Lieferwagen. Sie war tüchtig und arbeitete strukturiert. Das musste Dühnfort ihr lassen.

»Die Nachbarschaftsbefragung ist abgeschlossen. Es gibt einen weiteren Zeugen. Ernst Meyer, verwitwet, wohnhaft im

Anemonenweg 22. Etwa zweihundert Meter vom Tatort entfernt. Auch er hat einen Knall gehört und ihn nicht als Schuss erkannt. Zur selben Zeit fuhr unten auf der Straße eine Frau auf einem Rad vorbei. Gerlinde Weylandt, Inhaberin des Bioladens am Bahnhof. Sie und ihr Mann sind gestern früh mit dem Wohnmobil in den Urlaub aufgebrochen. Ziel Bretagne oder Normandie. Leider haben die beiden keine Handys dabei. Die Zeugin ist für uns also im Moment nicht erreichbar. Wie gehen wir vor? Fahndung nach dem Fahrzeug? Reiseruf über den Rundfunk? Oder soll ich die Kollegen an der französischen Grenze um Hilfe bitten?«

»Gibt es noch weitere Zeugen?«, fragte Dühnfort.

Kirsten schüttelte den Kopf. »In Bezug auf die Radfahrerin nicht und auch nicht, was den Lieferwagen angeht. Den hat nur Ricarda Nowotny gesehen. Was auch nicht weiter verwunderlich ist. Er kam aus dem Petunienweg, der ja nur auf der südlichen Seite bebaut ist. Nördlich erstrecken sich Wiesen und Äcker. Im Büro- und Geschäftshaus linker Hand war nachts niemand. Und im Vierparteienhaus rechter Hand sind zurzeit, bis auf einen Mieter, alle in Urlaub. Und der, der da war, hat von dem Trubel nichts mitbekommen. Wie soll ich bei der Suche nach Frau Weylandt vorgehen?«

Die Frau war eine wichtige Zeugin. Er wollte keine Zeit verlieren. »Ich denke, eine Fahndung wird am schnellsten zum Erfolg führen. Veranlasst du das?«

»Sicher doch.« Kirsten wandte sich wieder der Tafel zu. »Der Lieferwagen bog im Kreisverkehr Richtung München ab. Auf der Strecke gibt es zwei fest installierte Überwachungsanlagen. Ich habe die Bilder aus der Tatnacht angefordert. Wenn wir Glück haben, ist der Wagen drauf. Wenn nicht, brauchen wir jemanden, der aus allen Zulassungen blaue und schwarze Lieferwagen herausfiltert.«

Buchholz reckte sich. »Ganz so kompliziert wird es nicht.«

Sein Doppelkinn lag in Falten. In das Grau der Stoppeln auf seinem mächtigen Schädel mischte sich mehr und mehr Weiß. Bedächtig blätterte er in seinen Unterlagen. »Am Vorfahrt-gewähren-Schild, gegen das der Wagen gedengelt ist, befinden sich Anhaftungen von dunkelblauem Lack. Wir analysieren das gerade. Kirsten kann mit der Fieselarbeit also warten, bis wir Hersteller, Modell und Baujahr haben. Und dann wird es keine Fieselarbeit mehr sein.«

»Gut. Warten wir das Ergebnis ab. Wie sieht es mit der Waffe aus? Gibt es da Neuigkeiten?«

»Gefunden wurde sie nicht. Die Patrone ist gesichert. Und das ist interessant. Es handelt sich um eine .44er Magnum. Das Kaliber ist für Revolver ausgelegt, weshalb wir uns we-gen der fehlenden Geschosshülse den Kopf nicht zerbrechen müssen.«

»Eine .44er Magnum?« Das überraschte Dühnfort. »Da schießt jemand grundsätzlich nicht auf Spatzen.« Bei diesen Worten zuckte Kirsten kaum merklich zusammen.

»Typischerweise wird das Kaliber für Kurzwaffen verwen-det«, fuhr Buchholz fort. »Das sind keine Leichtgewichte und außerdem unhandlich. Zum ständigen Führen sind sie nicht geeignet. Die findest du hauptsächlich bei Jägern zur Nach-suche oder bei Sportschützen. In dieser Richtung würde ich die Augen offen halten.«

»Sehr schön. Wie sieht es mit DNA aus?«

Buchholz fuhr sich mit einer Hand über den mächtigen Schädel und erklärte, dass die Auswertung der Speichelspu-ren an den Zigarettenkippen noch bis morgen dauern würde.

»Aber wir haben noch etwas Interessantes gefunden. Oben neben den Zigarettenkippen und hinter den Dämmstoffrollen gibt es Spuren von Profilsohlen mit einem typischen Merk-mal. Am rechten Schuh fehlt an einem Stollen ein Stück, und zwar hinten in der Rundung. Größe etwa 45, könnte auch 44 oder 46 sein. Spuren desselben Schuhs finden sich auch unten in der Nähe der Säule und am Ausgang zum Petunienweg. Und das ist ein echter Treffer.« Buchholz deutete auf ein Foto an der Wand. »Der Mutterboden ist am Rand der Baustelle zu einem Wall aufgeschoben. Dort gibt es eine bazige Stelle, und in der habe ich das Schätzchen entdeckt.«

Dühnfort war zufrieden. Das entwickelte sich doch alles sehr erfreulich.

Im selben Moment öffnete sich die Tür zum Besprechungszimmer. Alois kam herein. Er sah völlig fertig aus.

15

Angst war ein Gefühl, das Alois eigentlich fremd war. Selbst als Kind hatte er sich selten gefürchtet. Beinahe alles ließ sich erklären und so die Angst in den Griff bekommen. Dunkle Schatten waren der Abwesenheit von Licht geschuldet. Nichts verbarg sich darin. Unheimliche Geräusche kamen vom Wind, der bei Sturm in die Dachsparren fuhr und die alten Balken ächzen ließ, oder von den Dielen, die unter den Schritten seiner Eltern knarrten. Keine Monster, keine Ungeheuer. Die gab es nur in den Büchern, die er so gerne las. Der Angst vorm dicken Mani, der den Schwachen auf dem Heimweg von der Schule auflauerte, war er mit einem Karatekurs begegnet. Das Blatt hatte sich gewendet. Schon bald hatte der Mani Schiss vor ihm gehabt. So ging das. Man stellte sich der Angst und tat was dagegen. Doch diesmal war alles anders. Simon war krank, und eine nie gekannte Furcht breitete sich in Alois aus. *Papa, mein Hals tut so weh.* Simons Blick, der nicht hielt, die roten Wangen im weißen Gesicht. *Verdacht auf virale Meningitis.* Das hatte Evi gesagt. Fragend hatte er sie angesehen. Was heißt das? Das ist doch nicht schlimm, oder? *Hirnhautentzündung.* Bei diesem Wort hatte sein Verstand auf Standby geschaltet und jede Zelle seines Körpers mit Angst geflutet. Der Arzt in der Klinik hatte beschwichtigt. *Kein Grund zur Sorge. Selbst wenn das eine Meningitis sein sollte, lässt sie sich gut behandeln. Am besten, Sie gehen jetzt zur Arbeit.* Evi hatte zugestimmt. *Ich rufe dich an, wenn der Befund da ist. Jetzt mach dich nicht verrückt.* Leichter gesagt als getan, dachte er und setzte sich an den Besprechungstisch. Der Fall würde ihn hoffentlich ablenken. »Entschuldigt meine Verspätung.« Er warf einen Blick in die Runde.

»Wie geht es Simon?«, fragte Tino.

»Verdacht auf Hirnhautentzündung. Das ist eine nicht so seltene Komplikation nach Mumps und lässt sich gut behandeln.« Das klang so klar und kalkulierbar, und doch erschien es ihm wie Mut machendes Pfeifen im Dunkeln.

»Wenn du ein paar Tage Urlaub nehmen willst ...«

»Nicht nötig. Der Junge ist in guten Händen, und Evi ist schließlich Krankenschwester. Die haben das im Griff. Wie ist der aktuelle Stand in unserem Fall?«

Tino fasste ihn zusammen. Sah doch prima aus. Sie mussten nur den Fahrzeughalter finden, und dann würde das ein Heimspiel werden. Darauf würden sich die Ermittlungen jetzt konzentrieren. Wem gehörte der Wagen, wer trug den Schuh mit dem beschädigten Profil? Die Rekonstruktion von Daniels letzten Stunden hatte jetzt sicher nicht erste Priorität, und darüber war Alois froh. Denn gestern, nach Evis Anruf, war er gleich zu ihr gedüst, in die kleine Wohnung, die sie zusammen mit Simon ganz in der Nähe ihres Arbeitsplatzes bewohnte. Recht weit war er mit seiner Recherche also nicht gekommen. Dennoch fragte Tino danach. Logisch. Nicht anders zu erwarten. Sein Chef war ein Gründlicher.

Alois zog sein Notizbuch hervor und checkte dabei noch mal schnell sein Handy. Keine SMS von Evi.

Hastig überflog er seine Notizen. »Daniel hat außer seiner Oma keine Angehörigen. Bis vor einem Jahr hat er zusammen mit ihr ein altes Siedlungshäuschen in Unterhaching bewohnt, das die Oma verkauft hat. Sie konnte sich die Instandhaltung nicht mehr leisten. Seither hat Daniel eine eigene Wohnung. Die im Geranienweg. Es gibt zwei gute Freunde seit der Grundschulzeit: Phillip Eckel und Lukas Lauer. Der Kontakt liegt derzeit etwas brach, seit Mika, Phillips Schwester, mit Daniel Schluss gemacht hat. Dann gibt es noch zwei Kollegen aus dem Autohaus, die man wohl als gute Kumpel bezeichnen kann. Benno Meier und Kevin Seiberl. Vorgestern Abend war er mit den beiden am Steinsee beim Baden. Anschließend sind sie ins Hachinger Eck gefahren. Das ist ihre Stammkneipe. Um Viertel nach zwölf haben sie sich davor getrennt. Benno und Kevin sind in ihre Autos gestiegen und heimgefahren. Daniel ist gelaufen. Er hatte seinen Golf vorher daheim abgestellt. Von der Kneipe zu Daniels Wohnung sind es nur ein paar Minuten, die Baustelle liegt direkt an der Strecke.«

»Gut. Dann wissen wir, weshalb er zu Fuß unterwegs war. Gibt es sonst noch was? Hatte er Streit mit einem der beiden? Gab es Stress in der Kneipe?«, fragte Tino.

Alois klappte das Notizbuch zu. »Nichts dergleichen. Das war es für den Moment.« Klippe umschifft. Erleichtert lehnte er sich zurück und fing dabei Kirstens Blick auf. Ein wenig überrascht. Ihre Stirn wurde ganz glatt, während gleichzeitig ein überlegenes Lächeln erschien. So etwas hatte er gefressen. Aber so was von gefressen. Kirsten ging ihm auf den Geist. Vom ersten Tag an. Sie sah zwar klasse aus, doch sie war so kalt, dass sie problemlos den Kühlraum in der Metzgerei seines Vaters auf konstanter Temperatur halten könnte. So kalt, dass ihr jedes Mitleid fehlte. So kalt, dass sie Kerle in den Selbstmord trieb. Herzlichkeit war für sie ein Fremdwort. Und prompt kam die Breitseite.

»Ich habe mit dem Wirt des Hachinger Ecks gesprochen. Franz Singhammer. Daniel hatte nur noch drei Euro Bargeld. Zu wenig, um die Zeche zu bezahlen, deswegen hat er sie mit Karte beglichen. Genau um null Uhr zwölf. Auf dem Weg zwischen Kneipe und Baustelle gibt es keinen Geldautomaten. Der nächste befindet sich in der Hauptstraße. Ich habe bei seiner Bank nachgefragt. Daniel hat keine Abhebung getätigt. Die vier Fünfziger muss er also auf der Baustelle erhalten haben.« Sie sah ihm direkt in die Augen. Eigentlich war das dein Job, oder?, schien sie damit sagen zu wollen.

Du bist so ein richtig fleißiges Mädchen, gell?, dachte Alois. Vermutlich hast du in der Schule den Lehrern die Taschen geschleppt und niemals jemanden abschreiben lassen. Und nun denkst du, du kannst mich hier vorführen. Er wandte den Blick ab. Keine Lust auf Zoff. Ihm fehlte die Kraft dafür. Warum meldete Evi sich nicht? Keine Nachrichten sind gute Nachrichten. Das sagte seine Oma immer. Eine einfache Bäuerin aus der Nähe von Regensburg. Sie war eine kluge Frau. Diese Gedanken hielt er der Angst, die in ihm aufstieg, wie ein Schild entgegen.

Der Augenblick der Anspannung ging vorüber. Tino ergriff das Wort. »Bisher spricht nichts dafür, dass Daniel dealte. Warum musste er sterben? Das ist die Frage, auf die wir schnellstmöglich eine Antwort finden sollten.« Tino erhob sich. Für zehn war die Obduktion angesetzt. Alois war nicht so scharf darauf. Doch Kirsten würde sich das bestimmt nicht entgehen lassen, also entschloss er sich, ebenfalls dabei zu sein. Nicht, dass sie am Ende falsche Schlüsse zog.

16

Während es draußen mittlerweile über dreißig Grad hatte, war es im Sektionssaal angenehm frisch. Die Sonne schien zwar zu den Fenstern herein, doch gegen die gespeicherte Kühle des mächtigen Gemäuers kam sie nicht an. Der Geruch nach Tod und Vergänglichkeit vermischte sich mit den Ausdünstungen von Formaldehyd und Putzmitteln und war mehr als gewöhnungsbedürftig.

An allen Stahltischen wurde gearbeitet. Die Teams aus Rechtsmedizinern und Sektionsgehilfen verrichteten konzentriert ihre Aufgaben, dies jedoch alles andere als leise. Eine Oszillationssäge kreischte, als Professor Dr. Dr. Claudius Herzog sie am Schädel einer Wasserleiche ansetzte, Befunde wurden auf Band gesprochen und an den Leuchttafeln hinter den Sektionstischen diskutiert. Dühnfort steuerte auf den mittleren Tisch zu, an dem Dr. Ursula Weidenbach gerade die äußere Schau am Leichnam von Daniel Ohlsberg beendete. Alois und Kirsten gingen hinter ihm. Unfreiwillig folgte er ihrem halblaut geführten Disput. »Eine alleinerziehende Mutter käme damit nicht durch. Wir müssen immer mehr als hundert Prozent bringen. Bei uns lässt man kranke Kinder nicht als Ausrede gelten. Und du bist ja nicht mal alleinerziehend. Deine Ex betreut den Jungen. Also mach deinen Job, anstatt beleidigt zu sein, wenn andere dir helfen. Noch mal tue ich das nicht.«

»Ach? Helfen nennst du das?«

Dühnfort verstand nicht, was Kirsten darauf erwiderte. Vermutlich war das gut so, sonst hätte er die beiden vor allen unterbrochen. So ging das nicht weiter. Er musste sich etwas einfallen lassen, um Ruhe ins Team zu bringen. Vielleicht ein gemeinsames Essen oder Grillen, draußen am Starnberger See, bei Schorschs Segelschule, wo sein Boot lag. Vielleicht auch eine gemeinsame Segeltour. Etwas in dieser Art jedenfalls.

Dühnfort trat an den Sektionstisch. Alois gesellte sich zu ihm, während Kirsten auf die andere Seite wechselte, zu Ursula Weidenbach und Christoph Leyenfels, dem für diese Ermittlung zuständigen Staatsanwalt. »Sie müssen Kirsten Tessmann sein.« Weidenbach zog einen der Gummihandschuhe aus und reichte Kirsten die Hand. »Hoffentlich nicht Ihre erste Leiche.«

»Ich habe zwei Jahre bei der Mordkommission in Würzburg gearbeitet. Man gewöhnt sich an den Anblick.«

Leyenfels war ein großer Mann, der alle im Saal überragte. Er sah Kirsten an wie eine Erscheinung. Dühnfort stellte seine neue Mitarbeiterin vor. »Sehr erfreut«, meinte Leyenfels lächelnd und sah auch ganz so aus.

»Na, dann wollen wir mal.« Ursula Weidenbach wandte sich der Leiche zu. »Keine offenen Fragen. Bisher jedenfalls. Hier haben wir die Einschusslücke.« Ein behandschuhter Finger deutete auf das Loch in der rechten Stirnhälfte. »Hier den Schmauchhof und Pulvereinsprengungen, also ein relativer Nahschuss.« Sie zog eine beleuchtete Teleskoplupe über die Stirn und sah fragend in die Runde. Alois rührte sich nicht. Kirsten studierte die Kacheln an der Wand. Also beugte Dühnfort sich über die Lupe. Tatsächlich. Jetzt, wo das Blut abgewaschen war, sah er die dunklen Sprenkel. Pulver hatte sich in die Haut eingebrannt. Überrascht blickte Dühnfort auf. »Daniel wurde also aus nächster Nähe erschossen. Der Täter muss unmittelbar vor ihm gestanden haben.«

Weidenbach schob die Lupe zurück. »Ein, maximal zwei Meter Abstand. Der Schusskanal lässt sich nicht exakt bestimmen. Wie Sie ja schon gesehen haben, hat das einschlagende Projektil eine Druckwirkung erzeugt, die den Inhalt der Schädelhöhle auseinandertrieb, den hinteren Teil des Schädels wegsprengte und die Hirnmasse nach außen schleuderte. Wie der Notarzt auf die Idee gekommen ist, zu reanimieren, das würde ich ihn gerne mal fragen. Der Junge war sofort tot.« Mit routiniertem Griff drehte sie den Kopf.

Dühnfort sah gerade noch, wie Kirstens Augen sich verdrehten, ihr Körper zusammensackte und auf den Boden knallte.

Leyenfels fuhr herum und ging vor Kirsten in die Hocke. »Wohl doch nicht an den Anblick gewöhnt.« Vorsichtig schlug er auf ihre Wange. »Frau Tessmann. Aufwachen.«

»Beine hoch.« Weidenbach streifte die Handschuhe ab und hob Kirstens Beine an, noch bevor Dühnfort auf die andere Seite des Tisches gewechselt war, um ebenfalls zu helfen. Als er dort ankam, schlug Kirsten die Augen bereits wieder auf. Irritiert sah sie sich um und wollte aufstehen.

»Immer langsam.« Leyenfels half ihr hoch.

»Geht es wieder?«, fragte Dühnfort.

Kirsten nickte benommen. »War nur … ein Déjà-vu.«

»Wollen Sie an die frische Luft?« Leyenfels stützte Kirsten noch immer. »Ich begleite Sie hinaus. Wie wäre es mit einer Tasse Kaffee, um den Kreislauf wieder in Schwung zu bringen?«

Unsicher sah sie in die Runde.

»Das ist eine gute Idee«, sagte Dühnfort. »Und wenn du dich nicht wohl fühlst, dann fahr heim und lege dich hin.«

»Ist nicht nötig.«

»Machen Sie sich keine Gedanken. Das ist uns allen schon mal passiert«, meinte Leyenfels und begleitete Kirsten hinaus.

Einen Moment sah Dühnfort den beiden noch nach, dann wandte er seine Aufmerksamkeit wieder dem Sektionstisch zu. Alois stand am Kopfende und starrte auf die Austrittswunde mit der herausgequollenen Hirnmasse. In diesem Moment erinnerte er ihn an einen kleinen Jungen, der eine Mutprobe bestehen wollte. Alois war in Ordnung. Auch wenn er seiner Arbeit manchmal nicht mit der Sorgfalt nachging, die Dühnfort wichtig war. Wenn man ihn brauchte, war er da.

Ursula Weidenbach trat wieder an den Tisch. »Dann machen wir mal weiter.«

Der Verlauf der Obduktion brachte keine grundlegend neuen Erkenntnisse. Was vom Schusskanal bestimmbar war, wies auf einen Täter hin, der etwa dieselbe Körpergröße hatte wie das Opfer, denn er verlief in einem minimal ansteigenden Winkel.

Ein relativer Nahschuss, aus etwa ein bis zwei Metern Distanz. Um aus dieser Entfernung zu treffen, brauchte man kein guter Schütze sein. Diesen Punkt mussten sie also revidieren.

Er verabschiedete sich und verließ mit Alois, der heute ungewöhnlich still war, das Institut. Er machte sich Sorgen um Simon. Vermutlich hatte er Kirstens Zusammenklappen deshalb nicht mit einer bissigen Bemerkung kommentiert, wie von Dühnfort insgeheim befürchtet. Egal was der Grund für diese ungewohnte Zurückhaltung war, er war dankbar, dass Alois die Klappe gehalten hatte. Kirsten hatte er eigentlich als ziemlich tough eingeschätzt, und es verwunderte ihn, dass sie den Anblick nicht ertragen hatte.

Ein Déjà-vu. Unwillkürlich fragte er sich, was sie wohl erlebt hatte, dass ihr Körper derart reagierte.

17

Es klopfte an Mikas Tür. Noch bevor sie etwas sagen konnte, trat ihre Mam ein, mit einem Tablett in der Hand. »Ich habe dir Frühstück gemacht. Obstsalat, Joghurt und Vitaminsaft. Du musst etwas essen.« Vorsichtig ließ sie sich auf der Bettkante nieder. Wie spät war es denn? Mika griff nach dem Handy, das neben Block und Kuli auf dem Teppich lag. Schon nach zehn. Mam sollte längst in der Firma sein.

Als ob sie ihre Gedanken gelesen hätte, erklärte Saskia, dass sie heute nicht unbedingt ins Unternehmen musste. »Ich kann hierbleiben. Wir könnten etwas Schönes unternehmen, um dich ein wenig abzulenken.«

»Shoppen vielleicht.«

»Ja, sicher. Wenn du magst. Du brauchst ohnehin für den Urlaub noch ein paar Sachen. Wir könnten die Maximilianstraße unsicher machen, im Bayerischen Hof einen Happen essen, uns anschließend bei Clarins im Day-Spa verwöhnen lassen, und dann könnten wir noch die *Millennium*-Trilogie auf DVD kaufen. Die wolltest du doch haben.«

Stöhnend warf Mika sich auf die Seite und zog die Decke über den Kopf. Warum kriegte ihre Mam so gut wie nie einen ironischen Tonfall mit? Wann würde sie endlich lernen, dass es Trilogie hieß, nicht Triologie? Warum glaubte sie, Shoppen heile alle Wunden? Vor dem Urlaub graute ihr. Drei Wochen Seychellen mit Paps, Mam und Phillip. Für andere klang das wie ein Traum, für sie klang es nach Horror. Sie war von Mam nur noch genervt. Und das war schrecklich unfair. Denn Mam war wie immer. Nur sie, Mika, veränderte sich. Alles verrutschte, verschob sich. Paps sprach eigentlich nur übers Business. Das hatte er vorher auch schon getan. Doch sie ertrug es nicht mehr. Und ihr Bruderherz Phillip entwickelte sich täglich ein wenig mehr in Richtung arrogantes Arschloch. Das war ihre Familie, und mit der hielt sie es nicht drei Wochen auf derselben Insel aus. Unmöglich. Sie konnte nicht Urlaub machen, während Isa und Daniel tot waren.

Daniel! Wie konnte er nur tot sein? Warum? Er war ein lieber Kerl gewesen. Ihr Freund. Alle hatten ihn gemocht.

Vorsichtig wurde die Decke weggezogen. Mams Hand glitt über Mikas Haar. »Mäuschen, ich weiß, das ist eine schlimme Zeit für dich. Aber es hilft nicht, die Decke über den Kopf zu ziehen und sich im Kummer zu vergraben.«

Mika hätte schreien können. Doch sie beherrschte sich. Mam meinte es immer nur gut. Sie war einfach so. Mit einem Ruck setzte sie sich auf. »Geh ruhig ins Büro. Die brauchen dich dort, solange Paps in China ist. Ich komme schon klar. Lukas will einen Song für Isa mit mir aufnehmen. Ich bin also beschäftigt. Du musst dir keine Sorgen machen. Okay?«

Es dauerte eine Weile, bis sie ihre Mam überzeugt hatte, in die Firma zu fahren, und sie endlich ging. Die Haustür schlug zu, der Range Rover wurde gestartet. Mika war erleichtert und fühlte sich gleichzeitig schäbig. Mam war immer für sie da und zog notfalls für ihre Kinder in die Schlacht. So wie damals im Kindergarten, als sie dafür gesorgt hatte, dass ein verhaltensauffälliger Junge, der dauernd schlägerte, in eine andere Einrichtung kam. Oder als sie den Ministerialbeauftragten ins Gymnasium geschickt hatte, weil der Mathelehrer unnachvollziehbare Noten gab. Diese Aktion war ihr echt peinlich gewesen. Allerdings hatten sich die anderen Eltern bei Mam bedankt. Doch sie war kein Kind mehr. Mam konnte nicht ständig Händchen halten. Mit ihren Problemen, Sorgen und Ängsten musste sie langsam mal allein klarkommen.

Und das wollte sie auch. Deshalb reagierte sie wohl neuerdings so gereizt auf ihre Mutter.

Mika setzte sich auf und schwang die Füße aus dem Bett. Auf dem Teppich lag der Block. Zwei neue Worte standen darauf und erinnerten sie daran, was zu tun war.

Isa ist tot. Sie hat sich umgebracht. Zuerst hatte sie das nicht verstanden. Isa? Tot? Zwei Worte, die nicht zusammenpassten. Das konnte einfach nicht sein. Lukas erlaubte sich einen Scherz. Doch mit so etwas scherzte man nicht. Schon gar nicht Lukas.

Erst ein unsagbarer Schmerz, unendliche Trauer, dann Wut. *Warum hast du nicht angerufen, Isa? Warum hast du dein Leben weggeworfen? Du hattest Pläne. Amerika. Studium. Warum tust du mir das an? Lässt mich allein, Isa! Wie kannst du nur? Warum? Wegen Sascha? Doch nicht wegen Sascha! Wegen dieses Idioten! Lachen! Du hättest darüber lachen sollen. Okay, erst weinen. Das verstehe ich ja. Dieser Arsch. Er hat dich vorgeführt, er hat sich über dich lustig gemacht, er hat dich gedemütigt. Und seine ebenso zahlreichen wie doofen Kumpels haben ins selbe Horn gestoßen und sich bepisst vor Lachen. Na klar, was sonst? Herdentrieb. Eine Herde blökender Hammel. Lauter Idioten. Wegen denen bringt man sich doch nicht um. Isa!*

Sie fehlte ihr so. Und nun Daniel! Was war los? Was lief schief? Ein dunkler Sog. Sie spürte ihn. Wann hatte das angefangen? Wie würde es enden?

Diese düsteren Gedanken. Mika schüttelte den Kopf und reckte sich. Mit einem Griff zog sie die Jalousie ganz hoch. Die Sonne knallte zum Fenster rein, fuhr ihr blendend in die Augen. Blinzelnd wandte sie sich ab.

Der Block lag auf dem Teppich neben dem Bett. Seit Isas Selbstmord lag er da, denn vorm Einschlafen und beim Aufwachen fielen ihr oft Worte ein. Worte, die passen konnten.

Hunderte, wenn nicht Tausende hatte sie schon ausprobiert. Doch sie würde nicht aufgeben, bis sie endlich das eine gefunden hatte, mit dem sie sich auf Isas Facebook-Seite einloggen konnte. Und dann würde sie ihn enttarnen, diesen Sascha, den niemand kannte und der nach Isas Selbstmord in den Weiten des Netzes verschwunden war.

Er hatte Isa auf Facebook eine Freundschaftsanfrage geschickt, und sie hatte sich in ihn verliebt. Und er sich in sie. Hunderte Mails hatten sie getauscht. Doch nie telefoniert. Nie geskypt. Eigentlich hätte mir sofort auffallen müssen, wie seltsam das ist, dachte Mika. Sie bückte sich und hob den Block auf.

Julius Cäsar. Izzibizzi. Das waren die beiden Worte, die ihr in der vergangenen Nacht eingefallen waren.

Sie setzte sich an den Schreibtisch, startete ihr MacBook und trank den Vitaminsaft, während es hochfuhr.

Julius Cäsar, so hatte Isas Goldhamster geheißen, den sie von einer Tante zum achten Geburtstag geschenkt bekommen hatte. Und Izzibizzi war ein alter Schlager, den Isa in der fünften oder sechsten Klasse toll gefunden und ständig geträllert hatte.

Mika startete den Browser und ging auf die Facebook-Seite. Um sich einzuloggen, musste man seine E-Mail-Adresse angeben und ein Passwort. Mika tippte Isas Mailadi ins Eingabefeld und wechselte mit dem Cursor in das Feld fürs Passwort. Sie probierte *Julius Cäsar* in verschiedenen Varianten. Ohne Leerzeichen, mit Unterstrich, statt ä, mit ae ohne Großbuchstaben. Nichts führte zum Erfolg. Es gelang ihr nicht, sich als Isa einzuloggen. Dieselbe Prozedur mit *Izzibizzi*. Zwischendurch musste sie mehrmals den Browser neu starten, denn Facebook schlug nach einigen Fehlversuchen vor, sich ein neues Passwort schicken zu lassen. Doch das nutzte natürlich nichts, denn das neue Passwort würde an Isas

Mailadi geschickt werden, und auch dafür kannte Mika das Login nicht. Warum war Isa nicht so leichtsinnig gewesen wie Mam? Mam verwendete nur ein einziges Passwort für all ihre Webaktivitäten und posaunte das auch noch in der Familie herum. *SaasFee*. Ihr bevorzugter Skiort in der Schweiz.

Mika seufzte. Heute würde das wohl wieder nichts werden. Noch einmal tippte sie eine Variante von Izzibizzi ein, doch es klappte nicht. Izzibizzi. Was war das überhaupt für ein Schlager?

Mika googelte ihn und fand auf YouTube ein Video. Total witzig gemacht, im Look der Fünfziger. Der Text wurde Zeile für Zeile in Comicschrift eingeblendet. *Es war ihr Itsy-bitsy-Teenie-Weenie-Honolulu-Strandbikini.*

Sie hatte es falsch geschrieben! Mika probierte es noch einmal. Doch es klappte nicht. Verdammt! Wieder nichts. Sie wollte den Laptop schon schließen, als sie eine Idee hatte. Vielleicht funktionierte es ja damit. Sie tippte *Honolulu-Strandbikini* in das Feld fürs Passwort und klickte auf *Anmelden*. Der Ladebalken unten am Browserfenster begann sich blau zu füllen.

18

Evi meldete sich nicht. Alois parkte seinen Mini vor dem VW-Autohaus in Unterhaching und checkte nochmals sein Handy. Keine SMS. Nichts auf der Mailbox. Im Krankenhaus musste Evi ihr Handy ausschalten. Sie war unerreichbar, und das machte ihm Angst. Was dauerte da so lange? Er fühlte sich wie abgeschnitten von dem Menschen, den er am meisten liebte, seinem Sohn. Die Vorstellung, dass Simon Schmerzen hatte und hohes Fieber und sich vor den Ärzten fürchtete, die ihn abtasteten, piekten, vielleicht an Infusionen anschlossen, in den Kernspin schoben oder welche Prozeduren auch immer Simon über sich ergehen lassen musste, bis sie dann herausfanden, was ihm fehlte, diese Vorstellung versetzte ihn beinahe in Panik.

Komm mal wieder runter, befahl er sich. Selbst wenn es eine Hirnhautentzündung sein sollte, dann ist es eine durch den Mumpsvirus verursachte, und dagegen gibt es Medikamente. Gefährlicher wäre eine bakterielle Meningitis. Das hat dir der Arzt doch erklärt. Schlimmstenfalls muss Simon ein paar Tage im Krankenhaus bleiben und Tabletten schlucken. Sein Gehirn wird nicht geschädigt werden. Er wird nicht sterben. Krieg dich wieder ein. Mach deinen Job und überlasse das Feld nicht Kirsten.

Sie war bei der Obduktion tatsächlich umgekippt. Das hatte ihn dann doch überrascht. Und auch wieder nicht. Die Sache mit ihrem Mann saß ihr offenbar noch in den Knochen. Er verstand schon, weshalb sie das nicht an die große Glocke hängte. Dennoch war es naiv von ihr, anzunehmen, dass sich so etwas unter den Kollegen nicht herumsprach.

Er steckte das Handy ein und stieg aus. Daniels Chef war gestern nicht da gewesen. Der Werkstattleiter Michael Obermüller. Mit dem wollte Alois jetzt sprechen. Er wollte nichts übersehen, was Kirsten später aufpicken und ihm unter die Nase reiben konnte. So wie heute Morgen die Sache mit der Kneipe und dem Geld. So etwas würde ihm nicht noch einmal passieren.

Durch die Glastür trat er in den Verkaufsraum, in dem die neusten, auf Hochglanz polierten Modelle präsentiert wurden. Am Empfang saß Charlotte Bergmann und telefonierte. Ein echtes Sahneschnittchen. Mit ihr hatte er sich gestern schon unterhalten. Blonde Locken, ein Mund, der jeden Mann auf verwegene Gedanken brachte, ebenso wie ihre Figur. Hügel, Täler, sanfte Kurven. Eine Landschaft, durch die er gerne mal streifen würde.

Sie warf ihm ein Lächeln zu, während sie mit einem Kunden einen Termin für eine Probefahrt vereinbarte, was sich als schwierig erwies. Schließlich legte sie die Hand auf die Muschel. »Sie wollen zu Mike, oder? Er ist in der Werkstatt.« Mit dem Kuli in der Hand wies sie auf eine Verbindungstür.

Mit ein wenig Bedauern betrat Alois Obermüllers Reich. Vielleicht würde sich ja später eine Gelegenheit für einen kleinen Flirt ergeben.

Es roch nach Öl und Schmiere. Aus einem Radio auf der Werkbank dröhnten die Verkehrsmeldungen von Bayern 3. An allen Hebebühnen wurde gearbeitet. Benno und Kevin schraubten an einem Passat. Ein muskulöser Kerl in blauer Latzhose und weißem T-Shirt beugte sich in den Motorraum eines Touran. Das musste Michael Obermüller sein. Alois klopfte ihm auf die Schulter. Obermüllers Kopf schnellte hoch. »Mann, haben Sie mich erschreckt.« Ein abschätzender Blick von Kopf bis Fuß folgte. »Hier dürfen nur Mitarbeiter rein.«

Alois zog seinen Ausweis hervor. »Kripo München. Es geht um Daniel Ohlsberg.«

An einem Lappen wischte Obermüller sich die Hände ab. »Schlimme Geschichte, das mit dem Daniel. Gehen wir raus, da kann ich rauchen.« Mit dem Kinn wies Obermüller in den Hof. Alois folgte ihm.

Im Schatten des Nachbargebäudes setzten sie sich auf die Betoneinfassung der Böschung. Obermüller zog Zigaretten und Zippo hervor, zündete sich eine Marlboro an und nahm einen tiefen Zug. »Wirklich schlimm. Der Daniel war ein guter Junge. Er war fleißig und zuverlässig. Er hat zugehört und getan, was man ihm sagte. Und er hat so gut wie nie gefehlt. Blaumachen, das war bei ihm nicht drin. Egal wie spät es am Vorabend geworden war. Der ist sogar nach dem Betriebsfest am nächsten Morgen pünktlich auf der Matte gestanden. Mit so einem Kater.« Obermüller hob seine mächtigen Pranken in einem halben Meter Abstand zum Schädel. »Wenn Sie mich fragen, wer ihn einfach abgeknallt hat ... Ich habe keine Ahnung. Und das mit den Drogen, das können Sie vergessen. Damit hatte er nichts mehr am Hut.«

»Sieht ganz so aus. Wir haben bisher nichts gefunden.«

Ein erleichterter Seufzer entstieg Obermüller. »Gut. Sonst hätte ich mich in dem Jungen echt getäuscht.«

»Hatte Daniel Streit oder Ärger mit jemandem? Hatte er Feinde?«

»Darüber habe ich mir den Kopf zerbrochen. Aber mir fällt dazu nichts ein. Daniel war ein Pfundskerl. Den mochten alle. Niemand hatte mit ihm Zoff. Und er hatte auch keine Weibergeschichten. Mit der Monika Eckel war er ein paar Monate zusammen, bis sie mit ihm Schluss gemacht hat. Das war schwer für ihn. Er hat es nicht verstanden. Da gab es aber keinen anderen Mann, der eifersüchtig auf ihn gewesen wäre. Und selbst wenn, sie hat das ja beendet.«

Obermüller inhalierte tief und legte den Kopf in den Nacken.

»Jemand hatte es aber auf Daniel abgesehen. Er war kein zufälliges Opfer. Kein Streit? Mit niemandem? Wirklich? Denken Sie nach.«

Durch die Nase blies Obermüller den Rauch aus und schüttelte bedächtig den Kopf. »Nur mit einer Kundin gab es letzte Woche ein wenig Stress. Sie hat ihr Auto aus der Inspektion geholt und gemeckert. Keine Ahnung weshalb. Ich habe nur einen kurzen Wortwechsel mitbekommen. Anscheinend hat Daniel sie dumm angemacht, obwohl das eigentlich nicht seine Art war. Jedenfalls hat sie ihn angefahren. *Wie haben Sie mich genannt?* Er hatte sich wohl in der Wortwahl vergriffen. Sie hat die Rechnung bezahlt und ist vom Hof gefahren. Wird also nicht so wild gewesen sein, was sie zu bemängeln hatte.«

Okay. Das war es dann wohl. Kein Anhaltspunkt. Alois erhob sich. Es konnte allerdings nicht schaden, bei der Kundin nachzufragen, weshalb sie mit Daniel aneinandergeraten war. Vermutlich über die Höhe der Rechnung, falls er Arbeiten ausgeführt hatte, die nicht vereinbart und ihrer Meinung nach nicht nötig gewesen waren. Das Übliche halt, wenn man den Wagen in der Werkstatt hatte.

Er ließ sich den Namen und die Adresse geben und kehrte zu seinem Mini zurück. Als er die Tür öffnete, schlug ihm Gluthitze entgegen. Auf der Motorhaube konnte man vermutlich in Sekundenbruchteilen ein Steak braten. Hemd und Hose aus einem Leinen-Baumwollgemisch waren bei dieser Hitze die richtige Wahl gewesen. Kühl lag der Stoff auf seiner Haut. Einen Moment spielte er mit dem Gedanken, Charlotte Bergmann einen kurzen Besuch abzustatten. Mit etwas Glück konnte er sie vielleicht überreden, die Mittagspause mit ihm zu verbringen – doch plötzlich wurde ihm klar, was er in der letzten Viertelstunde erfolgreich verdrängt hatte.

Wie Quecksilber in einem Thermometer stieg die Angst um Simon wieder in ihm auf. Was war los? Warum rief Evi nicht an? Keine SMS. Keine Nachricht auf der Mailbox. Er wählte ihre Nummer. *Der von Ihnen gewünschte Teilnehmer ist vorübergehend nicht erreichbar.* Er drückte die Nummer weg, wählte Tinos und sagte, dass er sich jetzt für eine oder zwei Stunden ausklinken und ins Krankenhaus fahren würde. Ob das in Ordnung sei?

»Natürlich. Warst du im Autohaus?«

»Klar. Daniel hatte keine Feinde. Es gab keinen Stress, bis auf einen kleinen Disput mit einer Kundin letzte Woche. Marlis Schäfer. Sie wohnt hier in Unterhaching. Mit der rede ich später.«

»Das kann ich übernehmen. Grüß Evi und Simon von mir.«

19

Ein modernes Einfamilienhaus mit weißer Fassade und großen Fensterflächen. Der Vorgarten war gepflegt, der Rasen geschnitten und jedes welke Blättchen aus den Blumentöpfen gezupft. Auf dem Stellplatz neben der Doppelgarage stand ein Container voller Erde und Kies. Niemand war zu sehen.

Dühnfort klingelte. Kurz darauf erklang im Rauschen der Gegensprechanlage die Stimme einer Frau. »Ja, bitte?«

»Dühnfort. Kripo München. Ich würde gerne mit Frau Schäfer sprechen.«

Einen Augenblick war es still. Nur das Rauschen blieb. »Worum geht es?«

»Um Daniel Ohlsberg.«

»Einen Moment.«

Einen Augenblick später wurde die Tür geöffnet und Dühnfort gemustert. »Kann ich Ihren Ausweis sehen?«

Er reichte ihn der Frau, die ihn studierte. Marlis Schäfer war etwa fünfzig, hatte jedoch die feingliedrige Figur eines Teenagers. Sie wirkte zerbrechlich. Porzellanteint, weißblonder Pagenkopf, große blaue Kinderaugen. Doch in dieses Gesicht hatte sich ein feines Netz eingegraben. Linien der Verbitterung. Ein irritierender und faszinierender Kontrast.

Sie reichte ihm den Ausweis zurück und bat ihn herein. Er folgte ihr in die Küche. Britischer Landhauschic in Cremetönen. Offenbar hatte er sie bei der Zubereitung des Mittagessens gestört. »Daniel hat mich doch hoffentlich nicht angezeigt?« Auf einem Brett lag eine halbierte Paprika, die sie in Würfel zu schneiden begann.

»Weshalb hätte er das tun sollen?«

»Na, weil ich ihn beleidigt habe.« Ein überraschter Blick. »Er hat also keine Anzeige erstattet?« Die Brauen schoben sich ein wenig zusammen. »Weshalb sind Sie dann hier?«

»Von dem Mord im Anemonenweg haben Sie nichts gehört?« Das erschien ihm unwahrscheinlich.

»Doch. Es stand in der Zeitung. Ein Drogendealer wurde ...« In diesem Moment stellte sie die Verbindung her und ließ das Messer sinken. »Sie meinen, das war Daniel.«

Dühnfort nickte. Sie legte das Messer beiseite und wischte sich die Hände am Geschirrtuch ab. »Das ist ... Ich kann mir das nicht vorstellen. Er hat nicht gedealt. Das ist Jahre her.« Sie legte das Tuch weg, zog einen Stuhl heran und setzte sich an den Tisch.

»Sie kennen Daniel also näher. Nicht nur als Kundin im Autohaus?«

»Ja. Natürlich. Daniel war Mikas Freund. Und Mika war die beste Freundin meiner Tochter.«

»Sie sagen *war*. Gab es Streit zwischen den dreien?«

Wortlos sah sie ihn an. Unvermittelt legte sich ein harter Zug um ihren Mund. »Isa ist tot. Deshalb *war*.«

»Was ist passiert?« Er setzte sich ihr gegenüber.

»Isa ... also eigentlich hieß sie Isabelle, wir haben sie Isa genannt ... alle haben sie so genannt.« Marlis Schäfer gab sich einen Ruck. »Sie hat sich die Pulsadern aufgeschnitten. Am 24. Februar. Mein Mann und ich ... Wir waren im Kino. Und danach in einer Bar.« Sie presste die Hände an die Schläfen, rang um Selbstbeherrschung. »Wenn wir eine halbe Stunde früher zu Hause gewesen wären ... Nur eine halbe Stunde.«

Sie tat ihm leid. Er verstand die Selbstvorwürfe, mit denen sie sich quälte, und eine diffuse Unruhe breitete sich in ihm aus. Was war da los? Zwei Todesfälle innerhalb kurzer Zeit in einer Gruppe von Jugendlichen. War das Zufall? »Weshalb hat Isa sich das Leben genommen?«

»Weshalb? Wegen dieses Kerls hat sie sich umgebracht.« Die Stimme wurde schrill. »Dieser verdammte Sascha ist schuld. Wie konnte sie nur ihr Leben wegwerfen! Wegen eines Jungen, der es nicht wert war, auch nur dieselbe Luft zu atmen wie sie. Dieses intrigante Schwein. Er hat sie benutzt, um vor seinen Freunden cool dazustehen. Erst hat er Isa dazu gebracht, sich in ihn zu verlieben, und dann hat er sie in den Dreck getreten und gedemütigt. Vor allen. Dabei hat sie ihn nicht einmal gekannt. Sie haben sich nur Mails geschrieben. Bis dann ... Das Date hat er platzen lassen. Das heißt, er war schon da ...« Ein verzweifelter Blick traf ihn. »Isa war hübsch. Sie hat meine Augen und meinen Teint geerbt. Aber sie war dick. Das war einfach so. Wir haben alles versucht, alle möglichen Diäten und Sport. Sogar zum Psychologen habe ich Isa geschleppt. Nichts hat geholfen. Sie hat einfach gerne gegessen, und obwohl sie unter ihrer Figur gelitten hat, konnte sie nicht die Disziplin aufbringen, eine Diät durchzuhalten.« Marlis Schäfer atmete durch, sammelte sich. »Sascha hat sie am Treffpunkt heimlich fotografiert und das Bild auf Facebook veröffentlicht. Natürlich mit einem höhnischen Kommentar versehen. Seine Freunde haben sich nicht mehr eingekriegt. *Fette Sau* war noch das Harmloseste. *Die kriegt im Kino Gruppenrabatt. Wenn sie ins Schwimmbecken hüpft, ist es gleich leer.* Als Isa das gesehen hat ... Sie hat sich die Pulsadern aufgeschnitten. Und wir waren im Kino.«

Ein Selbstmord aus Liebeskummer. Seine Ursache machte ihn zornig, doch es gab keine Verbindung zum Mord an Daniel. Und diesen zu klären, war seine Aufgabe.

»Entschuldigen Sie. Es ist erst fünf Monate her.« Sie knüllte das Taschentuch zusammen. »Eigentlich wollten Sie mit mir ja über Daniel sprechen. Worüber genau?«

»Es geht um den Streit, den Sie letzten Donnerstag mit ihm hatten. Wie ist es dazu gekommen?«

Ein Schulterzucken folgte. »Es war eigentlich nichts. Ich hatte mein Auto zur Inspektion und habe darum gebeten, die Bremsbeläge zu erneuern. Daniel hat das nicht gemacht, weil sie seiner Meinung nach noch gut waren.« Eine Strähne war ihr ins Gesicht gefallen. Sie strich sie zurück. »Er wusste nicht, dass ich als Studentin einen schweren Unfall hatte, weil die Bremsbeläge an meinem alten Käfer total abgenutzt waren. Seither habe ich einen Spleen und lasse sie vermutlich immer viel zu früh erneuern. Ich habe überreagiert und ihn angefaucht.«

»Und er hat sie daraufhin beschimpft?«

»Er hat mich hysterisch genannt. Da habe ich plötzlich rotgesehen. Ich glaube, ich habe ihn einen verantwortungslosen Kretin genannt, der kein Hirn im Kopf hat, und dass man ihm keine Autos anvertrauen sollte, sonst würde es Tote geben.« Sie seufzte. »Das war völlig überzogen. Es tut mir leid. Ich hätte mich bei ihm entschuldigen sollen.«

»Sie dachten, er hätte sie angezeigt. Wieso?«

»Ich weiß, das ist unlogisch. Daniel war gar nicht der Typ dafür. Doch das war mein erster Gedanke, als Sie sich vorgestellt haben. Weshalb sollte sonst die Polizei wegen Daniel zu mir kommen?«

Gut, dann war das geklärt. Dühnfort erhob sich. Marlis Schäfer begleitete ihn in den Flur. Die Tür zum Wohnzimmer stand offen. Die Gardinen an den Panoramascheiben waren zurückgezogen und gaben den Blick in den Garten frei. Dort stand ein sehniger Mann mit nacktem Oberkörper in der prallen Sonne und trieb bei dieser Gluthitze eine Spitzhacke Schlag für Schlag ins Erdreich, löste Gestein und Erdbrocken.

»Ihr Mann?«

Sie nickte. »Er legt den Badeteich an.« Mit beiden Händen strich sie die Haare straff aus dem Gesicht. »Das ist seine Art, mit Isas Tod fertig zu werden.«

An der Haustür reichte Dühnfort ihr die Hand. »Was Ihrer Tochter zugestoßen ist, tut mir leid. Wie hat Sascha eigentlich auf Isas Tod reagiert? Ich kann mir nicht vorstellen, dass er das gewollt hat.«

Eine steile Falte erschien an ihrer Nasenwurzel. »Gar nicht. Er ist einfach abgetaucht. Wir wissen nichts über ihn. Nicht einmal, ob er wirklich Sascha heißt. Im Internet benutzt doch niemand seinen richtigen Namen. Das gehört verboten.«

20

Auf der Rückfahrt ging ihm das Gespräch nicht aus dem Kopf. Dieses Mobbing. Was war nur los? Woher kam diese überbordende Gemeinheit? Nicht nur in der Anonymität des Internets, auch im wirklichen Leben nahm die verbale Gewalt zu. Auf dem Mittleren Ring staute sich der Verkehr. Es wurde gehupt und zu dicht aufgefahren, gedrängelt und die Spur gewechselt, als ob man so schneller ans Ziel käme. Die Hitze machte die Leute entweder träge oder aggressiv.

Zwei Tote in derselben Clique. Ihm gefiel das nicht. Daher entschloss er sich, mit den Kollegen zu reden, die nach Isas Selbstmord vor Ort gewesen waren.

Im Büro angekommen, schaltete er die Espressomaschine ein und öffnete das Fenster. Während die Maschine aufheizte, suchte er in der Datenbank der Vorgangsverwaltung nach dem Selbstmord. Freitag, 24. Februar 2012. Notruf um 23.32 Uhr. Suizid in Unterhaching. Ann-Kathrin Linhardt und ihr Kollege Uwe Dernent waren damals im Einsatz gewesen. Dühnfort wählte Ann-Kathrins Nummer. Sie war im Haus und hatte in einer halben Stunde Zeit für ihn.

Inzwischen braute er sich einen Doppio mit dem bei Supremo erstandenen Espresso. Schwarz und ölig lief der jamaikanische Arabica in die vorgewärmte Tasse. Ein Löffel Dark Muscovado Sugar dazu, und der Nachmittag war gerettet. Er schloss die Augen, während er dem Geschmack nachspürte und die belebende Wirkung des Koffeins sich zu entfalten begann. In der Schublade lag eine angebrochene Tafel Schokolade. Noir mit 85 Prozent Kakaoanteil. Er holte sie hervor und brach eine Rippe ab.

Derart gestärkt suchte er Ann-Kathrin auf. Seit drei Monaten gehörte sie zur MK von Moritz Russo und war so etwas wie Dühnforts personifiziertes schlechtes Gewissen. Jedenfalls was die Fitness betraf. Sie trainierte dreimal pro Woche im Fitnessstudio. An den anderen Tagen absolvierte sie Ausdauertraining in Form von Joggen, Schwimmen, Radfahren. Diverse Stadt-Marathons gehörten ebenso zum festen Repertoire ihrer sportlichen Aktivitäten wie neuerdings Triathlon-Wettbewerbe, während seine Fitness hauptsächlich auf guten Vorsätzen gründete. Ihm fehlten einfach die Disziplin und Leidenschaft dafür. Er war nun mal kein Asket, keiner, der seinen Körper knechtete und zu Höchstleistungen antrieb. Er verwöhnte ihn lieber mit gutem Wein und gutem Essen, ein wenig Schokolade und natürlich dem regelmäßigen Schub Koffein.

Er klopfte an und trat in Ann-Kathrins Büro. Sie saß vorm Fenster, die Füße auf das Fensterbrett gelegt, kaute auf einem Kuli und blätterte in einer Akte. Turnschuhe, Jeansrock, schwarzes Funktionsshirt. Sie sah stets so aus, als ob sie sich innerhalb einer Sekunde fürs Training bereitmachen könnte. Als sie ihn hörte, schwenkte sie auf dem Drehstuhl herum. »Hi, Tino. Was steht an?«

»Hallo, Ann. Erinnerst du dich an den Selbstmord im Februar in Unterhaching? Isabelle Schäfer.«

»Logisch. Isa. Das werde ich sicher nicht so schnell vergessen. Eine Badewanne voller Blut und darin dieses Mädchen mit dem Puppengesicht. Was ist mit ihr?«

»Ein Junge aus ihrer Clique wurde erschossen. Ich will ausschließen, dass da ein Zusammenhang besteht.«

»Ist das dieser ... Wie hieß er noch? Sascha?«

»Nein. Daniel Ohlsberg. Der Exfreund ihrer besten Freundin Mika Eckel.«

»Nie gehört. Was willst du wissen?«

»Ich weiß es nicht. Erzähl einfach mal.«

Ann-Kathrin legte Akte und Kuli beiseite. »Damals war ich noch beim KDD. Der Anruf kam gegen Mitternacht. Uwe und ich sind rausgedüst. Der Notarzt verließ grad das Haus. Da war nichts mehr zu machen. Exitus. Total aufgelöste Eltern. Sie haben sie gefunden. Der Vater hat die Tür zum Bad aufgebrochen, als Isa auf sein Klopfen nicht reagierte. Die Spurenlage war eindeutig. Das Mädchen hat sich selbst umgebracht. Keine Hinweise auf Fremdeinwirkung. Die Tür war von innen verschlossen. Sie hat sich in die Badewanne gelegt, eine Flasche Wein getrunken und sich mit einem japanischen Fischmesser die Pulsadern aufgeschnitten. Und zwar richtig. Der Länge nach und nicht quer. Erst ein paar Probeschnitte und dann zack. Sie wollte sterben. Das war kein Hilferuf. Es gab allerdings keinen Abschiedsbrief. Nur einen Laptop in der Badewanne. Und das ist auch schon die einzige Besonderheit.«

»Ein Laptop?«

»Sie hat ihn mit ins Wasser genommen. Das Ding war hin. Geht schneller, als tausend Mails zu löschen, die unter Umständen wiederhergestellt werden können. Sie wollte nicht, dass jemand die Mails las, die sie an Sascha geschrieben hat. Nehme ich jedenfalls an.«

Dühnfort lehnte sich an ein Regal. »Wie hoch war denn der Blutalkoholgehalt?«

»Du meinst, wir könnten einer Inszenierung aufgesessen sein?«

»Wäre das nicht möglich?«

»Nein. Sie hat etliche Gläser Wein getrunken. Über ein Promille im Blut. Ihre Fingerabdrücke sind auf Flasche und Glas. Die Tür war von innen abgesperrt, das Fenster verriegelt. Es gab keine Möglichkeit, die Tür von außen zu verschließen, wenn der Schlüssel innen steckt. Wir haben das probiert. Isa hat sich selbst umgebracht. Daran besteht kein Zweifel.«

»Und das wegen eines Jungen, der sie bloßgestellt hat.« Es war so unfassbar gemein und so unfassbar dumm. Vor allem aber gedankenlos. Er wollte sich einfach nicht vorstellen, dass Sascha Isas Tod einkalkuliert hatte.

»Du denkst, sie hat sich wegen Sascha umgebracht?«

Er wurde hellhörig. »Das sagt die Mutter. Stimmt das nicht?«

»Diese Nacht werde ich auch aus einem anderen Grund nicht so schnell vergessen.« Ann-Kathrin klopfte mit dem Kuli auf den Block, der vor ihr auf dem Tisch lag. »Als Uwe und ich runterkamen, liefen schon die Schuldzuweisungen. So wie es aussieht, hat Mama Schäfer der Tochter ordentlich Stress gemacht, was das Thema Schule und Studium anging. Isabelle sollte studieren. Und dafür braucht man gute Noten. Das Abi stand an, und die schulischen Leistungen waren nicht entsprechend. Am Vortag hatte es einen heftigen Streit zwischen Mutter und Tochter gegeben, den haben sogar die Nachbarn mitbekommen. Richtig heftig also. Und das nicht zum ersten Mal. So wie es aussah, hätte Isa das Abi nicht bestanden, und dann kam noch der Liebeskummer hinzu. Eine tödliche Mischung. Doch den einen Teil hat Papa Schäfer ausgeblendet. Er hat seiner Frau vorgeworfen, sie mit ihrem verdammten Ehrgeiz sei schuld.« Ann-Kathrin seufzte. »Sind die beiden eigentlich noch zusammen? Würde mich nicht wundern, wenn da demnächst die Scheidung fällig ist.«

»Er buddelt bei dieser Hitze ein Loch in den Garten, so tief wie der Starnberger See, und sie scheint sogar den Rasen zu saugen. Was machen die beiden eigentlich beruflich?«

»Marlis Schäfer arbeitet beim Kulturreferat der Stadt, und er hat eine Managementposition in einem Verlag. Controller, glaube ich.«

Controller. Das passt, dachte er. Eigentlich verständlich, dass Marlis Schäfer ihren Anteil an Isas Selbstmord von sich weist und Sascha dafür verantwortlich macht. Wie sollte man sonst weiterleben? Und ihr Mann schweigt und gräbt. Und wenn er mit dem Badeteich fertig ist, wird er das Dach neu decken und danach den Keller ausbauen, und wenn es nichts mehr zu tun gibt, wird er sich scheiden lassen oder sich aufhängen. Schlimmstenfalls wird er Amok laufen. Man sollte den beiden zu einer Paartherapie raten.

»Die Mutter war etwa vier Wochen später bei mir«, unterbrach Ann-Kathrin seinen Gedankenfluss. »Das Ermittlungsverfahren war bereits abgeschlossen. Sie wollte, dass ich einen Herausgabebeschluss für die personenbezogenen Daten von Sascha bei Facebook beantrage. Ich habe ihr gesagt, dass ich das nicht kann und welchen Weg sie gehen muss. Keine Ahnung, was daraus geworden ist. Ich schätze mal, sie hat die Anzeige nicht erstattet. Jedenfalls habe ich nie wieder was von ihr gehört.«

»Weshalb habt ihr Sascha nicht in die Ermittlungen einbezogen?«

»Weil da nichts war. Ein unscharfes Foto im Gegenlicht eines Schaufensters aufgenommen, das ein dickes Mädchen zeigte. Das hätte irgendwer sein können. Man konnte Isa nicht erkennen. Und Saschas Kommentar war keine Beleidigung im strafrechtlichen Sinn. Er hat nur geschrieben, dass er gleich wieder gegangen ist, als er Isa sah.«

21

Wir wissen nichts über ihn. Nicht einmal, ob er wirklich Sascha heißt. Dühnfort rief Marlis Schäfer an und erhielt die Bestätigung seiner Vermutung. Es war ihr nicht gelungen, Sascha ausfindig zu machen.

Ein heimlich aufgenommenes Foto zu veröffentlichen verstieß zwar gegen das Persönlichkeitsrecht der betroffenen Person, doch wenn diese nicht erkennbar war, wo sollte man da ansetzen?, erklärte sie ihm. Auch der Tatbestand der Beleidigung griff nicht. Denn Sascha hatte das Foto nur mit einem Kommentar versehen, der keine Beleidigung enthielt. *Mein Date!!! Bin sofort geflüchtet. War doch kein Fehler, oder?* Die beleidigenden Kommentare stammten allesamt von Saschas Freunden. Doch die gab es nicht mehr. Nachdem Mika auf Saschas Seite die Nachricht von Isas Selbstmord gepostet hatte, waren die meisten schnell verschwunden. Saschas Freunde hatten sie gelöscht. Es war nichts mehr da, womit man eine Anzeige begründen konnte. Und deswegen war Marlis Schäfer ziemlich sauer auf Mika. Und auf sich selbst. Hätte sie doch wenigstens einen Screenshot gemacht.

Niemand kannte Sascha. Das hatte Isas Mutter herausgefunden, indem sie sich selbst ein Profil in diesem sozialen Netzwerk zugelegt hatte und Saschas *Freunde* nach ihm befragte. Sie hatte aufgegeben. Das Einzige, das sie tun konnte, war, vor ihm und seinesgleichen zu warnen. Nicht nur auf Facebook. Zurzeit arbeitete sie an einem Vortrag, den sie in Schulen halten wollte.

Das Gespräch wollte ihm nicht aus dem Kopf. Sascha war perfide vorgegangen. Und plötzlich hatte er das Gefühl, dass

Sascha kein dummer Junge war. Konnte es sein, dass er genau wusste, wie weit er gehen durfte, ohne sich im juristischen Sinne angreifbar zu machen? Hatte er deshalb die Drecksarbeit seinen *Freunden* überlassen? *Das war doch kein Fehler, oder?* Mit dieser Frage hatte er die hämischen Kommentare geradezu provoziert.

Es klopfte. Meo kam herein. »Ich habe das Bewegungsprofil von Daniels Handy fertig. Gibt es auch als Graphik. Habe ich dir als Mailanhang geschickt.«

»Ist etwas Auffälliges dabei?«

»Sieht ganz normal aus. Morgens zur Arbeit. Abends heim oder in die Stadt. Ab und zu an den See zum Baden. Mal in die Kneipe. Und am Wochenende in die Kultfabrik bis zum Morgengrauen. Wenn er in der Stadt war, dann meistens in der Gegend um den Sendlinger-Tor-Platz.«

Dühnfort wurde hellhörig. »Wie häufig war er dort?«

»Bestimmt ein Dutzend Mal in den letzten vier Wochen.«

Der Platz war der letzte Drogenbrennpunkt der Stadt. Hier fanden die Anbahnungsgespräche statt. Der Verkauf erfolgte dann im nahe gelegenen Nussbaumpark.

Meo wollte schon gehen, als Dühnfort noch etwas einfiel. »Nimm dir bitte mal Daniels Mails vor und sieh nach, ob er Kontakt zu einem Sascha hatte.«

»Mach ich.« Mit diesen Worten ging Meo. Dühnfort griff zum Telefon und wählte die Nummer von Alois. An seinem Platz meldete er sich nicht, und das Handy war ausgeschaltet. Also ging er über den Flur. Kirsten war wieder da und saß an ihrem Schreibtisch. »Wie geht es dir?«

»Alles in Ordnung. Ich hatte nicht gefrühstückt.« Ihre Finger schlossen sich um den Herzanhänger.

»Daniel war in letzter Zeit häufig am Sendlinger-Tor-Platz. Kannst du dich dort umhören, ob er doch gedealt hat?«

Sie wollte das übernehmen. Er kehrte in sein Büro zurück und sah die elektronische Akte durch. Die Analyse der Lackpartikel war noch nicht abgeschlossen. Kurz nach sechs schaltete er den PC aus. Zeit, Feierabend zu machen.

Auf dem Heimweg kaufte er beim Türken in der Thalkirchner Straße Meze, Schafskäse, Oliven, Tomaten und Fladenbrot. Als er wieder auf die Straße trat, stand die Sonne noch immer hoch am Himmel. Flirrendes Licht. Staubige Glut. Das Poloshirt klebte an seiner Haut. Er sehnte sich nach einer kühlen Brise. Mit einem Umweg über den Friedhof entfloh er der Hitze. Er betrat ihn am Eingang Stephansplatz und tauchte in den Schatten der Bäume. Ein leichter Wind wehte. Der Kies knirschte. Hoch oben auf dem Turm gurrten die Tauben. Am Grab des Musikers lag ein frischer Rosenstrauß. Verwundert blieb Dühnfort stehen. Es war der hundertzehnte Todestag, und es berührte ihn, dass es noch jemanden gab, der des Musikers gedachte.

»Hallo, Tino.« Ginas Stimme kam von oben. Sie stand auf dem Balkon ihrer Wohnung. »Perfektes Timing. Wir sind fast fertig.«

»Ich habe Abendessen mitgebracht.« Er hob die Tüte.

»Phantastisch! Ich habe ein Loch im Bauch.«

Am Ausgang Pestalozzistraße verließ er den Friedhof. Vor dem Haus parkte der Umzugswagen. Die Wohnungstür war offen. Im Flur standen Umzugskartons. Die Verbindungstür war drin. Stani hatte Wort gehalten.

»Grüß dich.« Gina trug eine abgeschnittene Jeans und T-Shirt. Er wollte sie an sich ziehen, doch sie wich aus. »Ich bin total verschwitzt. Magst du gucken?«

»Aber sicher.« Sie war da. Er zog sie an sich und gab ihr einen Kuss. »Ich mag es, wenn du verschwitzt bist.«

Es war ihr tatsächlich gelungen, einen Ventilator zu ergattern. Ferdinand, Mitbewohner in ihrer WG und Restaurator bei den Bayerischen Staatsgemäldesammlungen, hatte ihn im Schlafzimmer an der Decke befestigt. Flügel aus dunklem Holz drehten sich träge unter der Stuckrosette. »Hat was von *Jenseits von Afrika*«, meinte er und klappte die Trittleiter zusammen.

Das stimmte. Das ganze Zimmer hatte diesen Touch. Jalousien mit Holzlamellen vor den Fenstern. Das Rattanbett mit afrikanisch gemusterten Kissen und der neue Teppich im Zebradesign. »Das ist schön geworden.«

Gina hakte sich bei ihm ein. »Bei mir oder bei dir? Diese Frage stellt sich heute Nacht nicht. Die Macht ist mit mir. Ich habe den Miefquirl.« Sie zwinkerte ihm zu, und er musste lachen. Eigentlich hatte sich diese Frage bisher nie gestellt. Denn er hatte nie in Ginas WG übernachtet. Die Vorstellung, ihren Eltern nachts auf dem Weg zur Toilette über den Weg zu laufen, war ihm immer unangenehm gewesen. Wieder einmal dachte er, dass er es sich oft zu schwer machte und zu kompliziert war.

In seiner Küche traf er Ginas Mutter Dorothee, die gerade eine Flasche Prosecco entkorkte. Auf einem Tablett standen vier Gläser, in denen Eiswürfel und Minze in einer blassgelben Flüssigkeit schwammen. »Zur Feier des Tages gibt es jetzt Hugo.«

Was immer das war, der Hugo stieg ihnen schnell zu Kopf, denn es blieb nicht bei einem. Während der Abend in die Nacht überging, saßen sie auf dem Balkon, aßen Fladenbrot und türkische Vorspeisen, tranken Hugo und unterhielten sich. Ginas Eltern wollten die WG weiterführen. Zurzeit waren zwei Zimmer frei, das von Theo, der mit seiner Freundin Rebecca zusammengezogen war, und nun auch Ginas. Dorothee hatte sich entschlossen, sie tageweise an Gäste zu vermieten. Sie war seit Jahren arbeitslos und schuf sich so selbst ihre neue Stelle.

Kurz vor elf drängte sie zum Aufbruch. Dühnfort schloss

die Tür hinter den beiden und half Gina, das Geschirr vom Balkon zu räumen. Das Licht in der Wohnung hatten sie wegen der Mücken nicht eingeschaltet. Nur der Mond und zwei Windlichter erhellten den Raum dürftig. Hier hatte es angefangen zwischen ihnen. In der Küche. Ein Jahr war das her. Im Zwielicht und mit einem Song von Norah Jones als Soundtrack. Beinahe glaubte er die Musik von damals zu hören.

Gina schlang ihre Arme um ihn. »Kommt dir das bekannt vor?«, flüsterte sie in sein Ohr. Im Rhythmus der Musik begann sie sich zu bewegen und dabei an seinem Ohrläppchen zu knabbern. Erst da wurde ihm klar, dass sie den CD-Player in ihrem Schlafzimmer eingeschaltet hatte. »Nein«, murmelte er in ihre Halsbeuge. »Keine Ahnung. Was ist das?« Eng umschlungen tanzten sie langsam durch Küche und Flur. »Schwindler. Du bist ein ganz schlechter Schwindler.«

Sie küssten sich. Seine Hände glitten unter ihr Shirt. Ihr Rücken war warm und glatt. Im Schlafzimmer drehte sich der Ventilator. Der Mond schien zwischen den Lamellen der Jalousie herein und warf ein Streifenmuster aus Licht und Schatten auf ihre Körper, als sie sich liebten.

22

»Der Papa bleibt heute Nacht bei dir.« Evi strich Simon über die heiße Stirn. Eine geruhsame, fließende Bewegung. Sie war die Ruhe in Person, und Alois beneidete sie um ihre Gelassenheit. Dieses unglamourös Bodenständige, das sie an sich hatte und das ihn normalerweise störte, heute tat ihm das gut, wirkte besänftigend auf ihn und dämpfte seine vibrierende Nervosität.

»Cool«, flüsterte Simon. »Liest du mir was vor?«

Alois sah sich um. Ein Buch ragte aus der Tasche, die Evi für Simon gepackt hatte. Er zog es heraus. »Klar.«

Evi musste zum Dienst. Sie hatte Nachtschicht im Rechts der Isar. Damit Simon nicht allein auf der Kinderstation im Klinikum Dritter Orden bleiben musste, hatte sie mit der Stationsschwester gesprochen und ein Eltern-Kind-Zimmer organisiert.

»Ich löse dich morgen früh ab.« Einen Moment zögerte sie, bis er ihr entgegenkam und sie umarmte. Eine ungewohnte Berührung. Evi als seine Ex zu bezeichnen, war absolut übertrieben. Sie waren nie ein Paar gewesen. Sie kannten sich seit Schulzeiten, und dann, vor sechs Jahren, war ihm die Evi auf der Maidult in Regensburg über den Weg gelaufen. Eine laue Nacht, ein voller Mond am Himmel, ein paar Bier zu viel, eine duftende Wiese am Donau-Ufer, und es war passiert. Neun Monate später war er Vater geworden. So schnell konnte es gehen. Seither hatte er immer Kondome dabei. Immer.

Evi löste sich von ihm, gab Simon nochmals einen Kuss und verließ das Zimmer.

Er schlug das Buch auf und setzte sich an Simons Bett. Der

Kleine sah so verloren darin aus, dass es ihm das Herz zusammenzog. Ein Untersuchungsmarathon lag hinter ihm. Die gute Nachricht war die, dass Simon keine Meningitis hatte. Doch es ging ihm für einen grippalen Infekt zu schlecht. Hals-, Kopf- und Gliederschmerzen mussten eine andere Ursache haben. Er war völlig schlapp und kraftlos, und die Ärzte wussten nicht, woran es lag. Morgen sollten weitere Untersuchungen folgen.

Ich mach dich gesund, sagte der Bär. So hieß das Buch. »Soll ich dir vorlesen, wie der kleine Bär den kleinen Tiger mal ins Krankenhaus gebracht hat?«, fragte Alois.

»Da werde ich doch traurig. Lieber von Rittern und Drachen.«

Alois fand das gewünschte Buch in der Tasche. Er hatte es erst zur Hälfte vorgelesen, als Simon einschlief. Lange blieb er sitzen und betrachtete seinen Sohn. Das blasse Gesicht, die fiebrigen Flecken, das schweißverklebte Haar. Alles wird gut, sagte er sich, während gleichzeitig eine innere Stimme dagegenhielt: Wer weiß, was sich dahinter verbirgt? Vielleicht eine ernsthafte Erkrankung.

Woher kam diese Kraftlosigkeit? Simon war ein quirliger Junge, ein Sportler, kein Stubenhocker. Er kraxelte lieber im Klettergarten eine Wand hoch, als vor dem Fernseher zu sitzen. Und eine Kanufahrt auf der Amper war ihm allemal lieber als jedes Computerspiel. Was war nur mit dem Jungen los? Welches Monster arbeitete in seinem kleinen Körper und beraubte ihn aller Kraft?

Gegen zehn sah die Nachtschwester herein. Das Fieber war weiter gesunken. Doch der Junge schlief unruhig. Alois setzte sich an den Tisch und aß sein Abendbrot, das Evi für ihn organisiert hatte und das schon seit Stunden dort stand. Eine trockene Scheibe Graubrot, Käse und Bierschinken. Vanillepudding als Nachspeise. Den ließ er stehen. Einen Augenblick überlegte er, in die Cafeteria zu gehen und sich ein Bier zu holen. Doch wenn Simon aufwachte und er war nicht da? Also trank er den kalt gewordenen Früchtetee.

Schließlich putzte er sich mit der Krankenhauszahnbürste die Zähne, schlüpfte aus Hose und Hemd und legte sich aufs Bett. Sein Großonkel, der Beppo, hatte es irgendwann mit dem Herzen bekommen. Ihm war nie eine Arbeit zu viel gewesen. Zentnersäcke hatte er gewuchtet, Schweine geschlachtet und im Winter Bäume gefällt. Und dann war es auf einmal vorbei gewesen mit seiner Kraft. Das Herz hatte nicht mehr mitgemacht. Doch der Beppo war über achtzig und der Simon grad mal fünf.

Alois drehte sich auf die Seite und lauschte auf jeden Atemzug, den sein Sohn tat, wartete auf den nächsten, auf den folgenden, immerfort, dabei stieg die Angst wieder in ihm auf. In der Dunkelheit nahm sie monströse Formen an. Wenn Simon was mit dem Herzen hatte? Und niemand hatte das bisher bemerkt? Er sah seinen Jungen schon auf dem OP-Tisch. Grelles Scheinwerferlicht, piepende Geräte, die Stimme des Chirurgen. *Skalpell.* Scharfer Stahl, der in Simons Fleisch schnitt, knackende Rippen. Alois stöhnte und fuhr sich mit beiden Händen übers Gesicht. Langsam drehte er durch. Er machte sich ja total verrückt.

Er stand auf, stellte sich an Simons Bett und betrachtete seinen Sohn. Er wirkte zerbrechlich. Wie alles Leben. Es brauchte nicht viel …

Der Junge schlief tief. Das war doch ein gutes Zeichen. Alois trat ans Fenster und sah in die Nacht. Wieder wollte die Angst ihn besiegen. Er schob sie beiseite und versuchte sich auf etwas anderes zu konzentrieren. Auf den Fall.

Hatte sich in den letzten Stunden etwas Neues ergeben? Kannten sie endlich das Motiv? War Daniel wirklich so clean, wie es schien? Oder ging es doch um Drogen? Schließlich hatte er eine Jugendstrafe wegen einer Drogengeschichte. Vielleicht war mehr an der Sache dran. Dieser Gedanke war ihm gestern schon mal durch den Kopf geschossen. Aber bei welcher Gelegenheit? Alois konnte sich nicht erinnern. Es war irgendeine nebensächliche Info gewesen. Jemand hatte etwas gesagt, und plötzlich hatte er diese Idee gehabt. Flüchtig wie ein Wimpernschlag. Eher ein Bauchgefühl. Und für Bauchgefühle war Tino zuständig.

Falls Daniel doch gedealt hatte, an wen hatte er sich gehalten? Sicher an seine Kumpels und Lieferanten von damals. Allerdings hätten sie diesen Kontakt längst über Daniels Handy oder seine Mails ausfindig gemacht. Da war nichts.

Es konnte allerdings auch nicht schaden, morgen mal mit Daniels Oma zu reden.

23

Am nächsten Morgen traf Dühnfort Alois im Flur. Er wirkte angespannt und übernächtigt.

»Wie geht's Simon?«

»Das Fieber ist runter. Doch dem Bub fehlt irgendwas. Er hängt rum wie ein Schluck Wasser in der Kurve, und keiner weiß, woran das liegt. Hirnhautentzündung ist es jedenfalls nicht. Heute Nacht war ich bei ihm. Jetzt ist die Evi wieder dort. Wir wechseln uns ab.«

Dühnfort kannte Simon. Ein auf nette Art frecher und aufgeweckter Junge. Dass er ernstlich krank sein könnte, beunruhigte ihn. »Nimm dir frei. Wir bekommen den Fall schon auf die Reihe.« Auch wenn er nicht wusste wie. Vielleicht konnte Moritz Russo jemanden entbehren.

Alois wehrte ab. »Ich bin fit. Ich habe ja geschlafen. Im Gegensatz zu Evi. Sie hatte Nachtschicht. Lange hält sie das nicht durch.«

Dass Alois sich um Evi sorgte, war neu. Der Kontakt, den beide um Simons willen pflegten, war von Alois' Seite durch eine seltsame Kühle und Distanziertheit geprägt. Er reagierte ungeduldig auf sie, und Dühnfort hatte schon häufiger den Eindruck gehabt, Alois würde Evi am liebsten verheimlichen und verstecken.

Mit raumgreifenden Schritten kam Buchholz den Flur entlang. »Es geht was voran.« Er hob einen Aktendeckel und steuerte das Besprechungszimmer an. Dühnfort und Alois folgten ihm.

Kirsten war schon da. Ebenso Meo und einige der Sachbearbeiter, die den Kommissionen zuarbeiteten, darunter

Sophie Dreher, eine praktisch veranlagte Mittvierzigerin, die ihrer Arbeit mit Leidenschaft nachging. Stühle wurden gerückt. Kaffeetassen klirrten. Zu Dühnforts Überraschung erschien Leyenfels und setzte sich mit an den Besprechungstisch. Das tat er selten. Normalerweise war es ihm lieber, sich von Dühnfort kurz und knackig über den Stand der Ermittlung informieren zu lassen, als seine Zeit beim Morgenmeeting zu verbringen. Er grüßte in die Runde, nahm neben Kirsten Platz und fragte halblaut, wie es ihr ginge, ob sie wieder auf dem Damm sei.

Buchholz heftete einen Ausdruck aus dem Internet an die Magnetwand und deutete darauf. »Wir haben einen Treffer, was den Lieferwagen angeht. Der Lack am Vorfahrt-gewähren-Schild stammt von einem Fiat Ducato, imperialblau, Baujahr 2007 bis 2010. Der sollte ja aufzutreiben sein.«

»Prima!« Endlich tat sich etwas. Dühnfort überlegte, wie sie die Suche nach dem Fahrzeug eingrenzen konnten.

Kirsten kam ihm zuvor. »Zu schnell gefahren ist er nicht. Im fraglichen Zeitraum wurde kein Lieferwagen geblitzt. Wie sollen wir bei der Suche vorgehen?«

»Gute Frage. Wenn wir wenigstens wüssten, ob der Wagen eine Münchner Zulassung hat … Ist schon überprüft, ob in Daniels persönlichem Umfeld jemand einen dunklen Lieferwagen fährt?«, fragte Dühnfort.

»Ist erledigt«, meinte Alois. »Kein Treffer.«

»Gut. Dann nehmen wir uns jetzt die Zulassungen aller imperialblauen Fiat Ducato von München Stadt und Land vor und filtern die heraus, die auf die Beschreibung von Frau Nowotny passen. Weiße und rote oder orange Buchstaben mit dem Wortfragment *art*. Wenn das nichts bringt, weiten wir die Suche in die Nachbarlandkreise aus. Wie zuverlässig schätzt du die Zeugin ein, was die Beschreibung des Schriftzugs angeht?« Diese Frage galt Kirsten.

Sie zögerte. »Ricarda Nowotny hat im Laufe des Abends eine ganze Flasche Wein getrunken. Allerdings macht sie den Eindruck, etwas zu vertragen. Trotzdem, ob wir uns wirklich auf *art* festlegen sollten? Ich weiß nicht. Besser, wir beschränken uns auf rot-weiße oder orange-weiße Schriftzüge.«

Dühnfort bat Sophie Dreher, diese Aufgabe zu übernehmen, und wandte sich wieder an Kirsten. »Was macht die Suche nach unserer Radfahrerin Gerlinde Weylandt?«

»Die französischen Kollegen fahnden nach ihr. Doch das ist nicht so einfach. Ich habe mit der Angestellten gesprochen, die solange den Laden führt. Die Weylandts sind keine Freunde von Autobahnen. Es ist gut möglich, dass sie mit ihrem Wohnmobil in aller Gemütlichkeit über französische Landstraßen hoch an die Ärmelkanalküste zuckeln. Und genauso gut ist es möglich, dass sie während der Reise ihre Pläne ändern und am Ende in Spanien landen oder sonst wo. Wir sollten es zusätzlich mit einem Reiseruf versuchen.«

»Gut. Erledigst du das?«

»Natürlich.«

Ein leicht zu lösender Fall, das hatte Dühnfort vor zwei Tagen gedacht. Doch noch immer kannten sie das Motiv nicht, wurden einer wichtigen Zeugin nicht habhaft und hatten, bis auf den Lieferwagen, keine Spur. Von einem Durchbruch schienen sie noch weit entfernt, und das versetzte Dühnfort in eine nervöse Gereiztheit. Das Gefühl, den Fall nicht zu fassen zu bekommen, war plötzlich da. Ebenso die Frage, ob Isas Selbstmord und Daniels Tod zusammenhingen. Er wandte sich an Meo. »Hast du in Daniels Mails Kontakte zu einem Sascha gefunden?«

Meo, der gerade einen Bissen von einem seiner obligatorischen Energie-Riegel genommen hatte, schüttelte den Kopf. »Und bei den Handykontakten ist auch nichts«, sagte er kauend. »Ich sehe mir diesen Sascha mal auf Facebook an. Wenn er ein öffentliches Profil hat, ist das kein Problem.«

Dühnfort hatte keine Ahnung, wie soziale Netzwerke funktionierten. Er nutzte das Internet zwar intensiv, doch nicht um Freundschaften zu knüpfen und zu pflegen. Dafür erschien ihm das richtige Leben geeigneter. Da machte ihm niemand so schnell etwas vor. Wenn einem ein Mensch gegenüberstand, bildete man sich in Sekundenbruchteilen eine Meinung, und die war meistens richtig. Im Netz konnte jeder jedem vorgaukeln zu sein, was er nicht war. Mit Lügen und Täuschungen hatte er in seinem Beruf schon genug zu tun. Da konnte er in seinem Privatleben gut darauf verzichten.

»Mit Wallner von Rauschgift habe ich gesprochen.« Mit diesen Worten holte Kirsten ihn aus seinen Überlegungen. »Daniel ist ihnen nicht bekannt. Aber die Kollegen werden sich für uns in der Szene umhören.«

»Sehr schön. Warten wir ab, was sich da tut.« Sie kamen nicht weiter. Er ließ die Ereignisse der Mordnacht Revue passieren und hatte das Gefühl, dass etwas nicht stimmte, nicht passte. Er fasste einen Entschluss. »Wir gehen jetzt den Ablauf vor Ort durch.«

24

Der Tatort war noch nicht freigegeben. Ruhig lag die Baustelle in der Mittagshitze. Die Sonne stand gleißend hell am Himmel. Eine richtige Tatrekonstruktion, bei identischen Lichtverhältnissen, wäre optimaler, überlegte Dühnfort. Doch er hatte das Gefühl, keine Zeit verlieren zu dürfen. Sie mussten ihr Vorstellungsvermögen nutzen.

In der Mordnacht war es dunkel gewesen. Lediglich das Licht der Straßenlaternen hatte das Gebäude dürftig beleuchtet. Tiefe Schatten. Kaum erhellte Bereiche. Beide hatten sich vorsichtig vorantasten müssen. Täter und Opfer. Denn sicher hatte der Täter es nicht riskiert, mit einer Taschenlampe die Aufmerksamkeit auf sich zu lenken. Zu rauchen war schon leichtsinnig genug gewesen.

Dühnfort verständigte sich über Funk mit Kirsten, die den vorderen Zugang im Anemonenweg geöffnet hatte und nun bei Ricarda Nowotny war, vergewisserte sich dann, dass Alois am Hachinger Eck Position bezogen hatte, und startete seinen Wagen. »Ich fahre jetzt über den Kreisverkehr in den Petunienweg und parke hinten an der Baustelle.«

Dort angekommen, sah er sich um. Wo parkte man am besten einen Lieferwagen, der nicht bemerkt werden sollte? Im Geschäftshaus linker Hand hatte sich zu dieser nachtschlafenden Zeit niemand befunden. Im Mehrparteienhaus rechter Hand waren die meisten Mieter in Urlaub. Die Wohnungen mussten dunkel und still gewesen sein. Auf der gegenüberliegenden Straßenseite erstreckten sich Felder. Ein Weg trennte sie, der von Haselnussbüschen gesäumt wurde. Hier vielleicht? Doch ein Lieferwagen, der dort mitten in der

Nacht stand, würde eher auffallen als vor einer Baustelle, wo man derartige Fahrzeuge häufig sah. Dühnfort stoppte vor den Absperrgittern, entfernte das polizeiliche Siegel und das Absperrband und schob eines der Gitter beiseite. Erstaunlicherweise machte das kaum Krach. Es lag an den Standfüßen aus dickem schwarzem Kunststoff.

Über den Zugang Petunienweg betrat er das Gebäude, ging durch den Raum mit der Säule, passierte die Lagemarkierung der Leiche und stieg über die Treppe in den ersten Stock. Dort stellte er sich ans Fenster. Der Anemonenweg war gut einzusehen. Dühnfort funkte Alois an. »Du kannst losgehen.«

Vier Minuten später erschien er in Dühnforts Blickfeld. Kirsten stand mit Ricarda Nowotny auf dem Balkon im Haus gegenüber. Der Täter hatte zumindest um dreiundzwanzig Uhr hier oben geraucht. Das Aufglimmen seiner Zigarette war von ihr bemerkt worden. Die Kippen hatten hier gelegen. Er musste sie gesehen haben, die einsame Frau, die sich im Schein von Windlichtern langsam betrank. Er war das Risiko eingegangen, bemerkt zu werden. Hatte die Nikotinsucht die Vernunft besiegt? Oder war es Gedankenlosigkeit gewesen oder gar das Gefühl, unbesiegbar zu sein? Oder war die Tat am Ende nicht geplant gewesen?

Gemütlich schlendernd näherte sich Alois dem Haus. Dühnfort trat ein Stück zurück. Der Täter hatte sicher darauf geachtet, nicht am Fenster gesehen zu werden. »Pst!«

Alois reagierte nicht. Also lauter. »Pst. Daniel.« Auch das war noch zu leise. »Daniel«, zischte Dühnfort deutlich lauter. Doch Alois hörte ihn erst, als er sich ans Fenster stellte. Und das hatte der Täter angesichts der Zeugin von gegenüber sicher nicht getan.

Dühnforts Funkgerät knisterte. Kirsten meldete sich. »Frau Nowotny sagt, Daniel hat nicht nach oben geblickt. Er ist stehen geblieben und dann zögernd auf den Eingang zugegangen. Der Täter muss also unten gewesen sein. Daniels Zögern werte ich als Überraschung. Und die Art, wie er sich der Baustelle genähert hat, als wollte er daran vorbeigehen. Er scheint nicht verabredet gewesen zu sein. Jemand hat ihn in die Baustelle gelockt.«

»Gut. Wir probieren das noch einmal. Ich beziehe unten Position.« Dühnfort suchte nach einem Platz, von dem aus er den Anemonenweg möglichst weit einsehen konnte, ohne selbst bemerkt zu werden. Das erwies sich als schwierig. Eine Palette Ziegel beeinträchtigte die Sicht. Erst als er sich hinter der Mauer in der Nähe des Eingangsbereichs verbarg, hatte er etwa dreißig Meter Sichtweite. Und das war sicher auch nachts so gewesen. Denn eine Laterne stand direkt gegenüber. Nun klappte es. Alois hörte ihn bereits beim ersten Mal. Zögernd sah er sich um. Als er seine Schritte Richtung Haus lenkte, startete Dühnfort die Stoppuhr seines Handys, zog sich in den hinteren Teil zurück und postierte sich vor der Säule.

»Ich komme rein. Sehe mich um«, sagte Alois. »Bei der Dunkelheit ist das schwierig. Hallo, wer ist da? Wer hat mich gerufen? Der Täter muss Daniel noch einmal auf sich aufmerksam gemacht haben.« Während er sprach, erreichte Alois die Treppe. Er sah nach oben.

»Daniel. Hier hinten.«

»Es ist dunkel. Daniel hat sich bestimmt vorsichtig vorangetastet.« Bedächtig setzte Alois einen Fuß vor den anderen, sah sich um und betrat den Raum. »Er muss seinen Mörder gekannt haben. Sonst wäre er niemals mitten in der Nacht hier rein.«

»Vielleicht hat sein Mörder auch vorgetäuscht, in Not zu sein und Hilfe zu brauchen.«

Alois machte noch einen Schritt und blieb stehen. Mitten in der Positionsmarkierung der Leiche. »Die Lichtverhältnisse waren schlecht. Daniel wird den Täter etwas später wahrgenommen haben.« Ein weiterer Schritt und Alois erreichte das Fußende der Markierung.

Dühnfort hob seine gesicherte Dienstwaffe. Hier hatte der Täter gestanden, hatte die Waffe gehoben und gewartet, bis Daniels Kontur sich aus der Dunkelheit schälte. Was war in ihm vorgegangen? Hatte seine Hand vor Wut gezittert, oder war sie kalt vor Hass ganz ruhig geblieben? Hatte er Daniel angesprochen, ihm sein Urteil verkündet, oder hatte er geschwiegen und einfach abgedrückt? Vermutlich einfach abgedrückt. Ganz sicher wollte er sich auf keine Diskussion einlassen. Nur eine Minute war zwischen Betreten der Baustelle und dem Schuss vergangen. »Peng. Das war es dann.«

Alois legte sich in den Staub. Ein Blick auf die Stoppuhr. Dreiundfünfzig Sekunden. Das passte zur Aussage von Ricarda Nowotny. Links von Alois erhob sich ein Stapel Gipskartonplatten. Von rechts an den Körper heranzutreten war deutlich einfacher und damit die linke Hosentasche näher. Dühnfort bückte sich und steckte ihm ein Päckchen Tempos zu.

»Bingo. So wird das abgelaufen sein.« Alois rappelte sich auf, klopfte den Staub von Hose und Hemd.

»Weshalb hat der Täter über eine Stunde gewartet und sich in dieser Zeit nicht anders besonnen? Als Daniel endlich kam, hat er sofort geschossen. Eine geplante und eiskalt ausgeführte Tat. Man könnte fast denken, ein Auftragskiller.« Dühnfort fühlte sich ratlos wie selten. Woher hatte der Täter gewusst, wann Daniel hier sein würde? Hatte er einen Tipp erhalten? Hatte er seine Gewohnheiten ausgespäht? Oder einfach nur geduldig gewartet, bis der Junge auf dem Heimweg hier vorbeikommen würde?

»Vielleicht doch eine Drogengeschichte. Wenn er seine

Partner ums Geld geprellt hat oder um den Stoff. Wir sollten weiter in diese Richtung ermitteln.« Alois folgte ihm zum Ausgang Petunienweg. Die schlammige Pfütze mit dem Sohlenabdruck befand sich vor dem Erdwall. Dort musste der Lieferwagen gestanden haben. Gerlinde Weylandt hatte die Baustelle kurz zuvor auf dem Rad passiert. Als der Schuss fiel, war sie auf Höhe der Hausnummer 22, etwa zweihundert Meter vom Tatort entfernt, von Ernst Meyer bemerkt worden. Sie musste den Lieferwagen gesehen haben. Und vielleicht mehr. »Wir brauchen Frau Weylandt. Hoffentlich treiben die französischen Kollegen sie bald auf.«

Kirsten kam über die Straße. »Der Täter kannte Daniel entweder gut oder er hat seine Lebensgewohnheiten ausspioniert. Auf alle Fälle wusste er, dass Daniel in der Kneipe war und zu Fuß nach Hause gehen würde.«

»Wen suchen wir also?«, fragte Dühnfort. »Jemanden, der einen imperialblauen Fiat Ducato fährt, etwa eins fünfundsiebzig groß ist, Marlboro raucht und Schuhe Größe fünfundvierzig oder sechsundvierzig trägt.«

Kirstens Brauen schoben sich zusammen. »Dafür müsste er größer sein. Woher stammt die Information über die Körpergröße?«

»Rückschlüsse, die Dr. Weidenbach aus dem Winkel des Schusskanals gezogen hat. Aber das hast du ja nicht mehr mitbekommen«, meinte Alois.

»Das habe ich ja noch nie gehört. Völlig neue Methode. Bei uns in Würzburg hätten das, wenn überhaupt, die Ballistiker gemacht. Bei dieser Schuhgröße muss er jedenfalls größer sein. Eher eins fünfundachtzig.«

Dühnfort folgte dem Disput und stimmte Kirsten im Stillen zu, während sein Blick an den Isoliermaterialrollen haften blieb. Auch im ersten Stock standen sie. Etliche reihten sich hinter Alois auf dem Platz vor der Treppe. Möglicherweise hatten sie den Knall gedämpft. Vielleicht war das der Grund, weshalb niemand den Schuss als solchen erkannt hatte.

Mindestens fünfundsiebzig Minuten hatte der Täter hier verbracht, geraucht und auf Daniel gewartet. Jemand, der die Nerven behielt, sein Vorhaben nicht aufgab. Jemand, der keinen Zweifel kannte.

25

Als Mika gegen Mittag in die Küche kam, traf sie Phillip. Er saß an der Granittheke vor einem Latte macchiato und löffelte einen Becher Birchermüsli in sich hinein. Mit einem Blick taxierte sie sein affiges Outfit. Hautenge graue Hüftjeans, und das bei diesen Spargelbeinen, wild gemustertes, ebenso enges T-Shirt. Er sah total fertig aus. Bleich wie ein Vampir. Ringe unter den Augen. Dunkler Bartschatten. Bestimmt hatte er die Nacht durchgemacht und war grad heimgekommen.

»Morgen, Schwesterlein.«

»Hi, Phil.« Ein Latte war eine gute Idee. Müdigkeit saß in ihrem Schädel wie Watte. Bis zum Morgengrauen hatte sie sich im Bett gewälzt. Durfte sie das? Diese Grenze einfach überschreiten und Isas Nachrichten an Sascha auf Facebook lesen? Seit es ihr gelungen war, das Login zu knacken, schob sie das vor sich her. Isas Gedanken und Gefühle. All das, was sie mit Sascha geteilt und ihm anvertraut hatte. Ihre Wünsche, Träume und Sehnsüchte. Sie konnte nicht darin herumschnüffeln. Wenn Isa das gewollt hätte, hätte sie nicht ihren Laptop mit in die Badewanne genommen.

Ach, Isa! Wie konntest du nur auf diesen Kerl hereinfallen? Du warst doch so sensibel, hattest ein Gespür für die Leute, aber diesem Idioten bist du auf den Leim gegangen. Weil er dir vorgemacht hat, dich zu lieben? Deshalb? Ja? Ich habe dich doch auch geliebt. Anders natürlich. Nicht begehrt. Hat er das? Dich begehrt? Du hast noch nie mit einem Jungen geschlafen. Ein paar feuchte Küsse mit Lukas in der sechsten Klasse. Das war alles, was du an Erfahrung hattest. Deine Sehnsucht kann ich ja verstehen. Warum nur bist du auf diesen Idioten hereingefallen? Was hat er dir vorgegaukelt? Er muss gut gewesen sein. Echt gut. Dir hat man nicht so schnell was vorgemacht.

All diese Gedanken jagten ihr durch den Kopf und vermischten sich mit denen, die Daniel galten. Bei jeder Erinnerung an ihn legte sich ein kalter Schmerz in ihre Brust. Er war ihr Freund gewesen, von Kindesbeinen an, und für ein paar Monate auch ihr Liebster. Irgendwann hatte sich das ergeben. Und irgendwann war ihr klargeworden, dass aus Freundschaft nicht zwangsläufig Liebe wurde. Sie mochte ihn. Sehr. Doch sie liebte ihn nicht. Und nun war er tot. Wie konnte er nur tot sein? Weshalb starben alle? Ihr Kopf dröhnte, die Augen brannten.

Sie brauchte jetzt einen Kaffee. Bis sie den gemacht hatte, musste sie Phils Anwesenheit ertragen. Der Milchbehälter der vollautomatischen Gaggia war leer. Sie holte aus dem Kühlschrank Nachschub.

»Daniel ist tot.« Mit beiden Händen umfasste Phil das Glas mit dem Latte, als wäre ihm kalt. »Hast du bestimmt schon gehört.«

Hatte er das etwa erst jetzt erfahren? Mam hatte ihm das doch sicher gesagt. »Ja ... Die Polizei war da.«

»Scheint dich total kaltzulassen. Dabei hat er dich geliebt. Richtig geliebt. Dieser verdammte Idiot. Er hat ... Er hätte alles für dich getan. Leider hat er einfach nicht kapiert, dass du nichts Besonderes bist. Nur eine oberflächliche Konsumschnepfe. Mein Gucci, mein Prada, mein Louis Vuitton. Hast du überhaupt eine Ahnung, was die Handtasche gekostet hat, die er dir geschenkt hat?«

Was sollte diese Anklage jetzt? »Drei Euro fünfzig. Die ist doch gefakt.«

Eine Sekunde starrte Phil sie an und zuckte dann mit den Schultern. »Braves Mädchen. Mach einfach nur weiter, als wäre nichts passiert. Mach alles, was Mami und Papi erwarten. Solange das vergoldet wird, kann es ja nicht falsch sein.«

»Ach ja? Guck mal in den Spiegel. Wer studiert denn Physik, weil Paps das will?«

Mit einem Zug leerte Phil das Glas Kaffee. »Ich werde nicht weitermachen. Und ich fliege auch nicht mit auf die Seychellen. Familienidyll könnt ihr ohne mich spielen.« Mit diesen Worten stand er auf und verließ die Küche. Mika sah ihm sprachlos nach. Phil wollte das Studium schmeißen und nicht mit in Urlaub fahren? Hatte er irgendwas eingeworfen? Vermutlich.

Sie trank den Kaffee und ging unter die Dusche. Auch wenn ihr zum Heulen zumute war, konnte sie den Tag nicht heulend im Bett verbringen. Würde Phil wirklich das Studium sausen lassen? Eigentlich eine gute Idee. Er hatte nie Physik studieren wollen. Vielleicht sollte sie sich ausnahmsweise mal ihr Bruderherz zum Vorbild nehmen und das BWL-Studium gar nicht erst beginnen.

Natürlich hätte sie Phil gleich von Daniel erzählen sollen. Doch wie? Sie hatte ihn ja eben zum ersten Mal gesehen, seit sie es selbst erfahren hatte. Phil mutierte langsam zum Nachtschattengewächs. Vermutlich hatte Mam ihn angerufen.

Mika ging ins Ankleidezimmer. Von Bräuchen und Ritualen hatte sie bisher nicht viel gehalten. Doch heute fühlte sie sich wegen Daniel und Isa so elend, dass sie das zeigen wollte. In Asien trug man Weiß als Zeichen der Trauer, hatte sie mal gehört. Weiß symbolisierte dort den Glauben an eine Wiedergeburt. Mika sah Isa vor sich. Ein Schmetterling, der schwerelos in der Luft tanzte. Das würde ihr gefallen. Und Daniel als schnurrender und kuschelnder Kater. Denn so war er gewesen. Liebesbedürftig. Sie schlüpfte in eine weiße Leinenhose und ein passendes Top. *Für euch. Miss you so!*

Das MacBook war an. Der Bildschirmschoner lief. Wenn

sie herausfinden wollte, wer Sascha war, dann musste sie seine Mails an Isa lesen. Mit etwas Glück fand sie Infos über ihn, vielleicht seine Handynummer. Sie gab sich einen Ruck, loggte sich als Isa auf Facebook ein und öffnete den Ordner mit den persönlichen Nachrichten.

Doch sie hatte Skrupel. Es war, als würde sie im Tagebuch ihrer besten Freundin schnüffeln. Sie spionierte Isa aus. Ihre Gedanken und Gefühle, die sie mit Sascha geteilt hatte. Aber Isa war tot. Und Sascha, diese feige Ratte, war einfach untergetaucht. Sein letztes Posting war das mit dem fiesen Foto, das er heimlich von Isa gemacht hatte. Es gab nur einen Eintrag an seiner Pinnwand, der neuer war. Mika hatte ihn selbst geschrieben. *Isa hat sich umgebracht! Ist es das, was du gewollt hast?*

Saschas Profil bei Facebook war öffentlich. Jeder konnte lesen, was er und seine Freunde dort schrieben. Überhaupt, diese Freunde. Viele waren es nicht gewesen. Knapp dreißig. Nachdem Mika blöderweise die Nachricht von Isas Selbstmord an Saschas Pinnwand genagelt hatte, waren es innerhalb eines Tages nur noch acht gewesen. Ratzfatz. Beinahe alle, die Isa fertiggemacht hatten, hatten ihre Kommentare gelöscht und sich klammheimlich von Saschas Freundesliste gestrichen. Kein Wort des Bedauerns, keine Entschuldigung, kein Entsetzen. Nur Schweigen. Die Kommentare, die übrig geblieben waren, waren die eher harmlosen. Und Mika hatte sich eine doofe Kuh gescholten. Warum hatte sie sich nicht vorher die Namen aufgeschrieben? Oder einen Screenshot gemacht? Denn so hatte sie nur acht Leute nach Sascha fragen können. Wer war er? Alle hatten geantwortet. Keiner kannte ihn persönlich oder verfügte über Kontaktdaten. So, als ob der Kerl nur in der virtuellen Welt Freunde hatte und nicht im richtigen Leben.

Drei Wochen vor ihrem Selbstmord hatte Sascha Isa auf

Facebook eine Freundschaftsanfrage geschickt. *Hi, Isa. Dein und mein Musikgeschmack sind kompatibel, und ein Fan von Dr. House bin ich ebenfalls. Wenn das kein Zeichen ist?*

Keine Folge dieser Serie hatte Isa sich entgehen lassen. Sie besaß die DVD-Boxen aller Staffeln. Natürlich hatte Sascha damit offene Türen bei Isa eingerannt. So hatte es angefangen. Das wusste Mika längst, denn Isa hatte es ihr natürlich erzählt. Und wenn sie herausfinden wollte, wer er war, um ihn ans Licht der Öffentlichkeit zu zerren, dann musste sie jetzt die Nachrichten lesen. Es waren die einzigen, die es noch gab.

Wieder einmal betrachtete sie Saschas Profilbild. Er hatte es aus dem Netz geklaut. Ein Bild von Jesse Spencer, der in der Serie Dr. Chase spielte. Sascha war ein Phantom, und einen Moment lang erschien es Mika, als ob er sich nur zu einem Zweck bei Facebook angemeldet hatte: um Isa fertigzumachen.

26

In Daniels Wohnung stand die Hitze wie eine Wand. Die Sonne brannte durchs Fenster herein. Die Luft war stickig und staubig. Dühnfort öffnete die Balkontür und ging hinaus. Zwei weiße Plastikstühle. Ein Trockengestell für Wäsche lehnte zusammengeklappt an der Brüstung.

Unten lag die Straße ruhig und friedlich in der Mittagshitze. Über ihm kratzte ein Flugzeug einen weißen Streifen in den Himmel. Dühnfort wartete ein paar Minuten, bis er das Zimmer wieder betrat. Nun war die Temperatur erträglicher. Bei seinem ersten Besuch hatte er nach Ecstasy gesucht. Darauf war sein Blick fokussiert gewesen. Nun versuchte er sich frei zu machen. Er suchte nichts Bestimmtes. Er suchte einen Hinweis darauf, warum Daniel sterben musste. Drogen, krumme Geschäfte, verletzte Gefühle, Neid. Es konnte beinahe alles sein.

Rache, Hass, Eifersucht, Gier. Meist ging es darum. Um überbordende Gefühle oder ums kalte Geld.

Er begann mit der Schlafecke und schob den Paravent mit der Skyline von New York beiseite, um mehr Licht und mehr Platz zu haben. Wieder fiel ihm das gerahmte Bild auf. Mika und Daniel. Sie, die Abiturientin aus vermögendem Elternhaus. Er, der elternlos aufgewachsene Junge mit Hauptschulabschluss und einer Jugendstrafe. Wie hatte das zusammengepasst? Nun ja. Es hatte ja nicht gepasst. Mika hatte sich von Daniel getrennt. Weshalb, das hatte dieser nicht verstanden. Unzählige SMS belegten das. Dühnfort entfernte die Rückwand des Bilderrahmens. Dahinter befand sich nichts, außer der Fotografie. Er arbeitete systematisch. Sah in jeden

Winkel, in jede Ecke, in jede Ritze. Vom Sideboard nahm er jede DVD- und CD-Hülle und öffnete sie. Zwischen den Seiten der wenigen Bücher, die Daniel besessen hatte, fand sich nichts. Auf dem Tisch lag ein Sammelsurium an Zetteln. Dühnfort besah sich jeden. Tankquittungen. Kassenbons. Zwei Eintrittskarten fürs Kino vom Februar. Er blätterte etliche Autozeitschriften durch. Unterm Sofa entdeckte er zwei Pornomagazine mit abgegriffenen Seiten. Die harmlose Sorte.

Im Schrank befand sich Kleidung und Wäsche. Auf einem Fachboden lag eine zusammengefaltete Tragetasche aus dickem Lackpapier, wie man sie in teuren Boutiquen bekam. Sie trug die Initialen LV für Louis Vuitton. Dühnfort faltete sie auseinander. Das Seidenpapier darin raschelte. Er zog es heraus und mit ihm Kassenbon und Garantieheftchen für eine Damenhandtasche der Marke Louis Vuitton mit dem seltsamen Namen Wilshire PM zum stolzen Preis von 655,– Euro. Bar bezahlt Anfang Mai. Ein Betrag, der Daniels Einkommen nicht angemessen war. Er musste gespart haben, um seiner Freundin mit diesem Geschenk imponieren zu können. Dühnfort zog das Handy hervor und rief Sophie an. Sie koordinierte die Arbeit der Sachbearbeiter, die den Kommissionen zuarbeiteten und die Gina gerne Bürofeen nannte, weil es hauptsächlich Frauen waren. Die Unterlagen aus Daniels Wohnung, die er zur Überprüfung hatte abholen lassen, lagen bei ihr. »Bist du so nett und siehst nach, ob Daniel Ohlsberg in den Tagen vor dem dritten Mai eine größere Summe Bargeld von seinem Konto abgehoben hat?«

»Ich wühle mich grad durch Kfz-Zulassungen. Wie eilig ist das denn?«

»Wenn du gleich nachsehen könntest?«

»Also gut. Wie hoch?«

»Mindestens 655 Euro.«

»Ich lege dich einen Augenblick zur Seite.« Er hörte erst

ein Klacken, dann Rascheln. Während er wartete, fiel ihm Gerlinde Weylandt wieder ein. Die nächtliche Radfahrerin. Woher war sie nachts um halb eins wohl gekommen? Noch dazu, wo sie doch nur Stunden später verreisen wollte, also früh aufstehen musste.

Sophie meldete sich. »Kein größerer Betrag. Und auch nicht mehrere kleine, die das zusammen ergeben würden. Er war einer, der gerne mit Karte zahlte. An der Tanke, im Supermarkt, in der Kneipe. Er hat so gut wie nie mehr als hundert Euro bar abgehoben.«

»Gibt es ein Sparbuch oder einen Sparvertrag?«

»Sparbuch. Da sind 178 Euro drauf. Und das schon seit zwei Jahren. Zinsen hätte er mal nachtragen lassen sollen. Obwohl, das macht den Kohl auch nicht fett. Demnächst werden wir ja noch Zinsen dafür zahlen dürfen, dass wir den Banken unser Geld leihen.«

Dühnfort dankte Sophie und legte auf. Woher hatte Daniel das Geld für die Handtasche gehabt? Hatte er am Ende doch gedealt oder war in andere krumme Geschäfte verwickelt? Er konnte sich das Geld allerdings auch geliehen haben. Dühnfort wählte die Nummer der Großmutter. Doch bei ihr hatte Daniel sich nichts geborgt. Er fragte, welcher Freund dafür in Frage käme. »Eigentlich nur der Phillip. Die anderen haben nicht so viel.«

Phillip Eckel. Mikas Bruder. Natürlich. Er schob das Handy in die Tasche. Zeit, mit ihm zu reden. Doch vorher wollte er den Bioladen von Gerlinde Weylandt aufsuchen.

Er verließ die Wohnung und trat auf die Straße. Schon beinahe zwei. Sein Magen knurrte, und außerdem brauchte er jetzt dringend einen Espresso. Daher entschloss er sich zu einem kleinen Umweg und kehrte bei Supremo ein. Allein der Duft war bereits belebend. Hinter der Glasscheibe, die Café und Rösterei trennte, arbeitete der Röstmeister an der

Maschine. Dühnfort nahm an der Theke Platz, bestellte einen Doppio, diesmal einen Jamaika Blue Mountain, und verließ fünfzehn Minuten später den Laden mit geschärften Sinnen und einem halben Pfund des Espressos.

Den Bioladen von Gerlinde Weylandt fand er auf Anhieb. *Ois bio*, was wohl so viel wie *Alles bio* bedeuten sollte, befand sich am Bahnhof. Ein kleines Geschäft mit Stellagen für Obst und Gemüse vor den beiden Schaufenstern. Dazwischen war der Zugang zum Laden. Ein Windspiel begann zu klimpern, als Dühnfort eintrat. Es roch, wie es in derartigen Läden häufig roch. Nach Gewürzen und Räucherstäbchen, nach erdigen Kartoffeln und Jutesäcken, nach Biobrot und Körnern. Hinter einer Theke mit einem beeindruckenden Sortiment an Wurst und Käse stand eine Frau mittleren Alters und legte einen luftgetrockneten Schinken in die Auslage. Durch ihr schulterlanges Haar zogen sich graue Strähnen. Sie war ungeschminkt und ihre Haut so klar und rein, dass Dühnfort unwillkürlich an Kernseife und Gebirgsbäche dachte. Sie blickte hoch, als er an die Theke trat. »Was darf es sein?«

Der Koffeindurst war gestillt. Der Hunger jedoch nicht. »Kann man bei Ihnen ein belegtes Brötchen bekommen?«

Sie nickte. »Was soll denn rauf?«

Er entschied sich für Schinken. Während sie sich an die Arbeit machte, stellte er sich vor. »Ich bearbeite den Mordfall Daniel Ohlsberg, und ich frage mich, woher Frau Weylandt nachts um halb eins mit dem Rad kam. Haben Sie eine Idee?«

»Logisch. Sie wird mit dem Hund draußen gewesen sein. Mit dem Krambambuli.«

Merkwürdig. Von einem Hund hatte Kirsten nichts gesagt. »Nimmt sie ihn an der Leine?«

»Eher selten. Das ist ein Golden Retriever. Der braucht Auslauf. Meistens rennt er vorneweg.«

»Ist Ihnen noch etwas eingefallen, wie oder wo wir Frau Weylandt erreichen könnten?«

Bedauernd hob die Verkäuferin die Hände. »Ich habe Ihrer Kollegin schon alles gesagt. Es kann sein, dass sie ihre Pläne ändern und am Ende durch Italien oder Spanien fahren.«

»Und sie sind wirklich nicht über Handy erreichbar?« Das war heutzutage kaum vorstellbar.

»Sie haben beide keines. Das dürfen Sie mir schon glauben. Die Handystrahlung verursacht Krebs. Das ist nachgewiesen. Blöd wären wir, wenn wir uns diese Dinger kaufen würden.«

27

Wahnsinn, wie Sascha Isa angebaggert hatte. Manchmal ein wenig plump und dann wieder total witzig, aber immer sehr zielgerichtet. Als ob er ausprobiert hätte, wie er sie am besten erreichen konnte. Anfangs war es das Übliche gewesen. Ihm gefiel ihr Musikgeschmack. Er mochte dieselben Filme und Schauspieler. Er schmeichelte ihr, dass sie total lustig und schlagfertig sei und dass er darauf total abfahre. Als Isa schrieb, dass sie gerne eine Katze hätte, antwortete er, dass es ihm ebenso ging, seine Mutter aber leider an einer Katzenhaarallergie litt. *Wenn ich mal eine eigene Wohnung habe,* schrieb er, *werde ich mir aus dem Tierheim eine Katze holen. Kennst du dieses Video schon? Total lustig. Ich habe mich fast totgelacht.* Mit diesen Worten hatte er ein Video auf YouTube verlinkt, das eine Katze zeigte, die in Schachteln und Kartons kletterte und ständig darin stecken blieb. Der reinste Slapstick. Sogar Mika musste lachen, als sie das sah. Überhaupt hatte Sascha viele Videos verlinkt und jede Menge Musik. Meist gefühlvolle Songs. Sogar von Unheilig. Darauf stand Isa allerdings überhaupt nicht. So hatte es angefangen. Und dann war es weitergegangen mit persönlicheren Problemen. Sascha hatte Isa um Rat gefragt, als er Stress mit seinem Vater wegen der Handyrechnung bekam und Zoff mit seinem Freund Tobias, der seine Freundin mies behandelte und meinte, Sascha sollte die Klappe halten und sich nicht einmischen. Egal ob größere oder kleinere Sorgen, Sascha begann sich bei Isa Rat zu holen. So war sie zu seiner Freundin geworden, und das rasend schnell innerhalb von nicht einmal zwei Wochen. Mika erinnerte sich, dass sie Isa zu dieser Zeit nicht gesehen hatte.

Doch das hatte nicht an Sascha gelegen, sondern an einem Französischaufsatz. Isa wollte, dass Mika ihn für sie schrieb, denn Französisch war Isas Kampffach. Doch ihr fehlte die Zeit dafür. Außerdem wären sie mit diesem Betrug sofort aufgeflogen. Von Fünf auf Zwei. Wie sollte das denn gegangen sein? Sie wollte Isa helfen. Mehr nicht. Doch das hatte Isa nicht gereicht. *Du lässt mich total hängen. Wegen dir werde ich durchs Abi rasseln, dann kannst du dich wieder als die Bessere fühlen.* Diese Bemerkung war ihr dann zu viel gewesen. Jedenfalls hatte es ordentlich Zoff gegeben, und Isa hatte sich revanchiert und war dabei zu weit gegangen. Echt zu weit.

Wochenlang hatten sie kein Wort miteinander gesprochen. Erst in der Woche vor Isas Selbstmord war es zu einer Versöhnung gekommen. Lukas hatte das vermittelt, und dafür war Mika ihm dankbar. So unendlich dankbar. Nur Tage später hatte Isa sich umgebracht. Sie waren nicht im Streit auseinandergerissen worden. Nicht als Feindinnen, sondern als Freundinnen. Und das war für sie ein Trost.

Erst kurz vor Isas Tod hatte sie daher von Sascha erfahren. Von diesem wahnsinnstollen Kerl, der so nett und einfühlsam war und total in Isa verliebt, in seine Mondprinzessin, wie er sie nannte, denn sie erschien ihm so unerreichbar wie der Mond. Und das lag daran, dass Isa sich nicht traute, einem Treffen zuzustimmen. »Wenn er mich in voller Pracht und Fülle sieht, wird er abdüsen. Mit Kondensstreifen. Dann ist es aus. Das will ich hinauszögern. Das verstehst du doch, oder?«

»Hast du ihm echt noch kein Foto gemailt?«, hatte sie gefragt, was Isa verschämt bestätigte.

Sosehr sie Isa mochte, Mika war klar, dass Isas Figur ein Problem für eine Beziehung darstellte. Da musste man realistisch sein. Wenn Isa wirklich in Sascha verliebt war, blieb ihr nichts anderes übrig, als ihm reinen Wein einzuschenken. »Du musst ihn darauf vorbereiten. Nimm doch das Bild, das ich von dir auf der Praterinsel gemacht habe. Darauf siehst du toll aus. Das kannst du in Photoshop in mehrere Teile zerlegen, und dann schickst du ihm jeden Tag eines. Zuerst deine tollen Augen, dann den Mund, die Hände und so weiter. So kann er sich langsam an deine Kurven gewöhnen.«

Ob Isa diesem Rat gefolgt war? Mika klickte sich weiter durch die Mails, noch immer auf der Suche nach persönlichen Infos über Sascha. Block und Stift lagen neben ihr auf dem Tisch. Bisher hatte sie nicht viel gefunden. *Sascha, 19, Gymnasiast.* Auf welches Gymnasium er ging, stand nicht in seinem Profil, nur dass er in München wohnte. Angesichts einer Million Einwohner half ihr das ja ungemein weiter.

Irgendwann wechselte der Tonfall von kumpelhaft und frech zu vertraut und gefühlvoll. Sascha verlinkte Songs von Adele und Beyoncé und einen von Gossip. Isa betete die Gossip-Sängerin Beth Ditto beinahe an. Sie hatte nicht nur eine Wahnsinnsstimme, sie war so cool, so selbstbewusst, geballte Power, ein Bündel Energie, das auf der Bühne explodierte. Und sie war dick. Nicht pummelig, nicht mollig, sondern fett. Und alle liebten sie. Karl Lagerfeld entwarf Mode für Beth und nannte sie seine Muse. Eine dicke Frau, jenseits aller geltenden Schönheitsideale, wurde in den Medien als sexy betitelt! Und Sascha mochte Beth!

Hi Sascha, klasse Clip. Volltreffer. Wusstest du, dass ich ein Fan von Gossip bin?

Hi Mondprinzessin, habe ich geraten. Ich finde Beth Ditto einfach klasse. Tolle Stimme. Tolle Figur.

He, du verarschst mich. Tolle Figur?

Na klar verarsche ich dich ... nicht. Ich meine das ernst. Beth ist super sexy. Aber ich kann verstehen, dass das nicht alle finden. Sie entspricht ja nicht gerade dem Klischee einer schönen Frau.

Hm? Sascha, das nehme ich dir nicht ab.

Kannst du aber. Beth ist für mich the sexiest woman alive.

Nee, oder? Würdest du mit ihr ins Bett gehen?

Natürlich. Sofort. Atemberaubender Gedanke. Du bringst mich auf Ideen, meine Mondprinzessin.

Der ganze wabbelige Speck würde dich nicht stören?

Würde er nicht. Ich finde sie toll. Ehrlich. Ich hoffe, du denkst jetzt nicht, dass ich irgendwie abartig veranlagt bin.

Du stehst auf Pummel? Echt? Auch wenn sie keine berühmten Sängerinnen sind?

Das ist doch egal. Ich mag Mädels, die weich und kuschelig sind. Kennst du die Bilder und Skulpturen von Fernando Botero?

Hab grad mal gegoogelt. Alles klar. Offenbar hat Beth ihm Modell gestanden.

Ich bin letztes Jahr extra zur Botero-Ausstellung nach Wien gefahren. Ich mag die Sinnlichkeit des Lebens, die Botero in seinen Bildern feiert, ohne die Vergänglichkeit zu negieren.

Mika sah auf. Etwas stimmte hier nicht. Ganz und gar nicht. Sascha liebte dicke Frauen und hatte die Flucht ergriffen, als er Isa das erste Mal gesehen hatte? Wie passte das denn zusammen? Und dann der Satz über die Botero-Ausstellung. Der klang so ganz anders. So erwachsen und abgeklärt, dass er glatt von ihrem Kunstlehrer stammen könnte.

Mika überflog die restlichen Mails. Natürlich hatte Sascha gefragt, wie Isa aussah, ob sie ihm nicht endlich ein Foto schicken könnte. Und hallo, sie hatte das getan, in einzelnen Häppchen, genau wie Mika es ihr geraten hatte. Allerdings nicht jeden Tag eines, sondern im Stundentakt. Sascha war total darauf abgefahren. *Wow! Du bist einfach wunderschön, Mondprinzessin.*

Mika klappte den Laptop zu und starrte aus dem Fenster. Je länger sie darüber nachdachte, umso klarer wurde das Bild von Sascha. In vielen seiner Mails wirkte der Tonfall bemüht locker. Vermutlich war er älter, als er vorgab, und der Satz über Botero zeigte, wie er normalerweise sprach. Er musste gewusst haben, dass Isa dick war und unter ihrer Figur litt und unter der Tatsache, dass kein Junge sie attraktiv fand. Erst war es ihm gelungen, Isa in sich verliebt zu machen. Mit Beth Ditto hatte er sie dazu gebracht, sich als dick zu outen. Und dann hatte er das Treffen provoziert, zu dem Isa so aufgeregt wie verliebt gegangen war, einzig und allein, um sie fallenzulassen, in den Dreck zu treten und sie fertigzumachen. Warum? Die Erkenntnis traf sie ganz unvermittelt: Sascha hatte Isa gekannt!

Und er hatte sie gehasst!

28

Vor dem Bioladen zog Dühnfort sein Handy aus der Tasche, wählte Kirstens Nummer und fragte, ob der Zeuge den Hund gesehen hatte. Doch den hatte er nicht erwähnt. »Ist das wichtig? Dann frage ich nach.«

»Eigentlich nicht. Danke.« Er schob das Handy zurück, setzte sich am Bahnhofsvorplatz auf eine Bank im Schatten und holte das belegte Brötchen aus der Papiertüte.

Der Lieferwagenfahrer. Wer war er? Es würde ihn nicht wundern, wenn er zur Clique um Isa, Daniel und Mika gehörte.

Das Handy vibrierte. Gina meldete sich. »Hallo, Tino. Wo bist du grad?«

Er freute sich, ihre Stimme zu hören. »Hallo, Schatz. Ich bin in Unterhaching. Warum?«

»Schade. Ich hatte die Hoffnung, wir könnten uns vielleicht in der Mittagspause treffen. Kannst du dich nicht kurz rüberbeamen?«

Welch schöner Gedanke, ihr jetzt gegenüberzusitzen, das lebhafte Funkeln in ihren dunklen Augen zu sehen, ihr Lachen zu hören. »Würde ich sehr gerne, ich fürchte nur, die Technik ist noch nicht so weit«, sagte er schmunzelnd. »Wie geht es dir? Kommst du mit dem Tankstellenmord weiter?«

Ein abgrundtiefes Seufzen klang durchs Telefon. »In der Asservatenkammer fahnden sie noch immer nach den Beweisstücken. Es ist nicht zu fassen. Und ich wühle mich durch drei Dutzend muffige Aktenordner. Langsam wird es allerdings interessant. Es gab damals besagten Verdächtigen. Axel Schulz, von dem ich dir erzählt habe. Vorbestraft, wegen bewaffneten Raubüberfalls. Er wohnt in der Nähe des Tatorts und kannte den Tankstellenpächter. Figur und Statur passen zum Kerl auf dem Überwachungsvideo. Seine Fingerabdrücke wurden am Tatort gefunden. Und ein Zeuge hat ihn zur Tatzeit in der Nähe der Tankstelle gesehen. Doch in seiner Wohnung war nichts, außer einem Zwilling der Plastiktüte, mit der Alicia Ehlers erstickt wurde. Nicht Aldi oder Lidl, sondern von einem Zoofachgeschäft in Sendling, das inzwischen pleitegegangen ist. Und das gehörte dem besten Kumpel von Schulz. Uli Bäumer, ebenfalls ein Exknacki. Und jetzt rate mal, wer Schulz ein Alibi gegeben hat?«

»Ich ahne es.«

»Genau. Und was macht der übereifrige Staatsanwalt? Du glaubst es nicht. Bei einer Beweislage so dünn wie Eis auf einem See nach der ersten Frostnacht erhebt er Anklage und ist natürlich grandios untergegangen. Die Fingerabdrücke waren erklärbar, Schulz war am Tag des Überfalls vormittags in der Tanke. Er hat Bier und Zeitungen gekauft, sich ungefähr an allen Verkaufsständern umgesehen, jedes Regal betatscht und sich mit Alicia Ehlers unterhalten. Sieht man alles auf den Überwachungsvideos. Wenn du mich fragst, hat Schulz dort für seinen Kumpel Bäumer spioniert. Denn dem stand damals das Wasser bis zum Hals. Der brauchte dringend Geld, das habe ich heute von seiner Ex erfahren. Damit der Laden nicht pleiteging, was er dann ja auch erst ein Jahr später tat. Sie schwört allerdings, dass Bäumer eine reine Weste hat. An dem bleibe ich jetzt dran. Würde mich nicht wundern, wenn wir seine DNA an Klebeband und Tüte finden. Vorausgesetzt, die Asservate tauchen endlich auf. Und was tut sich bei dir? Kommt ihr mit dem Fall voran?«

»Langsam und zäh. Das Motiv bleibt nebulös. Ich frage mich grad, ob Daniel nicht doch gedealt hat. Er hat seiner Freundin eine Handtasche für über sechshundert Euro geschenkt, die er bar bezahlt hat. Auf seinem Konto gibt es keine entsprechenden Abhebungen. Aber den Kollegen von Rauschgift ist er nicht bekannt, und in seiner Wohnung haben wir nichts gefunden.«

»Vielleicht hat er nebenbei schwarz an Autos geschraubt.«

»Glaube ich nicht. Dem Hausmeister hat er jedenfalls häufiger unentgeltlich geholfen, wenn dessen Wagen Probleme machte.«

»Sechshundert Euro für eine Handtasche. Was ist das denn für eine Luxusfreundin?«

»Ihre Eltern sind erfolgreiche Unternehmer. Vermutlich dachte Daniel, er muss mithalten, und wollte ihr mit dem Geschenk imponieren.« Dühnfort folgte dem sirrenden Tanz einer Wespe, die sich auf seinem Schinkenbrötchen niederlassen wollte. Wie hatte Daniel in diese Clique gepasst? Der elternlose Junge aus einfachen, um nicht zu sagen ärmlichen Verhältnissen mit Hauptschulabschluss, und Mika, Phillip, Lukas und Isa, verwöhnte Kinder aus der gehobenen Mittelschicht mit ehrgeizigen Eltern, die sie vorantrieben, damit sie Karriere machten und einen sicheren Platz in der Gesellschaft ergatterten.

»Die heißeste Spur ist der Lieferwagen. Der Fahrer ist unser Verdächtiger Nummer eins. Den Wagen werden wir hoffentlich bald haben, und dann sehen wir weiter.«

»Dann drücke ich mal die Daumen und gehe allein auf Futtersuche.«

»Sollen wir heute Abend an den See fahren? Hast du Lust?«

»Aber immer. Erst schwimmen, dann Abendessen auf dem Boot, bei Sonnenuntergang. Klingt doch romantisch.«

Er hörte das Lachen in ihrer Stimme.

»Du sag mal, stimmt es, dass Kirsten bei der Obduktion aus ihren schicken Schuhen gekippt ist?«

Eigentlich wunderte es ihn nicht, dass Gina davon gehört

hatte. Polizisten waren die reinsten Waschweiber. Doch er hatte das Bedürfnis, sich schützend vor seine Mitarbeiterin zu stellen. »Sie hatte nicht gefrühstückt, und du weißt ja selbst, dass ein Kopfschuss kein schöner Anblick ist.«

»Hm? Ich glaube, das lag nicht am leeren Magen.«

»Sondern?«

»Ach, Tino. Du bist echt der Einzige, der den Buschfunk nicht abonniert hat. Ihr Mann hat sich erschossen. Mit ihrer Dienstwaffe. Er hat sie sich in den Mund gesteckt und abgedrückt. Sie war dabei.«

29

Diese Neuigkeit ging Dühnfort noch durch den Kopf, als er am Haus der Eckels klingelte und kurz darauf Mikas Mutter gegenüberstand. Er wollte Mika und Phillip sprechen, doch beide waren nicht zu Hause. Er fragte, wo er sie erreichen könnte. Saskia Eckel zog die Schultern hoch. »Mika ist bei Lukas. Und Phillip hat einen Zahnarzttermin. Er müsste in einer halben Stunde zurück sein.«

Sowohl Mika als auch Phillip waren erwachsen, und dennoch wusste ihre Mutter anscheinend über jeden ihrer Schritte Bescheid. War das der Preis, den beide fürs Logieren im Hotel Mama zahlten?

»Geht es um Daniel?«, fragte sie.

»Ja. Hat er sich gelegentlich Geld von Phillip geliehen?«

»Von Phillip? Das glaube ich nicht. Daniel hat zwar nicht viel verdient, aber er hatte seinen Stolz. Jedenfalls habe ich nie gehört, dass Phillip ihm etwas geborgt hätte. Weshalb fragen Sie?«

»Daniel hat eine Handtasche für über sechshundert Euro gekauft. Ich nehme an, für Mika.«

»Sie meinen doch nicht die Wilshire?« Lächelnd strich sie sich das Haar aus dem Gesicht. »Das ist eine billige Kopie. Daniel könnte sich eine derartige Tasche niemals leisten.«

Dühnfort zog den Kassenbon und das Garantieheft hervor. »Er hat sie bei Oberpollinger gekauft und bar bezahlt. Ich frage mich, woher er das Geld dafür hatte.«

Verblüfft betrachtete sie die Unterlagen und reichte sie ihm zögernd zurück. »Ich dachte wirklich, die Tasche sei ein Imitat.« Einen Moment lang sah sie an ihm vorbei. Plötzlich straffte sich ihr Körper, als habe sie einen Entschluss gefasst. »Wollen Sie nicht reinkommen?«

»Gerne.« Dühnfort war gespannt, was Saskia Eckel offenbar nicht zwischen Tür und Angel besprechen wollte. Sie führte ihn auf die Terrasse. Geschützt von Mauern und immergrünen Hecken lag sie im Schatten eines Sonnensegels. Im angrenzenden Pool funkelte das Wasser. »Bitte.« Mit einer Handbewegung bot sie ihm Platz an und strich den Leinenrock glatt, während sie sich setzte. Eine entschlossene Bewegung. Ohne Umschweife kam sie zum Thema. »Mika hat es vorgestern ja bereits angedeutet: Daniel mag seine sympathischen Seiten gehabt haben und sicher auch seine Qualitäten, dennoch habe ich ihn nicht gemocht. Auch wenn ich mich bemüht habe, das meinen Kindern nicht zu zeigen und mich in Toleranz zu üben.« Sie schlug die gebräunten Beine übereinander und lehnte sich im Sessel zurück. »Ich bin ganz offen zu Ihnen. Vermutlich werden Sie mich für snobistisch halten. Das ist mir egal. Daniels Erziehung, seine Bildung und seine Herkunft ... Sein Vater war Alkoholiker und meistens ohne Arbeit, und seine Großmutter Bedienung in der Wirtschaft und eine halbe Analphabetin ... Er hat einfach nicht zu uns gepasst, und ich habe immer befürchtet, dass er nach seinem Vater geraten könnte. Der Apfel fällt nicht weit vom Stamm, wie man so sagt.« Entschuldigend hob sie die Hände. »Als er vor einigen Jahren mit Ecstasy erwischt wurde, musste ich einschreiten. Ich habe versucht, Mika und Phillip klarzumachen, dass Daniel kein Umgang für sie ist. Leider erfolglos. Allerdings muss ich zugeben, dass er mich überrascht hat. Er schien aus seinen Erfahrungen gelernt zu haben und hat die Ausbildung durchgehalten. Trotzdem war ich zu Tode erschrocken, als mir klarwurde, dass er etwas mit Mika angefangen hat. Als sie diese Beziehung dann beendete, war ich erleichtert. Das ist kein Geheimnis. Daniel hatte Mika nichts zu bieten. Weder intellektuell noch materiell. Und nun zu Ihrer Frage nach dem Geld. Ich denke nicht, dass Phillip es ihm geliehen hat. Wahrscheinlicher ist, dass er wieder zu dealen begonnen hat. Vermutlich, um Mika zu imponieren. Sie ist einen gewissen Lebensstandard gewöhnt.« Mit dem Finger fuhr Saskia Eckel den Bogen einer Braue nach. »Es wäre besser für ihn gewesen, wenn er sich ein Mädchen aus seinen Kreisen gesucht hätte.« Seufzend lehnte sie sich zurück.

»Gibt es einen Anhaltspunkt für diese Vermutung? Hat Mika etwas in der Art angedeutet?«

»Das nicht. Ich finde es nur logisch.«

Einmal Dealer, immer Dealer. Er konnte ihr keinen Vorwurf machen. Leider stimmte es allzu oft. Wer einmal den falschen Weg eingeschlagen hatte, kehrte gern auch darauf zurück.

»Es gibt noch eine Sache, die mir nicht aus dem Kopf geht.«

»Ja?«, fragte sie.

»Vor fünf Monaten starb Isabelle Schäfer. Und jetzt Daniel. Zwei Tote in derselben Clique. Das lässt mir keine Ruhe. Könnte es vielleicht einen Zusammenhang geben?«

Bei der Erwähnung von Isabelle verdunkelten sich Saskia Eckels Augen. »Dieser Selbstmord ... Das ist so furchtbar. Das war so dumm von Isa ... Sich wegen schlechter Noten umzubringen. Wenn sie das Abitur nicht geschafft hätte, meine Güte, im zweiten Versuch wäre es ihr sicher gelungen.« Um die Mundwinkel lief ein Zucken. Unwillig schüttelte sie den Kopf. »Entschuldigen Sie. Aber wenn ich mir vorstelle, dass meine Tochter ... Wobei mein Mann und ich die Kinder nicht derart auf Erfolg trimmen, wie Marlis das bei Isa getan hat. Sie hat es übertrieben. Und dann war sie nicht da, als ihre Tochter sie brauchte.« Mit den Händen umfasste Saskia Eckel die Oberarme, als ob sie plötzlich fröstelte. »Bitte verstehen Sie mich nicht falsch. Ich gebe Marlis und Stefan nicht die Schuld. Aber Marlis hätte spüren müssen, wie verzweifelt Isa war. Ich bin jedenfalls immer für meine Kinder da. Komme, was da wolle. Notfalls würde ich alles liegen und stehen lassen und ihnen mit Blaulicht auf dem Dach zu Hilfe eilen. Mutter im Einsatz.« Sie versuchte ein Lächeln, das nur halb gelang. »Als Mika und Phillip noch klein waren, habe ich mir oft gedacht, dass wir Mütter so ein Blaulicht haben sollten. Immer wenn ein Anruf aus der Schule oder dem Kindergarten kam, eines der Kinder sei krank und müsse abgeholt werden. Vor allem damals, als Mika sich den Arm brach, und bei der Platzwunde, die Phillip sich beim Sturz zugezogen hat.«

Das war so dumm von Isa. Bei dieser Formulierung war Dühnfort zusammengezuckt. Sie erschreckte ihn. War Isa wirklich dumm gewesen? Unerfahren vielleicht. Sie war jung. Gerade einmal achtzehn. In diesem Alter waren Glück und Liebe strahlender, leuchtender, einmaliger und die Verwundbarkeit so viel größer. Trauer und Kummer schwärzer, tiefer, scheinbar ausweglos. »Es gibt also nichts, das die beiden Todesfälle in Verbindung bringen könnte?«, wiederholte Dühnfort seine Frage.

Die Sonne war inzwischen ein Stück weiter gewandert und schien Saskia Eckel ins Gesicht. Blinzelnd hob sie die Hand. »Was sollte das sein? Ein Selbstmord aus Versagensangst und ein Mord im Drogenmilieu. Wie soll das zusammenhängen?«

»Ich weiß es nicht. Vielleicht durch Sascha. Haben Sie eine Vermutung, wer er sein könnte, oder kannte Daniel ihn vielleicht?«

»Das ist doch Humbug. Sascha war weder Auslöser noch Ursache für Isas Suizid. Sie war oft bei uns und hat sich ausgeheult. Ich weiß, wie sehr Marlis ihr wegen der Noten im Nacken saß und Isa unter Druck setzte. *Ohne Abi ist man kein vollwertiger Mensch. Willst du bei Aldi Regale einräu-*

men? *Oder hast du vor, deinen Lebensstandard durch eine reiche Heirat zu sichern? Dann nimm erst einmal ab. Denn so will dich keiner.«* Der Tonfall, den Saskia Eckel nachahmte, war so schneidend kalt, dass Dühnfort schauerte. Wie konnte eine Mutter nur so mit ihrer Tochter reden?

»An diesem unglückseligen Tag gab es wieder einmal Streit zwischen Isa und Marlis. Ziemlich lautstark. Die beiden haben sich nicht nur angebrüllt. Es wurden auch Türen geknallt. Marlis hat Isa vorgeworfen, eine disziplinlose Versagerin zu sein.« Mit einer müden Geste strich Mikas Mutter sich die Haare aus dem Gesicht. »Das ist schrecklich, aber wahr. Ich kann verstehen, dass Marlis Sascha die Schuld an allem gibt. Das ist doch ganz natürlich. Wie sollte sie denn sonst weiterleben? Etwa mit der Gewissheit, das eigene Kind in den Tod getrieben zu haben?«

30

Dühnfort blieb auf dem Garagenvorplatz stehen. Während er überlegte, wie er weiter vorgehen sollte, brauste ein schwarzes Cabrio heran und hielt vor ihm. Ein junger Mann stieg aus. Ein interessierter Blick, der auswich, als Dühnfort ihn zu erwidern versuchte. »Herr Eckel?«

»Ja«, kam es zögernd. »Wer will das wissen?«

Die Stimme war ein wenig verwaschen. Im Mundwinkel haftete ein winziger Rest einer rosa Masse. Phillip kam tatsächlich vom Zahnarzt.

»Dühnfort. Kripo München. Kann ich Sie etwas fragen?«

Die Haltung wurde abwehrend. »Sicher.«

»Daniel hat Mika eine Handtasche geschenkt, die er sich nicht leisten konnte. Wissen Sie, woher er das Geld dafür hatte?«

»Nicht durchs Dealen, wie Sie glauben. Ist doch so?«

»Ich frage mich einfach, wie er sie bezahlen konnte.«

Phillip verzog den Mund. »Er hat mir die Kohle bei einer Partie Poker abgenommen.« Beide Hände verschwanden in den Hosentaschen, die Schultern stiegen hoch. »War es das?«

»Eigentlich schon.« Dühnfort holte den Autoschlüssel hervor. »Daniel war Ihr bester Freund. Sie scheinen seinen Tod ziemlich gelassen zu nehmen.«

»Könnte sein, dass der Schein Sie trügt.« Die Lippen wurden zu einem hellen Strich.

»Sie haben keine Vermutung, wer ihn erschossen hat? Das nehme ich Ihnen nicht ab.«

»Früher mal war Daniel mein bester Freund. In der Grundschule und als wir noch im selben Verein Fußball gespielt haben. Seit dem Abi haben wir uns nicht mehr so häufig gesehen. Wegen Drogen wurde er jedenfalls nicht umgebracht. Da versucht jemand, Sie zu linken.«

»Was könnte dann dahinterstecken?«

»Keine Ahnung.« Phillip zuckte mit den Schultern. »Es gibt doch solche kranken Typen, die irgendwen abknallen. Einfach so. Aus Lust am Töten. Haben Sie daran schon gedacht?«

Die legen aber keine falschen Spuren. Die kennen sich im Vorleben ihres Opfers nicht aus. Die suchen tatsächlich einen Unbekannten aus, mit dem sie nichts verbindet. Einen anonymen Menschen, der zum Objekt wird.

»Natürlich«, sagte Dühnfort. »In diesem Fall können wir das ausschließen. Der Täter kannte Daniel.«

Phillip betastete seinen Kiefer. »Wenn Sie sonst keine Fragen haben ...« Er wies aufs Haus. »Ich war grad beim Zahnarzt und würde jetzt gerne eine Tablette einwerfen. Die Spritze lässt nach.«

Dühnfort ging zu seinem Wagen. Er ließ die Fenster herunter und fuhr los. Am Ortsausgang passierte er ein Hinweisschild nach Mariaseeon. Das Dorf lag nur wenige Kilometer von Unterhaching entfernt. Automatisch bog er ab.

Die Drogenspur gefiel ihm nicht. Normalerweise traute er seiner inneren Stimme. Doch diesmal konnte sie sich nicht entscheiden. Falsche Fährte? Oder dealte Daniel doch? Wer hatte den Jungen in die Baustelle gelockt? Dühnfort griff zum Handy und rief Buchholz an, um nach der DNA zu fragen.

»Wir haben sie an den Kippen isoliert. Kein Treffer in der Datenbank. Also nicht einschlägig vorbestraft. Männlich. So viel kann ich sagen.«

Er dankte Buchholz. Die vorbeiziehende Landschaft wurde hügelig. Gerstenfelder wiegten sich sacht im Wind. Die Alpenkette verschwamm im milchig blauen Dunst des Sommerhimmels. Eher eine Ahnung, eine Vision, als Manifestation. Hoch oben in diesem unwirklichen Flirren zog ein Turmfalke seine Kreise. Jenseits eines Waldgürtels reckte sich der Zwiebelturm der Klosterkirche ins Blau. Dühnfort erreichte Mariaseeon. Er durchquerte den Ort und fuhr zum See hinunter. In der Nähe von Agnes' Haus parkte er, steckte sein Handy ein und ging Richtung Forst.

Vor zwei Jahren hatten sie hier einen Fall gehabt, der mit einer Entführung begonnen und mit zwei Morden geendet hatte. Dabei hatte er Agnes kennengelernt und sich in sie verliebt.

An der Weggabelung bog er in den Wald ein. Die Luft wurde kühl. Ein leichter Wind trug Badelärm vom See herüber. Wenige Minuten später umfing ihn die Stille des Waldes. Ein leises Raunen der Blätter. Der Duft nach Harz und Moos, nach Himbeeren und Gräsern. Ab und zu knackte ein vertrockneter Zweig unter seinen Schritten. Nach zehn Minuten erreichte er die Wegbiegung, hinter der die Lichtung lag.

Damals hatte dort eine Kapelle gestanden. Ein Bauer aus dem Dorf hatte sie vor über hundert Jahren als Dank für seine wundersame Errettung aus einem Unwetter errichten lassen. Agnes war dort von einem Täter überfallen worden, der die Dorfbewohner im Lauf der Wochen in Panik versetzt hatte. Irgendwie war es ihr gelungen, sich zu befreien. Doch dabei war ein Feuer ausgebrochen und die Kapelle ein Raub der Flammen geworden.

Als Dühnfort nun die Lichtung erreichte, war er auf den Anblick einer Ruine gefasst. Doch da stand sie. Die Marienkapelle. Weißer Rauputz, ein Türmchen mit Zwiebelhaube, ein Kreuz auf der Spitze. Man hatte sie wieder aufgebaut. Dühnfort tastete die Regenrinne ab und fand den Schlüssel dort, wo er auch damals gelegen hatte.

Das Licht drang nur spärlich durch die vergitterten Fenster. Dämmerung und ein muffiger Geruch umfingen ihn. Er setzte sich. Es war Zeit, mit einem Kapitel seines Lebens abzuschließen. Deshalb war er wohl hierhergefahren. Agnes. Er hatte sie geliebt. Eigentlich vom ersten Moment an, als sie ihn beinahe angefahren hatte, mit ihrem Mountainbike. Ihre Schönheit, vor allem aber ihre Stärke, derer sie selbst sich nicht bewusst war. Ihre Verletztheit, die ihn hatte stark sein lassen. Ihre Unabhängigkeit. Die Art, wie sie lachte, wenn sie mal lachte. Dieses Undefinierbare, das einen zu einem Menschen hinzog und sich selten in Worte fassen ließ. Es war schon lange vorbei. Dieses Kapitel lag hinter ihm. Als er nun in sich hineinhorchte, fühlte er kein Bedauern. Nur Dankbarkeit für ein paar wunderschöne Monate. Und Freude auf das, was vor ihm lag. Sein Leben mit Gina.

Gina, die so voller Lebenslust war und mit ihrer flapsigen Art ihre Gefühle zu überspielen versuchte. Er sah sie dennoch, und sie wusste das. Er liebte es, sich wortlos mit ihr zu verständigen. Seiner *Maulfaulheit*, wie Gina das mal genannt hatte, kam diese Art der Kommunikation zugute. Er war keiner, der sein Herz auf der Zunge trug, kein Mann der großen Worte. Er liebte ihre Spontaneität, ihren schelmischen Blick, ihre dunklen Augen, jedes ihrer kleinen Speckröllchen und die Leichtigkeit, die sie in sein Leben getragen und so die Einsamkeit daraus vertrieben hatte. Dass sie nun zusammen wohnten, erschien ihm wie ein kleines Wunder.

31

Dühnfort kehrte zum Wagen zurück. Doch er fuhr noch nicht los. Das Gespräch mit Phillip ging ihm durch den Kopf. Eine Bemerkung, die er gemacht hatte. *Nicht durchs Dealen, wie Sie glauben. Ist doch so?* Abwartend hatte Phillip ihn gemustert. Beinahe, als ob er sich vergewissern wollte, dass die Polizei dieser Fährte nicht folgte. Er rief sich Phillips Reaktion auf seine Antwort ins Gedächtnis. Kurz angebunden und erleichtert. Plötzlich war es da: ein Gefühl von Zweifel. Er rief Alois an. »Hast du Zeit, dir Phillip Eckel mal genauer anzusehen?«

»Kein Problem. Weshalb?«

Dühnfort erklärte es ihm.

»Denkst du, er und Daniel hatten gemeinsam was am Laufen?«

»Möglich. Hast du inzwischen Daniels Lieferanten von damals ausfindig gemacht?«

»Ich bin dabei.«

»Gut.« Er verabschiedete sich und sah in den blauen Himmel. Die vertraute Unruhe war wieder da. Übersah er etwas? Isas Selbstmord. Sascha. Wer war er?

Hatte sich vielleicht Daniel als Sascha ausgegeben?

Er hielt das Handy noch in der Hand, rief Meo an und fragte, ob er sich inzwischen das Facebook-Profil von Sascha vorgenommen hatte.

»Da gibt es nicht viel zu sehen. Angemeldet hat er sich am 3. Februar. Seine letzte Aktivität stammt vom 24., dem Tag, an dem Isa Selbstmord beging. Derzeit hat er nur eine Handvoll Freunde. Isa ist noch dabei. Ihr Profil gibt es auch noch. Da sollten die Eltern mal eine Löschung beantragen.«

»Dass Daniel sich als Sascha ausgegeben hat, können wir ausschließen?«

»Dann wäre seine Mailbox voll mit Facebook-Benachrichtigungen für Sascha. Und es gäbe eine Anmeldebestätigung. Da ist nichts dergleichen. Und da *war* auch nichts dergleichen. Auch nicht auf dem PC, den er im Autohaus genutzt hat. Daniel war nicht Sascha.«

Gut, dann war das erledigt.

Auf dem Rückweg beschlich ihn das Gefühl, hoffnungslos altmodisch zu sein, nicht mehr mitzubekommen, was geschah. Jedermann hatte ein Facebook-Profil, sogar Gina, und nun funkte dieses Netzwerk in seine Arbeit hinein und er war ahnungslos, wie es funktionierte.

In Büro angekommen, startete er den PC und meldete sich bei Facebook an. In seinem Profil hinterlegte er ein paar rudimentäre Informationen. Beamter im Öffentlichen Dienst. Geboren in Hamburg. Das genaue Datum schenkte er sich. Damit konnte Missbrauch getrieben werden. Hobbys: Segeln. Kochen. Kunst. Dann suchte er Ginas Profil. Doch er konnte nicht lesen, was sie schrieb, denn sie hatte ihr Profil nur für Freunde geöffnet. Also schickte er ihr eine Anfrage.

Dann suchte er nach Mika. Ihr Profil war öffentlich. Jeder konnte lesen, was sie schrieb. Das war leichtsinnig. Wer wusste schon, wer mitlas, Informationen sammelte und sie für seine Zwecke nutzte? Gestern hatte sie ein Musikvideo auf YouTube verlinkt. Dühnfort klickte darauf und sah Sekunden später Mika vor sich. Ihre Hände umfassten ein Mikrophon. Sie sang ein Lied für Isa, besser gesagt, sie hauchte, flüsterte, krächzte, seufzte ihre Trauer um Isas sinnlosen Tod aus sich heraus. Am Ende liefen die Tränen. *Miss you so! Miss you so!*

War es das erste Mal, dass Mika mit dem Tod konfrontiert wurde? Während er für ihn so selbstverständlich geworden war. Beinahe hatte er vergessen, wie sehr er erschüttern konnte, alles in Frage stellte. Und doch hatte es auch für ihn ein unfassbares erstes Mal gegeben, als sein Großvater gestorben war. Sieben Jahre alt war er gewesen und der Tod bis dahin etwas Abstraktes, Unvorstellbares, jenseits seiner Erfahrung und deshalb nicht fassbar. Seine Mutter hatte darauf bestanden, dass er sich von seinem Opa verabschiedete. *Der Tod gehört zum Leben, man darf ihn nicht verstecken. Anfang und Ende. So ist das. Das musst du zu akzeptieren lernen. Es ist normal. Man muss sich nicht davor fürchten.* Seine Mutter hatte ihn gelehrt, nicht wegzublicken, die Dinge beim Namen zu nennen, anzunehmen, und dafür war er ihr dankbar. Und dabei fiel ihm nun ein, dass er sie hatte zurückrufen wollen. Georges war krank. Sie wollten nach München kommen und brauchten vielleicht Hilfe oder wenigstens Beistand. Er wählte ihre Nummer und hatte Glück. Er erreichte sie und freute sich, ihre leichtfüßige Stimme zu hören. Jederzeit klang sie so, als bestünde das Leben aus einer endlosen Abfolge von Tänzen, leicht beschwingt, gelegentlich anstrengend, aber alles in allem nicht allzu ernst zu nehmen. Immer ein Lächeln auf den Lippen und Heiterkeit im Tonfall. »Georges geht es gut. Die Prostata macht ein wenig Probleme. Das ist normal in seinem Alter.« Das beruhigte Dühnfort. »Er hält viel von deutschen Ärzten, und wir wollten ohnehin nach München, um eine Ausstellung vorzubereiten. Mein neuer Galerist ist da.«

»Was ist mit Samuel?«

»Ach, wir haben uns gezankt. Da habe ich mich von ihm getrennt.« Beinahe sah Dühnfort die leichte Handbewegung, mit der seine Mutter dieses Thema hinter sich ließ.

Sie plauderte weiter und erklärte, dass sie bereits eine möblierte Wohnung im Glockenbachviertel gemietet hatte, ganz in seiner Nähe. Er freute sich darauf, sie zu sehen, und war erleichtert, als er das Gespräch schließlich beendete. Es gab keinen Grund, sich Sorgen zu machen.

Mikas Facebook-Seite war noch geöffnet. Er überflog die Einträge und ging dann auf die Trauerwebseite, die sie und Lukas für Isa eingerichtet hatten. Dort sah er zum ersten Mal ein Foto von Isa. Trotz ihres erheblichen Übergewichts war sie hübsch gewesen. Diese blauen Augen. Der feine Teint. Ein breites und offenes Lachen. In den Augen funkelte Schalk. Halb Kobold, halb Puppe. Mika hatte Gedichte und Zeilen aus Songs ebenso eingestellt wie ihre Erinnerungen an die gemeinsame Zeit mit Isa. Dühnfort überflog sie, und ihm gefiel, dass Mika diese Zeit nicht verherrlichte und verklärte. Sie schrieb auch von Streit und Missverständnissen, von Eifersüchteleien und Neid, wie er unter Teenagern üblich war.

Dühnfort wechselte zurück auf Facebook. Isas Seite war nur für Freunde zugänglich. Doch die von Sascha konnte jeder sehen. Sein letzter Eintrag stammte von Isas Todestag. Das Foto, das er heimlich von ihr gemacht hatte, war noch online. Man erkannte sie nicht. Man sah nur ein dickes Mädchen, das vor einem Kaufhaus stand. Das Gegenlicht der Schaufensterbeleuchtung reduzierte sie auf eine unförmige schwarze Kontur.

32

Mika steuerte auf Isas Grab zu. Es lag etwas abseits am Rand eines Gräberfelds unter einem alten Baum. Dort saß eine schwarze Gestalt im Schatten. Lukas war bereits da. Er hatte den iPod samt Minilautsprechern aufgebaut, um Isa den Song vorzuspielen, den er für sie komponiert und geschrieben hatte. Mika hatte nur wenig dazu beigetragen, denn er war schon beinahe perfekt gewesen. Mit ihrer Stimme allerdings hatte sie diesen Worten Ausdruck verliehen und war dabei immer wieder in Tränen ausgebrochen. Lukas war es gelungen, all das, was Isa ausgemacht hatte, zu erfassen, auf den Punkt zu bringen. Ihre Warmherzigkeit und gelegentliche Zickigkeit, ihren Schalk und ihre Empfindsamkeit. Der unendliche Humor, mit dem sie alles nahm, nur Saschas Attacke nicht. Die tiefe Verletzlichkeit, die sich dahinter verbarg, und am Ende hatte niemand gesehen, wie tief Sascha Isa getroffen hatte. Wie denn auch? Es war alles so schnell gegangen. Isa hatte nicht um Hilfe gerufen. *Warum nicht? Wir waren doch Freundinnen. Warum hast du dich nicht gemeldet? Ich hätte dich davon abgehalten! Ich bin so sauer auf dich, so wütend! Warum tust du mir das an, lässt mich allein mit all diesen Fragen. Und deine Eltern und deine Freunde. Du warst nicht allein! Aber wir sind jetzt allein und total ratlos.*

Ein Arm legte sich um ihre Schulter. Lukas. »Lass es gut sein. Es gibt keine Antworten. Wir dürfen nicht wütend auf sie sein.« Der Refrain des Songs verhallte. *Ohne dich ist alles dunkler. Ohne dich fehlt allem der Glanz. Ohne dich müssen wir nun leben. Es war dein Wunsch, den wir dir nicht vergeben. Vielleicht irgendwann.*

Vielleicht irgendwann. Tief in sich spürte Mika, dass dieser Tag kommen würde, doch er schien unendlich weit entfernt. Sie musste Geduld haben. Irgendwann würde sie loslassen können und ihr das verzeihen. Lukas hatte recht. Die Suche nach Antworten war sinnlos. Er war klug, und manchmal erschien er ihr weise. Sie sah zu ihm auf, doch er blickte aufs Grab, und dieser Blick, der nur eine Sekunde währte, ging ihr durch und durch. Es lag so viel Leid darin und so viel Liebe. Und plötzlich verstand sie, was sie eigentlich immer hätte sehen können. Lukas hatte Isa geliebt. Nicht nur als Zwölfjähriger, sondern immer, die ganze Zeit. All die Jahre. Doch Isa hatte ihn nur als guten Kumpel wahrgenommen. Weshalb hatte er nie einen Vorstoß gewagt … Obwohl, doch, das hatte er. Auf seltsam flapsige Art, getarnt als nicht ernstgemeint. Isa hatte ihn jedes Mal auf dieselbe Weise abblitzen lassen, als ob das Ganze nur ein Scherz zwischen ihnen wäre. Und dann war Sascha aufgetaucht. Armer Lukas. Das musste weh getan haben.

Sie setzte sich neben ihn ins Gras. »Ich habe Isas Facebook-Account gehackt«, begann sie ganz unvermittelt. »Sascha muss Isa gekannt haben. Und er muss sie gehasst haben. Das Ganze war von Anfang an geplant.«

»Geplant?«, fragte er ungläubig. »Wie kommst du darauf?«

Mika erzählte, wie Sascha Isa dazu gebracht hatte, sich als dick zu outen, indem er Beth Ditto als *sexiest woman alive* bezeichnet hatte. Und dann hatte er sie genau deswegen seiner Fangemeinde zum Fraß vorgeworfen – eben weil sie mehr als nur pummelig war.

Isa war so glücklich gewesen, als Beth in den Medien gefeiert wurde und so Isas Leben umzukrempeln schien. Aufgeregt hatte sie mit dem Modemagazin *Love* herumgewedelt, dessen Titelseite Beth zierte. Splitterfasernackt. *Icon of our generation.* »The times they are a-changing!«, hatte Isa lauthals gesungen. Doch Mam hatte diesem spontanen Freudenausbruch einen Dämpfer versetzt. Angewidert hatte sie den Mund verzogen. »Bei aller Toleranz, was zu viel ist, ist zu viel. Ästhetisch ist das nicht und gesund sowieso nicht. Wenn derartige Aufnahmen schon veröffentlicht werden, dann sollte man die Blutfettwerte und den Blutdruck mit dazuschreiben, als warnendes Beispiel.«

»Hallo, Mam, geht es noch?«, hatte Mika sie angefaucht. »Du betreibst gerade Fettnapftieftauchen. Schon bemerkt?«

Mam hatte sich entschuldigt. Es war ihr peinlich gewesen und so typisch für sie! Feingefühl und Takt gehörten wirklich nicht zu ihren sozialen Kompetenzen. Und doch hatte sie es nicht lassen können, wieder auf Isa herumzuhacken, nachdem sie gegangen war. Sie fand, Isa sei zu undiszipliniert und kein Vorbild für Mika. »Sie wird es zu nichts bringen. Anstatt ewig Party zu machen, sollte sie lernen. Ich habe Angst, dass sie dich auf ihr Niveau herabzieht.« An diesem Punkt hatte Mika den Raum verlassen. Ihre Mam war grenzenlos snobistisch, und der Spruch vom Niveau war der unausgesprochenen Angst geschuldet, dass Isa, die ganz gern mal ein Glas Wein oder Sekt zu viel trank und auch schon mal einen Joint geraucht hatte, was Mam Gott sei Dank nicht wusste und auch nie erfahren durfte, wenn man also ihre Angst in Worte fasste, hatte sie Sorge, Isa könnte Mika verführen, zur Flasche zu greifen und Drogen zu nehmen. Absolut lächerlich und außerdem total verletzend. Mam vertraute ihr nicht.

»Du glaubst, Sascha hat ein abgekartetes Spiel mit Isa getrieben?« Mit dieser Frage holte Lukas Mika wieder in die Gegenwart.

Sie umfasste die Knie mit den Armen. »Er wusste, welche Fernsehserien sie mochte und welche Musik sie hörte. Damit hat er sie bei Facebook geködert. Er muss sie einfach gekannt haben und gehasst. Nur so macht diese ganze miese Aktion aus seiner perversen Sicht überhaupt Sinn. Er hat sie ganz bewusst angebaggert, mit dem einzigen Ziel, sie lächerlich zu machen. Ich glaube, dass er älter ist, als er sagt. Manchmal schreibt er ziemlich gestelzt. Ich glaube, dass er mindestens dreißig ist, wenn nicht sogar noch älter.«

»Okay.« Es klang gedehnt. Lukas, der im Gras gelegen hatte, setzte sich auf. »Doch wer kann das sein? Isa hatte keinen Stress mit Erwachsenen. Außer mit ihrer Mutter.«

»Und mit ihrem Fahrlehrer.« Aber das war schon im Herbst gewesen. Sosehr sie auch überlegten, niemand fiel ihnen ein, der sich als Sascha ausgegeben haben könnte. Natürlich hatte es in der Schule ab und zu Streit mit Mitschülern gegeben. Aber nichts Ernsthaftes, nichts, was eine solche Attacke rechtfertigen könnte.

»Hast du eigentlich die Login-Daten von Isas Facebook-Account ihrer Mutter gegeben?«, fragte Lukas. »Ich meine, sie wird doch ganz wild darauf sein.«

»Na klar.« Das hatte sie am Vormittag erledigt. Doch wild darauf war Marlis nicht gewesen. Sie hatte das Passwort entgegengenommen und dabei erschöpft und fertig gewirkt. »Ich habe mich schon vor Wochen entschlossen, aufzugeben. Ich werde Sascha nie finden«, hatte sie gesagt. »All diese destruktiven Gedanken und Gefühle … Damit zerstöre ich mich selbst … und meine Ehe. Aber trotzdem danke, Mika. Eigentlich wollte ich nach vorne blicken, an meinem Vortrag arbeiten. Vielleicht schreibe ich auch ein Buch über Cybermobbing … Aber jetzt, mit dem Passwort … Vielleicht mache ich weiter.«

Eine Weile saß Mika schweigend neben Lukas und hing ihren Gedanken nach. Bei der Vorstellung, im September auf die Seychellen zu fliegen, wurde ihr übel. Es ging nicht. Sie konnte nicht einfach weiterleben, als bedeuteten Isas und Daniels Tod nichts. Als wären ihre Leben banal gewesen, austauschbar, vergessbar. Wenn Gleichgültigkeit der Preis des Erwachsenwerdens war, dann wollte sie ewig Teenager bleiben.

Weshalb wohl Phillip nicht mitkam? Sie hatte keine Ahnung. Er war ihr Bruder, und doch war er ihr fremd. Plötzlich tat dieser Gedanke weh, hinterließ einen diffusen Schmerz. Wieder stellte sich das Gefühl ein, langsam und stetig einer alles verschlingenden Tiefe entgegenzurutschen. Als ob das Böse mit Tentakeln nach ihr greifen und mit sich ziehen wollte.

Keuchend setzte sie sich auf. Ihr Herz schlug wie rasend, Angst lag wie ein kalter Stein in ihrem Magen. Sie fror und umschlang in dieser Jahrhunderthitze ihren Körper mit den Armen. Was war los mit ihr? Was war los mit allen?

»Mika? Geht es dir nicht gut?« Ein besorgter Blick aus Lukas' dunkel umrandeten Augen traf sie.

Unwillig schüttelte sie den Kopf, verjagte die düsteren Gedanken. »Alles okay. Ich hab nur grad an Daniel gedacht. Wann wohl die Beisetzung ist? Ich sollte seine Oma anrufen. Kommst du mit? Zur Beisetzung meine ich?« Meine Güte, was für ein Gestammel. Sie war ja total durch den Wind.

»Klar komme ich mit.« Lukas riss einen Grashalm aus und zog ihn zwischen den Fingern durch. »Hat die Polizei eigentlich inzwischen einen Plan, weshalb jemand Daniel ... Also, warum er sterben musste?«

»Vermutlich denken sie, dass er wieder mit Ecstasy angefangen hat und dabei an die falschen Leute geraten ist. Aber das ist Quatsch.«

»Und du? Was glaubst du?«

Was sollte sie schon glauben? Sie hatte keinerlei Vermutung, tappte im Dunkeln – und plötzlich hatte sie das Gefühl, dass Lukas etwas wusste oder ahnte. Sie hob den Kopf und sah ihm direkt in die Augen. Er wich ihrem Blick aus, wie ertappt. »Du hast doch eine Idee, oder?«

Ein letztes Mal zog er den Grashalm zwischen Daumen und Zeigefinger hindurch und ließ ihn fallen. »Ich weiß nicht, ob es etwas zu bedeuten hat«, begann er. »Und ich will niemandem Probleme machen. Schon gar nicht Phillip.«

»Wieso Phillip? Was ist mit ihm?«

»Ich habe ihn gesehen. Zusammen mit Daniel. Zwei Tage, bevor es passiert ist.«

»Ja, was?«

»Sie haben sich gestritten. Es gab eine Rangelei, und einen Moment lang habe ich gedacht, jetzt prügeln sie sich gleich.«

33

Dr. Niklas Welte. So hatte der Arzt sich vorgestellt. Den Kerl hatte Alois vom ersten Moment an gefressen. Was für ein selbstgefälliger Schnösel. Der sprichwörtliche Halbgott in Weiß. Ach was, halb. Der hielt sich für unfehlbar, und wehe, einer erkannte seine Autorität nicht an, indem er Fragen stellte, wie Alois.

Myokarditis. Alois hatte gefragt, was das sei, und ein nachsichtiges Lächeln geerntet. »Wie ich schon sagte, eine Herzmuskelentzündung. Virusbedingt. Ihr Sohn hatte Mumps. Er hat sich nicht geschont, sondern körperlich völlig verausgabt. Dann kann das passieren.«

Der Raum, in dem sie saßen, war winzig. Ein übervoller Schreibtisch. Auf dem Monitor des PC lief der Bildschirmschoner mit dem Kliniklogo. Die Sonne schien zum Fenster herein. Alois schwitzte. Evis Hand in seiner war seltsam kühl. Unwillkürlich hatte sie danach gegriffen, als sie die Diagnose hörte. Es war also etwas Schlimmes, etwas Lebensbedrohliches. Simon konnte daran sterben. Angst schlug in seinem Magen ein. Heiß und sengend wie ein glühender Stein.

Welte war kein alter Sack, sondern höchstens so alt wie Alois. Mitte dreißig. Ein Mann von klassisch guter Erscheinung und großbürgerlichem Auftreten, das vermutlich Generationen von Ärzten und Richtern unter den Vorfahren in seinen Genen verankert hatten. Welte war sich seiner Wirkung auf Frauen bewusst. Genau wie Alois. Vielleicht war das der wahre Grund für seine instinktive Abneigung. Er erkannte den Rivalen.

»Das klingt nun bedrohlich«, fuhr Welte fort, »doch die meisten Virusmyokardien heilen spontan aus.«

Spontan ausheilen. Diese Worte nahm Alois wahr. Sie beruhigten ihn ein wenig. Doch er konnte es nicht lassen. Er wollte das wissen. »Und die anderen?« Der Druck von Evis Hand nahm zu. Er sah sie an. Ihre Augen waren ganz dunkel. *Das willst du jetzt nicht wirklich wissen. Das ist nicht relevant,* schien sie damit sagen zu wollen.

»Meiner Meinung nach besteht kein Grund, sich Sorgen zu machen. Simon ist ein ansonsten gesunder Junge ohne wesentliche Vorerkrankungen. Was er jetzt braucht, ist strikte Bettruhe und Schonung. Wir werden den Herzrhythmus überwachen und Simon beobachten. Ansonsten müssen wir abwarten, wie sich das entwickelt.«

»Die anderen, die nicht spontan ausheilen, was ist mit denen?«, hakte Alois stur nach.

Mit dem Mittelfinger schob Welte die randlose Designerbrille auf dem Nasenrücken mit einem Ruck nach oben. Eine verärgerte Geste. Ein entschuldigender Blick an Evi. »Schlimmstenfalls, aber davon gehen wir hier nicht aus, kann eine Myokarditis in der Akutphase zum plötzlichen Herztod führen.«

Er hatte es gewusst. Er hatte es ja gewusst. Von Anfang an hatte er es gespürt: Simon konnte sterben. Das durfte nicht passieren. Panik schlug in einer großen Welle über ihm zusammen, wollte ihn mitreißen, in ein Meer von Angst spülen.

»Lois, der Bub packt das.« Evis Stimme war ganz ruhig und voller Zuversicht. Woher nahm sie die? »Und er ist in guten Händen. Dr. Welte ist Kardiologe. Der beste, den es in München für Kinder gibt.«

»Aber einen Spezialisten braucht es hier nicht, wenn ich das grad richtig verstanden habe. Entweder wächst sich das von alleine aus, oder der Junge stirbt.« Es erschien ihm wie ein

Lotteriespiel. Eine unbekannte Macht würfelte um das Leben seines Sohnes. Die Wände rückten näher, die Hitze nahm ihm den Atem, sein Herz schlug wie rasend. Evis Lippen bewegten sich. Sie unterhielt sich mit dem Arzt, doch er verstand nicht, was sie sagten. Er musste hier raus. Quietschend schob Alois den Stuhl zurück, ging auf den Flur und riss ein Fenster auf. Er brauchte Luft, sonst würde er ersticken. Langsam ließ die Panik nach, beruhigte sich sein Herzschlag.

Inzwischen waren Evi und Dr. Welte aus dem Kabuff gekommen, das sich Arztzimmer nannte. Er sprach auf sie ein. Ein Lächeln spielte um ihre Lippen, und er erwiderte es. Was hatten die beiden noch zu bereden? Als er sich verabschiedete, berührte Welte Evi kurz am Oberarm, und diese vertrauliche Geste versetzte Alois einen Stich. Doch er ignorierte ihn. Evi war frei und konnte tun und lassen, was sie wollte. Sich als Krankenschwester einen Arzt zu angeln, war sicher keine schlechte Idee. Doch dann stellte Alois sich vor, wie Simon irgendwann zu Welte *Papa* sagte, und die Panik war wieder da. Simon durfte nicht sterben!

Evi kam zu ihm ans Fenster. »Du musst nicht immer gleich das Schlimmste annehmen. Simon ist jung. Sein Herz ist jung. Er wird keinen plötzlichen Herztod sterben. Nicht mit fünf Jahren. Seine Herztätigkeit wird von Geräten überwacht. Die schlagen Alarm, wenn der Rhythmus aus dem Takt gerät, und dann wird ihm geholfen.«

Sofort sah Alois Welte mit dem Defi vor sich. Tschung. Tausend Volt fuhren durch Simons kleinen Körper. Der Brustkorb bäumte sich auf. Tschung. Noch einmal. Tschung. Tschung. Noch einmal. *Wir verlieren ihn.* Ein mitfühlender Blick hinter randlosen Gläsern. *Es tut mir leid. Wir haben getan, was wir konnten. Es war Schicksal.*

»Jetzt hast du dir bestimmt grad ausgemalt, wie Simon reanimiert wird. Lois, das ist nicht gut. Du machst dich total verrückt. Du hast zu viel Phantasie. Und zu wenig Vertrauen. Man muss auch vertrauen können.«

Die Ruhe, die sie ausstrahlte, tat ihm gut, zog ihn raus aus dem Meer von Angst. Evi war Krankenschwester. Wenn sie das sagte, würde es schon stimmen.

»Ich habe nicht zu viel Phantasie. Ich habe einfach Angst, dass Simon stirbt.« Jetzt, wo er das ausgesprochen hatte, wurde er ruhiger und ihm klar, wie übertrieben seine Sorge war.

»Brauchst du nicht. Alles wird gut. Ich bin seine Mutter. Ich muss das doch spüren. Oder?«

Er zog sie an sich und glaubte einen Moment, den Duft der Donauwiesen in ihrem Haar zu riechen, und wünschte sich inständig, dass sie recht behalten würde.

»So, und jetzt schauen wir nach Simon. Er wird sich schon wundern, wo wir so lang bleiben.«

Simons Bett wurde von Geräten umzingelt, von denen Kabel in allen erdenklichen Farben zu seinem Körper führten. Elektroden klebten auf seiner Haut, am Zeigefinger steckte eine Plastikklemme zur Pulsüberwachung. Simon strahlte übers ganze Gesicht, als Alois an sein Bett trat. »Hallo, Papa. Hast du mir was mitgebracht?«

»Nur mich.«

Simon runzelte die Stirn. »Ist voll okay.«

»Und ein Versprechen: Wenn du wieder gesund bist, machen wir eine Kanutour auf der Altmühl. Nur wir beide, und wir nehmen das Zelt mit und die Schlafsäcke, und abends darfst du Lagerfeuer machen.«

»Voll cool.«

Als Alois eine Stunde später Evi und Simon alleine ließ, war er beruhigt. Simon machte nicht den Eindruck, todkrank zu sein. Wesentlich mehr zu seiner Ruhe hatte allerdings beigetragen, dass keines der Überwachungsgeräte während dieser Stunde auch nur einen Piepser von sich gegeben hatte. Alles war unter Kontrolle.

Schon nach neun. Konnte er um diese Zeit noch Daniels Oma aufsuchen? Eigentlich keine Frage. Er musste. Da war noch was offen. Sonst würde Kirsten sich auch da noch einmischen, und eine weitere Steilvorlage wollte er ihr nicht liefern. Und dann musste er auch endlich Phillip Eckel checken.

34

Aus der Stippvisite am Starnberger See samt romantischem Abendessen auf dem Boot wurde nichts. Die Asservate im Tankstellenmord waren endlich aufgetaucht. Gina hatte sie zu Buchholz geschleppt und ihn bekniet, die Untersuchung nicht auf die lange Bank zu schieben. Doch er hatte nicht genügend Leute. Viele waren in Urlaub. *Auf eine Woche hin oder her kommt's in diesem Fall jetzt auch nicht mehr an,* hatte er gemeint und Gina vertröstet. Dann hatte sie endlich einen Zeugen von damals erreicht. Und der wollte ausgerechnet morgen verreisen, also hatte sie ihn gleich aufgesucht und war erst kurz nach neun nach Hause gekommen.

Dühnfort hatte mit dem Abendessen auf sie gewartet und kochte nun Spaghetti Verdure, während sie am Küchentisch saß, von ihrem Tag erzählte, einen Schluck Weißwein trank und dazu etwas von der Bruschetta aß.

Die Spaghetti waren fertig. Er goss sie ab und gab sie zum Gemüse in die Pfanne. »Und bei dir? Wie war dein Tag so?«, fragte Gina.

Er erzählte ihr von seinen Bauchgefühlen, während er die Pastateller füllte und zum Tisch trug, versuchte seine Ahnung zu erklären, dass der Mord an Daniel mit Isas Selbstmord zusammenhängen könnte. Wenn diese Annahme stimmte, dann war Sascha der Schlüssel zur Lösung des Falls. Doch Daniel war nicht Sascha gewesen, und Rache an ihm wäre das einzige Motiv, das sich in diesem Zusammenhang abzeichnete.

»Warte doch ab, was sich mit dem Lieferwagen tut. Sophie und ihre Leute haben bis morgen bestimmt eine Anzahl von in Frage kommenden Fahrzeugen herausgefiltert, und ihr könnt richtig loslegen. Wenn ihr dann noch die Frau auf dem Rad aufstöbert, wird sich der Fall sicher rasch klären lassen. Die Spaghetti sind übrigens phantastisch«, fügte sie kauend hinzu.

»Danke. Freut mich. Es macht mich einfach nervös, dass wir derart auf der Stelle treten. Gerlinde Weylandt scheint samt Hund, Mann und Wohnmobil wie vom Erdboden verschwunden zu sein. Sie muss den Lieferwagen gesehen und den Schuss gehört haben ...«

Die Gabel sank zurück auf den Teller. »Und dann radelt sie seelenruhig weiter?«

»Bis auf die Zeugin, die schließlich die Polizei gerufen hat, hat niemand den Schuss als solchen erkannt. Und auch sie erst, nachdem sie stundenlang gerätselt hat, ob es wirklich einer war. Entweder lag es am Isomaterial, das am Tatort herumsteht und den Knall gedämpft hat, oder die Baustellenakustik hat das Geräusch verfremdet. Kirsten hat jetzt auch noch zu den italienischen Kollegen Kontakt aufgenommen. Sie halten Ausschau nach dem Wohnmobil der Weylandts. Wenn wir sie nicht finden, müssen wir eben warten, bis sie aus dem Urlaub zurückkehren.« Doch dieser Gedanke gefiel ihm gar nicht.

»Ich schätze mal, das hältst du kaum aus«, meinte Gina schmunzelnd, wurde allerdings gleich wieder ernst. »Apropos Kirsten. Ich habe den Buschfunk nachrecherchiert. Die Sache mit ihrem Mann ist echt übel. So wie es aussieht, wollte sie sich von ihm trennen, und sein Ego hat das nicht verkraftet. Er ist total durchgedreht und hat sie mit ihrer eigenen Waffe als Geisel genommen. Irgendwie ist es ihr gelungen, die Kollegen zu informieren. Als die anrückten, um zu verhandeln, hat er sich die Waffe in den Mund gesteckt und abgedrückt. Direkt vor ihren Augen. Wirklich übel. Gott sei

Dank war die Tochter bei den Großeltern und hat das nicht mitbekommen.«

Dühnfort erwischte diese Neuigkeit ganz unvorbereitet. Weshalb stand das nicht in den Personalunterlagen? Warum hatte ihn niemand informiert, welche traumatische Erfahrung seine neue Mitarbeiterin mit sich herumschleppte? Er war ihr Vorgesetzter und sollte das wissen.

Wie sie wohl damit umging? Offenbar nicht gut. Sie sprach nicht darüber, versuchte das Erlebte wegzustecken und vor den Erinnerungen davonzulaufen. Bei Daniels Obduktion war sie offenbar von ihnen eingeholt worden. Hatte sie die entscheidenden Sekunden noch einmal erlebt? Hatte sich ihr Körper deshalb in eine Ohnmacht geflüchtet? Dühnfort überlegte, ob er ihr raten sollte, den psychologischen Dienst in Anspruch zu nehmen. So wie er selbst das nach dem Angriff Helmbichlers im letzten Winter getan hatte.

An einem dunklen Novemberabend hatte Helmbichler ihm unten auf dem Friedhof aufgelauert, um sich an *dem Sauhund* zu rächen, dem er sieben Jahre Knast verdankte. Von hinten hatte er ihn in den Schwitzkasten genommen, das Messer zunächst an den Hals gesetzt. Dühnfort hatte seine Waffe nicht erreichen können. Sie steckte im Holster unter dem Mantel. *Aus'gredt ist. Scho lang!* Eine ausholende Bewegung, blanker Stahl schoss auf seine Brust zu. Ein Schuss. *Right between the eyes.* So hatte Alois ihn kommentiert. Alois, der wie aus dem Nichts zu kommen schien und doch schon die ganze Zeit dort gewartet hatte. Auf Dühnfort. Auf Gina. Weil er wissen wollte, ob da etwas lief zwischen ihnen.

Entgegen seiner ersten Annahme war Dühnfort mit seiner Hilflosigkeit in dieser Situation nicht klargekommen. Ebenso wenig damit, dass er sein Leben einem Zufall verdankte und der Tatsache, dass sein Mitarbeiter ihn bespitzelt hatte. Die Erinnerung an den Überfall ließ ihn monatelang nicht los, verursachte schlaflose Nächte, Schweißausbrüche und Gereiztheit. Bis Gina ihn an sein Versprechen erinnerte. Er hatte es gehalten und sich psychologische Hilfe geholt. Und das war gut gewesen.

Ihre Hand legte sich auf seine. »Helmbichler. Oder? An den denkst du doch grad.«

Er nickte. »Ich wusste nicht, was Kirsten durchgemacht hat. Sie spricht nicht darüber. Aber es erklärt einiges.«

»Und wie ist sie sonst so?«

»Teamunfähig und schnell beleidigt und, du wirst es nicht gerne hören: Sie macht ihre Sache gut. Sie ist hartnäckig und arbeitet strukturiert und sorgfältig.«

Ginas Brauen stiegen in die Höhe. Ihr Kopf neigte sich. »Warum will ich das nicht gerne hören?«

»Weil du nun ein wenig enttäuscht bist, dass auch andere einen guten Job machen und du ersetzbar bist?«

»Hm? Meinst du wirklich, ich sei ersetzbar?«

Ihr Blick. Ihre Worte. Er musste schmunzeln. »Nein. Nicht wirklich.«

35

Beim Morgenmeeting fehlte Alois. Schon wieder. So ging das nicht weiter. Entweder nahm er Urlaub, oder er machte seinen Job. Bei allem Verständnis für seine Situation verlor Dühnfort langsam die Geduld, und gleichzeitig sorgte er sich. Was war mit Simon, dass Alois seine Arbeit derart vernachlässigte?

Im Besprechungsraum staute sich die Hitze. Es kühlte nachts einfach nicht ab. Sogar das Mineralwasser war lauwarm. Alle waren gereizt, weil es zu heiß war, weil nichts voranging und sich jeder nach dem Jahresurlaub sehnte. Meos Vorschlag, eine Runde Eiswürfel auszugeben, wurde von Frank Buchholz mit einem müden Lächeln quittiert.

Sophie kam als Letzte. Dühnfort bat sie, zu beginnen. Sie legte eine Liste mit Kennzeichen und Halternamen von über dreißig Lieferwagen der Marke Fiat Ducato vor, die in Frage kamen, das gesuchte Fahrzeug zu sein. Sie waren das Konzentrat aus ursprünglich über dreihundert Treffern. Dühnfort überflog sie. Kein Name, der in dem Fall bereits aufgetaucht war. »Wir haben das eingedampft, damit ihr euch nicht die Hacken wundlauft«, erklärte Sophie.

»Nach welchen Kriterien?«

»Ganz einfach. Wir haben angerufen und uns die Fahrzeugbeschriftung beschreiben lassen und uns außerdem auf den Firmenwebseiten die Logos angeguckt. Weiß auf Blau ist sehr bliebt, gefolgt von Gelb und Hellgrau. Nur die hier«, sie wies auf die Liste, »haben die Kombination Weiß und Rot oder Weiß und Orange im Firmenschriftzug. Es sollte jetzt kein großes Problem sein, den richtigen Wagen zu finden.«

Eine praktische Lösung. Dühnfort dankte Sophie und übergab die Liste an Kirsten. Sie sollte die Überprüfung der Fahrzeuge übernehmen. Auch heute war sie kühl und abweisend, wie an jedem Tag, seit sie in sein Team gekommen war. Unwillkürlich fragte er sich, ob sie schon vor der Geiselnahme und dem Suizid ihres Mannes so gewesen war.

»Hast du herausgefunden, was Daniel in den letzten Wochen so häufig am Sendlinger-Tor-Platz gemacht hat?«, fragte er.

Kirsten sah von der Liste hoch. »Die Kollegen von Rauschgift haben sich umgehört. In der Szene ist Daniel unbekannt. Das war es dann wohl mit der Ecstasy-Spur.«

Sah ganz danach aus. »Und die Weylandts ...«

»Ich vergesse nicht, Bescheid zu sagen, wenn ich sie aufgetrieben habe.«

Herrgott! Da war er wieder, dieser pampige Tonfall. Meinte sie das etwa witzig? Dühnfort sah verstohlen in die Runde. Niemand reagierte negativ auf diese Bemerkung. Niemand schien diesen Ton wahrzunehmen. Lag es an ihm? Reagierte er am Ende zu empfindlich?

Sein Blick kam bei Buchholz an. »Frank, du siehst so zufrieden aus. Was hast du für uns?«

Auf Buchholz' Stirn standen feine Schweißperlen. Mit einem Papiertaschentuch fuhr er darüber, gleichzeitig breitete sich ein Lächeln auf seinem Gesicht aus. »Baumwolle, Polyamid, Viskose und Metall. Ein Gewebe aus einer ungewöhnlichen Materialmischung. Der Täter war so freundlich, uns ein paar Fasern davon an der Betonsäule zu hinterlassen.«

»Ein funktionelles Material. Wirkt das Metall feuerhemmend?«, fragte Dühnfort. »Oder ist das eher was für Sportler?«

»Schwer zu sagen. Technische Stoffe werden beinahe überall eingesetzt. Ich gehe von Berufsbekleidung aus und habe

Kontakt zum Verband der Textilindustrie aufgenommen. Vielleicht haben die einen Fachmann, der uns weiterhelfen kann. Ich mach mir da allerdings keine Hoffnungen auf ein schnelles Ergebnis.«

»Kann das nicht von einem Bauarbeiter stammen oder von einem Handwerker? Die tragen doch häufig diese Arbeitshosen«, meldete Kirsten sich zu Wort. »Fliesenleger. Schreiner, Dachdecker, Heizungs- und Sanitärbauer. Bist du sicher, dass die Fasern von der Täterkleidung stammen?«

»Was ist schon sicher im Leben? Arbeitshosen sind üblicherweise aus Polyester und Baumwolle. Der Täter stand an der Säule, als er schoss. Ein Kontakt seiner Kleidung mit der rauen Oberfläche ist mehr als nur wahrscheinlich. Wir gehen der Sache nach. Sobald wir Vergleichsmaterial haben, kann ich mehr dazu sagen.«

»Gibt es eigentlich außer der DNA an den Kippen keine weitere?« Dühnfort hatte sich Anhaftungen der Täter-DNA an den Geldscheinen und am Eingriff der Hosentasche erwartet.

»Mehr war leider nicht.« Buchholz sah bedauernd in die Runde.

Das war merkwürdig. Wenn Daniel Geld und Pillen untergeschoben wurden, musste der Täter seine DNA an der Hosentasche und an den Scheinen hinterlassen haben. Es sei denn, er trug Handschuhe und am besten noch einen Mundschutz. »Wie passt das zusammen? Zuerst ist der Täter so leichtsinnig, seine DNA an den Zigarettenkippen zu hinterlassen, um sich dann kurze Zeit später mit Handschuhen, Haube und am besten noch Mundschutz zu vermummen. Sind wir uns sicher, dass wir nur von einer Person reden, die außer Daniel auf der Baustelle war?«

Kirsten nahm den Gedankengang auf. »Du meinst, einer steht oben am Fenster und informiert den anderen, als Daniel in Sichtweite kommt? Der unten lockt Daniel in die Falle und erschießt ihn. Der oben ist unvorsichtig, der unten nicht.«

»Wäre möglich. Gibt die Spurenlage das her?« Mit dieser Frage wandte Dühnfort sich an Buchholz.

»Jetzt schaut mich nicht so an, als wäre ich allwissend. Schließlich sind etliche Leute durch den Tatort gelatscht und haben Spuren vernichtet. Ich kann nur auswerten, was ich habe. Aber wenn ihr mich fragt, war es einer. Die Spuren der defekten Schuhsohle finden sich oben und unten. Sie sind als wunderschöner Abdruck konserviert. Eine vergleichbare Spur eines zweiten Täters habe ich nicht gefunden und auch nur eine tatrelevante DNA.«

Die Tür öffnete sich. Alois trat ein. »Sorry, dass ich zu spät bin. Musste noch etwas erledigen.« In der Hand hielt er einen Thermosbecher mit dem Aufdruck *Tea to go*. Sicher enthielt er den obligatorischen grünen Tee. Bevor Alois sich setzte, zog er einen Spurenbeutel hervor und legte ihn auf den Tisch. In ihm befand sich eine rechteckige Dose aus transparentem Kunststoff. Darin lagen kleine Plastiktütchen, deren Inhalt an bunte Traubenzuckerbonbons erinnerte. Es waren Tabletten in allen möglichen Farben. Himbeerrosa, Zitronengelb, Himmelblau, Mintgrün, Veilchenlila. Verschiedene Symbole waren eingeprägt. Delphine, Adler, Tauben, Schmetterlinge, Sterne, und sogar ein Totenschädel war dabei.

Verwundert sah Dühnfort sich das an. Hatten sie nicht gerade ausgeschlossen, Daniel habe gedealt? »Gehörte das Daniel?«

Alois nickte. »Er hat seinen Vorrat im Haus der Oma gebunkert.«

»Im Haus der Oma?«, fragte Kirsten. »Sie lebt doch in einer Wohnung in Sendling.«

Dühnfort ahnte es. »Aber zuvor hat sie ein altes Häuschen in Unterhaching besessen. Sie konnte sich die Instandhaltung nicht leisten und hat es vor einigen Monaten verkauft. Lass mich raten.« Mit diesen Worten wandte er sich an Alois. »Daniel hatte noch einen Schlüssel?«

»Richtig. Das Haus wird erst im Herbst abgerissen. Daniel hat es für seine Zwecke genutzt. Den Schlüssel habe ich im Fensterschacht gefunden.«

36

Die Siedlung war nach dem Krieg am Rande Unterhachings entstanden und mit Dutzenden kleiner, spitzgiebeliger Häuschen bebaut worden. Das war lange her. Beinahe alle waren inzwischen abgerissen. Auf den Grundstücken drängten sich nun Doppelhaushälften und Reihenhäuser in winzigen Gärten.

Das Häuschen von Daniels Oma lag am Ende einer Straße, die in einen Feldweg mündete. Dühnfort stoppte hinter Alois. Dem jetzigen Eigentümer, einer Baugesellschaft, lag der Durchsuchungsbeschluss vor. Dühnfort hatte ihn gefaxt. Nun betrat er mit Alois und Kirsten das Grundstück.

Ein großer, verwilderter Garten umgab das Haus. Verdorrtes Gras stand kniehoch. Die unzähligen Stauden in den Rabatten waren vertrocknet. Wohin er sah, dürre Blüten und Stängel. Ein deprimierender Anblick. Ein welliger Plattenweg führte zum Eingang. Bunte Klammern hingen verlassen an der Wäscheleine, die sich zwischen zwei Pflaumenbäumen spannte. Moos bedeckte die Dachziegel und eine Schicht aus Flechten die Eternitverkleidung der Giebelwand. An der Eingangstreppe bröselte der Beton. Alois schob den Schlüssel ins Schloss und ging voran. »Die Pillen habe ich in der Küche gefunden.«

Es war wie der Eintritt in eine längst vergangene Zeit. Eine Einbauküche aus den Siebzigern. Damals hochmodern. Jetzt verschlissen und abgenutzt. Orangefarbene Fronten, braune Arbeitsflächen. Moosgrüne Fliesen. Ein weiß emaillierter Einbauherd und eine Nirostaspüle. Unter einer Reihe von Oberschränken ein Regal mit Schütten aus vergilbtem Kunststoff für Mehl, Zucker, Reis. Daniels Vorrat hatte sich hinter der Sockelleiste der Einbauschränke befunden. Alois nahm sie ab und zeigte das Versteck.

»Seine Oma hat mir erzählt, dass er sich um den Garten kümmern wollte, bis das Haus abgerissen wird – obwohl sie ihn, solange er hier lebte, so gut wie nie dazu gebracht hat, den Rasen zu mähen. Da ist bei mir der Groschen gefallen, und ich hab mich mal umgesehen.«

»Ohne Durchsuchungsbeschluss? Ist das hier so üblich?« Das kam von Kirsten.

»So what?« Alois hob das Kinn. »Wir machen das doch gerade offiziell und damit gerichtsfest. Also keine Panik.«

Dühnfort ärgerte sich. Von Anfang an hatten sie gewusst, dass es dieses Häuschen gab, und waren nicht auf die Idee gekommen, dass Daniel es genutzt haben könnte. Wie auch? Er hatte angenommen, es sei längst abgerissen. Er hätte nachhaken sollen. »Wie ist er an das Ecstasy gekommen? Hast du seine Lieferanten von damals inzwischen überprüft?«

Alois lehnte sich an die Küchentür. »Einer der beiden ist beim Gleitschirmfliegen tödlich verunglückt. Der andere sitzt seit einem Jahr in der JVA Stadelheim. Daniel muss das Zeug aus einer neuen Quelle bezogen haben.«

Mit einem Ruck öffnete Kirsten das Fenster. »Vielleicht produzierte er es selbst. So schwer ist das nicht. Im Internet gibt es Anleitungen dafür. Würde mich nicht wundern, wenn wir hier eine Ecstasyküche finden.«

»Daniel war Kfz-Mechaniker. Ein paar Grundkenntnisse in Pharmazie wird man schon brauchen, um das hinzukriegen. Aber schauen wir uns um. Deshalb sind wir ja da. Oben war ich noch nicht. Und auch nicht im Keller. Den nehme ich mir vor.« Alois verließ die Küche, während Kirsten ins Obergeschoss ging und Dühnfort das Wohnzimmer betrat.

Ein Polstersofa mit zerschlissenem Bezug, eine geleerte

Wodkaflasche, ein paar Bierdosen. Nach Party sah das nicht aus. Eher nach einem einsamen Besäufnis. Dühnfort blickte in den Garten. Die Pflaumenbäume würden gefällt werden, bevor ihre Früchte reif waren. Kein Strauch und keine Staude, nicht ein Grashalm würden überleben. Alles wurde plattgemacht, damit dann, wie Phönix aus der Asche, Luxusdoppelhaushälften entstehen konnten und sich ein paar Leute eine goldene Nase verdienten. Alles drehte sich nur noch ums Geld. Auch Daniels Dealertätigkeit. Warum? Für eine *echte* Louis-Vuitton-Tasche?

Einen Augenblick brauchte Dühnfort, bis er darauf kam, was ihn störte, seit Alois Daniels Vorrat auf den Tisch gelegt hatte. Keine Weißen Mitsubishi. Was bedeutete es, dass sie fehlten? Sie enthielten mehr psychoaktive Substanzen als die bunten Pillen, waren daher teurer und die Gewinnmarge größer.

Etwas passte nicht zusammen. Doch die Fakten sprachen eine andere Sprache. Daniel hatte gedealt und sich offenbar mit den falschen Leuten eingelassen. Vielleicht hatte er Geld oder Stoff für sich abgezweigt und so einen tödlichen Fehler begangen.

Alois kam mit einer zerknüllten Mülltüte zurück. »Private banking. Keine Kontoführungsgebühren, aber auch völlig zinslos.« Mit diesen Worten zog er eine verbeulte Blechdose hervor, die eine Tupperdose enthielt, und nahm den Deckel ab. Ein Bündel Geldscheine kam zum Vorschein. »Knapp zweitausend Euro.«

»Prima. Dann sind wir wohl endlich auf dem richtigen Weg.« Daniels Depot an bunten Pillen und sein Lohn dafür waren nun offiziell entdeckt. So würde es im Bericht stehen.

Doch etliche neue Fragen stellten sich. Wer war Daniels Lieferant, wer seine Kunden, wie hatte er sie gefunden und wo den Verkauf abgewickelt?

Es war an der Zeit, mit einem Kollegen der Rauschgiftabteilung zu sprechen und sich schlauzumachen, wie das Zeug heutzutage an den Mann gebracht wurde. Ganz offensichtlich geschah das nicht auf der Straße.

37

»Dass in München verbotene Substanzen so teuer sind, das hat einen Grund. Und der Grund sind wir.« Armin Wallner hakte die Daumen in die Hosenträger. »Besser gesagt, unsere erfolgreiche Arbeit. Verstehst?«

Dühnfort verstand nicht sofort.

»Weil es so schwer ist, ranzukommen an das Zeug.« Wallner war ein rotgesichtiger Mann von Anfang vierzig und Kriminalhauptkommissar im Fachdezernat 8, Rauschgift. »In München gibt es keinen Platz mehr, an dem Rauschgift offen gehandelt oder konsumiert wird. Früher hast du nur zur U-Bahn-Station Giselastraße gehen müssen oder in den Englischen Garten. Da haben wir aufgeräumt, und wir versuchen, keine neuen Szenen entstehen zu lassen. Der einzige Brennpunkt, den wir derzeit haben, ist der Sendlinger-Tor-Platz.«

»München hat also kein Drogenproblem?«

»Das habe ich nicht gesagt. Die Szene organisiert sich nur anders. In konspirativen Zirkeln. Man trifft sich in Privatwohnungen, Cafés oder Gaststätten.«

»Von wem kann Daniel das hier bezogen haben?« Dühnfort breitete Daniels Vorräte vor Wallner aus. Der musterte die bunte Vielfalt. »Sieht nach einem kleineren Produzenten aus. Die spezialisieren sich nicht und rühren mal mehr, mal weniger MDA hinein, färben nach Lust und Laune und prägen nach demselben Prinzip die Symbole ein. Das meiste kommt aus den Niederlanden, seltener aus der Ukraine. Was aber nicht heißt, dass es keine deutschen Hersteller gibt.«

»Welche Kenntnisse braucht man, um Ecstasy herzustellen?«

»Das kann jeder Student nach dem ersten Semester Chemie. Außerdem kann man es in Fachbüchern nachlesen, und im Web kursiert sogar ein Film mit einer Anleitung, wie beim Kuchenbacken. Mit ein wenig Übung kriegt das jeder hin.« Wallner griff wieder nach den Beuteln. »Wenn du einen Tipp willst: Ich denke, ein kleiner Hersteller, relativ neu auf dem Markt. Ein buntes Sammelsurium. Da übt jemand noch. Erinnert mich an die Produktion eines Medizinstudenten, den wir vor vier Jahren aus dem Verkehr gezogen haben. Was hat euer Daniel denn studiert?«

»Er war Kfz-Mechaniker.«

»Autsch. Das passt nicht so ganz. Seht euch in seinem Freundeskreis um.«

Genau das hatte Dühnfort als Nächstes vor. Er fuhr zurück nach Unterhaching zum Haus der Eckels. Phillips Cabrio stand vor der Garage.

Zu Dühnforts Verwunderung öffnete Phillip. Unwillkürlich hatte er erwartet, dass seine Mutter das tun würde. Er fragte, ob auch Mika zu Hause war.

»Ich glaube, sie hängt mit Lukas rum, wie meistens.« Phillip wollte die Tür wieder schließen.

»Wenn Sie ein paar Minuten Zeit haben, würde ich mich gerne mit Ihnen unterhalten.«

»Passt grad schlecht. Vielleicht ein andermal.«

»Gerne. Morgen um sieben Uhr dreißig bei mir im Büro.«

»Auch kein Honigschlecken, so ein Beamtenleben. Also ich gehe da vermutlich gerade zu Bett.«

»Ich schlage vor, wir reden jetzt in aller Ruhe. Es dauert auch nicht lange.«

»Worum geht es denn?« Der Tonfall war bemüht gelangweilt. Für Dühnforts Geschmack zu bemüht. Irgendwie musste Phillip in dieser Drogengeschichte mit drinhängen.

Eines der Tütchen steckte in seiner Jackentasche. Dühnfort zog es hervor. »Darum geht es. Das gehörte Daniel.«

Derart überrumpelt wich Phillip zurück und ließ Dühnfort ein. Trotzig blieb er im Eingangsbereich stehen und schob die Hände in die Hosentaschen seiner hautengen Jeans.

»Ich weiß es, und Sie wissen es auch. Daniel dealte. Von wegen Pokerpartie. Von wem bekam er das Zeug?«

Ein abwägender Blick, den Dühnfort nur zu gut kannte. Was ohnehin bekannt war, konnte man einräumen. »Okay. Daniel hat ein wenig mit X gedealt.«

»Wer war sein Lieferant?«

Die Schultern wanderten in die Höhe und verharrten dort, genau wie die Hände in den Hosentaschen. Erstarrte Ahnungslosigkeit.

»Wie hat er seine Kunden gefunden? Wo hat er das Zeug verhökert?«

»Da habe ich keinen Plan.«

Dühnfort fixierte Phillip. »Sie wussten, dass Daniel dealt, und haben über das Thema sicher nicht den Mantel des Schweigens gebreitet. Wo hat er seine Kunden gefunden?«

Zögernd gab Phillip seinen Widerstand auf. »Ich nehme an, in der Kultfabrik. Und dann hing er oft im Van Gogh herum.«

Im Van Gogh also. »Wer war sein Lieferant?«

»Ich weiß es nicht. Daraus hat er ein Geheimnis gemacht.«

»Waren Sie sein Kunde?«

Bei dieser Frage erschien ein schmales Lächeln auf Phillips Gesicht. »Ich? Daniels Kunde? Ich bin doch nicht blöd und werfe so einen Dreck ein.«

Doch, genau das tust du, dachte Dühnfort. Er bohrte weiter nach. Phillip wich aus. Angeblich hatte er alles gesagt. Daniel wollte Mika mit tollen Geschenken imponieren, deswegen hatte er überhaupt seine Fühler ausgestreckt und wieder damit angefangen, und dann hatte er nicht aufgehört, nachdem Mika Schluss gemacht hatte. Weshalb? Da hatte Phillip nur eine Vermutung. »Vielleicht wegen eines VW-Busses aus den sechziger Jahren. Ständig hat er davon geredet, sich so ein Teil irgendwann mal zu kaufen und herzurichten.«

Wo Daniel sein Warenlager und seine Bank hatte, wusste Phillip ebenfalls nicht. Das sagte er jedenfalls, und Dühnfort war geneigt, ihm zu glauben. Anderenfalls wäre die Versuchung nach Daniels Tod zu groß gewesen, beides abzuräumen. Gier war stärker als Vorsicht. Auch bei den Reichen. Oder vielleicht gerade bei den Reichen.

Als er wieder im Auto saß, überlegte Dühnfort, wie er weiter vorgehen sollte. Eine Telefonüberwachung für Phillip würde er nie und nimmer erhalten. Er hatte nichts gegen ihn in der Hand. Aus demselben Grund konnte er die Frage nach einer Observierung vergessen. Leyenfels würde nicht zustimmen.

Er zog das Handy hervor und fragte Alois, wie weit er mit der Überprüfung von Phillip Eckel gekommen sei. Er war noch dran. Was wohl im Klartext hieß, dass er dieses Thema bisher vernachlässigt hatte. Da er ohnehin die Drogenspur bearbeitete, sollte er sich auch im Van Gogh umhören. Dühnfort bat ihn, das zu übernehmen.

Im Büro angekommen, nahm er sich die Fotomappe vor. Manchmal waren es Kleinigkeiten, die einer Ermittlung die entscheidende Wendung gaben, und er hatte das Gefühl, etwas zu übersehen. Während er die Bilder betrachtete, fiel ihm eine Schleifspur auf. Hatte sie etwas zu bedeuten? Er war sich nicht sicher und suchte Buchholz auf.

»Hast du ein paar Minuten für mich?«

»Ich könnte ein paar zusätzliche brauchen. Stunden. Nicht Minuten. Ich ersauf in Arbeit. Und dann sitzt mir auch noch deine Holde mit ihrem Tankstellenmord im Nacken. Als ob das nach zwanzig Jahren plötzlich pressieren würde. Und jetzt kommst du daher und hältst mich von der Arbeit ab. Was gibt es denn?«

Aus der Fotomappe holte Dühnfort die Aufnahmen. »Mir sind diese Schleifspuren aufgefallen. Sie ziehen sich vom Treppenvorplatz an der Lageposition der Leiche vorbei bis zum Ausgang Petunienweg durch den Zementstaub.«

»Die Spur stammt von einem Sack mit Fugenmörtel.« Buchholz nahm ein Foto aus der Akte und reichte es Dühnfort.

Der Sack lehnte neben einer schwarzen Kunststoffwanne an der Wand. Doch zunächst musste er am Treppenaufgang gestanden haben.

»Wenn du meinst, dass der Täter die Spuren seiner Sohlen damit verwischt hat, liegst du falsch.« Buchholz deutete auf eine Aufnahme, auf der Sohlenabdrücke zu erkennen waren, die sich in der Schleifspur befanden. »Die stammen von den Kollegen und die vom Täter.« Er wies auf die Spurennummer elf, einen verwischten Sohlenabdruck. In der hinteren Rundung fehlte ein Stück eines Profilstollens.

»Wenn ein Arbeiter den Sack durch den Raum gezogen hat, dann war er an diesem Tag der Letzte auf der Baustelle und hat unmittelbar danach Feierabend gemacht. Nur so lässt es sich erklären, dass keine Spuren der Arbeiter in dieser Wischspur sind.«

Buchholz sah auf. »Spricht irgendwas dagegen, dass es so war?«

Eigentlich sprach nichts dagegen.

»Wenn du glaubst, der Täter hat damit seine Spuren unkenntlich gemacht, dann war er nicht sehr erfolgreich.« Buchholz deutete wieder auf die Spurennummer elf. »Oben hat er ganz vergessen, klar Schiff zu machen, und draußen ist er in den Baz getreten und hat uns einen erstklassigen Abdruck hinterlassen.«

Da war sie wieder, diese Diskrepanz. Vorsicht und Leichtsinn Hand in Hand. Oben Zigarettenkippen mit DNA. Unten an der Leiche, wo DNA zu erwarten wäre, war nichts. Spuren der Sohlen oben und ein sehr präziser Abdruck vor der Baustelle. Jemand war leichtsinnig gewesen. Wie passte das mit Dühnforts Vermutung zusammen, der Täter habe mit dem Zementsack seine Spuren verwischt?

Und dann fiel ihm die Bemerkung ein, die in seinem Unterbewusstsein arbeitete. *Schuhgröße fünfundvierzig oder sechsundvierzig. Das ist ungewöhnlich bei dieser Körpergröße.* Kirsten hatte das gesagt. Entweder irrte sich die Weidenbach, was die Größe des Täters betraf, oder es waren zwei gewesen. Ein Großer mit passender Schuhgröße, der leichtsinnig war, und ein Umsichtiger, von dem es keine Spuren gab und der etwa eins fünfundsiebzig groß sein musste.

38

Lukas bewohnte die Einliegerwohnung im Haus seiner Eltern. In einem der beiden Zimmer lebte er, im anderen widmete er sich seiner Leidenschaft, der Musik. Computer, Mischanlage, Boxen und Mikros drängten sich in dem kleinen Raum. Mika saß verkehrt herum auf einem Drehstuhl, die Brust an die Rückenlehne gedrückt. Die Rollläden waren unten und alle Lichter an. Lukas arbeitete am liebsten im Dunkeln. Über Schieberegler gebeugt saß er am Mischpult, die Kopfhörer über die Ohren gestülpt, und machte ein letztes Feintuning an Isas Song. Seine schmalen Finger justierten die Regler im Zehntelmillimeterbereich, dabei summte er die Melodie, die Mika noch immer mit Trauer und Wehmut erfüllte.

Das Gespräch von gestern ging ihr wieder durch den Kopf. Phillip und Daniel hatten Streit gehabt und sich beinahe geprügelt. Weshalb? Lukas wusste es nicht. Er hatte die beiden zufällig gesehen, als er abends mit dem Familienhund Gassi gegangen war, da seine Mutter keine Zeit hatte. Es war schon beinahe dunkel gewesen, als er sich vom Feld kommend dem alten Haus näherte, das Daniels Oma gehört hatte. Zwei schemenhafte Gestalten auf dem Weg davor. Laute Stimmen. Worum es ging, hatte Lukas nicht verstanden. Ein Streit, gefolgt von einer Rangelei. Erst als er näher kam, hatte er die beiden erkannt. Daniel und Phillip. Im selben Moment war er von ihnen entdeckt worden, und sie hatten die Situation als harmlosen Spaß abgetan. Doch dafür war der Tonfall zu ernst gewesen. Die beiden hatten echten Zoff gehabt. Und das zwei Tage, bevor Daniel … Es konnte nicht sein, dass Phillip etwas mit dem Mord zu tun hatte. Das war ein geradezu absurder Gedanke. Sicher hatte der Streit einen harmlosen Grund, ließ sich erklären. Doch weshalb hatten sie ihn dann als Scherz dargestellt? Was hatten die beiden zu verbergen?

Lukas zog den Kopfhörer ab. »Fertig. Magst du die neue Fassung hören?«

»Klar.«

Es waren nur Nuancen, die Lukas verändert hatte, doch sie gaben dem Song mehr Tiefe, mehr Emotionalität. Er war so sensibel, und er besaß die Fähigkeit, seine Gefühle in Worte und Musik zu fassen. Und darum beneidete Mika ihn. Als der letzte Ton verklungen war, schwieg sie einen Moment, ließ ihn noch nachhallen. »Schön. Total traurig-schön.«

Lukas drehte sich auf seinem Stuhl in ihre Richtung. »Ich bin mir nicht ganz sicher: Meinst du nicht, dass es jetzt vielleicht ein wenig kitschig ist?«

Sie schüttelte den Kopf. »Es ist einfach nur schön.« An der Wohnungstür klingelte es. »Vermutlich die Post.« Lukas verschwand aus dem Tonstudio und ließ die Tür offen. Mika erkannte die Stimme. Es war die des Kommissars. Was wollte er? Sie ging in den Flur.

»Schön, dass ich Sie hier treffe. Das erspart mir einen Weg.« So begrüßte Dühnfort sie.

»Geht es um Daniel?« Blöde Frage. Weshalb sollte er sonst hier sein?

»Wir haben das hier im Haus seiner Oma gefunden.« Er zeigte ihr ein Tütchen voller bunter Pillen. Mika starrte darauf und konnte es nicht glauben. Es war, als ob ein Eimer in ihr umkippte, sich eine schmutzig graue Brühe in ihrem Innersten ergoss und sie besudelte. Enttäuschung breitete sich in ihr aus wie eine Drecklache. Sie hatte geglaubt, ihn zu kennen, und hätte die Hand für ihn ins Feuer gelegt. Und nun hatte Daniel doch gedealt. Und Mam hatte recht.

Im Häuschen seiner Oma. Mika warf Lukas einen inständigen Blick zu. Eine wortlose Verständigung. *Sag nichts. Bitte! Phillip kann damit nichts zu tun haben. Lass ihn außen vor. Lass mich erst mit ihm reden.*

Dühnfort wartete auf eine Reaktion. »Daniel … Er hat also doch …?«, stammelte sie. »Das wusste ich nicht. Ich verstehe es auch nicht. Warum hat er das getan?«

Dühnfort musterte sie, und dieser Blick ging ihr durch und durch. Denn sie kannte die Antwort. Ihretwegen. Er hatte ihretwegen wieder damit begonnen. Wie hatte sie nur so blind sein können? Warum hatte sie seinen Beteuerungen geglaubt? Die Geschenke, die Einladungen in Bars und Clubs. Er hatte das immer heruntergespielt. Das sei nicht so teuer und er könnte sich das schon leisten. Auf diese Art also. Wenn er deswegen ermordet worden war … dann war sie schuld. Ihre Knie wurden ganz weich. Sie musste sich an die Wand lehnen, sonst würde sie auf den Boden fallen, wie eine Marionette, deren Fäden man durchschnitt.

»Es ging wohl um einen Oldtimer, den er sich kaufen und instand setzen wollte«, sagte Dühnfort. »Wissen Sie, woher er das bezogen hat, oder haben Sie eine Vermutung?« Wieder hielt Dühnfort das Tütchen hoch.

Während Mika durchatmete und ihre Knie sich langsam wieder standfest anfühlten, antwortete Lukas. »Wir wussten nicht, dass er dealte. Wie sollten wir also wissen, wer ihn mit dem Zeug versorgt hat? Am ehesten wohl die Freunde von damals.«

Dühnfort verneinte das. »Die beiden haben wir schon überprüft. Sie scheiden aus.«

Er hatte noch eine Reihe von Fragen. Mika konnte keine beantworten. Sie hatte von all dem nichts gewusst. Diesen Teil seines Lebens hatte Daniel vor ihr verborgen. Sie war mit ihm nie in der Kultfabrik gewesen, und das Van Gogh war ganz und gar nicht ihr Ding. Zu schickimicki. Sich Daniel in dieser Umgebung vorzustellen, gelang ihr nicht. Er hatte ein Doppelleben geführt. Warum hatte er nicht mit ihr darüber gesprochen? Warum hatte er das riskiert? Eine erneute Verurteilung, und er wäre im Knast gelandet.

Nachdem Dühnfort gegangen war, verabschiedete sich Mika eilig von Lukas. Sie musste mit Phillip reden und traf ihn daheim im Hausflur. Er wollte gerade los. »Tschü, Schwesterlein. Man sieht sich.«

Sie stellte sich ihm in den Weg. »Warum hast du mir nicht gesagt, dass Daniel wieder damit begonnen hat? Warum hast du ihn nicht davon abgehalten? Hängst du da am Ende mit drin?«

Phillip klimperte mit dem Schlüsselbund. »Du spinnst.«

»Lukas hat euch gesehen. Schon vergessen?«

»Ja? Und?«

»Ihr habt euch fast geprügelt. Vor dem Haus seiner Oma. Dort hatte er den Stoff versteckt. Zufall, oder? Worum ging es bei dem Streit? Habt ihr euch vielleicht wegen dieses verdammten Ecstasys gefetzt?«

»Worum es ging? Willst du das wirklich wissen? Also gut. Fasten your seatbelt.« Seine Stimme klang bedrohlich leise, der Schlüssel landete in der Faust. »Mit mir hat das nichts zu tun. Einzig und allein mit dir dummen Schnepfe. Für dich hat er das getan. Er hat gedacht, dass du nicht bei ihm bleibst, wenn er dir nichts zu bieten hat. Letzte Woche ist er mir nachts in der Kultfabrik über den Weg gelaufen. Zufällig habe ich einen seiner Deals mitbekommen. Am Samstag habe ich ihn zur Rede gestellt. Vor dem Haus der Oma. Deshalb haben wir uns gestritten. Ich wollte, dass er aufhört. Er wollte nicht. Wenn ich da mit drinhängen würde, dann hätte ich ja wohl den Stoff aus dem Haus geschafft und die Kohle. Oder? Schalte einfach mal dein Hirn ein. Wenn sich also hier eine Schuldfrage stellt, dann bist ja wohl du diejenige, die Buße tun sollte. Asche auf dein Haupt. Deinetwegen hat Daniel sich mit den falschen Leuten eingelassen. Und jetzt ist er tot. Wegen Gucci und Prada. War es das wert?«

39

Im Van Gogh war es beinahe leer. Lediglich ein paar Gestalten lümmelten in den Ledersesseln. Der Barmann war damit beschäftigt, ein halbes Duzend Drinks vorzubereiten, und nahm die nächste Bestellung der Kellnerin entgegen. Loungemusik waberte bis hinaus in den Garten, der eigentlich ein Hinterhof war. Und dort steppte der Bär. Ein Teil der Münchner Upperclass-Jugend fläzte sich auf schicken Gartenliegen. Dazwischen drängten sich die, die keinen Platz zum Liegendchillen ergattert hatten, schlürften Drinks und unterhielten sich mal mehr und mal weniger angeregt mit ihresgleichen.

Kübelpflanzen begrünten die ursprünglich graue Tristesse. Kerzenlicht flackerte in Gläsern. Zwei Kellnerinnen schleppten Tabletts mit Mojitos, Daiquiris und Hugos, dem Modegetränk der Saison. Hollunderblütensirup mit Prosecco und Minze. Wer noch Sprizz trank, war hoffnungslos out.

Es war kurz nach zehn, als Alois hier eintraf. Er kam aus dem Krankenhaus. Evi hatte ihn abgelöst. Simon ging es besser. Die Werte normalisierten sich langsam, und das beruhigte ihn.

Er bestellte einen Hugo, schob sich mit dem Glas in der Hand langsam durch die Menge, während er aufzuschnappen versuchte, was so geredet wurde und ob es irgendwo um psychoaktive Substanzen ging. Irgendwann hatte er Glück. Zwei Jungs planten ihr Wochenende bei einem Rave und wollten dabei so richtig die Sau rauslassen, was bedeutete, dass sie etwas brauchten, das sie in Schwung hielt. Doch leider hatte sich Daniel schon seit Tagen nicht blicken lassen. Was also tun? »Anrufen«, meinte der eine.

»Glaubst du wirklich, ich hätte seine Telefonnummer? Man trifft ihn hier oder gar nicht.«

»So ein Schwachsinn. So zieht man doch kein Geschäft auf. Nach dem Zufallsprinzip. Gibt es keine festen Zeiten?«

»Nein.«

»Und sonstige Kontaktmöglichkeiten?«

»Er ist eben vorsichtig.«

»Und jetzt?«

»Keine Ahnung.«

Die beiden hatten keinen Plan, und das half Alois nicht weiter. Wenigstens wusste er nun, dass Phillip nicht log. Daniel hatte hier seine Abnehmer gefunden.

Inzwischen hatte Alois sich umgehört. Phillip schien sich ganz schön herumzutreiben und das Studium nicht allzu ernst zu nehmen. Was Papi wohl sagen würde, wenn er das wüsste? Vermutlich würde der monatliche Scheck ein paar Nummern kleiner ausfallen.

Was tat er hier überhaupt? Dass Daniel dealte, wussten sie, dass seine Klientel hier abhing, war nun auch bekannt. Woher er die Pillen bekam, das war die Frage, und die Antwort war nicht hier zu finden, so wie es aussah. Also stellte er sein Glas auf einem Tisch ab und ging hinein. Der Barkeeper hatte alle Hände voll zu tun. Alois wies sich aus und zeigte ihm das Foto von Daniel. Natürlich kannte er den Jungen. Seit einigen Monaten war er Stammgast. Falls Alois ihn sprechen wollte, hatte er heute leider Pech, er war noch nicht da. Alois klärte ihn darüber auf, dass Daniel nie wieder kommen würde und woran es lag. Der Mann, ein bulliger Kerl mit kräftigen Händen, nahm es mit Gleichmut und beantwortete mehr oder weniger bereitwillig Alois' Fragen, während er gleichzeitig Limonen viertelte, Minzblätter zupfte und Eis in Gläser füllte. Daniel war meistens allein gekommen und nie sehr lange geblieben. Eine Stunde, manchmal zwei. Er hatte einen Job und musste früh raus, das hatte er mal erwähnt. Ein Einzelgänger, der nicht so recht ins Van Gogh gepasst hatte.

Dass der Junge hier gedealt haben sollte, war für den Barkeeper eine Neuigkeit, was Alois ihm nicht so recht abnahm. Er fragte nach, in wessen Begleitung Daniel gekommen sei, wenn er nicht allein war, und erhielt die Beschreibung von Phillip und die eines jungen Mannes, die Alois nichts sagte. Mitte zwanzig, kurze schwarze Haare, Labelklamotten im Brit-Chic, also konservativ bis in die Knochen. Siegelring. Alois glaubte, sich verhört zu haben, doch der Barkeeper bestätigte den Siegelring mit einem eingravierten Wappen. Alois reichte seine Karte über die Theke mit der Bitte, anzurufen, wenn der Siegelringträger mal wieder auftauchte, und wusste doch, dass das nie geschehen würde.

Frustriert verließ er das Van Gogh und setzte sich in seinen Mini. Die Nacht war lau. Die Sterne standen am Himmel. Ob Simon schlief? Am Abend war er traurig gewesen, dass er im Krankenhaus sein musste. Er wollte lieber klettern und radeln oder schwimmen als im Bett herumliegen. Alois hatte ihn an die versprochene Kanufahrt erinnert. »Sobald du hier raus bist, machen wir das.« Evi hatte ihm einen sorgenvollen Blick zugeworfen, und später, auf dem Gang, als er sich verabschiedete, hatte sie ihm erklärt, dass Simons Herz das erst einmal nicht verkraften würde, dass es nur langsam regenerieren würde und eine Kanufahrt zunächst nicht drin war. »Wir müssen Geduld haben.« Sie hatte erschöpft geklungen, kraftlos und müde. So kannte er sie nicht.

Laut lachend schlenderten zwei junge Frauen am Auto vorbei. Alois sah auf die Uhr. Eigentlich war es Zeit, ins Bett zu gehen. Doch dieser Phillip wurde langsam interessant. Er verkehrte also auch im Van Gogh.

Woher hatte Daniel die Pillen bezogen? Hier würde er das

nicht erfahren. Vermutlich war es sinnvoller, sich an Phillip dranzuhängen. So wie er aussah, warf auch er das Zeug ein. War Phillip Daniels Kunde? Wenn ja, dann wusste er sicher, wer seinen Freund beliefert hatte. Wenn jetzt der Nachschub fehlte, an wen würde Phillip sich dann wenden? Eine kleine Überwachung, und mit etwas Glück gab es die Antwort auf diese Frage.

40

Beim Meeting am nächsten Morgen diskutierten sie die Zwei-Täter-Theorie. Buchholz hielt nichts davon. Die Spurenlage gab das nicht her. Kirsten und Alois waren skeptisch. Wer einen Mord beging, tat das in der Regel allein.

Dühnfort fuhr nach dem Meeting nach Unterhaching. Die Baustelle war inzwischen freigegeben worden. Er versuchte sich ein Team vorzustellen. Zwei Täter, die zusammenarbeiteten. Es gelang ihm nicht. Vielleicht war es besser, nachts noch einmal hierherzukommen.

Er kehrte ins Büro zurück und begegnete Kirsten im Treppenhaus. Sie kam von der letzten Inaugenscheinnahme eines blauen Fiat Ducato. »Das Fahrzeug, das wir suchen, steht nicht auf Sophies Liste. Keines hat einen Lackschaden hinten rechts. Was machen wir nun?« Flotten Schritts nahm sie eine Stufe nach der anderen, und das trotz der hochhackigen Schuhe.

»Da gibt es eigentlich nur zwei Möglichkeiten. Entweder hat der Wagen keine Münchner Zulassung, dann müssen wir die Suche auf die benachbarten Landkreise ausweiten, oder er steht auf der ungefilterten Liste, dann müsst ihr euch die übrigen Fahrzeuge doch noch vornehmen.«

»Zweihundertachtzig. Danke.«

Sie erreichten das zweite Stockwerk. Dühnfort verspürte das Bedürfnis, kurz zu verschnaufen. Reden oder Treppensteigen. Beides gleichzeitig sorgte neuerdings überraschend schnell für Kurzatmigkeit. »Wir sollten mit Heigl sprechen, damit wir Kollegen von der Streife zur Unterstützung bekommen. Sie müssten eigentlich nur nachsehen, ob ein Fahrzeug eine Beschädigung an passender Stelle aufweist, und uns das melden.«

»Okay. Ich kümmere mich darum.«

In der dritten Etage blieb er vor dem Getränkeautomaten stehen und tarnte die nötige Verschnaufpause, indem er sich eine Cola zog. Ausgerechnet. Wann hatte er zuletzt Cola getrunken? Nach dem ersten Schluck bemerkte er ihr Lächeln. Es war nicht ironisch oder überlegen, sondern einfach nur nett. Sie hatte das Manöver durchschaut.

»Ich habe das Gefühl, wir drehen uns im Kreis. Wir sollten uns zusammensetzen und endlich eine tragfähige Theorie entwickeln«, meinte er. »Ist Alois da?«

»Ich sage ihm Bescheid.«

Zwanzig Minuten später saßen sie zu dritt im Besprechungszimmer vor der Pinnwand. Alois sah übernächtigt aus. Vermutlich hatte er die Nacht bei Simon im Krankenhaus verbracht.

»Wurde Daniel wegen der Drogengeschäfte ermordet? Können wir uns da wirklich festlegen? Das ist die Frage, die ich mir seit gestern stelle«, begann Dühnfort.

Alois streckte die Beine aus. »Nachdem es sonst nichts gibt, haben wir gar nicht die Wahl. Welcher Spur sollten wir denn sonst folgen?«

»Das war doch von Anfang an die Richtung, in die es lief«, sagte Kirsten. »Zuerst warst du unzufrieden, weil es so aussah, als ob Daniel das Zeug untergeschoben wurde, und jetzt, wo wir wissen, dass er dealte, und alles passt, hast du Zweifel. Das verstehe ich nicht. Du etwa?« Ratlos sah Kirsten Alois an. Der zog die Schultern hoch.

»Mich stört, dass in Daniels Vorrat die Weißen Mitsubishi fehlen. Wenn ich das richtig verstanden habe, sind sie etwas Besonderes, und sie sind teuer. Die Gewinnspanne ist höher. Im Van Gogh tummeln sich die Kinder der Gutverdienenden, sie könnten sich den besseren Stoff leisten. Warum haben wir ein Dutzend dieser weißen Pillen bei Daniels Leiche gefunden und keine einzige in seinem Depot?«

»Neuer Lieferant, der die weißen nicht im Sortiment hat? Vielleicht doch zu teuer und daher geringe Nachfrage. Keine Ahnung«, sagte Alois.

»Fakt ist jedenfalls, dass Daniel dealte, und sein Depot ist in der Nähe des Tatorts.« Kirsten schob den Stuhl zurück, stellte sich an die Pinnwand und deutete auf die Karte von Unterhaching. »Am Tatabend kehrt Daniel mit seinen Freunden vom Baden am Steinsee zurück. Er parkt sein Auto vor dem Haus, während die Freunde schon mal vorgehen ins Hachinger Eck, wo er zwanzig Minuten später eintrifft. Was hat er so lange gemacht? Den Weg kann er in fünf Minuten zurücklegen. Nehmen wir mal an, er hat in dieser Zeit eine Bestellung erhalten …«

»Telefonisch jedenfalls nicht. Um diese Zeit hat er überhaupt keinen Anruf bekommen, und außerdem haben wir alle Anrufer überprüft«, warf Alois ein.

»Dann war der Deal eben schon länger verabredet. Jedenfalls würden zwanzig Minuten ausreichen, um von der Wohnung zum Depot und von dort in die Kneipe zu gehen.«

»Nur waren da keine Weißen Mitsubishi. Und die Plastiktüten sind auch andere. Ohne Druckverschluss«, gab Dühnfort zu bedenken.

»Vielleicht waren es die letzten Mitsubishi in seinem Bestand. Und vielleicht hat er sie in besonderen Tüten aufbewahrt, weil sie etwas Besonderes sind.«

Dühnfort gefiel, wie Kirsten dagegenhielt. Dieser Part war wichtig, um Positionen abzuklopfen. »Laut Zeugenaussage von Frau Nowotny machte Daniel auf sie den Eindruck, als ob er an der Baustelle vorbeigehen wollte. Doch dann blieb er zögernd stehen und lauschte. Etwas war da. Er trat ein. Ich glaube nicht, dass er verabredet war. Ich glaube nicht, dass sich zu diesem Zeitpunkt ein Dutzend Weiße Mitsubishi in seiner Hosentasche befand.«

Alois fuhr sich stöhnend durch die Haare. »Du und deine Bauchgefühle. Was sollen wir deiner Meinung nach tun? Wo ist das Motiv? Es gibt nichts, außer dieser Drogenkiste.«

Kirsten erweckte den Eindruck, als ob sie es Alois am liebsten gleichtun und stöhnen würde. Doch ihr Tonfall blieb kühl und sachlich. »Frau Nowotny war betrunken, als Daniel vorbeispazierte. Wir sollten ihren Beobachtungen kritisch gegenüberstehen.«

»Gut. Nehmen wir an, dass ich mich irre. Daniel ist also zu einem Deal verabredet und wird erschossen. Warum? Da gibt es nur einen denkbaren Grund. Er ist in eine Falle gelaufen. Es ging nicht um die Pillen, denn die waren ja noch da, und die zweihundert Euro sind vom Himmel gefallen, denn Bargeld hatte er zu dem Zeitpunkt, als er das Hachinger Eck verließ, nicht bei sich. Er hat auch in den Minuten, die zwischen dem Verlassen der Kneipe und dem Betreten der Baustelle vergingen, nichts abgehoben, wie Kirsten recherchiert hat. Woher stammt das Geld? Wie kam es in seine Hosentasche? Also bitte überzeugt mich, dass das nicht als Ablenkungsmanöver für uns gedacht war.«

Beide schwiegen.

»Ich glaube, wir müssen zurück auf Anfang. Das Geld und die Weißen Mitsubishi sind für uns bestimmt gewesen. Jemand, der von Daniels Drogengeschäften weiß, lenkt damit von seinem Motiv ab.«

»Und welches Motiv sollte das sein?« Jetzt wirkte Kirsten doch genervt.

»Ich weiß es nicht.« Doch seine innere Stimme flüsterte *Sascha*. Aber Daniel war nicht Sascha gewesen. Das war so sicher wie das Amen in der Kirche. »Wir werden diese

Drogensache jetzt von zwei Enden her aufrollen. Einmal von Daniels Seite. Wir müssen seinen Lieferanten finden. Und von der anderen Seite, von den Weißen Mitsubishi ausgehend. Wo kann man sie in München bekommen? Wer hat in letzter Zeit wenigstens ein Dutzend gekauft?«

41

Mika lag auf dem Bett und starrte an die Decke. Das Sonnen-licht drang durch die halb geöffneten Lamellen der Jalousie in ihr Zimmer und malte Streifen an die Wand. Sicher war es schon Mittag. Sie fühlte sich wie ein tonnenschwerer Sand-sack und brachte einfach die Energie nicht auf, aufzustehen.

Daniel war tot. Und sie war schuld. *Wegen Gucci und Pra-da. War es das wert?*

Nein! Nein! Nein!

Wieso hatte sie nichts gemerkt? Nicht merken wollen? Denn eigentlich hätte sie wissen können, dass Daniel sich von seinem Verdienst all das nicht leisten konnte. Doch es war einfacher gewesen wegzugucken, als unbequeme Fragen zu stellen. Er war ihr Freund. Warum hatte sie nicht nach-gebohrt? Warum hatte sie ihn nicht gezwungen, die Wahrheit zu sagen? Warum hatte sie ihn nicht davon abgebracht? Das war schrecklich und schäbig und unverzeihlich. Warum hatte sie ihm nicht geholfen?

Sie drehte sich auf die Seite und hatte nun die Ballerinas im Blick, die auf dem Teppichboden vor dem Bett standen. Zweihundert Euro hatten sie gekostet. Es war doch einfach nur krank, so viel Geld für Schuhe auszugeben. Nein, wie das alles zusammenhing, hatte nicht vor ihr gelegen. Jedenfalls nicht glasklar, eher in einem Nebel verborgen. Da war etwas, das nicht passte, ein falsches Bild, ein schräger Ton, ein Miss-empfinden. Das hatte sie immer gefühlt. Doch sie hatte die-ses Gefühl ignoriert. Aus Bequemlichkeit. Es war einfacher gewesen.

Doch auch jetzt spürte sie, dass etwas nicht stimmte. Sie

hatte schon vor Wochen mit Daniel Schluss gemacht. Warum hatte er noch weiter gedealt? Das ergab doch keinen Sinn, wenn es Daniel nur darum gegangen war, sie zu beeindrucken. Es sei denn, die Geschichte mit dem Oldtimer stimmte. Doch das glaubte sie nicht. Daniel hatte öfter davon geredet, sich einen solchen Wagen irgendwann mal zu kaufen. Am besten in schlechtem Zustand, weil er dann günstig zu haben war. Herrichten konnte er ihn schließlich selbst. Doch das war nichts, das heute oder morgen passieren sollte. Das hatte nach Zukunftsmusik geklungen. Wie kam Dühnfort auf den Oldtimer? Das konnte er eigentlich nur von Phillip haben.

Schon wieder Phillip. Mika glaubte einfach nicht, dass er bis vor kurzem nicht gewusst hatte, dass Daniel wieder dealte. Und sie hatte den Verdacht, dass er auf irgendeine Weise mit drinhing.

In den letzten Monaten hatte Phillip sich verändert. Genau wie sie selbst. Seit Isas Tod …

Isas Tod ragte wie ein Monolith in ihr Leben, wie eine Mahnung, die alles in Frage stellte, ins Rutschen brachte, Positionen neu zu bestimmen erzwang, doch das gelang nicht, alles trieb auf einen Abgrund zu.

Mika setzte sich auf, schwang die Beine aus dem Bett. Sie musste jetzt aufstehen, etwas tun, sonst drehte sie noch durch. Sie musste Phillip zur Rede stellen. Sie würde sich von ihm nicht überstülpen lassen, an Daniels Tod schuldig zu sein. Sie hatte ihren Teil beigetragen, und das war schrecklich. Doch Phillip ebenfalls. Er log, das spürte sie. Sie wollte jetzt wissen, was da gelaufen war, und ging in sein Zimmer, in der Erwartung, die Rollläden hochzureißen und ihn aus dem Bett zu scheuchen. Doch er war wach und saß mit dem Handy am Ohr im Halbdunkel auf der Bettkante. Sie hörte noch, wie er sagte: »Bist du bescheuert, mich anzurufen?«, dann fuhr er herum. Für eine Sekunde sah sie den Schreck in seinen Augen, aber er hatte sich sofort wieder unter Kontrolle und grinste sie an. »Schätzchen. Ich muss Schluss machen. Die heilige Inquisition steht vor mir. Wir sehen uns … Ja, klar. Elf passt.« Er drückte das Gespräch weg und legte das Handy aufs Bett. »Haben Papi und Mami uns nicht beigebracht, dass man anklopft und wartet, bis jemand *herein* sagt?«

»Wer war das?« Mika wies aufs Handy.

»Geht dich das was an?«

»Wieso ist dir Daniel zufällig in der Kultfabrik über den Weg gelaufen? Ich denke, du bist dir zu gut dafür. Da gehen doch nur Prolls hin.«

»Und Landeier. Die hast du vergessen. Neuerdings stehe ich auf Landeier.« Phillip ließ sich aufs Bett zurückfallen. Die Luft in seinem Zimmer war total verbraucht und stickig. Am liebsten hätte Mika das Fenster aufgemacht. Ihr fehlte die Luft zum Atmen.

»Du lügst mit jedem Wort, das aus deinem Mund kommt. Ich will jetzt wissen, wie du da mit drinhängst. Hast du Daniel dazu gebracht, wieder zu dealen? War das für dich dann die sichere Quelle, um an X zu kommen?«

»Hör auf mit dem Scheiß. Ich werfe nichts ein.«

»Nein. Natürlich nicht. Du hast einfach eine so tolle Konstitution, dass du die Nächte durchfeiern kannst und immer gut drauf bist.«

»Du hast es erfasst.« Mit einer Hand schob Phillip das T-Shirt hoch, fuhr sich über den Bauch und gähnte. »War es das? Ich würde gerne noch eine Runde schlafen.«

»Ich weiß, dass du weißt, woher Daniel das Zeug hatte. Hat er den Kerl betrogen? Wollte er ihn hinhängen oder vielleicht erpressen? Ich will wissen, warum Daniel abgeknallt wurde. Einfach abgeknallt. Ich will wissen, wer das getan hat!«

»Ich habe keine Ahnung.« Die ironische Gleichmut verschwand aus Phillips Tonfall. Plötzlich klang er genervt.

»Ist dir das egal? Lässt dich das kalt? Er war dein Freund!«

»Kannst du mal den Ton leiser drehen? Oder am besten verschwinden. Du bist ja völlig hysterisch.«

»Ich glaube dir kein Wort. Weshalb hast du dich mit Daniel so gestritten, dass ihr euch beinahe geprügelt habt? Und deine Erklärung, es sei wegen mir gewesen, kannst du in die Tonne treten.«

Phillip stand stöhnend auf. »Sieht nicht so aus, als ob du mir noch eine Mütze Schlaf gönnst.« In Pants und T-Shirt schlurfte er aus dem Zimmer und ging ins Bad. Er ließ sie hier einfach stehen. Ohne Antworten. Hatte sie etwa etwas anderes erwartet? Kurz darauf hörte sie die Dusche rauschen.

Sie wollte schon gehen, als ihr Blick auf das Handy fiel, das auf dem Bett lag.

42

Dühnfort hatte gelernt, seine Bauchgefühle nicht zu ignorieren. Ihnen wollte er sich jetzt in Ruhe widmen. Doch ein ruhiger Ort war im Präsidium nicht zu finden, deshalb hatte er es sich in den letzten Jahren zur Gewohnheit gemacht, den Dom aufzusuchen, wenn er ungestört nachdenken wollte.

Die Tür schloss sich hinter ihm. Er trat in angenehme Kühle ein. Ein Hauch von Weihrauch hing noch von der Morgenandacht in der Luft. Touristengruppen folgten ihren Führern. Ab und zu flammte ein Blitzlicht auf. Gedämpfte Schritte und Stimmen durchzogen die Stille.

Die klaren Linien des gotischen Kirchenschiffs und die Helligkeit und Höhe des Raums hatten seinen Gedanken schon häufig einen Resonanzraum gegeben und ihm so geholfen, zu einem Punkt zu gelangen, von dem aus er weitermachen konnte. Im Seitenschiff suchte er sich einen Platz.

Weshalb ging ihm Isas Tod nicht aus dem Kopf? Warum vermutete er, dass der Mord an Daniel mit ihm in Verbindung stand? Es gab weder Hinweise noch Fakten, die eine derartige Vermutung stützten. Nur die Tatsachen, dass beide derselben Clique angehört hatten und gewaltsam gestorben waren. Auch wenn er eine Abneigung gegen Zufälle hatte, das konnte tatsächlich Zufall sein. In Gedanken ging er die bisherige Ermittlungsarbeit durch und fand keine Verbindung, nur den Punkt, an dem er die Vermutung gehabt hatte, Daniel könnte sich als Sascha ausgegeben haben. Doch Meo hatte das überprüft. Daniel war nicht Sascha gewesen.

Es gab allerdings noch eine andere Möglichkeit: Hatte Daniel gewusst, wer Sascha war, und ihm gedroht, das Isas

Eltern zu offenbaren? Dann kannten Daniel und Sascha sich. Und dann lag der Schluss nahe, dass Sascha auch Isa gekannt und nicht erst bei Facebook getroffen hatte. War er nie in sie verliebt gewesen? Hatte er die Mobbingaktion gezielt gestartet, um Isa zutiefst zu verletzen? War das Ganze von Anfang an geplant gewesen, und Sascha hatte Isas Suizid zumindest billigend in Kauf genommen, wenn nicht gar bewusst provoziert? Was hatte Isa getan, um diese vernichtende Verachtung auf sich zu ziehen? Dühnfort fielen nur zwei mögliche Motive ein: Hass und Eifersucht.

Eine alte Frau ging auf einen Stock gestützt an ihm vorbei. Ihre Schritte hallten nach.

Angenommen, Daniel wusste, wer Sascha war, warum hatte er es Isas Eltern nicht offenbart? Wollte er Sascha eine Chance geben, sich selbst zu outen? Oder hatte Daniel versucht, Kapital aus seinem Wissen zu schlagen? Auszuschließen war das nicht. Wer war Sascha? Was hatte Isa ihm getan?

Die Klärung dieser Fragen würde sie zu Daniels Mörder führen. Sascha gehörte zu diesem Fall, war untrennbarer Teil davon.

Dühnfort trat aus der Bank und war einen Moment lang im Begriff, sich ganz automatisch zu bekreuzigen. Doch er war nicht gläubig. Die letzten Reste seines ohnehin nie festen Glaubens waren ihm im Laufe der Jahre als Mordermittler abhandengekommen. Sie waren erodiert, wie brachliegende Felder im Wind, waren wie Kiesel zu Sand zermahlen und weggeschwemmt worden, im steten Anbranden von Gewalt und Willkür, von Erbarmungslosigkeit und Hass, von allem, was Menschen einander antaten.

Er verließ den Dom und kehrte ins Präsidium zurück, um Christoph Leyenfels aufzusuchen. Vor dessen Büro begegnete er ihm und Kirsten. Sie näherten sich vom anderen Ende des Gangs, angeregt in ein Gespräch vertieft. Kirsten lachte. Leyenfels gestikulierte. Derart lebhaft hatte er den Staatsanwalt selten erlebt. Als die beiden ihn bemerkten, verhallte das Lachen, reduzierten sich die Gesten.

»Heigl hat uns Unterstützung gewährt.« Kirsten war sichtlich gut gelaunt. »Ein Dutzend Streifenwagenbesatzungen hilft uns.«

»Willst du zu mir?«, fragte Leyenfels.

Dühnfort nickte. »Ich brauche einen Beschluss.«

»Darf ich neugierig sein?« Kirstens Aufmerksamkeit galt nun ihm. Er erläuterte ihr und Leyenfels seine Überlegungen zu Daniel und Sascha. Kirsten fand sie konstruiert. »Du hast nichts, worauf du diese Vermutung stützen kannst.«

»Wie so häufig«, merkte Leyenfels an. »Und jetzt willst du, dass ich dem Richter einen Herausgabebeschluss für Saschas Facebook-Daten aus den Rippen leiere?«

»Facebook ist der einzige Anhaltspunkt, den wir haben, um Sascha zu finden. Wenn wir wissen, wer er ist, wird sich dieser Fall klären.«

»Wie soll ich das begründen? Mobbing ist keine Straftat.«

»Sascha hat ein Foto von Isa eingestellt ...«

»Verletzung von Urheberrechten? Das ist reichlich dünn, zu dünn für einen Beschluss.«

»Er ist der Urheber. Er hat es gemacht. Ohne ihr Wissen, und er hat das Bild ohne ihre Erlaubnis ins Netz gestellt. Verletzung von Persönlichkeitsrechten. Das wäre doch eine Möglichkeit.«

»Man könnte es höchstens mit dem postmortalen Persönlichkeitsrecht versuchen. Isas Eltern als Erben können einen Antrag auf die Herausgabe der Daten stellen. Ist aber eine zivilrechtliche Angelegenheit.«

»Und das dauert dann Monate. Wenn sie überhaupt damit durchkommen. Sie sind schon einmal bei den Kollegen abgeblitzt.«

Kirsten mischte sich ein. »Wenn sie allerdings die Unterstützung eines engagierten Staatsanwalts hätten, ginge das sicher wesentlich schneller.« Ihr Lächeln war genau richtig. Nicht zu strahlend, nicht zu bittend, nicht zu offensichtlich. Es drückte die ganz selbstverständliche Annahme aus, Leyenfels sei nicht in erster Linie Beamter, sondern Mensch, und würde Isas Eltern nicht im Regen stehen lassen. Dühnfort konnte dieses Lächeln nicht einordnen. War es berechnend, versuchte sie Leyenfels zu manipulieren, der ganz offensichtlich eine Schwäche für Kirsten hatte, oder beruhte diese Sympathie auf Gegenseitigkeit?

»Man müsste den ganzen Vorgang mal gründlich prüfen. Vielleicht ergibt sich dabei ein weiterer Punkt, an dem man ansetzen könnte. Stalking könnte eventuell greifen. Das wäre ein Straftatbestand. Ich habe zwar alle Hände voll zu tun … Aber sei es drum. Wenn sie meine Unterstützung wünschen, können sich Isas Eltern an mich wenden.« Leyenfels hatte sich den leicht gebeugten Gang angewöhnt, der großen Menschen häufig zu eigen ist. Während er sprach, richtete er sich langsam auf. Sein Rücken wurde gerade, seine Brust scheinbar breiter. Plötzlich strahlte er Kompetenz und Stärke aus.

43

Auf sein Klingeln hin öffnete niemand. Doch der Wagen stand auf dem Garagenvorplatz. Vielleicht saßen die Schäfers auf der Terrasse und hatten das Schellen nicht gehört. Dühnfort ging durch den Vorgarten und sah um die Hausecke.

Isas Mutter kniete in der sengenden Nachmittagshitze vor einer niedrigen Buchsbaumhecke, die ein Rosenbeet einfasste. Mit einer Schafschere brachte sie die Hecke in Form, schnitt ab, was überstand, aus der Reihe tanzte, die Geometrie störte. Der Schnitt fiel auf sorgfältig ausgebreitete Folien. Sie trug einen Sonnenhut und Handschuhe und wirkte, als habe sie alles unter Kontrolle. Vielleicht halfen Rituale, mit einem derartigen Umbruch im Leben fertig zu werden, mit diesem Erdrutsch, der noch immer drohte, sie mitzureißen. Sie und ihren Mann. Der Mensch, der Sascha am meisten hassen musste, kniete hier und versuchte verzweifelt, Ordnung in seinem Leben zu halten.

»Frau Schäfer?«

Überrascht sah sie hoch. »Hallo, Herr Dühnfort. Haben Sie geklingelt?«

»Sie haben es offenbar nicht gehört. Störe ich?«

Sie stand auf, legte die Schere in einen Korb, zog die Handschuhe aus und legte sie daneben. »Ich wollte sowieso eine Pause machen. Es ist viel zu heiß. Ich hole mir nur schnell ein Glas Wasser aus der Küche. Möchten Sie auch etwas trinken?«

»Gerne. Auch ein Wasser.«

Sie bot ihm Platz an und verschwand im Haus. Dühnfort setzte sich. Es gab noch mehr Buchsbäume in Form von Kegeln und Kugeln. Sie bildeten geometrische Kontrapunkte zu den üppig blühenden Rosen. Ein romantischer Garten voller Anmut, würde da nicht das Loch im Rasen klaffen, das ein Badeteich werden sollte. Stefan Schäfer war vorangekommen, die Grube war schon einen halben Meter tief. Die Schubkarre stand verlassen am Rand, Hacke und Schaufel lehnten daran.

Marlis Schäfer kehrte zurück und reichte ihm ein beschlagenes Glas. Eiswürfel und eine Zitronenscheibe schwammen im perlenden Wasser.

»Ihr Mann ist nicht da?«

Sie trank einen Schluck, bevor sie antwortete. »Ich habe ihn zum Arzt geschickt. Seit Tagen buddelt er an diesem verdammten Teich herum. Ohne Kopfbedeckung, ohne T-Shirt und heute auch ohne Sonnencreme. Er hat sich einen schlimmen Sonnenbrand geholt. Das muss behandelt werden.«

Sie zerfleischten sich nicht nur gegenseitig, wie seine Kollegin Ann-Kathrin gesagt hatte, Isas Eltern machten sich auch selbst fertig. Zumindest ihr Vater.

Dühnfort teilte Isas Mutter seine Überlegung mit, Sascha habe Isa schon vor seiner Freundschaftsanfrage bei Facebook gekannt und das Mobbing habe sich nicht zufällig daraus ergeben, sondern sei geplant gewesen.

»Das denkt Mika auch«, antwortete sie zu seiner Verblüffung. »Aber warum? Isa hat niemandem Anlass für so viel Hass gegeben.«

»Gab es wirklich keinen Streit, keine verletzten Gefühle? Hat Isa vielleicht einen Jungen zurückgewiesen?«

Marlis Schäfer schüttelte den Kopf. »Sie war auf der Suche nach Liebe. Deshalb ist sie ja auf Sascha hereingefallen. Er hat Türen eingerannt, die sperrangelweit offen standen. Ein paar schmeichelnde Worte, ein paar Einschleimereien, und dann hat er ihr auch noch vorgegaukelt, ein Fan von Beth Ditto zu sein und sie unheimlich sexy zu finden. So hat er Isa überhaupt erst dazu gebracht, ihm zu gestehen, dass sie keine Modellmaße hat. Natürlich hat sie sich in Sascha verliebt. Er fand sie toll und stand auf dicke Mädchen.«

Dühnfort fragte, woher sie diese Einzelheiten kannte, und erfuhr, dass Mika Isas Facebook-Account gehackt und Marlis die Zugangsdaten gegeben hatte. Doch in den Nachrichten, die Isa und Sascha dort getauscht hatten, fand sich kein Hinweis auf seine wahre Identität.

Dühnfort kam noch einmal auf sein Anliegen zurück. »Und Streit gab es wirklich mit niemandem? Das ist unter Jugendlichen eigentlich schwer vorstellbar. Es kommt leicht zu Missverständnissen und Eifersüchteleien. In diesem Alter wird alles tragischer genommen, wiegt schwerer. Sascha muss einen Grund gehabt haben, sich an Isa zu rächen.«

Marlis Schäfer fuhr sich mit der Hand über die Stirn. »Das Einzige, das mir einfällt, ist ein Streit mit Mika. Die beiden haben sich aber schnell wieder versöhnt.«

»Worum ging es dabei?«

»Um die Schule. Isa hatte Mika gebeten, ihr bei einem Französischaufsatz zu helfen. Mika hatte keine Zeit. Isa hat ihr das ziemlich übelgenommen. Sie fühlte sich im Stich gelassen. Deshalb hat sie ein Handyvideo von Mika bei YouTube hochgeladen. Es gab Streit und Tränen. Doch die beiden haben sich ausgesprochen. Und Isa hat das Video gelöscht. Alles war wieder in Butter.«

»Was für ein Video war das?«

»Isa hat es auf einer Party aufgenommen. Mika hatte mehr getrunken, als gut war, und hat ziemlich übermütig ihr T-Shirt gelüpft und ihren Busen gezeigt. Es war ihr natürlich schrecklich peinlich, dass jeder im Internet diesen Ausrutscher sehen konnte.«

Schrecklich peinlich! Isas Mutter war gut. Derart an den Pranger gestellt zu werden, war nicht nur in diesem Alter demütigend. Aber in diesem Alter in besonderem Maß. Kein Wunder, dass Mika und Isa sich darüber zerstritten hatten. Doch sie hatten sich auch umgehend wieder versöhnt. Kein Grund für einen Rachefeldzug.

Dühnfort hörte die Haustür schlagen. Kurz darauf kam Stefan Schäfer auf die Terrasse. Groß, schlank, klare Konturen. Ein Mann, der im Unternehmen eine Verantwortung innehatte, die man ihm auch ansah. Statt Businessanzug trug er allerdings Bermudashorts, Poloshirt und an beiden Händen Verbände. Sicher Blasen von der Arbeit am Badeteich. Das Gesicht war vom Sonnenbrand gerötet, ebenso die Arme.

Dühnfort stellte sich vor und erläuterte den Grund seines Besuchs, während Marlis Schäfer ihrem Mann ein Glas Wasser holte.

Isas Vater verstand, worum es ging, bevor Dühnfort am entscheidenden Punkt angelangt war. In diesem Moment kehrte seine Frau zurück.

»Sie nehmen also an, dass Daniel wusste, wer Sascha ist, und deshalb erschossen wurde«, beendete Isas Vater Dühnforts Überlegung. »Reichlich abstruse These, denn was hätte Sascha schon zu verlieren, wenn er auffliegt? Nichts, was einen Mord rechtfertigen würde.«

Spannende Frage, dachte Dühnfort. Wir werden es erfahren, wenn wir wissen, wer Sascha ist.

»Was?« Fassungslos sah Marlis Schäfer von ihrem Mann zu Dühnfort und strich sich die weißblonden Haare straff aus dem Gesicht. »Das kann nicht sein. Daniel hätte das nicht für sich behalten. Er hätte uns das gesagt.«

»Es ist eine Theorie, der wir nachgehen.« Dühnfort legte die Karten auf den Tisch. »Beweise dafür haben wir nicht. Deshalb benötigen wir Ihre Unterstützung. Da wir keinen Anfangsverdacht gegen Sascha begründen können, werden wir vom Untersuchungsrichter keinen Beschluss zur Herausgabe von Saschas Facebook-Daten erhalten.«

»Willkommen im Club. Damit ist meine Frau bei der Polizei auch abgeblitzt.«

»Ich habe mit unserem Staatsanwalt gesprochen. Er will Sie in dieser Angelegenheit unterstützen. Mit seiner Hilfe werden Sie erfahren, wer Sascha ist, und ...«

»Und Sie auch«, unterbrach Stefan Schäfer. »Wenn ich Sie richtig verstehe, bekommen Sie keinen Beschluss, weil Sie gegen Sascha nichts in der Hand haben. Und nun sollen wir das für Sie richten. Wirklich nicht. Wie ...«

»Wollen Sie denn nicht wissen, wer Sascha ist?«, unterbrach Dühnfort nun seinerseits Isas Vater.

Rumpelnd schob er den Stuhl zurück und stand auf. »Nicht Sascha ist für Isas Tod verantwortlich.« Bevor er die Terrasse verließ, warf er seiner Frau einen Blick zu, der Dühnfort frösteln ließ. So viel Verachtung hatte er selten gesehen.

Der Hieb ihres Mannes traf sie. Marlis Schäfers Schultern sanken herab, als würde der Körper gleich folgen und sie einfach unter den Tisch gleiten. Dieser Eindruck von Schwäche dauerte jedoch nur einen Augenblick. Sie fuhr sich mit den Händen übers Gesicht und atmete durch, dann hatte sie sich wieder gefangen.

Er wartete noch einen Moment und fragte schließlich, ob er mit ihrer Unterstützung rechnen könnte.

»Lassen Sie mich eine Nacht darüber schlafen. Ja?«

Er verstand. Sie wollte sich nicht gegen ihren Mann stellen, nicht auch noch ihn verlieren.

»Wissen Sie, das ist seltsam. Monatelang habe ich versucht herauszufinden, wer Sascha ist, und bin nur gegen Mauern und in Sackgassen gerannt, bis ich nicht mehr konnte und mich entschlossen habe aufzugeben, nach vorne zu blicken und zu versuchen, aus Isas sinnlosem Tod irgendetwas Positives zu ziehen. Und sei es nur, dass ich an Schulen Vorträge halte. Und ausgerechnet jetzt, wo ich damit abgeschlossen habe, kommt erst Mika mit den Login-Daten von Isas Facebook-Account und dann Sie mit Ihrem Angebot.«

Wieder strich sie sich das Haar mit beiden Händen aus dem Gesicht, und einen Moment erschien es ihm, als ob sie kurz davor war, in Tränen auszubrechen.

44

Sie starrte in den Garten. Sollten die Buchsbäume doch aussehen wie stachelige Igel, sollten die Rosen doch die welken Blütenblätter fallen lassen und im Rasen der Löwenzahn sprießen. War es nicht egal, egal, egal, völlig gleichgültig? Sollten die Nachbarn doch denken, was sie wollten. Sollte Stefan doch glauben, was er wollte.

Gleichgültig, was sie tat, sie fand ihre innere Ruhe nicht, würde sie nie wieder finden. Das hatte sie endlich erkannt. *Meine Ruh ist hin, mein Herz ist schwer; ich finde sie nimmer und nimmermehr.* Diese Zeilen aus Goethes *Faust* schienen wie für sie geschrieben.

Stefan gab ihr die Schuld. Warum? Sie verstand es einfach nicht. Streit wegen Isas schulischer Leistungen hatte es spätestens seit der fünften Klasse gegeben, seit dem Übertritt aufs Gymnasium. Das war nichts Neues. Ihre Noten hätten wesentlich besser sein können, wenn sie nicht so faul gewesen wäre. Sie war so klug, so intelligent, hatte Zusammenhänge schnell erkannt und schon früh abstrahierend gedacht, doch ihr fehlten Disziplin und Fleiß, um aus diesen Gaben etwas zu machen.

Was einmal aus ihr wurde, hing nun mal von der Bildung ab. Als Mutter trug Marlis die Verantwortung dafür, ihr Kind zum Lernen zu ermahnen. Stefan hatte sich ja immer herausgehalten. Wenn er abends endlich von der Arbeit kam, wollte er sich nicht mit derartigen Problemen belasten. *Isa wird ihren Weg schon finden. Bei manchen platzt der Knoten früher, bei anderen später.* Immer hatte er es sich bequem gemacht, die Erziehung komplett ihr aufgehalst, so als ob ihre

Arbeit beim Kulturreferat nichts zählte, nichts wert war, im Vergleich zu seiner. Und nun gab er ihr die Schuld. War ja auch einfacher so. Bei ihr konnte er seinen Zorn, seine kaum unterdrückte Wut abladen. Sie konnte er anklagen und bestrafen. Denn sie war schließlich da. Stand Tag für Tag vor ihm, putzte den Dreck weg, wusch seine Unterhosen, kochte für ihn, bettelte um ein Zeichen von Liebe, und er benutzte sie als Sündenbock, anstatt nach Sascha zu suchen, so wie sie es getan hatte. Niemals hätte Isa sich wegen eines Streits um Noten umgebracht. Und das wusste Stefan!

Mein armer Kopf ist mir verrückt, mein armer Sinn ist mir zerstückt. Sie erhob sich und stellte die Gläser auf das Tablett. Das Leben musste weitergehen. Irgendwie. Auch wenn sie nicht wusste, wie.

Als sie das Tablett ins Haus tragen wollte, kehrte Stefan in den Garten zurück. Er hatte sich umgezogen und trug die Arbeitsschuhe, die kurze Arbeitshose und sonst nichts. Auf Schultern und Rücken klebten Verbände, mit denen der Arzt die Blasen versorgt hatte. Ein kühles Lächeln traf sie. Er griff nach der Schaufel. *Sein hoher Gang, seine edle Gestalt, seines Mundes Lächeln, seiner Augen Gewalt.*

Eine nie gekannte Wut kochte plötzlich in Marlis hoch. Gut, sollte er doch weiter den Märtyrer mimen! Sollte er sich die Haut vom Leib brennen lassen und das Fleisch von den Händen fetzen. Von ihr aus konnte er dieses Scheißloch buddeln, so tief er wollte, am besten bis zum Mittelpunkt der Erde, bis er auf glühendes Magma stieß. Von ihr aus konnte er sich hineinstürzen. Sollte er doch samt seiner stummen Anklage in Sekundenbruchteilen verdampfen. Plötzlich hasste sie ihn aus tiefstem Herzen.

45

Von Mikas Mutter erfuhr Dühnfort, dass Mika zum Friedhof wollte, an Isas Grab. Sie beschrieb ihm, wo es zu finden war. Kurz darauf ging er über kiesige Wege, vorbei an Hecken, welche die Gräberfelder trennten. Weiter hinten, am Rande des Areals, entdeckte er Mika. Sie saß im Schatten eines Baums im Gras und schien sich mit jemandem zu unterhalten. Doch sie war allein. Sie sprach mit ihrer besten Freundin. Dühnfort wusste nicht, ob das gut war. Mika schien sich mehr den Toten zuzuwenden als den Lebenden.

Sie bemerkte sein Kommen und verstummte.

»Störe ich?«

»Wenn ich jetzt ehrlich bin und *ja* sage, gehen Sie dann wieder?« Wie sie aufstand, das wirkte beinahe schwerelos. Mit der Hand wischte sie Gras und Blätter vom Kleid und strich die Haare über die Schulter. Ihre Körpersprache stand im Gegensatz zu ihren Worten, also lächelte er. »Es dauert nicht lange. Es geht um Sascha.«

»Um Sascha?«

Zum dritten Mal an diesem Tag erklärte er seine Vermutung, Daniel habe gewusst, wer sich hinter Sascha verbarg. Mika fiel aus allen Wolken. »Never. Das können Sie vergessen. Wenn er auch nur eine Idee gehabt hätte, dann hätte er mir das gesagt.« Dühnfort war sich da nicht so sicher. Falls Daniel eine Erpressung geplant hatte, war es klüger gewesen, dieses Wissen für sich zu behalten.

Seine Einschätzung, dass Sascha sich an Isa rächen wollte und die Mobbingaktion geplant war, teilte Mika allerdings sofort. Sie war zum selben Schluss gekommen und erzählte, wie sie Isas Facebook-Account gehackt hatte. Sie nannte ihm die Zugangsdaten, die er sich notierte. So konnte er selbst lesen, was dort vorgegangen war, denn die persönlichen Nachrichten, die Isa mit Sascha getauscht hatte, waren nicht gelöscht, nur die meisten der bösartigen Kommentare. Sascha war seit Isas Tod nicht mehr auf Facebook aktiv gewesen. »Ziel erreicht und abgetaucht«, sagte Mika bitter.

Ein Gefühl von Widerstand regte sich in Dühnfort. Diese Reaktion konnte auch einen anderen Grund haben. »Vielleicht wollte er Isa nur bloßstellen und hat sich daran geweidet, wie sich alle über sie lustig machten, Häme und Schadenfreude über ihr auskippten und ihm so Befriedigung verschafften und sein Rachebedürfnis stillten. Vielleicht hat er keinen Gedanken daran verschwendet, wie sehr Isa verletzt wurde, wie sie darauf reagieren würde und dass sie eine derart radikale Konsequenz zog und nicht mehr leben wollte. Dann wäre sein Abtauchen ein Zeichen von Entsetzen und Scham darüber, was er angerichtet hat.«

»Sie meinen, Isa ist tot, weil einer ganz egoistisch sich selbst und seine verletzten Gefühle zum Mittelpunkt des Universums erklärt hat?«

»Es erscheint mir glaubhafter als die andere Möglichkeit. Die würde nämlich bedeuten, dass er Isa absichtlich in den Tod getrieben hat.« Und das wollte Dühnfort sich lieber nicht vorstellen. Obwohl er es natürlich nicht ausschließen konnte. »Sascha muss Isa gehasst haben. Hatte Isa mit jemandem Streit, oder hat sie die Gefühle eines anderen verletzt? Vielleicht die eines Jungen, den sie zurückgewiesen hat. Oder die eines Mädchens, durch eine Beschimpfung oder vielleicht auch nur durch eine unbedachte Äußerung im Zank.«

»Darüber haben wir uns auch schon den Kopf zerbrochen.«

»Wir?«

»Lukas und ich. Isa hatte keinen Streit, außer mit mir, Anfang des Jahres. Das war schon heftig, aber wir haben uns schnell wieder versöhnt. Lukas hat das eingefädelt. Das war so lieb von ihm.« Plötzlich standen Mika die Tränen in den Augen. »Ich bin so froh, dass wir das beigelegt haben ... dass das jetzt nicht zwischen uns steht.«

»Es ging um das Video, oder? Isas Mutter hat mir davon erzählt.«

»O Gott. Das war so was von peinlich. Ich bin bloß froh, dass meine Eltern das nicht gesehen haben.« Trotz der glänzenden Augen huschte ein verlegenes Lächeln über ihr Gesicht.

»Wie kam es dazu?«

»Sie meinen, dass ich so betrunken war?«

Wie es dazu gekommen war, dass Mika die Hemmungen verlor und *ihr T-Shirt lüpfte*, wie Marlis Schäfer das genannt hatte, das konnte er sich sehr gut vorstellen. »Mich interessiert der Streit zwischen Isa und Ihnen. Er muss schlimm gewesen sein. Ich kann mir nicht vorstellen, dass es nur um verweigerte Hilfe bei einem Französisch-Aufsatz ging.«

»Hat Marlis das gesagt?«

»Stimmt es nicht?«

»Es ging nicht um *Hilfe* bei einem Aufsatz.« Mika schüttelte den Kopf. »Isa war in Französisch grottenschlecht. Sie hätte das Fach besser ablegen sollen. Dass wir beide auf eine Privatschule gingen, wissen Sie?«

Nein, das wusste Dühnfort nicht. Er war aber gespannt, was kommen würde.

»Isas Vater spendet immer ordentlich, wenn für irgendetwas Geld gebraucht wird. Instrumente, Kostüme für die Theatergruppe und so. Deshalb war die Schulleitung immer geneigt, Isa eine kleine Sonderbehandlung zukommen zu lassen. Als sich im Januar abzeichnete, dass sie wegen Französösisch gar nicht erst zum Abi zugelassen würde, hat Marlis mit dem Rektor geredet, und schwupps durfte die ganze Klasse einen Aufsatz als Hausarbeit schreiben, der benotet wurde. Eine Chance für Isa, die entscheidenden Punkte zu ergattern, und für alle anderen zusätzliche Arbeit. Sie wollte, dass ich diesen Aufsatz für sie schreibe. Ich hatte keine Zeit. Ich musste mich ja auch aufs Abi vorbereiten. Ich wollte ihr helfen, das Ding aber nicht komplett schreiben. Das wäre sowieso aufgeflogen. Sie war stinksauer und hat mir vorgeworfen, sie hängenzulassen und dass ich mich sowieso immer als Bessere fühle und sie jetzt absichtlich reinrasseln lassen würde, damit ich mich weiter überlegen fühlen kann. Und so weiter und so weiter. Sie hat sich da echt hineingesteigert. Wenn sie schwarzgesehen hat, dann gleich richtig rabenschwarz. Wenn sie sauer auf jemanden war, dann stinksauer, und das musste dann irgendwo raus. In meinem Fall war es das Handyvideo. Und damit ist sie echt zu weit gegangen. Normalerweise habe ich ihr schnell verziehen. Sie war nämlich total lieb und lustig, eigentlich konnte ich nie lange auf sie böse sein. Doch diesmal war es anders. Mehr als zwei Wochen lang herrschte Funkstille. Lukas hat uns dann beide zu einem Fest bei seiner Cousine eingeladen, ohne dass wir wussten, dass die andere auch kommt, sonst wäre nämlich keine von uns mitgegangen. Und da haben wir uns dann ausgesprochen und sind uns heulend in die Arme gefallen.«

Mika und Isa hatten sich wieder versöhnt, das peinliche Video war gelöscht worden. Kein Grund für eine Mobbingattacke.

Dühnfort verabschiedete sich, ließ Mika am Grab ihrer Freundin allein und fuhr zurück.

Während seiner Schulzeit hatte es natürlich auch Streit unter Freunden gegeben. Man stritt sich, man verletzte sich, meistens verbal, manchmal körperlich, und wenn alles gutging und die Freundschaft das aushielt, dann versöhnte man sich wieder. Genau wie heute. Doch zu seiner Zeit war das im kleinen Kreis geschehen, unter den Augen der Klassenkameraden und Freunde, manchmal auch im Blickpunkt der Familie, doch nie in der breiten Öffentlichkeit.

Facebook und YouTube waren zum Pranger geworden, an den jeder jeden stellen konnte, ganz willkürlich, und nicht das Dorf sah zu, sondern die ganze Welt.

46

»Das würde ich nicht tun. Oder wenigstens mit unterdrückter Nummer. Was versprichst du dir überhaupt davon?«

Nach dem Gespräch mit Dühnfort war Mika in die Stadt gefahren, um sich mit Lukas zu treffen. Nun saß sie neben ihm auf der Sandbank der Praterinsel, gleich hinter dem Alpinen Museum, und hielt die Füße ins Wasser. Es war einer ihrer Lieblingsplätze in der Stadt.

»Ich weiß auch nicht.« Unschlüssig blickte sie auf das Handydisplay. Heute Morgen hatte sie einfach die Nummer des letzten Anrufers in Phillips Handy gesucht und per Bluetooth an ihres geschickt. Und nun wusste sie nicht, was sie damit machen sollte.

»Ich bin mir sicher, dass Phillip gemeinsam mit Daniel in dieser Ecstasysache drinhängt. Er weiß, von wem Daniel das Zeug bekommen hat. Und der hat heute angerufen. Phillip hat ihn deswegen angeraunzt, ob er total bescheuert sei.«

»Und vielleicht ist das Daniels Mörder. Du solltest die Finger davon lassen. Wer weiß, was du ins Rollen bringst und dann vielleicht nicht mehr stoppen kannst. Wenn du was unternehmen willst, dann gib die Nummer der Polizei.«

»Ich hänge doch Phillip nicht hin. Er ist zwar ein Idiot, aber er ist mein Bruder. Außerdem habe ich nur eine Vermutung. Ich würde gerne wissen, ob er mit Daniel gemeinsame Sache gemacht hat.«

»Das verstehe ich nicht. Warum willst du das denn wissen?«

Mika musste schlucken. Ein Klumpen saß in ihrem Hals.

»Weil *er* dann schuld wäre. Und nicht ich. Nicht wegen Gucci und Prada. Verstehst du?«

Lukas legte den Arm um sie und zog sie an sich. »Ja, klar. Will Phil dir das einreden, dass du schuld bist? Daniel wusste, was er tat. Das hat nichts mit dir zu tun. Eher damit, dass er sich unterlegen gefühlt hat, also mit seinem Selbstbewusstsein. Nicht mit dir.«

Lukas' Worte taten gut. Dennoch flüsterte ein kleines Racheteufelchen in ihrem Ohr. *Ruf an, finde raus, ob Phil was damit zu tun hat, und reibe es ihm unter die Nase.*

»Also ich rufe jetzt einfach an.« Sie betätigte die Wahltaste. Lukas riss ihr das Handy aus der Hand und drückte auf *Beenden.* »Spinnst du? Er kann deine Nummer sehen, und dann findet er heraus, wer du bist. Wenn du schon mit dem Kerl reden willst, dann solltest du ein anderes Handy benutzen und einen Plan haben, was du sagen willst.«

»Na, dass ich die Nummer von Phillip habe und bei ihm X kaufen will, meine Quelle ist versiegt, seit Daniel tot ist.«

»Du hast ja ein Rad ab. Du willst dich doch nicht mit dem treffen?«

»Nein, das war es dann schon. Wenn er darauf eingeht, ist klar, dass Phillip mitmischt. Das ist alles, was ich wissen will.«

Widerwillig stimmte Lukas zu. Er nahm sein Handy und stellte die Rufnummernunterdrückung ein. Mika machte das auf ihrem Handy ebenso. Sie riefen sich gegenseitig an. Keiner sah die Nummer des anderen. Es sollte also klappen. Dennoch gab Lukas Mika sein Handy. »Ist sicherer so.«

Mit klopfendem Herzen wählte Mika die Nummer.

»Christian von Oesner, Antiquitäten. Guten Tag.«

Antiquitäten? Was sollte das denn? »Oh. Entschuldigung«, stammelte Mika. »Da habe ich mich wohl verwählt.«

»Wen wollten Sie denn sprechen?« Die Stimme des Mannes klang jung.

»Meinen Freund. Sorry, habe mich vertippt.« Mika legte auf und sah Lukas ratlos an. »Ein Antiquitätenhändler. Was hat Phillip mit Antiquitäten zu tun?«

»Ist doch egal. Jetzt weißt du, dass er nicht in Daniels Geschäfte verwickelt ist, und jetzt lass es gut sein.«

Ratlos umfing sie mit den Armen die Knie und blickte ins Wasser. Weiter hinten schoss es über die Staustufen unter der Maximiliansbrücke. Bis es die Praterinsel erreichte, wurde aus dem donnernden Getöse ein stetes, besänftigendes Rauschen. Irgendwann tat Mika es Lukas gleich und streckte sich im Sand aus. Ein paar Vögel zogen über den blauen Himmel. Antiquitäten? Sie nahm ihr Handy und wollte den Laden googeln. Doch sie ließ es bleiben. Sie hatte sich geirrt. Vielleicht war dieser Christian einfach nur ein Freund. Doch warum war es bescheuert von ihm, Phillip anzurufen? War das mit den Antiquitäten ein Trick, eine Art Losung? Vielleicht musste man ein Codewort verwenden, um an X zu gelangen. Doch sie kannte das Schlüsselwort nicht.

Irgendwann kamen sie wieder auf Isa zu sprechen und auf Sascha. Mika erzählte Lukas von der Vermutung der Polizei, Daniel habe gewusst, wer Sascha war. »Dühnfort wollte wissen, wer Isa derart hasste, dass er sie in den Tod treiben wollte, und …«

»Vielleicht wollte er das ja gar nicht.«

Ungläubig sah Mika zu Lukas. Er hatte die Fingernägel von Daumen und Mittelfinger ineinander verhakt, starrte darauf und schnippte damit. »Woher willst du wissen, dass er wollte, dass sie sich umbringt?«

47

Schon die zweite Nacht, die er sich wegen dieses verwöhnten Bengels um die Ohren schlug. Erst zum Japaner. Sushi take away. Dann an den Isar-Strand, ein wenig Party machen. Der Isar-Strand war für Alois neu. Ihm gefiel diese mobile Eventlocation. Eine Theke auf einer Wiese in den Isarauen, an der man sich Getränke holen konnte. Die Gäste lagerten auf Decken und Kissen im Gras oder in Hängematten, die zwischen den Bäumen schaukelten. Fackeln und Kerzen spendeten Licht. In einer Sommernacht wie dieser der richtige Ort zum Chillen, zum Flirten und um abzuwarten, was sich ergab. Bei Regen allerdings ein wenig profitables Geschäftsmodell.

Alois holte sich ein Bier, setzte sich abseits ins Halbdunkel auf einen angeschwemmten Baumstamm und beobachtete Phillip, den zwei Mädchen erwarteten. Es wurde geredet, gelacht, getrunken. Alois fiel auf, dass Phillip recht häufig sein Handy herauszog und nachsah, ob eine SMS eingegangen war. Eine Stunde später war es so weit. Er verabschiedete sich von den beiden Schönheiten. Alois ging schon mal voraus und saß bereits in seinem Mini, als Phillip den Parkplatz erreichte und sich in sein Cabrio schwang.

Die Fahrt ging durch die Stadt auf die Autobahn Richtung Nürnberg. Am Nordkreuz bog Phillip auf die A99 ab. Es war kurz vor eins, der Verkehr mäßig. Alois hielt ausreichend Abstand. Bei Oberschleißheim verließen sie die Autobahn und bogen in eine schmale Straße ein, die am Waldrand entlang und an Äckern und Wiesen vorbeiführte. Alois ging vom Gas und schaltete das Licht aus. Die Nacht war mondhell, der graue Asphalt lag wie ein Band vor ihm. Die Rücklichter des

Cabrios entfernten sich. Als der Abstand ausreichend war, gab Alois wieder Gas. Eine gottverlassene Gegend. Das Navi zeigte den alten Flugplatz von Oberschleißheim nördlich der Straße an. Sie schlängelte sich am Saum des Waldes entlang und machte dann eine scharfe Kurve nach Norden. Sie näherten sich der ehemaligen Flugwerft, in der die Luftfahrtsammlung des Deutschen Museums untergebracht war. Kurz vor Weihnachten hatte Alois sie mit Simon besucht.

Bei dem Gedanken an Simon poppte prompt die Sorge um seinen Sohn auf. Evi hatte sich seit Stunden nicht gemeldet. Er fragte sich, wie sie es schaffte, erst ihren Job zu erledigen und dann Simon im Krankenhaus zu betreuen. Sie konnte seit Tagen nicht in ihrer Wohnung gewesen sein. Bis auf das eine Mal, als er bei Simon übernachtet hatte, hatte sie nicht in ihrem Bett geschlafen. Plötzlich schämte er sich. Er sollte Evi besser unterstützen.

Rechter Hand trennten sich allmählich die Silhouetten der alten Hangars vom Nachthimmel. Phillip bog links ab. Die Lichter erloschen. Alois ließ den Mini in einen Seitenweg rollen, zog sein iPhone hervor und schaute bei Google Maps nach, was sich vor ihm in der Dunkelheit verbarg. Sah aus wie eine Kiesgrube. Am Rand standen einige Gebäude. Es würde ihn nicht wundern, wenn es noch alte Schuppen aus dem Zweiten Weltkrieg waren.

Lautlos stieg er aus. Seine Augen gewöhnten sich schnell an die Lichtverhältnisse. Bis auf das leise Brausen der Autobahn, das der Wind herübertrug, war es still. Alois umging die Kiesgrube und näherte sich den Gebäuden von Westen. Es waren tatsächlich alte Baracken. Fünf flache Bauten duckten sich ins Gelände. Ein metallisches Quietschen hallte durch die Nacht. Ein Licht flammte in der Baracke auf, der Alois am nächsten war, fiel durch Tür und Fenster und beleuchtete löchrigen Asphalt. Das Gebrumm eines Motors wurde lauter. Alois zog sich in den Nachtschatten eines Kieshaufens zurück. Ein Lieferwagen näherte sich und stoppte zwanzig Meter vom Cabrio entfernt. Weiß, wie Alois mit Bedauern feststellte. Der Schriftzug einer Autovermietung prangte auf der Seite. Der Motor erstarb. Ein Mann stieg aus und ging ins Gebäude. Stimmen drangen heraus. Alois näherte sich und riskierte einen Blick durchs Fenster.

Seine Hand schoss hoch, umfasste einen nicht vorhandenen Griff und riss ihn herunter. Yeah! Das hatte sich gelohnt. Was da auf Arbeitsflächen und in Regalen stand, sah ganz nach Labor aus. Plastikkanister, Glaskolben, Gaskartuschen, Bunsenbrenner, Stative, ein Gerät, das Alois an die Miniaturausgabe der ersten Mondfähre erinnerte, Trichter, Messbecher, Waage und einiges mehr.

Innen, in der Nähe der Tür, parkte ein uralter schwarzer Golf. An dem lehnte Phillip und unterhielt sich mit dem Fahrer des Lieferwagens. Ein junger Kerl, groß, schlank, dunkle Haare. Er sah aus wie Karl-Theodor zu Guttenberg in Amt und Würden. Allerdings im Freizeitdress. Jeans und Shirt. Fliegeruhr am Handgelenk. Alois hielt Ausschau nach dem Ring und entdeckte ihn am Ringfinger der linken Hand. Das also war der Siegelringträger, mit dem Daniel im Van Gogh gesehen worden war. Ein ebenso verzogenes Bürschchen wie dieser Phillip. Darauf wettete Alois seine zwiefach genähten Budapester, die ihn ein halbes Monatsgehalt gekostet hatten.

»Das kann nur Mika gewesen sein. Die doofe Nuss. Sie muss deine Nummer aus meinem Handy haben. Schon mal was von Rufnummerunterdrückung gehört?« Das war Phillip.

»Bisher war das nicht nötig. Bisher hat unser System reibungslos funktioniert. Und nun knirscht Sand im Getriebe. Wir beenden das jetzt, bevor wir auffliegen.«

»Mika rennt nicht zur Polizei. Womit auch? Mit deiner

Handynummer? Und wenn? Das ist doch kein Beweis. Es wäre besser, das Geschäft eine Weile einschlafen zu lassen und abzuwarten, bis sich alles wieder beruhigt hat. Komm, Chris, wir haben hier jede Menge Arbeit investiert, und das Geschäft läuft gut.«

»Lief gut. Jetzt ist es absolut tot, und die Käsköpfe holen sich unser Stück vom Kuchen. Wir sind raus. Ich riskiere kein Ticket für Stadelheim. Also raus mit dem Krempel. Und dann fackeln wir das hier ab.« Chris steuerte auf den Ausgang zu. Alois verzog sich wieder in den Schatten.

»Lass uns wenigstens noch ein paar Tage abwarten.« Phillip folgte seinem Kumpel.

Auf dem Absatz wirbelte Chris herum. »Damit du es weißt«, sein ausgestreckter Finger zielte auf Phillip wie ein Pistolenlauf. »Kein Dornröschenschlaf mehr. Es hat sich ausgeschlafen. Ich habe bei Daniel schon auf dich gehört. Vergiss es.«

»Okay. Sie haben es gefunden. Ist doch egal. Was sagt das denn schon? Dass Daniel gedealt hat. Mehr nicht. Lass uns abwarten.«

Ein Stöhnen hallte durch die Nacht. »Warst du schon immer so blöd, oder hast du zu viel von dem Zeug eingeworfen! Wir fackeln das jetzt ab und Ende. Pack mit an.«

Phillip kam aus der Baracke und folgte Chris zum Lieferwagen. Ein Rumpeln erklang von der Ladefläche.

Bis die Kanister in der Halle waren, wollte Alois nicht abwarten. Er zog erst die Handschellen vom Hosenbund, dann die Heckler und Koch aus dem Holster und entsicherte sie. Sicher war sicher. Er wollte nicht riskieren, dass hier eine andere Waffe als seine ins Spiel kam. Im Schutz der Dunkelheit näherte er sich bis auf ein paar Meter. Chris war im Fahrzeug. Phillip nahm einen Kanister in Empfang.

»Polizei. Keine Bewegung.«

Die beiden fuhren herum, starrten ihn an. Phillip ließ den Kanister fallen. Jeder Muskel an ihm spannte sich. »Stehen bleiben!«, brüllte Alois ihn an. »Und du kommst da raus.« Das galt dem Guttenbergverschnitt, der zögernd der Aufforderung folgte. Alois legte ihm eine Handschelle an. Die andere Hälfte war für Phillip bestimmt. Doch der gab plötzlich Gas. »Hiergeblieben!« Alois knallte die Handschelle um einen Holm, ließ sie einrasten, schob die Waffe in den Bund, hechtete diesem verzogenen Fratz hinterher und erwischte ihn zwei Meter vor dem Cabrio am T-Shirt. Phillip versuchte, sich loszureißen, verlor das Gleichgewicht und ging zu Boden. Stöhnend blieb er liegen, rieb sich die Rippen. »Das gibt eine Anzeige. Körperverletzung im Amt! Ihren Job sind Sie so gut wie los.«

48

Stefan wälzte sich schnarchend auf die andere Seite, während sie neben ihm lag und kein Auge zutat. Die Wut ließ einfach nicht nach. Sie war nicht nur kurz aufgeflackert und dann ebenso schnell erloschen, wie sie sich am Nachmittag entzündet hatte. Sie entwickelte sich zum Großbrand. Meterhohe Flammen loderten in ihr. Jeder Gedanke an Stefan fachte das Feuer weiter an. Ein Feuer, das im Verborgenen wütete. Warum eigentlich? Warum schleuderte sie ihm ihre Vorwürfe und ihre Verachtung nicht entgegen? Warum funktionierte sie weiter? Weiter, bis sie explodieren würde. Oder implodieren.

Irgendwann hatte der leidende heilige Stefan dann doch ein T-Shirt angezogen. Gut. Es würde keine Verbrennungen zweiten Grades geben. Den Notarzt würde sie also nicht rufen müssen. Gegen sechs richtete sie das Abendessen auf der Terrasse. Aufschnitt. Käse. Tomaten. Radieschen. Holzofenbrot. Verschwitzt und in Arbeitshosen setzte sich die nach Schweiß stinkende Leidensgestalt an den Tisch. Nicht einmal das bisschen an Rücksichtnahme war sie also noch wert. Die Verbände an den Händen waren weggefetzt, blutiges rohes Fleisch, dreckige Wundränder. Anklagend hielt ihr der Märtyrer seine Male entgegen. Er würde sich eine Blutvergiftung einfangen. Wortlos stand sie auf, holte, was sie brauchte, aus dem Bad. Schweigend ließ er sich die Wunden säubern.

Am liebsten hätte sie Salz hineingerieben.

Ihre Hände waren starr vor unterdrückter Wut.

Sie brachte keinen Bissen hinunter. Wenn sie den Mund aufmachte, würden Flammen aus ihrem Rachen lodern.

Kurz vor zehn war er zu Bett gegangen. Vorher hatte er eine Flasche Rotwein geleert. Danach schlief er immer sofort ein.

Schon nach eins. Sie konnte nicht schlafen. Nicht mit all der Wut, die sie ganz unruhig machte. Jede Pore ihrer Haut stand unter Strom. Ihr Körper vibrierte, jede seiner Zellen schwang, rieb sich an anderen, erzeugte elektrische Hitze und noch mehr Wut und trieb sie aus dem Bett.

Sie streifte durchs Haus. Alles war ordentlich und sauber. Sogar die Kachelfugen in Bad und WC waren gescheuert. Es gab nichts zu tun. Ein Fingerdapper auf dem Ceranfeld. Sie rieb ihn weg. Im Kühlschrank eine angebrochene Flasche Rotwein. Sie schenkte sich ein Glas voll und leerte es mit zwei Zügen.

Das Vibrieren blieb.

Meine Ruh ist hin, mein Herz ist schwer; ich finde sie nimmer und nimmermehr.

Die Flasche flog gegen die Wand. Ein Knall wie ein Schuss. Ein roter Scherbenregen. Einen Moment betrachtete sie die Rinnsale und Pfützen, bückte sich, sammelte die Splitter auf, trat in einen und beobachtete, wie sich Blut mit Wein vermischte.

Wie es wäre, wenn das nicht aufhörte? Wenn das Leben einfach aus ihr floss, so wie es aus Isa geflossen war.

Es tat nicht weh. Die Lache wurde nur langsam größer. Marlis setzte sich auf den Boden und zog die Scherbe aus dem Fuß. Nun lief das Blut schneller. Es sprudelte beinahe.

Meine Güte. Die Küche sah aus. Doch sie verspürte keine Lust zu putzen. Sollte Stefan doch die Sauerei morgen wegwischen.

Bei dem Gedanken an ihn schoss eine Stichflamme in ihr hoch. Sie sprang auf. Als ob Messer darin rührten, jagten Schmerzen durch ihre Ferse. Alles drehte sich. Kalter Schweiß brach ihr aus jeder einzelnen Pore. Sie griff nach dem Küchenstuhl, um Halt zu finden. Eine Welle Übelkeit schwappte hoch. Sie schluckte alles wieder runter. Warum schluckte sie und schluckte und schluckte und schluckte!

Die Küchentür ging auf. Das heilige Leiden kam herein.

»Marlis! Was ist denn …«

Er sprang zur Seite. Der Stuhl verfehlte ihn nur knapp. Krachend durchschlug er die Glasfüllung der Küchentür. Ein donnerndes Scherbengewitter.

Ausatmen. Hatte sie das getan?

Einatmen. Wow! Das fühlte sich gut an.

Das Vibrieren ließ nach.

Mit diesem scheiß Märtyrerblick sah er sie an. Wollte er mehr? Bitte! Konnte er haben! Sie griff sich die Obstschale. Schlecht gezielt. Sie zerschellte am Gefrierschrank.

»Marlis. Hör auf. Bitte!«

Wirklich nicht! Es fühlte sich zu gut an. Die Stabfilterkanne. Er ging nicht in Deckung. Sie traf ihn am Kopf. Die Haut unter der Augenbraue platzte. Blut lief ihm übers Gesicht. Noch mehr Scherben und Splitter. Sie watete in Blut. Mehr davon! Der Wasserkocher folgte. Das Stövchen. Ein Becher.

»Bitte! Hör auf!«

Das Weinglas!

Die Munition ging ihr aus. Sie riss den Kühlschrank auf. Die Ketchupflasche! Das Glas bittere Orangenmarmelade. Es traf ihn an der Brust. Er krümmte sich. Kam dennoch auf sie zu. Schritt für Schritt.

Die Butterdose!

»Bitte! Marlis!« Sie ignorierte die Verzweiflung in seiner Stimme.

Das Glas Oliven!

Grünes Pesto! Ein Farbkontrast zu all dem Blut. Sie griff nach der Pfeffermühle. Peugeot-Mahlwerk. Das würde auch diesen stummen Ankläger kleinkriegen. Sie traf ihn am Kinn. Platzwunde. Weißes Fleisch, dann schoss Blut hervor.

Er kam ihr zu nahe. Sie musste ihn sich vom Leib halten. Doch sie fand nichts mehr. Ihre Hände tasteten ins Leere.

Seine Arme schlossen sich um ihre Schultern wie Krallen. Sein Blut tropfte auf ihr von Blut und Wein verschmiertes T-Shirt. Er schüttelte sie. Sie wollte schreien. Doch es wurde nur ein Krächzen.

»Ich habe sie doch auch geliebt.« Er vergrub seinen Kopf in ihrer Halsbeuge. Warm fühlte sie sein Blut durch den dünnen Stoff dringen. »Sie fehlt mir so.«

Mir auch. Jede Sekunde des Tages. Jede in der Nacht. Mit jedem Atemholen fehlt sie mir und mit jedem Herzschlag.

»Morgens ist mein erster Gedanke bei ihr, und abends gilt ihr der letzte. Glaub mir. Bitte.«

Ein Staudamm brach, Wassermassen stürzten zu Tal, löschten das Feuer, spülten all den Hass fort. Sie schlang ihre Arme um ihn. In ihrer Ferse pulsierte der Schmerz. Klebrig-warme Feuchtigkeit umgab ihre Füße.

»Es tut mir leid. Ich weiß nicht, warum ich das getan habe. Ich weiß doch, dass es nicht deine Schuld ist. Du hast immer nur Isas Bestes gewollt. Ich will nicht auch noch dich verlieren. Das wäre mehr, als ich ertragen könnte. Sascha … Er ist verantwortlich. Das weiß ich doch.« Er hob ihr Kinn. »Alles ist gut. Jetzt ist alles wieder gut.«

Seine Augen. Es waren wieder dieselben, in die sie sich vor über zwanzig Jahren verliebt hatte. Ein blauer Sommerwind wohnte darin, der eine Verheißung von Herbst in sich trug. *Und seiner Rede Zauberfluss, sein Händedruck, und ach, sein Kuss!*

49

Auf dem Flur vor seinem Büro begegnete Dühnfort Alois.
»Du siehst so zufrieden aus.«

»Liegt wohl an unseren Gästen. Ich habe Phillip und seinen Kumpel festgenommen. Christian von Oesner. Die beiden haben ein nettes kleines Labor draußen in Oberschleißheim. Wallner vom Rauschgiftdezernat sieht sich das gerade an. Durchsuchungsbeschlüsse für die Privatwohnungen sind schon beantragt.«

Dühnfort fühlte sich überrumpelt. Weshalb hatte Alois ihn nicht darüber informiert? »Prima. Wie bist du darauf gekommen?« Dühnfort ahnte es.

»Ich habe mal geguckt, was er so treibt.«

»Ohne das mit mir abzustimmen?«

»So what? Du hättest nicht nein gesagt. Jetzt wissen wir, dass Phillip in Daniels Geschäften mitgemischt hat. Ich habe mich gestern und vorgestern ein wenig an seine Fersen geheftet. Nicht mehr als zwei Tage in Folge und weniger als vierundzwanzig Stunden durchgehend. Alles korrekt. Leyenfels hätte das nicht anordnen müssen.«

Aber ich hätte gerne Bescheid gewusst, hätte Dühnfort am liebsten geantwortet. Er verkniff es sich. Ob Alois es jemals schaffen würde, sich an Vorschriften zu halten, stand in den Sternen, wenn man ihn allerdings brauchte, war auf ihn Verlass. »Phillips Freund, was ist das für einer?«

»Christian Leopold Günther Maximilian Freiherr von Oesner. Verwöhnter Landadel. Chemiestudent im fünften Semester. Polizeilich bisher nicht in Erscheinung getreten. Vermutlich befindet sich bereits ein Geschwader Anwälte im Landeanflug, um den beiden zu raten, ja ihren Mund zu halten. Bevor es so weit ist, wollte ich es mal bei Phillip versuchen. Er wird gleich gebracht. Vernehmungsraum oder gemütlich im Büro? Was meinst du?«

»Falls er überhaupt redet, dann nur im Vernehmungsraum. Wie sieht es mit Weißen Mitsubishi aus?«

Bedauernd schüttelte Alois den Kopf. »Nicht in Oberschleißheim.«

»Und mit einer Waffe?«

»Hochwohlgeboren führte eine Walther PPK mit sich. Ordentlich angemeldet. Allerdings auf den Namen des Herrn Papa, was beiden nun Probleme bereiten dürfte.«

Bewaffnete Kinder aus gutem Haus. Was war hier los? »Wozu brauchte er die?«

»Darüber schweigt er sich noch aus.«

Die Waffe passte nicht zum Mord, und bisher gab es keine Weißen Mitsubishi. Sie mussten abwarten, was die Hausdurchsuchungen ergaben.

Weiter hinten öffnete sich die Lifttür. Zwei uniformierte Polizisten führten Phillip Eckel in ihrer Mitte. Dühnfort sah ihm die Nacht in der Zelle an. Er wirkte unsicher und verstört. Vielleicht war es genau der richtige Zeitpunkt, um mit ihm zu reden. Alois dachte offenbar dasselbe, seine Schultern sanken entspannt herab. »Schau'n wir mal.«

Während Phillip sich näherte, erklang aus dem Treppenhaus das Klackern von Absätzen in eiligen gesetzten Schritten. Energisch kam Saskia Eckel die letzten Stufen hoch und marschierte den Gang entlang. Den Kopf erhoben, die Brust gereckt. Einen Augenblick sah Dühnfort sie mit Lanze und Schwert vor sich. Hoch zu Pferd ritt sie in die Schlacht.

Heute trug sie das lange Haar streng aus dem Gesicht gekämmt, was den Eindruck von Durchsetzungsstärke betonte, genau wie der stahlgraue Hosenanzug.

Als Phillip seine Mutter entdeckte, ging mit ihm eine Veränderung vor. Das Kinn stieg ein wenig höher, die Haltung wurde gerader. Ein Lächeln huschte über sein Gesicht. Halb Erleichterung, halb schlechtes Gewissen. Der Zweiundzwanzigjährige mutierte zum Kind. Er war nicht länger allein. Mama würde es schon richten.

Alois warf Dühnfort einen Blick zu. *Lenke sie ab.*

Er wünschte Saskia Eckel einen guten Morgen und öffnete die Tür zu seinem Büro. Der Versuch, sie umzuleiten, blieb erfolglos. »*Gut* ist wohl das falsche Adjektiv.« Sie hatte ihren Sohn entdeckt, würdigte weder Dühnfort noch Alois eines weiteren Blicks und ging geradewegs auf Phillip zu.

»Wie blöd kann man nur sein!«, fauchte sie ihn an. Einen Moment lang sah es so aus, als würde sie ihm am liebsten eine Ohrfeige verpassen. »Ich schicke dir Dr. Bender, und solange hältst du den Mund. Ist das klar?«

Phillips Antwort beschränkte sich auf ein stummes Nicken.

»Und jetzt?«, fragte einer der Kollegen Alois.

Er breitete die Arme aus. »Bringt ihn wieder in die Zelle.«

»Heute Mittag bist du wieder daheim«, meinte Phillips Mutter noch und sah ihrem Sohn nach.

Schau'n wir mal. Dühnfort bezweifelte das. Ihr Blick strafte ihn mit Verachtung. *Wie kann man nur so blöd sein,* schien sie auch ihn fragen zu wollen. Wie selbstverständlich nahm sie an, dass ihr Sohn sich nichts hatte zuschulden kommen lassen, und falls doch, dann war er das bedauernswerte Opfer einer Manipulation, einer Verführung oder falsch verstandener Freundschaft. Wie auch immer. Sie würde eine Rechtfertigung für ihn finden.

Er ging in sein Büro und braute sich erst einmal einen Doppio. Falls Marlis Schäfer den Beschluss nicht beantragte, mussten sie Sascha auf anderem Weg ausfindig machen. Welche Möglichkeiten gab es? Wenn es um verletzte Gefühle unter Jugendlichen ging, dann sollte man mit den ehemaligen Schul- und Klassenkameraden von Isa reden. Doch das würde schwierig werden. Es waren Ferien, die Schule geschlossen und die Abiturienten in alle Winde verstreut. Einen Moment spielte er mit dem Gedanken, Marlis Schäfer anzurufen und zu fragen, ob sie und ihr Mann zu einer Entscheidung gekommen waren und das Angebot von Leyenfels annahmen. Doch er wollte sie nicht unter Druck setzen.

Kurz nach elf klopfte es. Zu Dühnforts Verwunderung trat Leyenfels ein. Es kam selten vor, dass der Staatsanwalt sich auf diese Etage des Präsidiums verirrte. »Kirsten nicht da?«

»Sie sucht den Lieferwagen. Kann ich helfen?«

»Die Schäfers waren heute früh bei mir.« Leyenfels blieb in der Mitte des Raums stehen. »Ich habe bereits mit dem zuständigen Richter gesprochen. Wir bekommen den Beschluss. Für Stalking hat Saschas Vorgehen zwar nicht gereicht, aber er hat Isabelles Persönlichkeitsrechte verletzt, das meint auch der Richter. Die Eltern haben das Recht, gegen ihn vorzugehen, und dafür muss Facebook Saschas Daten herausgeben. Nicht nur die personenbezogenen. Wir beantragen Einblick in die komplette Historie der Einträge. Auch der gelöschten, um den Beweis führen zu können. Das hätten sie früher haben können, wenn sie sich einen kompetenten Anwalt genommen hätten.«

Vermutlich war Stefan Schäfer dagegen gewesen. Dühnfort fragte sich, was bei Isas Vater wohl zu diesem Sinneswandel geführt hatte. »Gelöscht ist also nicht gleich gelöscht?«

»Die Internetriesen horten, was sie können. Der Beschluss muss noch ins Englische übersetzt werden. Facebook Europe sitzt in Irland, wir müssen ein Rechtshilfeersuchen stellen. Ich denke, das geht morgen raus, aber ich warne dich vor: Das kann dauern.« Leyenfels warf einen Blick auf die Pavoni. Sie war noch an.

»Magst du einen Espresso?«

»Warum eigentlich nicht?«

Dühnfort leerte den Siebträger und füllte ihn mit frischem Kaffeepulver. »Es würde mich wundern, wenn Sascha sich mit richtigem Namen bei Facebook angemeldet hat. Bekommen wir auch die Verbindungsdaten und die IP-Adressen?«

»Soweit vorhanden, ja.«

»Gut. Dann muss Meo ran. Wir werden Sascha finden.« Der Espresso lief dick und cremig in die vorgewärmte Tasse. Leyenfels trank ihn genüsslich und hielt Dühnfort dann noch ein wenig von der Arbeit ab, indem er sich auf den aktuellen Stand der Ermittlung bringen ließ. Offensichtlich hatte er es nicht eilig, in sein Büro zurückzukehren. Doch irgendwann ließ es sich nicht mehr vermeiden. »Ich melde mich, sobald die Unterlagen aus Irland da sind.«

Es war noch keine Minute vergangen, seit Leyenfels die Tür hinter sich geschlossen hatte, als Kirsten anrief. »Die Nummer 187 ist ein Treffer. Wir haben den Wagen.«

50

Eine halbe Stunde später stand Dühnfort neben Kirsten auf der Baustelle eines Einfamilienhauses, in einer Siedlung, die nahe Hohenbrunn im Wald lag. Ihren Ursprung hatte sie wohl in den Wochenendhäusern der Vorkriegszeit. Doch die gab es kaum noch. Zwei Dutzend Gebäude aus den sechziger bis achtziger Jahren und dazwischen einige imposante Neubauten hatten sich den Raum erobert.

»So viel zum Thema *Wert einer Zeugenaussage.*« Kirsten wies auf den Lieferwagen, der vor einem Kieshaufen parkte. Es war ein Fiat Ducato mit imperialblauer Lackierung. *Peter Dettmann. Heizung – Lüftung – Sanitär.* Der Name prangte in weißen Buchstaben auf Heck und Seiten. Kirsten schob die Sonnenbrille ins Haar. »Von Rot und Orange keine Spur. Geschweige denn von *art.*«

»Immerhin stimmt der Rest der Beschreibung.«

»Bist du immer so genügsam?«

Er hatte das ironisch gemeint. »Eigentlich nicht.« Auf der Beifahrerseite zog sich hinten ein etwa zwanzig Zentimeter langer Kratzer durch den Lack. Er ging bis auf die Grundierung und befand sich über Kopfhöhe. Dühnfort betrachtete ihn eingehend. Spuren von Weiß fanden sich darin und einige Partikel Rot. Wenn sie vom Verkehrsschild stammten, und danach sah es nun wirklich aus, dann war das endlich der Durchbruch.

Auf der Baustelle war es ruhig, das Fahrzeug abgeschlossen. »Wo ist Dettmann?«

Kirsten zog die Schultern hoch. »Seit ich hier bin, hat sich nichts gerührt …«

»Woher wusstest du, wo du ihn findest?«

»Der Wagen stand auf der Liste der Kollegen. Sie haben mit Dettmanns Frau gesprochen, und die hat sie hierher geschickt. Nach einem Blick auf den Wagen haben sie mich angerufen.«

Es war Mittagszeit. »Vielleicht sitzt Dettmann hinterm Haus in der Sonne und macht Brotzeit.«

Sie wollten sich gerade auf die Suche nach ihm begeben, als ein Mann ums Hauseck bog. Mitte dreißig, knapp eins achtzig groß, graue Arbeitshose, T-Shirt. Lange, dünne Haare, die ein Gummi im Nacken zusammenhielt. Im Ohrläppchen steckten zwei Piercings. Zwischen den Fingern eine Zigarette, von der er einen Zug nahm. Als er Dühnfort und Kirsten bemerkte, stockte sein Schritt. Ein taxierender Blick, der Kopf sank unwillkürlich zwischen die Schultern. Verstohlen sah er sich um. Der Fluchtimpuls wurde unterdrückt, die Kippe landete auf dem Boden. Das Ganze hatte keine Sekunde gedauert und sprach dennoch Bände. Dühnfort hatte diese Reaktion häufig gesehen. Jetzt wurde es interessant.

»Herr Dettmann?«

Ein zögernder Blick. »Ja. Was gibt's?«

»Dühnfort, Kripo München. Das ist meine Kollegin Tessmann. Wir interessieren uns für die Schramme an Ihrem Wagen. Wie ist das denn passiert?«

»Wie schon? Bin auf einer Baustelle gegen Baustahl gedengelt. Sollte ich mal lackieren lassen.«

»Wann und wo?«

»Ist schon ein paar Wochen her. Wo das war?« Er zog die Schultern hoch. »Vergessen. Ich komme viel rum.«

Interessant war die Frage, die Dettmann nicht stellte und die eigentlich so gut wie immer kam, wenn jemand nichts zu verbergen hatte. Warum sie das wissen wollten. Dühnfort entschloss sich zur direkten Konfrontation. Er wettete, dass die Antwort ohne Zögern kommen würde. »Wo waren Sie am Montag, den 30. Juli zwischen dreiundzwanzig Uhr und ein Uhr morgens?«

»Bei einem Freund zum Grillen. Unsere Frauen waren auch dabei.«

Gleich zwei Alibizeugen. Nicht verwunderlich. Er hatte ja ausreichend Zeit gehabt.

»Es gibt Zeugen, die diesen Wagen zur genannten Zeit in Unterhaching gesehen haben, als er mit überhöhter Geschwindigkeit in einen Kreisverkehr einfuhr und dabei das Vorfahrtsschild beschädigte.«

Nervös fingerte Dettmann eine Schachtel Marlboro aus der Hosentasche. »So ein Schmarrn.«

Dühnfort entschloss sich, Dettmann den Status eines Beschuldigten zukommen zu lassen, und teilte ihm das mit. Er belehrte ihn über sein Aussageverweigerungsrecht und sein Recht, einen Anwalt hinzuzuziehen. »Dieser Kratzer stammt nicht von Baustahl. Es befinden sich Anhaftungen von weißem und rotem Lack darin. Ich wette, von einem Verkehrsschild. Das wird unsere Kriminaltechnik nachweisen. Und falls Sie sich der Hoffnung hingeben, wir würden hier von einem läppischen Sachschaden sprechen, dann irren Sie sich. Es geht um mehr. Es geht um Mord. Ich nehme Sie vorläufig fest. Der Wagen ist beschlagnahmt.«

Dettmann hatte es die Sprache verschlagen. Er protestierte nicht. Mit zitternden Fingern zündete er sich die Zigarette an und inhalierte tief. Dann zog er das Handy aus der Halterung am Gürtel. Kirsten ging dazwischen. »Wen wollen Sie anrufen?«

»Meinen Anwalt. Wen sonst?«

»Genau. Das ist die Frage. Ich gebe mal die Sekretärin für Sie. Wie heißt er?«

Dettmann nannte ihr den Namen. Kirsten suchte die Nummer aus dem Adressbuch des Handys, wählte und reichte Dettmann dann das Telefon.

Unterdessen rief Dühnfort Buchholz an und bat ihn, den Lieferwagen sicherzustellen. Anschließend forderte er einen Streifenwagen an, der Dettmann ins Präsidium bringen sollte.

Während sie warteten, behielt Dühnfort ihn im Auge. Er rauchte und schien dabei einen inneren Monolog zu führen. Die Kiefer mahlten, die Augen wanderten unruhig umher. Er wich Blickkontakt aus. Vermutlich aus Angst, in ein Gespräch verwickelt zu werden. Etwas arbeitete in dem Mann. Ein lautloser Kampf. Dühnfort unternahm einen Versuch. »Ihnen ist doch klar, dass wir wissen, woher der Schaden an Ihrem Wagen stammt. Heute Abend wird das durch unsere Kriminaltechnik nachgewiesen sein. Es war Ihr Lieferwagen, der das Vorfahrtsschild beschädigt hat, und Sie haben ihn gefahren.«

Dettmann sog an der Zigarette, dass die Glut rot aufglomm. Eine Weile behielt er den Rauch in seiner Lunge, bevor er ihn ausstieß. Es klang wie ein nervöser Seufzer.

»Es ist doch kein Problem, zuzugeben, was wir ohnehin wissen.«

Nun reichte es Dettmann offenbar. Aus der Brusttasche der Latzhose zog er einen iPod und stöpselte sich die Ohren zu. Eine klare Ansage.

Seit Dühnfort Kirsten in Unterhaching vergessen hatte, organisierte sie sich selbst ihre Fahrmöglichkeit aus dem Fuhrpark. Heute war es ein froschgrüner Corsa, den sie im Schatten der Nachbargarage geparkt hatte. Dort saß sie nun auf dem Beifahrersitz, der Laptop lag aufgeklappt auf den Knien. Sicher prüfte sie bereits, wie lang Dettmanns Vorstrafenregister war.

Schließlich kam der Streifenwagen, dann zwei Mitarbeiter

der Fahrbereitschaft mit dem Abschleppwagen. Dettmann wurde in die Haftzelle gebracht, sein Fahrzeug verladen.

Die Sonne brannte Dühnfort in den Nacken. Er sah sich nach Kirsten um. Sie stand neben dem Corsa und fächelte sich mit der Broschüre eines Pizza-Dienstes Luft zu. »Peter Dettmann, geboren Mai 77, verheiratet, drei Kinder. Vier Verurteilungen wegen kleinerer Betrügereien, Diebstahls und des Besitzes von Marihuana. Die Menge ging über den Eigenbedarf deutlich hinaus. Zurzeit eine Strafe wegen Diebstahls auf Bewährung.«

Kirsten schob die Sonnenbrille aus dem Haar zurück auf die Nase. »Wie gehen wir vor?«

»Hausdurchsuchung. Wir brauchen die Waffe und die Schuhe mit dem fehlerhaften Profil. Dann nehmen wir sein Leben auseinander und ihn in die Mangel.«

Kirsten lächelte über den Rand der Brille hinweg. »Die Schuhe haben wir schon.«

51

»Mein Mandant wird sich in der Sache nicht äußern.« Dr. Maximilian Bender schob den Stuhl zurück und stand auf. »Ich nehme an, ich kann Herrn Eckel gleich mitnehmen.«

Der Junge schob die Hände in die Hosentaschen und schenkte Alois ein dünnes Lächeln. Dumm gelaufen, schien er damit sagen zu wollen. Alois kämpfte den Impuls nieder, diesem Rotzlöffel einfach eins in die Fresse zu hauen. Stattdessen erklärte er Bender, dass er Haftbefehl beantragen würde.

Obwohl die Hausdurchsuchung bei den Eckels nur ein paar blaue Delphine zutage gefördert hatte, die als Eigenbedarf durchgingen, war Alois Zeuge des Gesprächs zwischen Phillip und seinem Partner Christian, aus dem klipp und klar hervorging, dass Phillip in Herstellung und Vertrieb von verbotenen Substanzen verwickelt war, und das außerdem die Vermutung zuließ, dass Daniel seine Partner beklaut und Geschäfte auf eigene Faust abgewickelt hatte. »Und nun ist Daniel tot.«

»Haben Sie die Tatwaffe bei meinem Mandanten gefunden? Oder sonstige Beweise, die Ihre These stützen, er sei in diese Tat verwickelt? Er hat einen festen Wohnsitz und ist nicht vorbestraft, womit wollen Sie den Haftbefehl begründen?«

»Verdunklungsgefahr.«

Bender lachte trocken. »Wir werden sehen.« Er wandte sich an Phillip. »Ich kann das leider nicht verhindern. Bis zum Ablauf des Tages, der auf die Festnahme folgt, kann man Sie festhalten. Spätestens morgen um Mitternacht werden Sie entlassen.«

Phillip wurde zurück in die Haftzelle gebracht. Bender verabschiedete sich mit einem kühlen Nicken.

Alois blieb im Vernehmungsraum. Wie weitermachen? Seine Lordschaft würde ebenso schweigen wie Phillip. Oesners Anwalt war schon hier gewesen und hatte denselben Spruch abgelassen wie Bender. *Mein Mandant wird sich in der Sache nicht äußern.* Allerdings fehlte Christian von Oesner das dicke Fell, das Phillip sich umgelegt hatte. Oesner ging der Arsch auf Grundeis. Er wollte kein *Ticket nach Stadelheim*, wie er das genannt hatte. Leider hatte die Durchsuchung seiner Wohnung nichts gebracht. Keine Tatwaffe und damit keine Verbindung zum Mord. Keine weiteren Drogen. Womit sie ihn festnageln konnten, war bisher lediglich die Ecstasyküche.

Bei diesem Gedanken fielen Alois die Weißen Mitsubishi ein. Dem Kollegen Wallner von Rauschgift hatte Alois das Labor in Oberschleißheim gezeigt und bei dieser Gelegenheit nach Weißen Mitsubishi gefragt. Buchholz hatte die bei Daniel gefundenen inzwischen analysiert. Stoff vom Feinsten. Wo bekam man so etwas? Wallner hatte ratlos die Stirn in Falten gelegt. »Die Szene verhält sich zunehmend konspirativ. Außerdem mischen neuerdings Hobbyproduzenten mit. Sieht man ja gerade.« Mit einer ausholenden Geste hatte er in den Raum gedeutet. »Von den Ukrainern bekommst du hauptsächlich Schrott. Also entweder ein Kleinhersteller, der auf Qualität setzt und uns bisher nicht aufgefallen ist. Oder einer von den Holländern probiert etwas Neues aus. Ich höre mich um und gebe dir Bescheid.«

Das Wort vom Hobbyproduzenten ging Alois durch den Kopf. Und der Begriff *Käsköpfe*, den Seine Lordschaft gebraucht hatte. Die Käsköpfe, die sich das Stück vom Kuchen holten. Die Niederländer. Guttenbergs Double kannte sich also in der Szene aus. Und er wollte kein Ticket nach Stadelheim. Eine gute Basis für ein kleines Geschäft.

Alois überlegte, ob er richtig Druck machen sollte oder besser den Kumpel gab. Er entschied sich für eine Kombination und ließ Christian von Oesner in den Vernehmungsraum bringen. Zwei Uniformierte begleiteten ihn und fragten, da Alois mit dem Delinquenten allein war, ob sie bleiben sollten. »Nicht nötig. Mit dem Bürschchen werde ich schon fertig.« Die Tür schloss sich hinter den beiden. »Setz dich doch.«

»Ich kann mich nicht erinnern, Ihnen das Du angeboten zu haben.« Oesner blieb stehen und strich sich über das glattgegelte Haar. Ob ihm wohl sein Anwalt das Gel mitgebracht hatte?

»Wie Sie wollen. Sie können gerne stehen bleiben.« Alois setzte sich an den Vernehmungstisch, griff nach einem Stapel Papier, der an einer Ecke zusammengeheftet war, und begann darin zu blättern und zu lesen. Es war das Seminarprogramm für das kommende Frühjahr. Ab und zu guckte er besorgt zu Oesner auf, blätterte um und las weiter. Einen Seufzer ersparte er sich. Er musste es ja nicht übertreiben.

»Was wollen Sie eigentlich? Ich werde dem Rat meines Anwalts folgen und nicht mit Ihnen reden.«

»Ist auch nicht nötig. Es genügt, wenn du zuhörst. Du hast nämlich keine Ahnung, was dich erwartet. Ich werfe jetzt mal einen Blick in deine Zukunft.« Alois blätterte mit ernster Miene in den Seminarunterlagen. »Betreiben eines illegalen Labors. Herstellung und Vertrieb von verbotenen Substanzen in erheblichem Umfang.« Bei *erheblichem Umfang* sah Alois hoch und schüttelte den Kopf. »Besitz einer nicht auf dich angemeldeten Waffe. Da kommt was zusammen. Nicht unter zwei Jahren. Und das ist schade. Wirklich schade. Denn Strafen bis zu zwei Jahren können zur Bewährung ausgesetzt werden. Darüber nicht. Du wanderst also in den Bau. Das ist so sicher wie das Amen in der Kirche. Das wird dir auch dein Anwalt bestätigen. Hat er vielleicht schon. Es sei denn, du hättest etwas anzubieten, dann gibt es Rabatt.« Wieder sah Alois auf. Christian von Oesner zog den Stuhl heran und setzte sich. Ein trockenes Schlucken, Hände, die sich ineinanderflochten. Vorgezogene Schultern. Obwohl der Landlord versuchte, sich weiter cool zu geben, merkte Alois ihm die Panik an. Dieses Feuer konnte man noch ein wenig schüren. Er schob die Unterlagen beiseite, stützte die Ellenbogen auf den Tisch und verschränkte die Hände wie ein besorgter Seelsorger. »Allerdings gibt es noch den Mord an Daniel. Wenn du in den verwickelt bist, dann gute Nacht. Egal ob Täter, Mittäter, Anstifter oder Mitwisser. Da kommt noch ordentlich was obendrauf.« Tiefer Blick in die Pupille.

Christian schluckte wieder trocken und sah sich hilfesuchend um. Doch da war niemand. Niemand außer Alois. »Mit dem Mord habe ich nichts zu tun.«

»Überzeug mich.«

»Mein Anwalt hat gesagt, ich habe das Recht zu schweigen. Nicht ich muss meine Unschuld beweisen, sondern Sie meine Schuld.«

»Stimmt haargenau. Natürlich hast du das Recht zu schweigen. Aber nicht die Pflicht. Du bist erwachsen und triffst deine Entscheidungen selbst. Überzeuge mich, dass du in dem Mord nicht mit drinhängst. Das dürfte ja kein Problem sein, wenn es stimmt, und ich mache dir ein Angebot, wie du für den Rest Rabatt bekommen kannst.«

»Das heißt, eine Bewährungsstrafe?«

»Ich denke, das wird klappen. Wie gut kennst du dich in der Münchner Ecstasy-Szene aus?«

Sofort verschlossen sich Christians Gesichtszüge. Er rutschte auf dem Stuhl unwillkürlich zurück.

»Das wäre Teil des Deals.«

»Ich soll andere verraten?«

»So what? So ist das Leben. Die anderen würden dich

auch verpfeifen, wenn sie dabei was zu gewinnen haben.« Einen Augenblick ließ Alois diese Info einsickern. »Also, wir machen das jetzt in der richtigen Reihenfolge, sonst hat das keinen Sinn. Mein Angebot: Du beantwortest meine Fragen zum Mord an Daniel. Wenn du mich überzeugst, dass du da nicht mit drinhängst, werde ich dich um einen Tipp bitten. Wenn du mir den geben kannst und der zum Ziel führt, hast du wesentlich zur Aufklärung einer schweren Straftat beigetragen, und das wird der Richter zu würdigen wissen.«

»Ich habe keine Ahnung, wer Daniel erschossen hat.«

»Könnte aber sein, dass du ihn kennst oder eine Info für mich hast, die mich zu ihm führt. Darum geht es. Und vorerst bleibt das unter uns. Also, Deal?«

Christian von Oesner rutschte weiter auf seinem Stuhl herum. Gleich würde er nach seinem Anwalt verlangen. Danke, das brauchte Alois jetzt wirklich nicht. Er schob den Stuhl zurück und stand auf. »Gut, dann nicht.« Er wandte sich zur Tür.

»Okay. Einverstanden.«

52

Na, ging doch. »Gute Entscheidung.« Alois setzte sich wieder. »Die Vernehmung wird aufgezeichnet, damit alles seine Ordnung hat und jederzeit Wort für Wort nachvollziehbar ist. Wir tricksen nicht.« Er schaltete das Mikro ein und prüfte, ob die Aufzeichnung lief, nannte Datum und Uhrzeit, seinen Dienstgrad und Namen. »Vernehmung Christian von Oesner, der auf die Anwesenheit seines Anwalts verzichtet.« Das ließ er sich bestätigen und begann mit der Vernehmung.

Zuerst ein Warm-up an belanglosen Fragen. Das hatte sich bewährt. Er erkundigte sich nach dem Studium. Christian studierte mit Leidenschaft Chemie. Bereits als Kind hatte er experimentiert. Zunächst mit Chemiebaukästen, später mit Substanzen, die es in der Apotheke zu kaufen gab. Natürlich hatte er es auch mit selbstgebauten Krachern und Böllern versucht. Doch da war sein Vater eingeschritten. Sein Ziel war es, irgendwann in der Forschung zu arbeiten. »Mit Vorstrafe wird das nichts«, meinte Alois, um Christian an seine Motivation zu erinnern, jetzt reinen Tisch zu machen.

Christian stammte aus einem Kaff in Franken. Seinen Eltern gehörte eine Burg, die sie in ein Golf- und Tagungshotel umgebaut hatten. Zum Studium war Christian nach München gegangen. Dort lernte er auf einer Party Phillip Eckel kennen. Die beiden verstanden sich auf Anhieb gut. Zu diesem Zeitpunkt war Christian noch ganz ins Studium vertieft, hatte kaum Freunde und suchte einen door opener. Den fand er in Phillip, der tausendunddrei angesagte Leute kannte, in alle Clubs reinkam und so Christians ruhiges Studentenleben bald in eine immerwährende Party verwandelte.

Das hielt ihre Konstitution nicht ewig durch. Sie brauchten etwas, das sie aufputschte. Man könnte es mal mit Koks versuchen, meinte Phillip. Koks wurde ihnen recht oft angeboten. Doch Christian lehnte ab. Keine Drogen.

Schließlich hatten sie Ecstasy probiert und waren dabei geblieben. Es machte nicht abhängig, war nicht so teuer und leicht zu bekommen.

»Und wie seid ihr dann auf die Idee gekommen, das selbst herzustellen?«, fragte Alois.

»Irgendwann war das naheliegend. Wir wurden immer häufiger angesprochen, ob wir was hätten. Daheim bei meinen Eltern hatte ich ein eigenes Labor. Es fehlte nicht viel, was wir noch anschaffen mussten. Das Teuerste war die Pillenpresse. Während der Semesterferien im Sommer haben wir experimentiert und hatten schnell raus, wie das ging.«

Franken war weit weg und die Gefahr zu groß, dass die Eltern mitbekämen, was Christian da so trieb. Deshalb hörte Phillip sich um und fand die Baracke in Oberschleißheim, die für wenig Geld zu mieten war. Angeblich wollten sie dort an alten Autos basteln. Die Idee stammte von Phillip. Damit der Eigentümer nicht misstrauisch wurde, falls er mal auftauchte, organisierte Phillip schließlich einen alten Golf. Auf diese Weise war Daniel ins Spiel gekommen und später auch an Bord. Zunächst hatten sie die Pillen für den Eigenbedarf hergestellt und im engsten Bekanntenkreis verkauft. Nur sie beide. Phillip und Christian. Er konnte die zusätzlichen Einnahmen gut brauchen. Der monatliche Scheck von den Eltern war nicht üppig. Christian musste haushalten. Ganz im Gegensatz zu Phillip, der an einer nie versiegenden Geldquelle saß. Sobald er etwas wollte, fragte er einfach seine Mutter.

Das war ein Punkt, der Alois nicht schlüssig erschien. »Warum hat Phillip überhaupt mitgemacht? Er brauchte das Geld nicht. Er hatte genügend, um sich jederzeit mit Ecstasy zu versorgen. Weshalb also der Aufwand und das Risiko?«

»Es machte ihn einfach an. Der Thrill des Verbotenen. Er fand es geil, dass seine Mam keine Ahnung hatte, was er trieb. Ein Stück Leben, das sie nicht mitbekam. Sie muss ein echter Kontrollfreak sein.«

Ja, aber jetzt, wo die Sache in die Hose gegangen war, kroch er heulend unter Mamas Schürzenzipfel. Jetzt sollte Mama den ganzen Mist richten. Was Alois bisher von Christian gehört hatte, war schlüssig. Er beantwortete die Fragen zügig und offen. Nun konnte man sich langsam dem entscheidenden Thema nähern. »Den Vertrieb habt ihr also zuerst allein abgewickelt. Phillip und du.«

Christian nickte.

»Wann stieß Daniel dazu?«

»Das wird im November gewesen sein.«

»Und warum?«

»Er hat geahnt oder mitgekriegt, was wir in der Baracke treiben, und das Phillip auf den Kopf zugesagt.« Das Muster der Tischplatte schien plötzlich sehr interessant zu sein. Christian überlegte offenbar, wie nah an der Wahrheit er sich entlanghangeln sollte. »Er brauchte Geld und wollte mitmachen.«

»Und da habt ihr natürlich gerne ja gesagt. So unter Freunden.«

»Wir konnten ihn gut brauchen. Die Nachfrage stieg.«

»Wie hoch war der Einstand, den Daniel zahlen musste?«

Ein verwirrter Blick. »Wieso zahlen? Er musste nichts zahlen.«

»Verstehe ich nicht. Ihr habt investiert, produziert und einen Markt aufgebaut. Ihr habt ein Unternehmen mit Wert geschaffen und einen Partner daran beteiligt, ohne dass er sich einkaufen musste? Vielleicht solltest du noch einen BWL-Kurs ans Studium dranhängen.«

»So habe ich das nicht gesehen«, stammelte Christian.

Während Alois die Stopptaste des Aufnahmegeräts drückte, reckte er sich. »Ich habe Durst. Magst du auch was trinken?«

Ein erleichtertes Durchatmen. »Ein Latte wäre klasse.«

Alois rief im nahegelegenen Coffee-Shop an, wo man ihn kannte, und bestellte einen Latte und einen grünen Tee in den Vernehmungsraum. Dann streckte er die Beine aus, lehnte sich zurück und fixierte Christian. »Latte kommt in fünf Minuten. Und wenn du glaubst, du kannst mich verarschen, dann platzt unser Deal. Alles klar?«

Christian zuckte zusammen und schluckte mehrmals.

»Alles klar?«

Wortloses Nicken.

Zufrieden nahm Alois das Tonband wieder in Betrieb. Derartige Versprechungen waren nicht zulässig und gehörten einfach nicht ins Protokoll. »Es war doch wohl eher so, dass Daniel euch erpresst hat, ihn zu beteiligen. Habe ich recht?«

»Ja.« Das kam zögerlich. Der Junge war nicht dumm, er wusste, in welche Richtung das Gespräch nun lief, und das hatte er vermeiden wollen.

»Zu welchen Konditionen?«

»Wir mussten ihm einen Teil der Produktion abgeben.«

»Wie viel?«

Christian schwieg.

»Scheint ja nicht unerheblich gewesen zu sein, wenn du dir jetzt überlegst, wie du das schönrechnen kannst. Da wird aber nichts schöngerechnet.«

»Okay. Ein Drittel. Das wäre gerecht geteilt, hat er gemeint.«

»Hallo? Da kann aber jemand nicht rechnen. Oder hat er sich auch zu einem Drittel an den Kosten beteiligt?«

»Nein.«

»Das ist nicht fair. Da wäre ich sauer. So richtig sauer.«

»Waren wir auch.«

»Und dann hat Daniel euch auch noch beklaut.«

»Warum hätte er das tun sollen?«

»Stimmt. Das hat er nicht nötig gehabt. Er konnte euch ja die Geschäftsbedingungen diktieren. Obwohl …« Nachdenklich rieb Alois sich die Nasenwurzel. »Da herrschte wohl eher ein Gleichgewicht der Kräfte zwischen euch, seit Daniel mitmachte. Denn jetzt war auch er erpressbar. Wenn er euch verpfiff, wäre er ebenfalls dran gewesen. Ich bin geneigt, dir zu glauben.«

Es klopfte an der Tür, Kaffee und Tee wurden gebracht. Christian umfasste den Becher mit beiden Händen, als ob er sich wärmen müsste oder irgendwo festhalten.

»Gut. Wechseln wir das Thema. Wie viel habt ihr produziert und verhökert?«

»Nicht viel. Echt. Im Monat etwa zweihundert Pillen.«

»Macht etwa zweitausend Euro Umsatz. Richtig?«

»Eher achtzehnhundert.«

»Für jeden also sechshundert Euro, abzüglich Kosten. Wie hoch sind die pro Stück?«

»Knapp ein Euro.«

»Das lohnt sich ja wirklich. Tausend Prozent Gewinnspanne. Jeder von euch hat also etwa siebzig Pillen pro Monat verhökert. Das ist nicht viel. Seid ihr das alles losgeworden?«

»In der Regel schon. Wir haben Stammkunden.«

»Gut, dann erkläre mir doch bitte, weshalb Daniel knapp sechshundert eurer bunten Träume gebunkert hat. Mehr, als er in acht Monaten Teilhaberschaft am Unternehmen überhaupt erhalten hat.«

53

Christian stierte in den Lattebecher, als ob aus dem Kaffee-
rest demnächst ein Orakel zu ihm sprechen und ihm offenbaren würde, was er tun sollte. Alois ließ ihn stieren.

Ihm musste klar sein, dass das Gespräch sich dem wesentlichen Punkt näherte, dem Mord an Daniel und dem Motiv
dafür. Wenn er daran wirklich nicht beteiligt war, konnte er
offen sein. Nur wer etwas zu verbergen hatte, benötigte einen
Anwalt. So lautete Alois' nicht immer bestätigte Theorie.

»Daniel hat euch beklaut. Richtig?«

Christian stellte den Becher ab. Sein Oberkörper richtete
sich auf. »Okay. Richtig.«

»Alle sechshundert auf einmal, oder nach und nach?«

»Die komplette letzte Produktion. Das war Mitte Juni. Wir
haben immer einen Vorrat hergestellt. Sechshundert ist die
Mindestmenge, drunter lohnt sich der Aufwand nicht. Er hat
es wie einen Einbruch aussehen lassen. Aber ein Einbrecher
hätte das Zeug nicht gefunden.«

»Habt ihr Daniel zur Rede gestellt?«

»Er hat alles abgestritten.«

»Und ihr wart so richtig begeistert.«

»Phillip hat ihn vor die Tür gesetzt. Daniel war raus aus
dem Spiel. Natürlich hat er gedroht, uns auffliegen zu lassen.
Doch Phillip hat ihm klargemacht, was es für ihn bedeuten
würde, wenn bei uns die Polizei aufkreuzt: dass er nämlich
auch dran wäre.«

»Bewirfst du mich mit Dreck, bewerfe ich dich mit Dreck.
Im Allgemeinen bringt das nicht viel. Wir bevorzugen hand-
feste Beweise. Was hatte Daniel gegen euch in der Hand?«

»Na, er kannte die Baracke, er kannte die Rohstofflieferanten, die Abnehmer, überhaupt alles.«

»Und womit hat Phillip ihm gedroht?«

Die Hände schlossen sich wieder um den Becher, in dem kalter Kaffee schwappte. »Phillip hat Daniel keinen Meter über den Weg getraut. Nicht, seit er sich in unser Geschäft gedrängt hat.«

Alois wartete, was nun kommen würde. Doch Christian schwieg. »Und wie hat sich dieses Misstrauen manifestiert? Hat er Daniel etwa in eurer Drogenküche beim Pillendrehen gefilmt?«

Die Antwort kam widerwillig. »Er hat ihn heimlich bei den Deals fotografiert. Diese Fotos hat er als seine Versicherung bezeichnet.«

Alois stützte das Kinn in die Hände. Ziemlich sicher hatte Phillip die Bilder als *unsere* Versicherung bezeichnet. So leicht kam Christian aus der Nummer nicht raus.

Da hatte keiner dem anderen etwas geschenkt. Daniel hatte bei einer erneuten Verurteilung viel zu verlieren. Die beiden Söhne aus gutem Haus allerdings auch.

In der Autowerkstatt legte man die Hand für Daniel ins Feuer, seine Ex hatte nichts geahnt und auch seine Oma nicht. Daniel hatte zwei Seiten gehabt und zwei Leben geführt. Und er hatte Christian und Phillip erpresst und beklaut. Es war schon für weniger gemordet worden.

»Wozu brauchst du eigentlich eine Waffe?«

Die Frage kam so unerwartet, dass Christian beinahe den Becher fallen ließ.

»So halt. Aus Spaß.«

»Aus Spaß? Das gibt glatt hundert Punkte für die dümmste Antwort auf eine derartige Frage. Also raus damit.«

»Echt jetzt. Aus Spaß. Wir haben damit im Wald auf Blechbüchsen geschossen. Einfach so. Zur Gaudi.«

»Wir? Lass mich raten: Phillip und du.«

Beinahe entschuldigend zuckte Christian mit den Achseln. Das war so dämlich, dass Alois es beinahe glaubte. »Wo habt ihr geschossen und wann?«

»Im Hofoldinger Forst.«

»Wo genau?«

»Hinter dem Kieswerk.«

»Geht es ein wenig konkreter?«

»Da führt eine Straße in den Wald. Die ist ewig lang ... Ich kann es nicht beschreiben, aber ich würde die Stelle wiederfinden. Wir waren öfter dort.«

»Gut. Das machen wir später. Hat Phillip eine Waffe?«

»Wir haben mit der Walther meines Vaters geschossen.«

»Die hat er dir geliehen, damit du im Wald rumballerst, nehme ich mal an.«

Ein wenig druckste Christian herum, bevor er schließlich mit der Wahrheit herausrückte. »Der Schlüssel zum Waffenschrank liegt in der Schublade. Da kann jeder ran. Als ich mit Phillip mal daheim war, hat er die Waffen gesehen und wollte wissen, ob ich damit umgehen kann. Mein Vater hat mir das Schießen beigebracht. Phillip wollte es auch mal probieren. Das hätte mein alter Herr nie erlaubt. Deshalb haben wir uns die Walther geborgt.«

»Geborgt also. Wann war das?«

»Vor vier Wochen.«

»Also nach dem Zoff mit Daniel. Und die Munition, woher hattet ihr die?«

»Auch aus dem Waffenschrank.«

Das würde ordentlich Ärger für den Herrn Papa geben. Er hatte so gut wie jede Vorschrift missachtet, die es für die Aufbewahrung von Schusswaffen gab.

»Hat dein Vater einen Revolver für das Kaliber .44 Magnum?«

»Nein.«

»Hatte er mal einen?«

»Keine Ahnung. In den letzten Jahren jedenfalls nicht.«

»So, und jetzt machen wir mal Butter bei die Fische. Du hast Daniel wirklich nicht geliebt. Du hattest guten Grund, ihm Tod und Teufel an den Hals zu wünschen. Er baumelte wie ein Damoklesschwert über dir. Er konnte dich jederzeit bei der Polizei hinhängen, dein gutes Renommee bei deinen Eltern zu Staub zerbröseln und vor allem deine beruflichen Träume von der Forschung platzen lassen. Jetzt erkläre mir, wieso du es nicht getan hast.«

»Ich könnte das gar nicht. Und wenn, dann hätte ich die Walther von meinem Vater genommen. Eine andere Waffe habe ich nicht, und Sie suchen ja wohl nach einer .44er Magnum.«

»Das überzeugt mich nicht so ganz. Wie sieht es denn mit einem Alibi aus?«

»Als Daniel erschossen wurde, war ich auf einer Party. Dafür gibt es massenhaft Zeugen.«

»Phillip gehört bestimmt dazu.«

»Wir hängen nicht ständig zusammen wie die Kletten. Phillip war nicht dabei. Aber bestimmt sieben oder acht Leute, die sich an mich erinnern können.«

»Wir werden das prüfen.« Alois reckte sich im Stuhl. Was Christian gesagt hatte, wirkte in sich erst einmal schlüssig. Keine Widersprüche. Nur der Sache mit der Waffe musste man noch genauer auf den Grund gehen. Er hatte offen und anscheinend ehrlich die Fragen beantwortet, und dort, wo er Ausweichmanöver versucht hatte, hatte Alois ihn schnell wieder auf Kurs bekommen. »Gut, ich glaube dir.«

Die Erleichterung war Christian anzusehen.

»Und jetzt kommen wir zur Bonusfrage. Okay?«

»Okay.«

Alois rief Buchholz an und bat ihn, eines der Tütchen bringen zu lassen, die sie bei Daniel gefunden hatten.

Fünf Minuten später klopfte es. Ein Uniformierter reichte ein Kuvert herein. Alois legte es vor sich auf den Tisch und zog einen Druckverschlussbeutel mit den Weißen Mitsubishi hervor, den er Christian hinschob. »Wo bekomme ich die in München?« Gleichzeitig klingelte sein Handy. Verärgert zog Alois es hervor und sah aufs Display. Evi. Sie rief an, schickte keine SMS. Etwas musste sein. Beunruhigt meldete er sich.

»Lois ... dem Simon ... es geht ihm schlecht. Du solltest kommen.«

54

Dühnfort steckte den Kopf ins Büro. Kirsten war da. Alois nicht. »Wir haben die Bestätigung der KTU. Dettmanns Wagen ist ein Treffer. Wir machen jetzt ein Meeting. Weißt du, wo Alois ist?«

»Ich habe ihn seit heute Morgen nicht gesehen.«

Dühnfort versuchte ihn auf dem Handy zu erreichen. Doch es war ausgeschaltet. Mist! Auch wenn er Alois einiges durchgehen ließ, alles hatte Grenzen. Er würde ihm nahelegen, Urlaub zu nehmen, auch wenn er ihn hier brauchte. Dieses Hin und Her zwischen Arbeit und Krankenhaus ging nicht.

»Mit diesem Spagat habt ihr hier nicht viel Erfahrung, was?«, meinte Kirsten.

Er hatte keine Ahnung, was sie damit sagen wollte.

»Lauter kinderlose Singles bei der Mordkommission. Oder ist das selektive Wahrnehmung von mir?« Sie beendete eine Eingabe am PC. »Ich meine den Spagat zwischen Kinderbetreuung und Arbeit. Alois hat Anspruch auf zehn Tage bezahlten Sonderurlaub, wenn sein Sohn krank ist und er ihn betreut.«

»Simon lebt bei seiner Mutter. Und Alois brauchen wir hier.« Wieder klang er kurz angebunden. Weil sie es wieder geschafft hatte, ihn mit ihrer merkwürdigen Art im Unklaren zu lassen, wie sie meinte, was sie sagte. Langsam hatte er den Verdacht, es lag an ihm. Empfangsstörungen? Falsche Frequenz? Die Unwägbarkeiten der Kommunikation?

Und es war an der Zeit, Kirsten endlich zu sagen, dass sie einen guten Job machte. »Zurzeit kann ich auf keinen von euch beiden verzichten«, lenkte er ein. »Du machst deine Sache großartig.«

Mit dem Kuli in der Hand schob sie sich energisch eine Haarsträhne hinters Ohr. Eine seltsam verlegene Geste, die nicht zu ihr passte. Jedenfalls nicht zu dem Bild, das er sich bisher von ihr gemacht hatte. »Danke. Schön, auch mal Anerkennung zu bekommen.«

»Bitte. Gerne geschehen.«

Das entlockte ihr tatsächlich ein Lächeln.

Dettmann war zum fraglichen Zeitpunkt am Tatort gewesen. Die Spuren am Vorfahrtsschild stammten von seinem Lieferwagen und die Abdrücke des fehlerhaften Profils von seinen Schuhen. Praktischerweise hatte er sie getragen, als sie ihn festgenommen hatten, was Kirsten sofort bemerkt hatte.

»Wir werden jetzt unsere Hausaufgaben machen. Durchsuchung von Wohnung und Werkstatt. Überprüfung des Alibis. Entnahme der Speichelprobe. Ich glaube nicht, dass Dettmann uns freiwillig eine DNA-Probe gibt. Die wird Leyenfels wohl anordnen müssen. Dann die Verbindung zwischen Daniel Ohlsberg und Peter Dettmann finden und das Motiv. Hast du Zeit, dich um die Beschlüsse zu kümmern?«

In ihren Augen blitzte ein Funke auf. »Aber sicher. Ich erledige das gleich.«

Sie war schon beinahe aus dem Zimmer, als ihm noch etwas einfiel. »Gibt es eigentlich Neuigkeiten von den Weylandts?«

»Verschollen im Bermudadreieck zwischen den Ardennen, Cap Fréhel und Bordeaux.«

Siehe da, wenn sie wollte, konnte Kirsten auch locker sein. Noch eine Überraschung.

Dühnfort kehrte in sein Büro zurück und durchforstete die elektronische Ermittlungsakte nach Neuigkeiten.

Doch es gab keine Einträge darüber, was die Hausdurchsuchungen bei Phillip Eckel und Christian von Oesner ergeben hatten. Es gab keinen Eintrag, ob von Oesner schon vernommen worden war. Und auch keinen darüber, dass Phillip jegliche Aussage verweigerte. Herrgott! Was für eine Schlamperei. Er wollte gar nicht wissen, was noch fehlte.

Dühnfort lehnte sich zurück, legte die Hände in den Nacken und starrte an die Decke. Gut. Dann war das so. Morgen beim Meeting durfte Alois allerdings nicht fehlen. Sie mussten die Ergebnisse zusammentragen, analysieren und besprechen, wie sie weiter vorgingen. Ohne Informationen ging das nicht.

Zwanzig Minuten später kehrte Kirsten gut gelaunt und mit den Beschlüssen zurück. Er fuhr mit ihr nach Laim, zur Hausdurchsuchung bei Dettmann.

Es war schon kurz vor halb sechs. Doch die Sonne brannte vom Himmel, als stünde sie im Zenit. Die Straßen waren vom Berufsverkehr verstopft. Es dauerte beinahe eine halbe Stunde, bis sie an der Wohnung klingelten. Dettmanns Frau war eine schmale Person, zart wie ein Kind, grau wie eine Greisin und verhuscht, als wäre es ihr größter Wunsch, unsichtbar zu sein, sich aufzulösen, all das Elend, das sich hinter dieser Tür auftat, einfach hinter sich zu lassen. Dühnfort präsentierte ihr den Beschluss. Es schien nicht der erste seiner Art zu sein, den sie zu Gesicht bekam. Sie ließ ihn und Kirsten ein. Im Wohnzimmer saßen zwei Mädchen mit durchscheinenden Gesichtern und ein Junge auf dem Sofa und sahen einen Trickfilm. Alle drei waren im Kindergartenalter. »Mama, wer ist der Mann?«

»Das musst du nicht wissen. Geht solange zu Oma.« Dettmanns Frau brachte die Kinder zu ihrer Schwiegermutter, die in der Nachbarwohnung lebte.

Die Räume waren unordentlich und verdreckt. Auf jeder freien Fläche lag etwas. Zeitschriften, Spielzeug, leere Safttüten und Flaschen, Teller mit Essensresten und Zigarettenkippen. Es roch wie in der Biotonne. Dühnfort fand die Quelle dafür in der Küche. Drei volle Abfalltüten lehnten neben der Tür. Unter einer hatte sich eine grünbraune Lache gebildet. Verschimmelte Pizzareste und verdorbene Pfirsiche wurden von Fruchtfliegen umschwirrt. Eine Schmeißfliege ließ sich surrend auf den vertrockneten Rändern einer Scheibe Bierschinken nieder. Dühnfort machte erst einmal das Fenster auf und zog Latexhandschuhe an. Wer wusste schon, was ihn noch erwartete.

Kirsten kam herein und verzog den Mund. »Ich übernehme dafür das Bad. Das sieht keinen Deut besser aus.«

Dettmanns Frau kehrte zurück. Dühnfort fragte, ob ihr Mann eine Waffe besaß. »Eine Waffe?« Verdattert schüttelte sie den Kopf, als habe er gefragt, ob ihr Mann jeden Tag zur Morgenmesse ging.

Kirsten rümpfte die Nase. »Dann müssen wir uns jetzt wohl oder übel da durchwühlen.«

Nach anderthalb Stunden, in denen Dettmanns Frau sie wie ein Schatten begleitete, hatten sie so gut wie nichts gefunden. Ein Butterflymesser, und das war es schon. Keine Schusswaffe. Kein Ecstasy. Nur eine Bong und ein wenig Gras. Dühnfort beschlagnahmte den PC und ließ sich die Schlüssel zur Werkstatt geben, die sich zwei Straßen weiter befand. Auch dort waren sie nicht erfolgreich. Frustriert kehrten sie ins Präsidium zurück. Dühnfort brachte Dettmanns Handy und Computer zu Meo.

Es war schon halb neun. Zeit, nach Hause zu gehen. Im Treppenhaus traf Dühnfort Kirsten, ebenfalls auf dem Heimweg. Er fragte, ob ihre Tochter nicht sauer sei, wenn ihre Mutter so spät kam. Kirstens Haltung wurde abwehrend. »Kathrin ist dreizehn.«

Natürlich. In der Pubertät wurden Grenzen ausgelotet,

wurde all das ausprobiert, was verboten war. »Sicher genießt sie ihre Freiheit.«

»Sie lebt nicht bei mir. Sie besucht ein Internat.«

»Aber doch nicht in den Ferien?« Die Frage war ihm sofort peinlich. Sie war indiskret. Es ging ihn nichts an.

»Ihre Ferien verbringt sie bei den Eltern meines verstorbenen Mannes. Sie wünscht keinen Kontakt zu mir.« Kirsten blickte auf die Uhr. »Trotzdem ist es Zeit, heimzugehen.«

Gleichermaßen verwundert wie erschüttert wünschte er ihr einen schönen Abend und sah ihr noch einen Moment nach. Das Drama in ihrem Leben lag nicht hinter ihr, es schien sich im zweiten Akt zu befinden. Die Tochter wollte mit der Mutter nichts zu tun haben. Die Ferien verbrachte sie bei den Eltern des Mannes, der ihre Mutter als Geisel genommen und sich in ihrer Gegenwart erschossen hatte, weil sie ihn verlassen wollte. Kreidete sie diese Tragödie etwa ihrer Mutter an? Dann hatte Kirsten nicht nur den Mann verloren, sondern auch die Tochter. Warum kämpfte sie nicht um sie?

Doch wer sagte, dass sie das nicht tat?

Während er nach Hause ging, die Fußgängerzone passierte, dem Viktualienmarkt einen Besuch abstattete und Brot und Käse kaufte und ein paar Oliven, während er durch den Sommerabend schritt, der golden war und die Stadt mit flirrendem Licht überzog, begann die Unruhe wieder zu erwachen, sich durch seine Adern zu schlängeln, in seinem Innersten zu rumoren und sich schließlich in sein Bewusstsein zu arbeiten: Etwas stimmte nicht.

55

Die Sonne sandte ihr goldenes Licht durch das Fenster bis zu Simons Bett. Alois sah das Leuchten und erschrak. Es war beinahe überirdisch. Er konnte seinen Blick nicht abwenden, ließ sich blenden, bis er, als er endlich die Augen schloss, selbst nur noch gleißende Helligkeit sah. Das weiße Licht, von dem man sagte, es sei das Letzte, das man wahrnahm. Es kam ihm vor wie ein Zeichen. Alles in ihm stemmte sich gegen diesen Gedanken, warf sich ihm mit verzweifelter Kraft entgegen, wollte ihm die Tür verschließen. Doch er zerteilte sich, floss in tausend Ströme gefächert einfach hindurch, sickerte ein, wie Quecksilber: Wenn Simon starb?

Das Chaos um ihn herum bestand nur noch aus Tönen. Elektrisches Fiepen. Quietschende Sohlen. Hektische Kommandos. Kurze Befehle. *Sauerstoff! Nitro!* Das Tschung des Defibrillators. Genau wie er es kannte, wie er es von Anfang an befürchtet und vielleicht dadurch heraufbeschworen hatte. Durch seine Angst, durch seinen Mangel an Vertrauen. War er schuld? *Tschung!* Dieses unverkennbare *Tschung.* Tausend Volt jagten durch Simons kleinen Körper. *Tschung.* Tausend Volt. *Bitte! Lieber Gott! Bitte!* Evi, die lautlos neben ihm stand, ihre Hand, die sich kalt und feucht in seiner verkrampfte. Evi, die zu atmen vergaß, während ihr Herz trommelnd in ihrer Brust schlug. In Simons Brust herrschte die Stille einer verlassenen Kathedrale.

Jemand berührte ihn an der Schulter. Er öffnete die Augen. Eine Schwester. *Sie können hier nicht bleiben. Ich begleite Sie hinaus.* Er bestand nur noch aus Angst und aus Hoffen. Er hatte keinen Willen mehr und ließ sich führen.

Zeit war nicht mehr Zeit, sie dehnte sich ins Unendliche, riss schnalzend wie ein Gummiband, schoss zurück, krümmte sich, regnete in Millionen Würmern herab. Evis Nägel gruben sich in seine Handflächen. *Bitte! Lieber Gott! Bitte! Lass ihn leben. Wir werden heiraten, eine richtige Familie sein. So wie er sich das schon immer wünscht. Bitte! Wenn du ihn nur leben lässt!* Dieser Gedanke ließ ihn ein wenig ruhiger werden. Die Geräusche aus Simons Zimmer verloren an Hektik, wurden zum Stampfen einer Maschine, die im gleichmäßigen Hin und Her des ewig selben ihre Arbeit verrichtete.

Er hatte Gott einen Deal angeboten. Durfte man das? Er hob den Kopf, sah an die Wand. Sein Blick fiel auf einen gerahmten Spruch, der dort hing. Ein Kalligraph hatte ihn schwungvoll mit Tusche und Feder auf Papier gebannt.

Es gibt keine Hintertüren für Glück und Unglück im Schicksal des Menschen. (Konfuzius)

56

Als Mika nach Hause kam, war es dunkel. Mam saß auf der beleuchteten Terrasse, ein Glas Champagner vor sich auf dem Tisch. Sicher nicht das erste. Champagner beruhigte ihre Nerven. Heute gab es jede Menge zu beruhigen. Die Polizei hatte das Haus durchsucht. Phillip dealte und saß im Knast. Papa war in China und bekam nicht mit, was hier los war, auch weil Mam es von ihm fernhielt, und nun musste sie es wieder richten. Und in einer Minute würde sie ausflippen.

Aus dem Kühlschrank nahm Mika eine Bionade und fuhr sich mit den Fingern durch die Haare. Die neue Frisur fühlte sich noch fremd an. Sie ging hinaus auf die Terrasse. Mam sah auf. Ihr Glas war leer. Mika nahm die Flasche mit der Kühlmanschette hoch und schenkte einfach nach. Die Nerven ihrer Mutter würden das perlende Prickeln gleich nötig haben.

Die Reaktion kam wie erwartet. Im ersten Moment erkannte Mam sie beinahe nicht, gefolgt vom entsetzten Ausruf: »Mika! Wie siehst du denn aus? Was hast du nur mit deinen Haaren gemacht?«

»Ich habe diese ganze Verlogenheit satt.« Diese Worte hatte sie wie Pfeile abschießen wollen. Doch sie fielen aus ihrem Mund. Tropften beinahe. Kraftlos und müde. »Schluss mit der Heuchelei. Meine Haare sind von Geburt an straßenköter-braun und nicht tussiblond. Ich wollte nie lange Haare haben. Du wolltest das. Immer du, du, du! Ich will nicht so sein, wie du mich haben willst. Damit ist jetzt Schluss. Ich bin ich.« Das klang besser, beinahe gut. Doch sie fühlte sich fremder in sich als je zuvor. Und dieses Gefühl grub sich seit Monaten tiefer und tiefer in sie hinein, wie ein eisiger Fluss ins mürbe Gestein, das dem steten Fließen nachgab, sich Körnchen um Körnchen seiner selbst entreißen ließ, bis es zu einer in tiefe Schluchten geformten, zerfurchten, fremden Landschaft geworden war, einer Landschaft, in der man sich verlor.

Alles löste sich auf, brach auseinander, niemand war der, der er vorgab zu sein. Daniel nicht. Phillip nicht. Lukas vielleicht auch nicht. Und Mam sowieso nicht. Mam hatte keine Ahnung, wer sie war. Mam erfand sich täglich neu, formte sich nach den Bildern, denen sie meinte, gerecht werden zu müssen. Die Gattin, die dem Mann den Rücken freihält, damit er erfolgreich sein kann. Die engagierte Mutter, die unermüdlich am Erfolg ihrer Kinder arbeitet, die jugendlich wirkende Fünfzigjährige, die Frau, der einfach alles gelingt und die alles hat, was das Herz begehrt, und die immer weiß, was zu tun ist, um diesen Schatz an materiellen und immateriellen Gütern zu bewahren und zu mehren. Immer Sonnenschein, niemals Schatten.

Mam erwiderte nichts auf Mikas Vorwürfe. Das war ungewöhnlich. Stattdessen stand sie auf und zog ihre Tochter an sich. »Ach, Mika.«

Sie ließ es geschehen, obwohl sie ihre Mutter am liebsten von sich gestoßen hätte. Doch der Impuls erlosch. Mam roch so gut, so vertraut, so beständig. So wie immer. »Was ist nur los mit uns?«, fragte ihre Mutter. »Es kommt mir vor, als ob sich der Kitt aus den Fugen löst, der unsere Familie zusammenhält. Phillip ... Ich hätte nie gedacht, dass jemals die Polizei unser Haus durchwühlt. Dieser Christian ... Wie konnte Phillip sich nur derart von ihm beeinflussen lassen? Ich verstehe es nicht.«

Der vertraute Geruch stimmte Mika versöhnlich. Mam spürte also auch diese Kraft, die alles auflöste, auseinandertrieb, auf einen Abgrund zurutschen ließ. Plötzlich tat sie ihr leid, und gleichzeitig stieg Angst in ihr auf. Der Wasserspiegel im Pool lag so ruhig da wie eine Scheibe Glas. Sie stellte sich vor, wie sie darauftrat, ein zitterndes Schwanken unter ihren Fußsohlen spürte, ein leises, haarfeines Knacken hörte, dann barst die Scheibe in einem Knall. Scherben spritzten funkelnd wie Sterne hoch zum Nachthimmel, flogen durch tiefe Unendlichkeit, trieben durch die Milchstraße, entschwanden in schwarze Löcher, während sich gleichzeitig ein Schlund unter ihr auftat, und sie fiel und fiel und fiel.

Ein leiser Nachtwind strich durch den Garten, kräuselte kaum merklich die Wasseroberfläche und nahm die Gedanken mit sich. Ein leises Schauern blieb.

»Mika, ist dir kalt? Brütest du etwas aus? Vielleicht diese Sommergrippe, die zurzeit umgeht. Ich hole dir eine Jacke, und nimm vorsichtshalber ein Aspirin.«

Mam war wieder ganz die Alte. Es gab etwas zu tun. Sie verschwand im Haus. Mika ließ sich auf den Gartenstuhl fallen. Mam ging es gut, sobald sie etwas unternehmen konnte, um die Dinge in die Richtung zu lenken, die sie für richtig hielt. Doch dieses Diffuse und Unfassbare, das den Kitt aus den Fugen bröseln ließ, musste auch ihr Angst machen. Sie fühlte sich ohnmächtig und hilflos. Doch nun war eine Sommergrippe im Anflug, man konnte etwas tun. Phillip saß in einer Haftzelle, das war nicht schön. Es war sogar richtig ärgerlich. Doch Mam war der Situation gewachsen. Sie hatte einen Anwalt engagiert. Sie würde Phillip da rausholen, und sie würde diese ganze beschissene Drogengeschichte für sich und Phillip und damit für das Bild der Familie Eckel relativieren. Das konnte Mam richtig gut. Sie musste nur an zwei Schräubchen drehen. Auf der einen Seite einfach Phillips Verantwortung kleinreden und sie Christian zuschieben. Der arme Phillip war manipuliert und seine Freundschaft ausgenutzt worden. Er war das Opfer, nicht der Täter. Und auf

der anderen Seite würde sie Christian abwerten und ihn ver-
unglimpfen. Sie würde kein gutes Haar an ihm lassen, obwohl sie ihn nicht kannte, würde ebenso uferlose wie haltlose
Vermutungen über seine Lebensumstände, seine Erziehung,
seine Eltern und seinen Umgang anstellen. Und schon passte
es. Nur, Christian abzuwerten würde ihr nicht so leichtfallen.
Er stammte offenbar aus einer guten Familie. Mika hatte das
gegoogelt, und Mam ganz sicher auch. Bei ihm konnte sie
keine asozialen Verhältnisse anführen. Bei Daniel war das
einfacher gewesen. Aber Mam würde das schon hinkriegen.
Sie würde etwas finden, auch wenn da nichts sein sollte. Da
war sich Mika sicher.

»Hier, zieh das an.« Mam kehrte zurück. In einer Hand
ein Glas mit Wasser, in der anderen eine leichte Strickjacke
aus einem Baumwollseidengemisch. Am liebsten hätte Mika
sie in den Pool gepfeffert. Doch sie schlüpfte hinein, während
ihre Mutter ein Aspirin ins Wasserglas fallen ließ und es ihr
reicht. Mika lehnte ab. »Ist nicht nötig. Alles in Ordnung.
Ich gehe rein.«

»Setze dich doch noch ein bisschen zu mir.«

Danke. Wirklich nicht. Dann würde Mam anfangen, an
den Schräubchen zu drehen. Und Mika hatte keine Lust, sich
Tiraden über diesen Christian anzuhören, den weder sie noch
Mam je getroffen hatten. Und ebenso wenig war sie scharf
darauf, zuzuhören, wie Mam Phillip ein Opfermäntelchen
strickte. Masche für Masche. Zwei links, zwei rechts. Wirklich nicht. »Ich wollte einen Eintrag auf Isas Trauerwebseite
machen. Vielleicht komme ich noch mal runter, wenn ich
damit fertig bin«, fügte sie versöhnlich hinzu. Irgendwie tat
Mam ihr auch leid.

»Mika, das ist nicht gut. Das muss mal ein Ende haben. Du
kannst Isa nicht ewig betrauern. Das Leben geht weiter, und
sie war nichts Besonderes. Wirklich nicht.«

Mit diesen Worten schaffte Mam es! Sie vertrieben diese Schwere aus Mikas Innerstem, von der sie nicht wusste, woher sie kam. Wut kochte hoch. Jetzt kamen die Worte wie Pfeile. »Wie kannst du so etwas sagen! Sie war meine Freundin. Sie war etwas Besonderes! Durch und durch! Und mehr, als du es jemals sein wirst. Denn Isa war Isa. Sie war sie selbst. Und du bist nur ein Abziehbild aus einer Glamourzeitung.«

Wütend knallte Mika die Tür hinter sich zu und hielt die Tränen zurück. Der Laptop war noch an. Sie ging auf die Trauerseite und machte den Eintrag. Es war nicht viel. Nur ein paar Zeilen, die Lukas gestern noch zitiert hatte und die sie tief berührten. *Wir sind von solchem Stoff, wie Träume sind, und unser kleines Sein umschließt ein Schlaf.*

Sie stammten von Shakespeare, waren also Hunderte Jahre alt und drückten dennoch das aus, was Mika fühlte. Alles war flüchtig, alles verging, nichts war beständig. Alles war Sand.

Das Leben geht weiter. Ein typischer Mam-Spruch. Obwohl sie auch irgendwie recht damit hatte. Niemand hatte die Zeit angehalten, in der Sekunde, als Isa starb. Sie alle mussten damit fertig werden, dass Isa nicht mehr war. Auch Lukas. Um ihn machte Mika sich langsam Sorgen. Er kam nicht heraus aus seiner Trauer. Ganz im Gegenteil. Er verwuchs immer mehr mit ihr. Sie umschlang ihn wie Efeu den alten Baum auf dem Friedhof.

Nachdem sie den Browser geschlossen hatte, blieb sie im Dunkeln sitzen. Wenn Isa doch nur nicht ihren Laptop mit in die Badewanne genommen hätte. Doch sie hatte nicht gewollt, dass jemand die Mails las, die sie mit Sascha nicht über Facebook, sondern über ihren privaten Account getauscht hatte. Wasser war eine sichere Sache. Die Mails waren für immer verloren. Sie schob den Stuhl zurück und stand auf.

Obwohl?

Plötzlich fiel ihr ein, dass Phillip ihr mal erklärt hatte, wie das funktionierte. Alle Mails landeten erst einmal auf dem Mailserver des Providers. Erst wenn man sein Mailprogramm startete, verband dieses sich mit dem Server und holte dort die elektronische Post ab. Je nachdem, welche Einstellungen man gewählt hatte, wurden die Mails im Server nach dem Abholen gelöscht oder nicht. Mika ließ ihre nicht löschen. Das tat sie erst, wenn das Serverpostfach überzuquellen drohte. Wenn Isa das auch so gemacht hatte, dann gab es ihre Mails vielleicht noch und man konnte sie abfragen. Da Isa beim selben Provider war wie Mika, wusste sie, wie das ging. Sie brauchte nur noch Isas Passwort. Wenn Isa immer dasselbe verwendete, so wie Mam, dann kannte Mika es.

57

Dühnfort versuchte Alois zu erreichen. Er probierte es auf dem Handy und dann daheim. Es meldeten sich die Mailbox und der Anrufbeantworter. Ging es Simon etwa schlecht? Stand es so ernst um den Jungen, dass alles andere unwichtig wurde? Dieser Gedanke legte sich wie Blei in Dühnforts Magen. Er versuchte es bei Evi, doch auch dort ging nur der Anrufbeantworter an, und ihre Handynummer hatte er nicht.

Beunruhigt fuhr er nach Laim, um Dettmanns Alibi zu knacken. In der engen, von Reihenhäusern aus den Siebzigern gesäumten Straße fand er keinen Parkplatz und hielt schließlich im Halteverbot vor dem Nachbarhaus der Steiningers, Dettmanns Alibizeugen.

Karl Steininger war ein sturer Hund. Er und seine Frau beharrten darauf, mit Peter, seiner Frau und den drei kleinen Kindern bis nach ein Uhr morgens gegrillt zu haben. Die Kinder seien irgendwann auf dem Sofa und im Sessel eingeschlafen. Man habe geratscht und etliche Biere getrunken und gar nicht gemerkt, wie die Zeit verging. Dühnfort wies darauf hin, dass sie sich strafbar machten, wenn sie Dettmann ein falsches Alibi gaben. Doch beide blieben dabei, Peter habe den ganzen Abend hier gesessen.

Alles hatte seine Zeit. Die beiden würden keinen Meineid schwören, wenn sie mit den Beweisen konfrontiert wurden. Das war sicher. Er kehrte zu seinem Wagen zurück und bemerkte eine alte Frau mit Rollator, die sich näherte. Sie kam vom Einkaufen, der Korb unter dem Sitz ihrer Gehhilfe war voll. Obenauf lagen zwei Plastikbeutel, die ins Rutschen gerieten und auf den Boden fielen, als sie mit einem der Gummiräder am Sockel der Straßenlaterne hängenblieb. Tomaten, Äpfel, Aprikosen und zwei Grablichter kullerten hervor. »Schöne Bescherung«, sagte sie, während Dühnfort sich bereits bückte, Obst, Gemüse und die Kerzen einsammelte und die Beutel zurück auf den Sitz legte.

»Danke. Das ist sehr freundlich.«

»Kein Problem. Gerne geschehen.«

»Ich fürchte nur, das passiert gleich wieder.« Sie wies auf das Haus, vor dem sie standen. Genauer gesagt auf zwei Stufen, die sie offenbar überwinden musste. »Ob Sie wohl so nett wären, mir die Tüten an den Türknauf zu hängen?«

»Natürlich.« Er nahm die Beutel wieder hoch. »Schaffen Sie das mit den Stufen?«

»Muss ich wohl. Ich treffe ja nicht immer einen so hilfsbereiten Menschen wie Sie.« Sie sagte das mit einem Augenzwinkern. Er half ihr dann doch, obwohl sie zunächst abwehrte, hängte die Beutel an die Tür, stellte den Rollator davor, hakte sie unter und führte sie die beiden Stufen hinauf. Und dann hatte er eine Idee. Die alte Dame war die Nachbarin der Steiningers. Wenn diese am fraglichen Tag bis ein Uhr morgens im Garten gefeiert hatten, musste sie das mitbekommen haben. Er stellte sich vor und fragte danach.

»O ja, natürlich. Sie haben gegrillt. Bis halb zehn ging das. Es war schon ein wenig laut, und der Wind kam von Westen. Der Rauch vom Grill zog zu mir auf die Terrasse. Deshalb bin ich hineingegangen.«

»Bis halb zehn Uhr? Sind Sie sich da sicher?«

Wieder erschien dieses augenzwinkernde Lächeln. »Meine Knochen sind zwar ein wenig morsch geworden, aber die grauen Zellen, die tanzen noch Cha-Cha-Cha. Wobei es mir umgekehrt manchmal fast lieber wäre.« Sie tippte sich an den Kopf. »Ich muss jeden Tag, bevor ich zu Bett gehe, ein Medikament einnehmen. Das mache ich immer um halb zehn

Uhr. Ich stand grad am Küchenfester, das geht nach vorne raus ...« Sie wies auf ein Fenster neben der Haustür. »... als der Mann mit dem Pferdeschwanz, seine verhuschte Frau und die drei Kinder ins Auto stiegen. Für die Kleinen war es ja höchste Zeit, dass sie ins Bett kamen.«

»War das ein Lieferwagen?«

Sie schüttelte den Kopf. »Ein schwarzer BMW. Ein älteres Modell.«

»Und Sie irren sich auch nicht im Datum?«

»Ganz sicher nicht. Am Nachmittag habe ich mit einer Freundin ihren Geburtstag gefeiert.«

Dühnfort dankte ihr. Sie verschwand im Haus und hob die Hand zum Gruß.

Erfreut, dass das so schnell gegangen war, fuhr Dühnfort zurück. Unterwegs wählte er Alois' Handynummer. Wieder erreichte er nur Anrufbeantworter und Mailbox. Herrgott! Was sollte das? Doch der Ärger wich schnell einer diffusen Angst. Simon war doch auf dem Weg der Besserung. Das hatte Alois gesagt. Vielleicht ein Rückfall? Er wollte sich das nicht vorstellen und tat es doch. Ein Krankenhausbett, darin Simon, ganz bleich, von Apparaten umgeben. Fiepende Geräte, blinkende Kurven, Infusionsständer, Nadeln, Kanülen. Wenn ich sein Vater wäre, ich würde wahnsinnig werden vor Angst, dachte Dühnfort.

Er sah zuerst ins Büro von Alois und Kirsten. Sie war da und fragte prompt nach ihm. Es gelang ihr nicht, ihn zu erreichen. Dühnfort zog die Schultern hoch. »Er wird der Ecstasyspur nachgehen. Vermutlich hat er keinen Empfang oder der Akku ist leer. Ist uns allen schon mal passiert.«

Er sah, wie sie eine Bemerkung herunterschluckte, die ihr bereits auf den Lippen lag. Nun gut, lassen wir das, schien sie damit sagen zu wollen. »Ich habe mit Senftleben telefoniert, dem Bauleiter in Unterhaching, und auch mit dem Architekten. Keiner der beiden kennt Dettmann. Er hat weder ein Angebot für ein Gewerk abgegeben noch sich darum bemüht. Was hatte er am Tatort zu suchen? Das sollten wir herausfinden.«

»Vielleicht gibt es eine Verbindung über Daniel. Wissen wir schon, woher er und Dettmann sich kennen?«

»Meo hat noch nichts gefunden. Weder in Daniels PC noch in seinen Mail- und Handydaten taucht der Name Dettmann auf, und umgekehrt. Ich vermute mal, sie kennen sich über die Drogengeschichte. In diesem Punkt war Daniel äußerst vorsichtig. Das scheint wirklich alles über persönliche Kontakte gelaufen zu sein. Wir sollten Phillip Eckel und seinen Freund fragen.«

Es gelang Dühnfort nicht, sich Dettmann im Van Gogh vorzustellen. Zu alt und das Gegenteil von stylish. Jedenfalls würde man sich an ihn erinnern, falls er Daniel dort getroffen hatte.

»Darf man das Tête-à-Tête mal kurz stören?« Mit diesen Worten schob Buchholz sich zur Tür herein. »Ich habe gute Nachrichten: Dettmann ist definitiv euer Mann. Die DNA an den Kippen stammt von ihm.«

58

Im Hofoldinger Forst war es schattig. Fichten und Buchen reckten sich in den Himmel. Es roch nach den Sommern seiner Kindheit. Nach Rinde und Gräsern, nach Wind und Sonne, nach unbeschwerter Freiheit.

Alois folgte der Wegbeschreibung von Christian, der auf dem Beifahrersitz saß, und bog auf einen schmalen, kiesigen Weg ab. Peißer Geräumt. So stand es auf einem Hinweisschild aus Holz, das jemand an einen Baum genagelt hatte. Mehr als Schrittgeschwindigkeit war nicht drin, dennoch krachte ab und zu ein Stein gegen die Karosserie. Im Stillen beglückwünschte Alois sich zu der Entscheidung, einen Wagen aus dem Fuhrpark zu nehmen und nicht seinen Mini. Etwas in der Art hatte er geahnt.

Es ging immer tiefer in den Forst hinein. Zweimal bogen sie noch ab, dann mussten sie zu Fuß weiter. Alois legte Christian Handschellen an. Derart geschmückt würde er keinen Fluchtversuch unternehmen.

Ein schmaler Trampelpfad führte durchs Unterholz. In die Stille drangen das entfernte Brummen der Autobahn, die den Forst durchschnitt, das Summen einer Hummel und ab und zu das Knacken eines trocknen Zweiges, der unter ihren Sohlen zerbrach. Christian hielt den Mund, und dafür war Alois ihm dankbar. Der gestrige Abend und die folgende Nacht saßen ihm noch in den Knochen. Evis Anruf. Evi, sonst die Ruhe selbst, war in Panik. Worte, die erst keinen Sinn ergeben wollten. *Simon geht es schlecht. Rhythmusstörungen. Er wird vielleicht … Du solltest kommen.* Mit Blaulicht war er zum Krankenhaus gedüst. Die Hektik der Ärzte … die hatte ihm am meisten Angst gemacht. Sie hatten das nicht im Griff. Und dann das goldene Licht, das ihm wie ein Vorbote des Todes erschienen war. Bei der Erinnerung daran stellten sich die Härchen an seinen Unterarmen auf. Sein Deal mit Gott! So verzweifelt lächerlich. Er war zwar getauft, aber er war nicht gläubig, und nun hatte er einen Deal mit Gott, an den er eigentlich nicht glaubte. Doch niemand, der eine katholisch-oberpfälzische Erziehung durchgemacht hatte, würde es jemals schaffen, so ganz und gar *nicht* an Gott zu glauben. Musste er nun zu dem Deal stehen und Wort halten? Wenn es Gott nicht gab, dann gab es keinen Partner für den Handel. Falls aber doch?

Mist. Er wälzte total lächerliche und kindische Gedanken. Er konnte Simon nicht die Familie geben, die er sich wünschte. Er konnte Evi nicht heiraten. Er liebte sie nicht. Er mochte sie. Sie waren Freunde. Außerdem bahnte sich da etwas zwischen ihr und diesem Affen an. Dr. Niklas Welte. Natürlich war der gestern auch noch herbeigeeilt. Da hatte Simons Herz bereits wieder geschlagen. Ganz ruhig und gleichmäßig, eine wunderschöne Kurve auf dem Monitor, die Alois die Tränen in die Augen trieb. Welte hatte ihn ignoriert, schlaue Sprüche losgelassen, Evi den Arm um die Schulter gelegt und sie mit seinem Medizinerlatein zugemüllt. Wie er Evi angesehen hatte, alles klar. Er war scharf auf sie, und sie hatte seinen Arm nicht abgewehrt. So what? Sie war frei zu tun, was sie wollte. Aber bitte nicht mit diesem Blender und Angeber.

Hoch über ihnen krächzte ein Rabe. Sie ließen Gebüsch und Unterholz hinter sich und erreichten eine Lichtung von knapp zweihundert Metern Durchmesser. »Hier ist es.« Christian wies mit den gefesselten Händen auf die freie Fläche. Vertrocknetes Gras, Blaubeergestrüpp, Himbeerranken, Moospolster und die Gerippe umgestürzter Bäume, die schon seit Jahrzehnten hier vor sich hin rotteten. Weiter hinten befand sich ein mannshoher Stapel Meterholz. Den steuerte Christian nun an. »Hier haben wir die Büchsen aufgestellt, und von dort drüben haben wir geschossen.«

Etwa sechzig Meter Distanz, schätzte Alois. Er wies Christian an zu warten und sah sich um. »Und denke nicht mal daran, abzuhauen.« Hinter dem Stapel fand er aufgeplatzte und deformierte Blechdosen. Pizzatomaten und weiße Bohnen. Absplitterungen an etlichen Bäumen. In einem entdeckte er ein Geschoss. Die Jungs hatten ein Rad ab, hier rumzuballern. Alois untersuchte den Platz, von dem aus sie die Büchsen ins Visier genommen hatten, und fand etliche Patronenhülsen zwischen Brombeeren und Moos. Eine lag auf einem Ameisenhaufen. 7,65 Browning. Das Kaliber passte zur Walther. Wenn es hier ein .44er Kaliber gab, dann steckte das Projektil in einem Baum. Das sollte Buchholz sich ansehen.

Alois kehrte zu Christian zurück, der am Holzstapel lehnte. »Wie oft wart ihr hier?«

»Fünf oder sechs Mal.«

»Immer zu zweit?«

Christian nickte. »Phillip hat keine eigene Waffe, und ich habe kein Auto. Wenn wir hierher wollten, waren wir aufeinander angewiesen.«

»Und ihr habt nur zur Gaudi geschossen? Oder war es nicht eher so, dass Phillip lernen wollte, wie man mit einer Waffe umgeht?«

»Am Anfang war es Neugier und Spaß. Doch dann hat ihn der Ehrgeiz gepackt. Er wollte besser schießen als ich. Und ich bin nicht schlecht.«

»Hast du ihm die Pistole auch mal geborgt?«

»Nur wenn wir hier waren. Er hat sie nie alleine gehabt.«

»Hat er mal davon gesprochen, sich eine Waffe zuzulegen?«

Christian hob seine Handgelenke. »Können wir darauf nicht verzichten? Ich haue nicht ab. Echt.«

»Wäre auch dämlich von dir, denn ich erwische dich, und außerdem platzt dann unser kleines Geschäft.« Er nahm Christian die Handschellen ab und wiederholte seine Frage, ob Phillip dran gedacht habe, sich eine Pistole zu besorgen.

»Er hat mal davon gesprochen. Das war aber nicht ernstgemeint.«

»Warum nicht?«

»Weil er selbst gesagt hat, dass das Quatsch ist und dass wir unseren Schießstand hier aufgeben sollten, bevor wir erwischt werden.«

»Hast du mal darüber nachgedacht, ob Phillip Daniel erschossen hat?«

»Er hatte keinen Grund. Gut, Daniel hat uns beklaut, aber Phillip brauchte das Geld nicht. Es konnte ihm egal sein.«

»Daniel hat euch auch erpresst …«

»Und Phillip ihn. Das hat sich aufgehoben.«

Alois wiederholte die Frage. Christian zog sich auf den Holzstapel hoch und setzte sich, seine Beine baumelten, er überlegte offenbar, was schwerer wog. Ehrlichkeit oder Loyalität. Die Loyalität siegte nicht. »Doch, der Gedanke ist mir schon gekommen. Ich traue es Phillip aber nicht zu. Eigentlich.«

»Eigentlich? Und weiter.«

»Wenn er auf Ecstasy ist und runterkommt, dann ist er manchmal ganz schön schräg drauf. Ziemlich aggressiv. In so einem Moment würde ich ihm alles zutrauen. Aber Phillip hat keine Waffe.«

Wenn dieser Schießplatz hier erst einmal gefilzt ist, sehen wir weiter, dachte Alois. Er zog das Handy aus der Tasche, um Buchholz anzurufen. Der Akku war leer. Mist! Das passierte ihm sonst nie, doch gestern Nacht hatte er nicht mehr daran gedacht. Verärgert steckte er das Mobilteil wieder ein. Gut, dass er Tino eine Mail geschrieben hatte, was er am Vormittag vorhatte.

»Okay. Ich denke, das war es für heute. Und jetzt zurück zu dem Punkt, an dem wir gestern unterbrochen wurden. Hast du einen Namen für mich?«

Christian nickte. »Bram. Er produziert die Weißen Mitsubishi.«

»Wo finde ich ihn?«

»Am besten sprechen Sie in der Kultfabrik Anike an. Sie arbeitet für ihn. In der Unberechenbar hinter der Theke.«

59

Marlis lag auf dem Sofa. An ihrem Fuß leuchtete weiß der Verband, die Erinnerung an die Nacht des Scherbenregens trieb ihr die Röte ins Gesicht. Sie hatte die Kontrolle verloren und war völlig ausgerastet, und doch fühlte sie sich wie befreit. Die Röte rührte nicht von ihrem Kontrollverlust ... oder in gewisser Weise doch. Seit über zwanzig Jahren war sie nun mit Stefan verheiratet, und der Sex war immer okay gewesen. Nicht überwältigend, nicht berauschend, eher bieder und brav, aber in Ordnung. In den letzten Jahren allerdings immer seltener. Seit Isas Tod gar nicht mehr. Natürlich immer im Schlafzimmer, früher gelegentlich auch unter der Dusche und wohl auch mal auf dem Teppich. Der verwegenste Ort, an dem sie es je getrieben hatten, war tatsächlich eine Lichtung im Wald gewesen. Ein Spaziergang nach einem guten Essen mit zu viel Wein. Ein warmer Sommerabend, der in Dämmerung und Dunkelheit überging, der Nachtschatten einer Buche, der ferne Ruf eines namenlosen Vogels, ein Kuss, an dem sich die Begierde entzündete, ein Bett aus Gräsern, die Nacht umhüllte ihre Körper wie ein kühles Laken. Die Erinnerung daran kam von weit her, ein fernes Echo, ein vager Nachhall. Noch vor Isas Geburt war das gewesen.

Danach hatten sie sich natürlich ins Schlafzimmer zurückgezogen, die Tür versperrt. Was, wenn das Kind schlaftrunken hereintappte? Statt duftendem Waldboden Taschenfederkernmatratzen, anstelle verrottenden Laubs und sich im Wind wiegenden Gräsern stramme Laken und weichgespülte Bettwäsche, statt lustvoller Schreie unterdrücktes Stöhnen. Nur das Kind nicht wecken und verschrecken.

Und nun war ihr Kind tot, und sie hatten sich in ihrer Verzweiflung darüber gefunden. Zwischen Scherben, Wein und Blut, auf dem Küchenboden. Zunächst dort. Dann auf dem Tisch, auf der Treppe, unter der Dusche und schließlich im Bett. Sie hatten sich die Nägel ins Fleisch geschlagen und die Zähne, hatten sich über Wut und Verzweiflung, über Qual und Not der Trauer genähert und schließlich der Hoffnung. Der Hoffnung, einander nicht zu verlieren. Als die Sonne ihre ersten Strahlen rot durch das Fenster sandte, waren sie eingeschlafen. Befriedet. Ein Endpunkt war gesetzt. Nun mussten sie sehen, wie es weiterging, ob daraus ein Neuanfang wurde.

Von draußen erklang das Brummen des Motors und das Quietschen von Metall auf Stein. Der Container wurde ein Stück versetzt, damit der Mini-Bagger, den Stefan nun doch gemietet hatte, in den Garten gebracht werden konnte.

Marlis stand auf. Ein pochender Schmerz in der Ferse. Sie humpelte zur Haustür und sah hinaus. Der Container stand am neuen Platz, der Bagger daneben. Der Lastwagen fuhr mit leerer Ladefläche und Dieselschwaden ausstoßend davon.

Stefan kam auf sie zu. Ein Pflaster am Kinn, dort, wo ihn die Pfeffermühle getroffen hatte. Die Wunde in der Augenbraue fiel nicht allzu sehr auf. Sie war dunkel verkrustet. Er nahm Marlis in den Arm, gab ihr einen Kuss auf die Schläfe. Scheinbar aus dem Nichts stieg der Wunsch in ihr auf, alles liegen- und stehenzulassen. Einfach abzutauchen, davonzulaufen. Sich vor der Welt zu verstecken, sich mit ihm zu verkriechen. Mit Stefan, ihrem Mann. Der Liebe ihres Lebens. Die Miete für das Ferienhaus war bezahlt. Es stand leer, wartete. Doch der Wunsch kam nicht aus dem Nichts. Er hatte seit Tagen in ihr geschlummert und war nun erwacht. Einfach alles vergessen. Neu beginnen. An einem unbeschwerten Ort ohne Erinnerungen, ohne Vergangenheit. Wie neugeboren.

Unbelastet. Frei. »Vielleicht sollten wir doch in die Provence fahren.«

»Jetzt, wo ich gerade den Bagger geliehen habe?«

»Warum nicht? Komm, wir packen ein paar Sachen ein, setzen uns ins Auto und fahren los. Morgen um diese Zeit sitzen wir in Le Lavandou bei einem Café au lait in Jacques Bar und sehen aufs Meer.«

Er strich mit dem Zeigefinger die Form ihrer Lippen nach. Eine Berührung, die sie erschauern ließ. Wie ernst er sie ansah, wie nachdenklich. Was ging hinter dieser Stirn vor sich? Warum sprach er so selten darüber, welche Gedanken er wälzte, was ihn bewegte und quälte?

Das Gespräch der vergangenen Nacht … Wir hätten es schon vor Monaten führen sollen, dachte Marlis, dann wäre uns viel erspart geblieben. Sie hatte ja keine Ahnung gehabt, mit welchen Schuldgefühlen Stefan sich schlug.

Marlis hatte lediglich mitbekommen, dass Isa verliebt war. In Sascha. Wer er war und wie Isa ihn kennengelernt hatte, hatte sie erst nach ihrem Tod erfahren. Da Isa bester Laune war und sogar mit einer Diät begonnen hatte, hatte Marlis nicht weiter nachgebohrt. Sascha tat Isa offenbar gut. Allerdings litt die Schule darunter. Deswegen hatte es Streit gegeben.

Ihrer Mutter hatte Isa die Einzelheiten verschwiegen. Nicht aber Stefan. Ihm hatte sie von Sascha vorgeschwärmt. Wie toll er war, wie verständnisvoll und lustig, wie einfühlsam und klug. Sie sprach von ihrer Verliebtheit, aber auch von ihrer Angst, enttäuscht zu werden, von der Sorge, dass er es nicht ernst meinte und ihre Figur ihn doch abschrecken würde. Sie war so voller Hoffnung gewesen und gleichzeitig so voller Zweifel, und so verliebt wie noch nie. Stefan hatte es beängstigend gefunden, wie Isa und Sascha sich kennengelernt hatten. Eigentlich wusste sie nichts über ihn, nichts, was nachprüfbar war, belegbar. Typisch Controller, hatte Isa gesagt und gelacht. Man muss auch vertrauen können, Paps. Wenn schon nicht anderen, dann seiner inneren Stimme. Und genau auf die hatte Stefan nicht gehört. Was Isa von Sascha erzählte, hatte Zweifel geweckt und Fragen aufgeworfen. Wer war der Kerl, der sich im Netz verbarg und möglicherweise mit den Gefühlen seiner Tochter spielte oder gar Schlimmeres plante? Doch dann war Stefan am nächsten Morgen ins Büro gefahren. Die Arbeit war wichtiger. Was hätte er auch tun können? Isa ging es gut. Sie war so voller Energie und Freude. Und dann hatte er, in dieser von Unglück durchtränkten Nacht, die Tür zum Bad eingetreten und Isa gefunden, in einer Badewanne voller Blut. Seither quälte er sich mit Schuldgefühlen.

»Ich hätte Isa warnen müssen. Man trifft sich nicht mit einem Wildfremden. Ich hätte es ihr verbieten müssen oder wenigstens versuchen herauszufinden, wer dieser Sascha ist, wie er drauf ist, was er von Isa will. Und was habe ich getan? Nichts. Nichts. Nichts. Ich habe sie in ihr Verderben laufen lassen. Ich bin schuld. Das habe ich lange nicht erkennen wollen. Deshalb habe ich alles auf dich geschoben. Es tut mir so leid. Verzeih mir, bitte!« Er hatte jede ihrer Fingerkuppen geküsst. Wie hätte sie ihm nicht verzeihen können? Sie liebte ihn. Über alles. Das war der Moment, den sie seit Monaten herbeigesehnt hatte. Auch wenn er sie zutiefst verletzt und gequält hatte, hatte sie immer gewusst, dass er es nicht so meinte. Es war einfacher gewesen, ihr die Verantwortung zuzuschieben, als sich den eigenen Anteil daran einzugestehen. Doch weder er noch sie waren verantwortlich. Sascha alleine war es. Das wusste er ebenso gut wie sie.

Dühnforts Angebot, mit Hilfe des Staatsanwalts den Herausgabebeschluss von Saschas Facebook-Daten zu erwirken, berührten sie in jener Nacht mit keinem Wort. Erst beim Frühstück hatte Stefan es angesprochen. Zögernd war der Entschluss gefallen. Etwas in ihm schien sich zu sträuben, und sie konnte nur ahnen, was ihn daran hindern wollte, die Chance zu nutzen, Sascha zu enttarnen: die Banalität der Wahrheit. Die Angst, einem pickeligen Bürschchen gegenüberzustehen, das stotternd und sabbernd um Entschuldigung bat und tausendmal schwor, das nicht gewollt zu haben. Kein ebenbürtiger Feind. Kein Gegner auf Augenhöhe, dem man mit Verachtung und Hass gegenübertreten konnte.

Mitleid war das Letzte, das er für Sascha empfinden wollte. Mitleid mit dem Kerl, der Isa in den Tod getrieben hatte, bei dieser Vorstellung wurde ihm sicher übel. Doch dann hatte Stefan überraschend vorgeschlagen, den Staatsanwalt noch am selben Tag aufzusuchen. Marlis wusste, er tat es einzig und allein für sie.

Sein Finger verließ ihre Lippen. Er stippte ihr lächelnd auf die Nase. »Es klingt verlockend. Die Provence bei Dauerregen und Temperaturen um die zwanzig Grad.«

»Wirklich?« Sie hatte seit Tagen die Nachrichten und den Wetterbericht zwar gesehen, aber nicht zugehört.

»Der kühlste Sommer seit zwanzig Jahren. Nächste Woche soll das Wetter besser werden. Lass uns noch solange warten. Bis dahin bin ich auch mit dem Aushub fertig.«

»Ja. Gut.« Es klang vernünftig.

Doch sie wollte hier nicht bleiben. Sie wollte weg. Nicht für zwei Wochen nach Südfrankreich, wie sie erstaunt feststellte. Für immer. In diesem Haus würden sie nicht mehr glücklich werden. Lass uns das Haus verkaufen und wegziehen. Lass uns noch einmal ganz von vorne beginnen. Ja? Das hätte sie am liebsten gesagt, doch sie schwieg.

Es würde nichts ändern.

60

Als kurz nach Mittag endlich der unverkennbare Klang von Alois' Schritten auf dem Flur zu hören war, hatte Dühnforts Ärger den Siedepunkt erreicht. Er rief Alois zu sich ins Büro und machte seinem Unmut Luft. »Seit gestern Nachmittag bist du unerreichbar. Wenn du Urlaub brauchst, um Evi zu unterstützen, dann nimm dir frei! Und wenn nicht, dann melde dich ab und schalte dein Handy ein. So geht es nicht.«

Alois ging sofort in Abwehrhaltung. »Cool down. Ich habe dir eine Mail geschickt. Wenn du deine Post nicht checkst, ist das nicht mein Problem.«

»Welche Mail? Bei mir ist keine angekommen.« Dühnfort prüfte den Posteingangsordner seines PC. »Nichts.«

»Das kann nicht sein.« Alois stellte sich neben ihn und starrte auf den Bildschirm. »Vielleicht ist sie im Spamordner gelandet.«

Tatsächlich, da lag sie. Alois hatte sie kurz vor Mitternacht von seinem privaten Account geschickt.

»Vielleicht solltest du die Spam-Einstellungen ein wenig runterschrauben«, meinte Alois.

»Sieht ganz so aus. Und was ist mit deinem Handy?«

»Der Akku ist leer. Shit happens. Das ist mir zum ersten Mal passiert.«

»Gut, dann ist das ja geklärt. Wie geht es Simon?«

Mit der Hand fuhr Alois sich übers Gesicht. »Besser. Eigentlich gut. Nur gestern Abend ... da sah es mal nicht so gut aus.«

Was wollte Alois damit sagen?

Plötzlich lachte er. »Ich werde Evi wohl einen Antrag machen.«

»Ihr wollt heiraten?« Das überraschte Dühnfort, obwohl er der Ansicht war, dass die beiden wunderbar zueinander passten. Allerdings musste Alois aufhören, weiter *Kerben in seine Bettpfosten zu schnitzen*, wie Gina das mal genannt hatte. Er ließ einfach nichts anbrennen. Ein nicht unbedingt ehekompatibles Verhalten.

»*Wollen* eigentlich nicht. Ich hoffe, dass sie nein sagt.«

»Das muss ich jetzt nicht verstehen, oder?«

»Nicht wirklich. Ich verstehe es ja selbst nicht.« Wieder lachte Alois. »Es geht um einen Deal. Apropos Deal. Ich habe einen laufen. Mit unserem Landlord. Er hat mir einen Tipp gegeben, wie man an Weiße Mitsubishi kommt.«

»Unser Landlord? Du meinst Christian von Oesner?«

»Genau den. Steht alles in meiner Mail.« Alois berichtete von dem kleinen Geschäft, das er mit Christian vereinbart hatte. »Daniel hat die Jungs erpresst und beklaut. Ein Mordmotiv haben also beide. Ich werde jetzt noch ihre Alibis prüfen und dann heute Nacht der Unberechenbar einen Besuch abstatten.«

»Wir sollten Christian und Phillip fragen, ob sie Dettmann kennen.«

»Dettmann? Wer ist das?«

Das ist jetzt nicht wahr, dachte Dühnfort. Ein Blick in die Akten, und du wüsstest es. Doch er wollte sich nicht ärgern. Außerdem beschlich ihn die Vermutung, dass Alois eine fürchterliche Nacht hinter sich hatte. Er sah völlig fertig aus. *Nur gestern Abend ... da sah es mal nicht so gut aus.* Was wollte Alois damit sagen? Etwa, dass es Simon so schlechtgegangen war, dass Evi und er mit dem Schlimmsten gerechnet hatten? »Dettmann war zur Tatzeit am Tatort. Er ist der Fahrer des Lieferwagens und unser Hauptverdächtiger. DNA, Sohlenprofil und die Schramme am Auto, alles passt.«

»Bingo. Dann haben wir ihn ja.«

»Im Moment können wir noch nicht einmal beweisen, dass er Daniel kannte, und damit fehlt uns das Motiv. Außerdem haben wir keine Tatwaffe. Ganz zu schweigen von Einlassungen in der Sache.«

»Okay. Was soll ich übernehmen?«

»Du bleibst an den Weißen Mitsubishi dran. Kirsten und ich versuchen die Verbindung zwischen Dettmann und Daniel nachzuweisen. Entweder waren beide sehr vorsichtig, was bedeuten würde, dass Dettmann wohl einer von Daniels Ecstasy-Kunden war, oder sie kannten sich wirklich nicht.«

»Dass sie sich nicht kannten, ist äußerst unwahrscheinlich. Weshalb hätte Dettmann einen Unbekannten in die Baustelle locken und erschießen sollen? Es sei denn, er war so auf Alk und Drogen oder voller Wut bis in die Haarspitzen, dass er ausgerastet ist.«

Ein ähnliches Szenario hatte Dühnfort bereits gewälzt. »Dafür spricht nichts. Dettmann hat mit Frau und Kindern einen lauschigen Grillabend bei Freunden verbracht und gegen zehn die Familie nach Hause gefahren. Wenn es danach Streit mit der Frau gegeben hätte, wäre Dettmann dann in seiner Wut von Laim quer durch die Stadt bis nach Unterhaching gefahren, um sich an einem Unbekannten abzureagieren? Ziemlich sicher nicht. Dettmann kennt die Baustelle, er ist gezielt dorthin gefahren. Er muss mit Daniel verabredet gewesen sein oder zumindest gewusst haben, dass er auf dem Nachhauseweg dort vorbeikommen würde. Vereinbartes Treffen oder eine Falle? Das ist die Frage. Das müssen wir jetzt klären. Und wir müssen diese verdammte Waffe finden.«

Alois lehnte sich an die Kante des Besprechungstischs. »Buchholz ist mit seinen Leuten grad draußen im Hofoldinger Forst und untersucht den Schießplatz der Jungs. Würde mich nicht wundern, wenn er dort das eine oder andere Geschoss Kaliber .44 aus einem Baumstamm pult.«

Dühnfort massierte mit einer Hand die verspannte Nackenmuskulatur. Normalerweise wurde eine derartige Untersuchung von ihm angeordnet. Wieder einmal ging Alois eigenmächtig vor. Doch er schob die Verärgerung darüber beiseite. »Du meinst, wenn Daniel Dettmann kannte, dann kennen ihn Christian und Phillip auch. Einer der beiden war mit ihm am Tatort. Ein zweiter Mann, der vorsichtig war und seine Spuren verwischt hat.« Ja, das konnte hinkommen. Es würde die Vermutung bestätigen, die bereits zwei Mal im Raum gestanden hatte: Sie hatten es nicht mit einem Einzeltäter zu tun, sondern mit einem Team.

»Das würde passen. Vielleicht haben Christian und Phillip gemeinsam mit Dettmann ihre Schießübungen veranstaltet.«

»In diesem Fall hätte Christian dir den Platz ganz sicher nicht gezeigt. Wenn, dann hat Phillip dort mit Dettmann geübt, und zwar mit der .44er Magnum, und Christian hat keine Ahnung davon.«

61

Wie nicht anders zu erwarten, schüttelten sowohl Phillip als auch Christian den Kopf, als Dühnfort ihnen Dettmanns Foto vorlegte. Auch der Name sagte ihnen nichts.

Während er überlegte, wie er nun weiter vorgehen sollte, meldete Kirsten sich über Handy. »Ich war mit Dettmanns Foto bei Daniels Exfreundin, bei seiner Oma, im Autohaus, bei den Nachbarn und in der Kneipe. Niemand hat den Mann je gesehen, und seinen Namen hat Daniel nie erwähnt. Umgekehrt ist es genauso. Weder Dettmanns Frau noch seine Freunde kennen Daniel. Fast könnte man glauben, es gibt wirklich keine Verbindung zwischen den beiden. Was nun?«

»Bleiben eigentlich nur noch das Van Gogh und die Kultfabrik.«

Er wollte bereits auflegen, aber Kirsten hatte noch etwas für ihn. »Rate mal, wem das halbfertige Haus gehört, in dem wir Dettmann aufgegabelt haben?«

»Etwa ihm?«

»Richtig.«

Die winzige, verlotterte Wohnung in Laim und ein freistehendes Einfamilienhaus in einem Vorort. Wie passte das zusammen? »Hat er im Lotto gewonnen?«

»Geerbt. Und zwar das Grundstück. Von seinen Großeltern. Das war vor drei Jahren. Er hat die eine Hälfte verkauft, um damit den Bau des Hauses auf der anderen Hälfte zu finanzieren. Doch dann ging seine Firma beinahe in Konkurs. Die Bank gab keine neuen Kredite. Mit dem Rest des Geldes musste er die Gläubiger bezahlen. Seither mauert und schraubt Dettmann selbst an seinem Traumhaus. Ich vermute mal, dass er das mit Schwarzarbeit finanziert. Seiner Steuererklärung nach müsste er Grieche sein. Die Firma wirft angeblich kaum Gewinn ab.«

Dühnfort dankte Kirsten für diese Information. Wieder einmal brauchte er einen Beschluss, den er umgehend von Leyenfels bekam. Anschließend suchte er die Haftzellen auf, wo Dettmann nach seiner vorläufigen Festnahme saß, und ließ sich dessen Schlüsselbund aus der Verwahrbox aushändigen.

Eine halbe Stunde später stand er auf der Baustelle. Das Dach des Hauses war gedeckt, Fenster und Türen gesetzt. Außen fehlten noch der Verputz und die Gartenanlage. Vor dem Haus lagen Bauschutt und Verpackungsmaterial herum, Kies- und Sandhaufen. Unter dem Vordach neben der Haustür standen Holzpaletten und einige Eimer und Wannen aus Kunststoff.

Einer der Schlüssel passte. Dühnfort trat ein und sah sich im Erdgeschoss um. Blanker Estrich, unverputzte Wände. Die Schlitze für die Elektroinstallationen waren geschlagen, die Sanitärinstallationen vorbereitet. Überall stapelte sich Material. Gipskartonplatten. Aluprofile. Fliesen. Säcke mit Zement, Gips und Fugenmörtel. Schachteln mit Schrauben und Dübeln. Rollen mit Stromkabeln und Isoliermaterial. Kartons mit Waschbecken und Armaturen. Im Keller und im Obergeschoss sah es nicht besser aus. Wenn er hier eine versteckte Waffe finden wollte, brauchte er Unterstützung. Er forderte vier Kollegen von der Schutzpolizei an. Bis sie kamen, sah er sich hinter dem Haus um. Im Schatten einer Thujenhecke, die das Nachbargrundstück begrenzte, befand sich ein Holzschuppen mit Vorhängeschloss.

Der Schlüssel war am Bund. Die Tür knarrte, als Dühnfort eintrat. Staubige Hitze umfing ihn. Im Gegensatz zum Chaos im Haus herrschte hier penible Ordnung. Zwei mannshohe

Regale voll mit Werkzeugen, Maschinen und Zubehör. Bohr- und Schleifmaschinen, Akkuschrauber, Stichsäge, Winkelschleifer und alles an Verbrauchsmaterial, was das Handwerkerherz höherschlagen ließ. Bitboxen und Bohrersets, Schleifbänder und -scheiben, Kabeltrommeln. Sogar zwei Sägeblätter für die Kreissäge, die vor Dühnfort stand.

Ein Auto näherte sich und stoppte. Der Motor erstarb, Türen wurden geschlagen. Dühnfort warf noch einen Blick auf dieses Lager und ging nach vorne an die Straße, wo ein Streifenwagen parkte. Die Kollegen waren eingetroffen. Einen der vier kannte Dühnfort von einer Festnahme vor über einem Jahr. Thomas Holtmann tat Dienst bei der PI28 in Ottobrunn und war ein Schrank von Mann. Über seinem muskulösen Oberkörper spannte das Uniformhemd. Handschellen und Waffe baumelten am Gürtel. Damals hatte er einen randalierenden Verdächtigen in Schach gehalten, indem er ihn einfach in den Schwitzkasten genommen hatte. Nun grüßte er Dühnfort mit Handschlag und stellte die Kollegen vor. »Was steht an?«

»Wir suchen einen Revolver. Vermutlich die Tatwaffe im Mordfall Ohlsberg.«

»Der Bursche, der in Unterhaching erschossen wurde?«

»Warst du da im Einsatz?«

Holtmann schüttelte den Kopf. »Meine Schicht war schon vorbei.« Während er mit seinen Leuten das Haus betrat, kehrte Dühnfort zum Schuppen zurück. Etwas hatte sein Interesse geweckt. Er wusste nur noch nicht was. Eine Idee hatte ihn vorher gestreift. Flüchtig wie ein Gedanke zwischen Nacht und Morgendämmerung. Nun wollte er sich nicht ein weiteres Mal einstellen. Dühnfort beschloss, nicht weiter nach ihm zu fahnden, nur so würde er sich wieder einfinden. Also begann er nach der Waffe zu suchen und sah sich systematisch um, suchte in den Regalen, in Schachteln und Kunststoffboxen, leuchtete mit einer Taschenlampe, die sich in Dettmanns Fundus befand, in dunkle Ecken und Winkel, schob die Tischkreissäge vor die Tür und die Regale beiseite. Nichts. Keine der Bodendielen war locker, und keine der Schachteln enthielt einen doppelten Boden. Hier war die Waffe nicht. Die Kreissäge war schwer. Er zog sie zurück an ihren Platz, und dabei fiel sein Blick auf das Typenschild und einen Aufkleber. Zimmerei Martin Schulz GmbH, Ismaning. Der abhandengekommene Gedanke stellte sich wieder ein: seine Verwunderung über dieses Lager an Maschinen und Material. Ein kleines Vermögen stand hier herum.

Dühnfort zog das Handy aus der Tasche, erfragte bei der Auskunft die Telefonnummer der Zimmerei Martin Schulz in Ismaning und ließ sich gleich verbinden.

Nach dem vierten oder fünften Läuten meldete sich eine Frau. »Zimmerei Schulz, Maria Schulz, grüß Gott!« Die Stimme klang robust. Unwillkürlich stellte Dühnfort sich eine bodenständige, rotwangige Frau vor, die den Laden am Laufen hielt, während ihr Mann in der Werkstatt und auf den Baustellen nach dem Rechten sah. »Dühnfort, Kripo München. Ich habe eine Frage.«

»Polizei? Aha. Worum geht's?«

»Vermissen Sie eine Tischkreissäge der Marke Scheppach?«

»Vermissen? Sie sind gut. Des Drum kostet über dreitausend Euro. Natürlich vermissen wir die. Haben Sie die vielleicht gefunden?«

»Könnte sein. Haben Sie zufällig die Typennummer?«

»Zufällig nicht. Sondern ganz absichtlich. Ich hab nämlich Ordnung in meinen Unterlagen. Warten'S einen Moment.« Er hörte, dass sie das Telefon beiseitelegte, dann ein entferntes Rumoren und schließlich das charakteristische Klacken, mit dem ein Ordner geöffnet wurde. »So, da haben wir sie schon.« Sie nannte ihm die Nummer. Sie stimmte mit der auf dem Typenschild überein. Er fragte nach, wann und wo die Kreissäge gestohlen worden war, und erfuhr, dass sie bereits Anfang Mai von einer Baustelle in Kirchheim verschwunden war, obwohl ihr Mann sie angekettet und mit einem Vorhängeschloss gesichert hatte. »Ein Spezialschloss für über hundert Euro war das. Zertifiziert. So ein Schmarrn. Ein Glump, sag ich. Aufgebohrt hat er's, wie wenn es ein Stück Käs gewesen wär.«

»Kennen Sie einen Peter Dettmann?«

»Dettmann? Wer soll das sein?«

»Heizung, Lüftung, Sanitär.«

»Nein. Den kennen wir nicht. Hat der vielleicht die Scheppach geklaut?«

»Das wäre möglich.« Er erklärte ihr, wie sie ihr Eigentum zurückerhalten konnte, und beendete das Gespräch. Die Luft in der Hütte war stickig. Im Sonnenlicht, das durch das Fenster fiel, tanzte der Staub.

Dettmann klaute also auf Baustellen.

62

Mika ging die Treppe hinunter. Es wurde kühl und dämmrig. Ein schwach modriger Geruch lag in der Luft, wie in einer Gruft. Der lange schwarze Mantel, den Lukas auch an diesem heißen Tag trug wie ein Markenzeichen, berührte ihre nackte Wade. Sie erschauerte und war gleichzeitig gespannt, was sie dort unten erwartete. *Klang und Stille.* So nannte sich die Ausstellung im Haus der Kunst, die er ihr unbedingt zeigen wollte.

Sie erreichten einen schmalen Flur, der im Halbdunkel lag. Rechts und links gingen Kabinen ab. Geflieste kleine Räume, in jedem eine Videoinstallation. Er ließ ihr keine Zeit, einen Blick in die ersten zu werfen, nahm ihre Hand und zog sie weiter. Lautlos. Schweigend. Bis sie in einem der winzigen Zimmer vor einem Monitor standen. Das Video lief. Wind strich durch Gräser, wiegte sie sacht. Lange, biegsame Halme krümmten sich über groben unbehauenen Findlingen. Rote Blüten schwangen im Takt des Windes. Ein nahezu lautloses beruhigendes Säuseln, Wispern, Flüstern, ein Raunen, Hauchen, Murmeln und Tuscheln des Windes in den Halmen und Rispen. Mika wagte kaum zu atmen. Sie wollte diese traurigschöne Windmelodie auskosten. Unendlich leise setzte Musik ein, eine melancholische Ballade. *The Wind that shakes the Barley.* Die Zeit schien stillzustehen. Für einen Augenblick fühlte Mika Freude in sich und Frieden. Tief wie nie. Es war wie ein Abschied.

Als das Video wieder von vorne begann, hatte es seinen überraschenden Zauber bereits zu einem guten Teil eingebüßt. Das Unerwartete fehlte. Sie hatte genug, wollte die anderen Videos nicht sehen. Das eine genügte. Es hatte alles.

»Lass uns gehen«, flüsterte Lukas. Sie nickte nur und folgte ihm nach draußen. Als sie das Haus der Kunst verließen, schlug ihnen Hitze entgegen. Sie umrundeten den monumentalen Bau und suchten sich im Englischen Garten einen Platz unter einer Trauerweide.

Lukas lehnte seinen Kopf an den Stamm und schloss die Augen. »Hast du den Wind in den Gräsern gehört?«

Mika nickte, obwohl er das nicht sehen konnte.

»Da war nur Stille. Deine Ohren hatten nichts zu tun. Die Gräsermelodie war nur in deinem Kopf. Jeder hört seine eigene. Je nachdem, was er sich erwartet, erhofft, was er sich vorstellen kann.«

»Du meinst, das Video ist ohne Ton?«, fragte Mika überrascht.

Lukas nickte.

»Aber der Song, den habe ich mir nicht eingebildet. Der ist echt.«

»Der Song schon. Das gehört zum Konzept. Die Steine sind übrigens Grabsteine. Das ist ein Friedhof für ungetauft gestorbene Kinder.«

Ein Friedhof. Kein Wunder, dass das Video Lukas faszinierte. Doch es hatte auch etwas Magisches. Dieses Gefühl von Frieden und Freude, das noch in ihr nachklang, erschien ihr wie von einer geheimen Kraft beschworen.

»Alles, was wir wahrnehmen, ist subjektiv. Ergo gibt es keine objektiven Wahrheiten. Es gibt nur unsere eigenen.«

Wie meinte Lukas das? »Was willst du damit sagen?«

Noch immer hatte er die Augen geschlossen. »Wir machen uns nicht nur die Haare schön, sondern auch die Wahrheit. Wir frisieren sie und verklären unsere Erinnerungen. So lässt sich das alles leichter ertragen. So meine ich das.«

Im Moment war ihr das zu viel. Lukas' Gedanken empfand sie wie Störgeräusche, die drauf und dran waren, die schöne Stimmung, die noch immer in ihr schwang, zu vertreiben. Sie schloss die Augen wie er und spürte ihren Empfindungen nach. Es war nur ein Video gewesen, ein ganz einfaches Video, und es hatte derart viel in ihr ausgelöst, sie beinahe zum Weinen gebracht und gleichzeitig verzaubert und tief berührt. Es hatte ihre Seele angestupst. Dass man mit Kunst derart starke Gefühle wecken konnte ... Sie wollte das auch können. Sie wollte nicht BWL studieren.

Kunst. Film. Architektur. Graphik. Malerei. Egal was, nur nicht Wirtschaft. Doch wie sollte sie Mam das beibringen und Paps? Sie würden das nicht verstehen und ihr die Hölle heißmachen. Mit diesem Gedanken verflog der letzte Rest des Zaubers.

Lukas wirkte wieder verschlossen, in sich gekehrt. Er hing seinen Gedanken nach, war vermutlich wieder bei Isa. Zum ersten Mal machte sie das ungeduldig, beinahe zornig. Er konnte doch nicht ewig Isa nachtrauern und sich hängen lassen. Bei dem Gedanken an Isa fiel ihr wieder ein, dass sie ja nachsehen wollte, ob Isas Mails noch auf dem Mailserver lagen. Gestern hatte sie das nicht mehr geschafft.

63

Dühnfort kehrte ins Haus zurück. Holtmann und seine Leute arbeiteten sich auf der Suche nach dem Revolver systematisch voran. Irgendwo hier musste er sein. Dettmann hatte ihn bestimmt nicht weggeworfen oder weiterverscherbelt. Fürs Wegwerfen war er zu teuer. An die tausend Euro musste man für einen illegalen Revolver in gutem Zustand berappen. Ein Verkauf barg außerdem die Gefahr, die Waffe könnte erneut für eine Straftat Verwendung finden und über diesen Umweg in die Hände der Polizei geraten. So unvorsichtig war Dettmann nicht. Die Waffe musste hier irgendwo sein.

Aber nicht deshalb war Dühnfort ins Haus zurückgekehrt. Es waren die Rollen mit Dämmstoff, die er vorher eher beiläufig wahrgenommen hatte. Seine Vermutung bestätigte sich. Derselbe Hersteller, dieselbe Produktbezeichnung wie am Tatort in Unterhaching.

Dühnfort entschloss sich, dorthin zu fahren, und verabschiedete sich von Holtmann. »Wenn ihr die Waffe findet, ruf mich an.«

»Bist du dir so sicher, dass sie hier ist?« Holtmann fragte das mit leiser Skepsis.

»Eigentlich schon.« Erst im Auto beschlichen ihn Zweifel. Dettmann war vorsichtig. Vielleicht hatte er den Revolver auch im Wald vergraben oder einem guten Freund zur Aufbewahrung gegeben. Man würde sehen.

Nach Unterhaching waren es nur zehn Minuten Fahrt. Von unterwegs rief er Senftleben, den Bauleiter, an und hatte Glück. Er war zurzeit auf der Baustelle und wollte auf Dühnfort warten.

Die Sonne stand tief im Westen und blendete ihn. Im Auto staute sich die Hitze. Ein Abend auf dem Boot. Mit Gina. Der weite Himmel über ihnen. Das kühle Wasser an ihrer Haut. Das Brennen der Muskeln, wenn sie um die Wette schwammen. Ihre Atemlosigkeit, wenn sie schließlich die Leiter am Heck, wie immer als Erste, hochkletterte und sich erschöpft auf die Planken fallen ließ. Das Wasser, das auf ihrer Haut perlte und aus den Haaren tropfte. Die kühle Feuchtigkeit ihrer Lippen, ihr nasser Körper unter seinem. Ihr befreiendes Lachen, das Funkeln in ihren Augen. Der Schrei einer Möwe, die Alpenkette am Horizont, die sich in milchigem Dunst auflöste, weiße Segel, die dem Ufer zustrebten, ein sanftroter Schein, der sich noch eine Weile hielt, während der Abend sich langsam über sie senkte wie ein weiches Tuch. Das war es, wonach er sich in diesem Moment sehnte. Ein paar Stunden Ruhe, eine Auszeit von all dem, was Menschen einander antaten. Ein Anflug von Überdruss überfiel ihn, für einen Augenblick wünschte er sich, nicht länger in den Niederungen menschlicher Neigungen herumkriechen zu müssen. Er wollte sich dem nicht stellen, was sich abzuzeichnen begann. Ein ganz und gar sinnloser Tod eines jungen Menschen. Doch wann war der Tod schon sinnvoll?

Vielleicht am Ende eines erfüllten Lebens, wenn du alles gegeben und alles gewonnen hast, wenn all die fragilen Gebilde von Liebe und Hass, von Verantwortung und Zweifel, von Sorge und Glück, von Hoffnung und Erfüllung für die Dauer eines Wimpernschlags in einem zerbrechlichen Gleichgewicht schweben wie ein Reigen Schmetterlinge, die einander in nie erträumter Harmonie umtanzen. Wenn dich in einem solchen Moment die Kräfte verlassen und der Wille, sich ans Leben zu klammern, wenn die Vorstellung, sich in Unendlichkeit aufzulösen, ebenso leicht und wünschbar wurde wie die Gewissheit, künftig nur noch in Erinnerungen zu existieren, bis auch diese sich schließlich nach Generationen verloren, wie dein Name, der letztlich ebenso vergangen sein würde wie jeder Gedanke an dich, vielleicht war es dann ein sinnvoller Tod, im Einklang mit diesem Augenblick der Erkenntnis: So wie es war, so war es gut. Du musst dich nicht fürchten, lass einfach los.

Du grübelst wieder. Er konnte Ginas Stimme beinahe hören, als sie diesen oft wiederholten Satz sagte. Nicht vorwurfsvoll, sondern einfach feststellend. Ja, er grübelte. Es gehörte zu seiner Natur, war untrennbarer Teil seiner selbst. Ein Teil, den er ebenso schätzte wie verfluchte. Schätzte, weil diese Art, sich auf seinen Gedanken und Gefühlen treiben zu lassen wie Holz in der Strömung eines Flusses, ihn oft zu neuen Erkenntnissen führte, ihm Klarheit und Einsicht bescherte. Verfluchte, weil diese Erkenntnisgewinne oft erschreckend waren, bizarr, ihn in ungeahnte Tiefen warfen und alle Kraft kosteten.

Vor ihm leuchteten Bremslichter auf und rissen ihn aus seinen Gedanken. Er stoppte hinter dem vorausfahrenden Fahrzeug an der Ampel.

Morgen, dachte er. Morgen werden wir an den See fahren. Es ist Zeit, wir waren schon viel zu lange nicht dort.

Auf der Baustelle angekommen, umfing ihn staubige Hitze und das Dröhnen eines Bohrhammers. Er machte sich auf die Suche nach Senftleben und wurde nach oben geschickt. Im vierten Geschoss, direkt unter dem Dach, fand er ihn schließlich. Er besprach sich mit einem Arbeiter, der die Dämmung zwischen den Sparren anbringen sollte. Als er Dühnfort entdeckte, nickte er ihm zu und kam kurz darauf zu ihm. »Grüß Sie.« Den Helm schob er in den Nacken. »Wissen Sie inzwischen, wer den Jungen erschossen hat?«

»Sagen wir mal so: Ich habe eine Vermutung.«

»Und wie kann ich Ihnen da jetzt helfen?«

Dühnfort betrachtete die Rollen Isoliermaterial. Ein gutes Dutzend stand unter der Dachschräge. Es waren dieselben, die er bei Dettmann gesehen hatte. Die Plastikverpackung war gelb und hatte an einem Ende einen breiten grünen Streifen. Darauf war die Produktbezeichnung gedruckt. Identisches Material gab es sicher auf zahlreichen Baustellen. »Vermissen Sie Rollen von diesem Dämmstoff?«

Senftleben zog ein Päckchen Fisherman's Friend aus der Hosentasche und schob sich ein Pfefferminz in den Mund. »Das ist eine gute Frage. Ich habe meinen Polier zusammengestaucht. Er hat den Lieferschein für hundertachtzig Rollen unterschrieben. Geliefert wurden aber nur hundertzweiundsiebzig. Und dann haben seine Leute das Zeug nicht komplett nach oben geschafft, sondern überall herumstehen lassen.« Er schob das Bonbon im Mund hin und her. »Wie viele haben Sie denn gefunden?«

»Acht Stück. Wann haben Sie die Lieferung erhalten?«

»Am Montag.«

Nur Stunden später, in der Nacht zum Dienstag, war Daniel erschossen worden. Es passte zeitlich. »Ich glaube, Ihr Polier hat sich nicht verzählt. Kann ich ihn sprechen?«

»Selbstverständlich. Er ist unten im Keller.« Senftleben begleitete Dühnfort hinunter.

Als er sich zwanzig Minuten später wieder in sein Auto setzte, hatte er Gewissheit. Der Polier war sicher, dass die bestellte Anzahl an Dämmstoffrollen geliefert worden war. Ob seine Leute wirklich alles nach oben getragen hatten, dafür konnte er die Hand nicht ins Feuer legen. Es fehlten jedenfalls acht Rollen. Das hatten sie allerdings erst vor zwei Tagen bemerkt, als es ans Dämmen ging. Auf die Idee, dass diese Information für die Kripo wichtig sein könnte, war er nicht gekommen. Die Polizei suchte schließlich einen Killer und keinen Dieb, der nachts auf Baustellen klaute.

Dühnfort schaltete das Radio an, während er zurückfuhr. Es kamen Nachrichten, gefolgt vom Wetterbericht. Dieser Jahrhundertsommer würde noch andauern. Temperaturen bis fünfunddreißig Grad. Kein Regen in Sicht.

Dühnfort rief Buchholz an und erreichte ihn im Hofoldinger Forst, wo er die Untersuchung des Schießplatzes von Christian und Phillip gerade beendete. Geschosse und Hülsen des Kalibers 7,65 Browning waren alles, was er gefunden hatte. Dühnfort bat ihn, die Rollen Dämmmaterial auf Dettmanns Baustelle sicherzustellen und zu untersuchen. Ihnen musste der Nachweis gelingen, dass sie vom Tatort stammten.

Dann war es Zeit, sich Dettmann vorzunehmen. Dühnfort informierte ihn über seine anstehende Vernehmung. Er verlangte nach seinem Anwalt. Bis der kam, würde es dauern.

Kirsten war im Büro. Dühnfort suchte sie auf und brachte sie auf den aktuellen Stand. Während er sich verschwitzt und staubig fühlte und sich nach einer kalten Dusche sehnte, wirkte sie kühl und frisch wie immer. Weiße ärmellose Bluse ohne jede Knitterfalte, das Make-up perfekt. Aufmerksam hörte sie zu, wunderte sich allerdings. »Du meinst, Dettmann geht schwerbewaffnet nachts auf Baustellen zum Klauen?«

»Es sieht danach aus. Ich bin sicher, dass Buchholz nachweisen wird, dass das Dämmmaterial auf seiner Baustelle vom Tatort stammt. Es wurde erst am Tattag geliefert.«

»Die Pistole, mit der Daniel erschossen wurde, ist schwer und unhandlich. Wie Buchholz so schön sagte, ist sie zum ständigen Führen nicht geeignet. Warum sollte Dettmann eine derartige Waffe mit sich herumschleppen, wenn er auf Klautour geht?«

»Ich weiß es nicht.« Dühnfort sah aus dem Fenster. Sie stellte die richtigen Fragen. »Es ist anzunehmen, dass er nur über diese eine verfügt. Bewaffnet geht er auf Tour, um sich vor unliebsamen Überraschungen zu schützen. Er ist auf Bewährung und hat viel zu verlieren. Wir unternehmen jetzt einen Versuch, ihn zum Reden zu bringen.« Wobei er sich nicht allzu große Hoffnungen machte. Dettmann wollte nicht aussagen, und Dühnfort hatte selten einen Anwalt erlebt, der seinem Mandanten riet, reinen Tisch zu machen. Es sei denn, es gab etwas zu gewinnen. Sie mussten ihm klarmachen, dass sich ein Geständnis strafmildernd auswirkte. Vielleicht reichte die Munition, die sie bisher hatten, dafür aus, vielleicht auch nicht. Schauen wir mal, dachte Dühnfort.

»Demnach hätte Dettmann Daniel nicht in die Baustelle gelockt.« Kirsten ließ nicht locker. Sie drehte sich mit dem Bürostuhl um. »Daniel muss etwas gehört haben, ist neugierig reinmarschiert und wurde wegen acht Rollen Dämmstoff erschossen, von einem Dieb, der bis unter die Zähne bewaffnet ist? Ich meine, das hier ist München und nicht die Bronx.«

Ihm gefiel das ja auch nicht. Aber aus einem anderen Grund. Bei Dettmann war kein Ecstasy gefunden worden. Woher hatte er die Weißen Mitsubishi? Weshalb trug er eine solche Menge während einer Diebestour bei sich? Unzählige Fragen waren offen.

Doch wenn man das Ganze umdrehte und zum ursprünglichen Szenario zurückkehrte, dass Daniel in eine Falle gelockt worden war und sie mit Ecstasy und Geld auf eine falsche Fährte, dann zeichnete sich plötzlich ein anderes Bild ab. Dettmann hatte sich mindestens anderthalb Stunden am Tatort aufgehalten. Hatte er diese Zeit zum Klauen genutzt, während er darauf wartete, einen Mord zu begehen? Passte das? War Dettmann derart kaltblütig?

Bei diesem ursprünglichen Szenario fehlten ihnen nach wie vor das Motiv und die Verbindung zu Daniel. Beim alternativen Szenario nicht. In diesem Fall hatte Dettmann Daniel erschossen, um mit seinen Diebstählen nicht aufzufliegen. Dann war der Junge einfach zur falschen Zeit am falschen Ort gewesen.

Dühnfort zog das Handy hervor, rief Thomas Holtmann an und fragte, was sich bei der Suche nach der Waffe tat.

»Ich wollte dich grad anrufen. Fehlanzeige. Hier im Haus ist sie nicht und auch nicht auf dem Grundstück.«

Mist! Dühnfort bedankte sich für den Einsatz und legte auf.

»Keine Waffe?« Es war halb Frage, halb Feststellung. »Was machen wir nun?«

»Nachdenken.« Die Unruhe war wieder da. Etwas passte nicht zusammen.

»Nachdenken?«

Plötzlich hatte Dühnfort es. Es gab eine dritte Möglichkeit.

65

Kurz vor neunzehn Uhr erschien Wolfgang Scharfenberg in Dühnforts Büro. Er war seit fünfunddreißig Jahren Anwalt für Strafsachen und hatte nur noch einige Jahre bis zum Ruhestand. Ein akkurat geschnittener weißer Haarkranz umgab den schmalen Schädel, helle Augen lauerten wach hinter einer Brille mit breitem rotem Rand. Weißes Hemd, stahlgrauer Anzug, gestreifte Krawatte, ein angenehmer Händedruck. Dühnfort hatte hier schon Anwälte in Jeans und T-Shirt herumlaufen sehen. Scharfenbergs Auftreten war ein Statement, ihn nicht zu unterschätzen.

»Eigentlich wollte ich heute Abend eine Veranstaltung des Literaturhauses besuchen.«

»Das tut mir leid«, entgegnete Dühnfort.

Sie gingen ins Vernehmungszimmer. Dühnfort rief Kirsten dazu und ließ Dettmann bringen.

Als Kirsten eintrat und Dühnfort sie Scharfenberg vorstellte, wurden dessen Schultern unwillkürlich gerader, straffte sich der Oberkörper. Ein erfreutes Lächeln, ein Händedruck, der ein wenig länger dauerte als nötig. Erstaunlich, welche Wirkung sie auf Männer hatte.

Kurz darauf wurde Dettmann hereingeführt. Mit stoischem Blick sah er in die Runde, doch dahinter verbarg sich nervöse Wachsamkeit. Er war auf der Hut. Man setzte sich. Kirsten und Dühnfort auf die eine Seite des Tischs. Dettmann und sein Anwalt auf die andere. Scharfenberg schob den Stuhl zurück, legte ein Bein über das andere, zog die Bügelfalte der Hose glatt und warf seinem Mandanten einen aufmunternden Blick zu. »Wir hören.«

Kein Vorgeplänkel, dachte Dühnfort. Sondern Überraschungsangriff. Er verschränkte die Hände und suchte Dettmanns Blick. »Langsam wird es eng für Sie. Sie waren zur Tatzeit am Tatort. Ihre DNA wurde nachgewiesen. Ihre Arbeitsschuhe weisen einen markanten Fehler im Profil auf. Zahlreiche Spuren dieser Sohle haben wir am Tatort gesichert. Ihr Fahrzeug wurde zur Tatzeit in Unterhaching beobachtet, als es in den Kreisverkehr einfuhr und dabei ein Verkehrsschild beschädigte. Spuren und Beschädigungsmuster sowohl am Fahrzeug als auch am Schild passen zusammen wie zwei Puzzleteile. Dass Ihr Alibi geplatzt ist, ist angesichts dieser erdrückenden Spurenlage nicht wirklich überraschend.«

Bei diesen Worten fuhr Dettmann zusammen, als hätte er wirklich geglaubt, ein getürktes Alibi könnte ihm helfen. Dühnfort lehnte sich entspannt zurück. Die Botschaft war angekommen.

»Können Sie das näher erläutern?«, fragte Scharfenberg, offenbar gewillt, vom Thema abzulenken und einen Nebenkriegsschauplatz aufzumachen.

»Herr Dettmann wurde gesehen, wie er Montagnacht gegen halb zehn zusammen mit seiner Frau und den drei Kindern in seinen BMW stieg. Die Grillparty war um halb zehn vorbei und nicht nachts um eins.«

»Diese Zeugenaussage würde ich gerne einsehen. Das war es schon? Mehr haben Sie nicht?«

Mit dem Kugelschreiber malte Kirsten Muster auf den Block, der vor ihr lag. Nun sah sie auf. »Die Spurenlage ist eindeutig. Der Staatsanwalt wird Anklage wegen Mordes erheben. Eine vorsätzliche und heimtückische Tat. Das gibt fünfzehn Jahre, mindestens.«

Scharfenberg rang sich ein schmallippiges Lächeln ab. »Ziemlich dürftig. Darauf wollen Sie wirklich eine Anklage stützen?«

Dühnfort bemerkte ein nervöses Zucken in Dettmanns Mundwinkeln. »Zurzeit durchsuchen wir Ihr Haus, Herr Dettmann.«

Die Pupillen zogen sich vor Schreck zusammen. Er hatte nicht damit gerechnet, dass sie davon erfuhren. Da hatte seine Frau sich wohl verplappert. »Mein Haus? Wieso denn?«

»Ja, wieso wohl? Wir suchen nach der Tatwaffe und nach Diebesgut.«

»Ich habe keine Waffe. Da können Sie lange suchen, und ich klaue auch nicht mehr. Ich bin doch nicht doof.«

Die Hand des Anwalts landete auf Dettmanns Arm. »Sie müssen sich nicht äußern.«

»Doch, das sind Sie.« Dühnfort ließ Dettmann nicht aus den Augen. »Wir haben in Ihrem Haus jede Menge Diebesgut gefunden. Beispielsweise eine Tischkreissäge der Marke Scheppach. Sie wurde vor drei Monaten auf einer Baustelle in Kirchheim gestohlen. Ich habe heute mit der Eigentümerin telefoniert. Die Seriennummer passt. Im Übrigen zeugt es nicht von übermäßiger Intelligenz, diese Nummer nicht zu entfernen und sogar den Aufkleber des Eigentümers darauf kleben zu lassen. Doch, Herr Dettmann, Sie sind so dumm.«

Dettmanns Kiefer mahlten, seine Augen wurden zu schmalen Schlitzen. Er wollte etwas sagen. Doch Scharfenberg bremste ihn.

»Richtig interessant sind allerdings acht Rollen Isoliermaterial, die wir in Ihrem Haus gefunden haben. Sie wurden in der Tatnacht am Tatort gestohlen.« Er machte eine kleine Pause, um dann zum Schlag auszuholen. »Endlich kennen wir Ihr Motiv. Daniel Ohlsberg hat Sie bei diesem Diebstahl überrascht, und Sie haben ihn kaltblütig abgeknallt. Wegen acht Rollen Isomaterial, die ein paar läppische Euro kosten ...«

»Nun ist es aber gut. Ihre Phantasie geht mit Ihnen durch. Legen Sie die Tatwaffe vor, samt Fingerabdrücken und DNA meines Mandanten, dann reden wir weiter.« Scharfenberg schob den Stuhl zurück. Dühnfort ignorierte ihn, nagelte Dettmann mit seinem Blick fest. Das musste jetzt absolut überzeugend kommen. »Sie wollen nicht in den Knast. Kann ich sehr gut verstehen. Die Angst, dass die Frau mit einem anderen rummacht. Die Angst, die Firma zu verlieren und das Haus. Sie hatten mehr als einen guten Grund, bewaffnet auf Tour zu gehen ...«

»Legen Sie Beweise vor«, fiel ihm Scharfenberg erneut ins Wort. Dettmann hielt Dühnforts Blick nicht länger stand, er wich aus, starrte auf die Tischplatte.

»Sicher ist sicher«, fuhr Dühnfort unbeirrt fort. Es lief in die richtige Richtung. »Das haben Sie doch gedacht. Doch Sie haben keine Sekunde damit gerechnet, die Waffe tatsächlich zu brauchen. Bis dann Daniel hereinspazierte. Daniel hat einfach Pech gehabt. Er war zur falschen Zeit am falschen Ort. Armer Kerl. Spucken Sie es aus. Sie werden sich danach besser fühlen. Sie haben den Jungen erschossen. Wir werden Ihnen den Mord nachweisen.«

Scharfenberg erhob sich seufzend. »Ende der Vorstellung.« Gleichzeitig schnellte Dettmanns Kopf in die Höhe. Die Angst stand ihm ins Gesicht geschrieben. »Ich war das nicht. Da war noch ein anderer.« Scharfenberg fuhr seinen Mandanten an: »Sie halten jetzt den Mund.«

Dühnfort verdrehte die Augen und seufzte. »Herr Dettmann. Bitte. Etwas Besseres fällt Ihnen nicht ein?«

»Es stimmt aber. Da war noch ein anderer. Ich gehe doch nicht wegen Mord in den Bau.« Hilfesuchend sah Dettmann seinen Anwalt an. Scharfenberg schien von dieser Entwicklung nicht angetan. »Ich würde mich mit meinem Mandanten gerne unter vier Augen beraten.«

»Natürlich.« Dühnfort stand auf. »Wir warten solange draußen.«

Die dritte Möglichkeit. Je mehr er darüber nachdachte, umso wahrscheinlicher erschien sie ihm. Ihre Vermutung, ein zweiter Mann sei am Tatort gewesen, schien zu stimmen. Nur waren die beiden keine Partner gewesen.

»Mein Mandant räumt den Diebstahl von acht Rollen Dämmstoff auf der Baustelle in Unterhaching ein«, sagte Scharfenberg, als sie sich zwanzig Minuten später wieder im Vernehmungsraum gegenübersaßen. Kein Wunder, den hatten sie ihm ja schon so gut wie nachgewiesen.

»Und? Mehr nicht? Wir sind hier für Mord zuständig und nicht für Diebstähle.« Kirsten ließ ihre Hand fragend im Ungefähren schweben.

»Herr Dettmann möchte eine Zeugenaussage machen. Er hat den Mord an Daniel Ohlsberg nicht unmittelbar beobachtet, aber Wahrnehmungen gemacht, die damit im Zusammenhang stehen.«

»Nicht beobachtet, aber Wahrnehmungen gemacht? Wie dürfen wir uns das vorstellen?«, fragte Dühnfort.

»Er hat den Schuss gehört. Und er hat den mutmaßlichen Täter gesehen. Allerdings mehr als eine Stunde vor der Tat.«

Dühnfort wandte sich an Dettmann. »Das würde ich gerne von Ihnen hören. Was ist passiert in dieser Nacht?«

Die Piercings in Dettmanns linkem Ohr blitzten kurz auf, als er den Kopf hob. Das dünne Haar hatte er auch heute zu einem Pferdeschwanz zusammengefasst. Angst und Nervosität waren Resignation gewichen. Er schien akzeptiert zu haben, dass er aus dieser Nummer nicht mehr herauskam. Eine erneute Verurteilung wegen Diebstahls und der Verlust der Bewährung waren ihm sicher und allemal besser als eine Mordanklage mit ungewissem Ausgang. Er räusperte sich. »Sie wissen es ja eh. Ich war in der Nacht auf der Baustelle. Ich bin da zufällig vorbeigekommen und hab gesehen, dass sie nur durch ein paar Gitter gesichert ist, die sogar ein Kleinkind beiseiteschieben kann. Da konnte jeder rein. Also hab ich mich mal umgesehen. Da stand jede Menge Isomaterial herum. Also, wenn man es einem so leicht macht … Wie soll man da nein sagen?« Nach Zustimmung suchend blickte er in die Runde. Er bekam sie nicht. »Dämmstoff konnte ich grad gut brauchen, also habe ich ein paar Rollen nach unten getragen.«

Zufällig vorbeigekommen war Dettmann ganz sicher nicht. Er hatte sich auf einer seiner Diebestouren befunden und die Baustelle vorher ausspioniert. »Die Rollen standen also nicht im Erdgeschoss?«, fragte Dühnfort.

»Nein, die waren alle oben im dritten und vierten Stock. Das war eine Schlepperei! Bei der Hitze.«

»Und weiter?«

»Nachdem ich die ersten unten hatte, habe ich die schon mal eingeladen. Was man hat, das hat man. Konnte ja sein, dass ich schnell wegmusste. Mein Wagen stand vor der Baustelle. Ich also wieder rein und die Schlepperei wieder aufgenommen. Irgendwann brauchte ich eine Zigarette. Die habe ich oben geraucht. Im ersten Stock. Und dann noch eine. Als ich grad damit fertig war und die nächsten Rollen, die ich dort schon geparkt hatte, runterschaffen wollte, habe ich unten plötzlich Schritte gehört. Ich also auf Zehenspitzen vor zur Treppe, mal gucken, wer sich da nachts um elf herumtreibt. Vielleicht ein Kollege, dachte ich. Während ich da so runterspechte, sehe ich eine Bewegung direkt unter mir. Am Fuß der Treppe steht einer. Ich hätte ihm glatt auf den Kopf spucken können. Ich wusste gleich, der ist nicht sauber. Schwarze Strickmütze, bei der Affenhitze. Ich überlege noch, was der wohl hier will, als er aus einem Rucksack eine Knarre holt und die entsichert. Schnapp. So ein metallisches Geräusch. Kennen Sie sicher. Mir fährt der Schreck in alle

Glieder. Hoppla, denke ich. Das sieht nicht gut aus. Hier geht gleich was ab. Besser, du machst dich dünne. Doch runter konnte ich nicht. Der Kerl stand wie angeschraubt am Fuß der Treppe, und rauf konnte ich auch nicht. Da hätte er mich gehört. Also habe ich mich auf Zehenspitzen hinter die Isorollen verzogen. Wie eine Mauer standen die vor mir. Doch sicher gefühlt habe mich trotzdem nicht. Ich habe gewartet und gewartet. Da unten war es totenstill. Doch ich wusste, der ist noch da. Der wartet auf einen, und dann geht da unten was ab. Doch was hätte ich tun sollen? Handy hatte ich dabei, nur blöderweise lag das im Auto. Ich habe mir den Kopf zerbrochen, wie ich das verhindern kann. Doch mir ist nichts eingefallen. Der Kerl war bewaffnet. Ich nicht. Held ist nicht so mein Ding. Soll ich mich für einen anderen abknallen lassen? Die Zeit verging. Irgendwann dachte ich, der ist doch weg. Habe ihn nur nicht gehört. Bin wieder nach vorne geschlichen. Doch der stand da noch immer wie eine Statue. Also habe ich mich wieder in mein Versteck verzogen. Keine fünf Minuten später tat sich unten was. Erst Geräusche, dann Stimmen und dann der Knall. Jetzt war's passiert. Ich habe mir fast in die Hosen gemacht, bin aber trotzdem an die Treppe vor und habe geguckt. Denn ich musste ja zusehen, dass ich wegkam. Da war ein komisches Geräusch, und dann habe ich ihn hinten gehört. An dem Ausgang, wo mein Auto stand. Ich habe noch eine Minute gewartet oder zwei. Und dann nichts wie weg. Die Bullerei war bestimmt schon unterwegs, und wenn die mich da gefunden hätten, dann gute Nacht.« Mit diesen Worten endete Dettmanns Redefluss. Er wirkte erleichtert.

»Den Toten haben Sie nicht gesehen?«, fragte Kirsten.

»Doch, schon, flüchtig. Also, ich habe mir den nicht angeguckt. Er lag ein Stück vor der Säule platt auf dem Rücken, als wäre er einfach umgekippt.«

»Können Sie den Täter beschreiben?«, fragte Dühnfort.

Dettmanns Achseln wanderten nach oben. »Wie denn? Es war beinahe dunkel. Ich habe ihn nur von oben gesehen.«

»Versuchen Sie es.«

Bedächtig zupfte Dettmann sich am Ohrläppchen. »Schwarze Strickmütze. Grauer Arbeitsoverall. Schwarzer Rucksack. Handschuhe. Doch, der trug Handschuhe. Nicht so dicke Dinger, sondern was Feineres.«

Kirsten sah von ihren Notizen auf. »Vielleicht Latexhandschuhe?«

»Nein. Die waren schwarz.«

»Größe? Alter? Können Sie uns dazu etwas sagen?«, fragte Dühnfort. Dettmann konnte das nicht. Die Statur beschrieb er als nicht dick, nicht dünn, sondern *normal*, soweit er das aus seiner Perspektive hatte beurteilen können. Dühnfort ließ sich die Geräusche näher beschreiben. Aber auch dazu konnte Dettmann keine präzisen Angaben machen. Zuerst Schritte, dann Stimmen. Allerdings hatte er nichts verstanden. Das *komische* Geräusch präzisierte er als *schleifend*.

Der Sack mit dem Fugenmörtel. Der Täter hatte ihn also tatsächlich durch den Staub gezogen, um seine Spuren zu verwischen. Bei seiner Flucht hatte Dettmann niemanden gesehen. Nur hinten am Ausgang Petunienweg gehört. »Als ich rauskam, war er verschwunden. Wie von der Nacht verschluckt. Und das war mir recht.«

»Haben Sie gehört, wie ein Fahrzeug gestartet wurde?«

Dettmann dachte nach. »Kann sein. Doch, ich glaub, da war was.«

»Gesehen haben Sie das Fahrzeug aber nicht?«

»Ich habe mich vom Acker gemacht, so schnell ich konnte.«

»Ist Ihnen eine Radfahrerin mit Hund aufgefallen?«, fragte Kirsten.

»Eine Frau mit Hund?« Dettmann schüttelte den Kopf. »Nein. Da war niemand.«

Zu diesem Zeitpunkt musste Gerlinde Weylandt das Anwesen bereits passiert haben. Die Aussage passte zur Spurenlage und zu den Angaben, die Ricarda Nowotny gemacht hatte. Und sie passte zur Theorie, dass zwei Personen am Tatort gewesen waren.

Scharfenberg blickte in die Runde. »Mein Mandant hat eine umfassende Aussage gemacht. Der Mordverdacht ist ausgeräumt, und wegen Diebstahls werden Sie ihn wohl kaum weiter hierbehalten wollen. Sind wir uns einig, dass die vorläufige Festnahme aufgehoben werden kann?«

Man war sich einig. Scharfenberg verabschiedete sich mit Dettmann im Schlepptau.

Kirsten gähnte. Es war schon nach elf. Auch Dühnfort war müde. Er sehnte sich nach Gina. Nach einem Happen zu essen und einem Glas eiskalten Pinot Grigio.

»Und nun?«, fragte Kirsten. »Wie machen wir weiter? Jetzt haben wir nur noch unser Dreamteam Phillip und Christian. Ich drücke uns die Daumen, dass eines der Alibis platzt.«

Sie ordnete Dettmanns Aussage also genauso ein wie er, als glaubwürdig. »Das allein würde uns nicht weiterbringen. Wir brauchen die Waffe oder sonst etwas, das einen der beiden in Verbindung mit der Tat bringt. Und wenn wir das nicht innerhalb der nächsten Stunde schaffen, dann müssen wir die beiden um Mitternacht gehen lassen.«

Das Wummern der Beats aus den Discos und Clubs hallte über das in buntes Neonlicht getunkte Gelände der Kultfabrik, zog in rhythmischen Zuckungen durch die Coca-Cola-Road, vorbei an der Tonhalle und dem Heaven's Gate bis zum Space Burger. Vor dieser Imbissbude stand Alois im Gedränge, aß einen Burger mit Käse und Bacon und wartete auf Alexa. Schon fast Mitternacht. Wo blieb sie nur?

Die Nacht war warm, ein lauer Wind wehte. Besucher zogen in Scharen übers Gelände. Junge Frauen in luftigen Kleidern, hautengen Leggins und knappen Röcken. Meist in Gruppen oder wenigstens zu zweit. Jungs in Röhrenjeans, mit gestylten Haaren und coolem, manchmal taxierendem Blick.

Der Bacon war salzig. Alois arbeitete sich zur Theke vor und holte sich ein alkoholfreies Bier. Dabei erntete er einen kritisch musternden Blick des Verkäufers. Klar, in diese Umgebung passte er nicht. Man sah ihm den Bullen an. Keine Ahnung, woran das lag. Es war einfach so. Und deshalb hatte er sich Unterstützung bei Ulrich Schweizer organisiert. Der leitete das Rauschgifteinsatzkommando, kurz REK genannt, und hatte Alois zugesagt, jemanden unter seinen Leuten zu suchen, dem man den Polizisten nicht anmerkte und einen Kauf abnahm. Das gehörte zum Geschäft dieser Truppe. Wenig später hatte Schweizer zurückgerufen. »Ich habe jemanden für deinen Einsatz. Alexa Ziegler ist bereit, Überstunden zu machen.« Handynummer und Beschreibung waren gefolgt. Zweiundzwanzig, eins dreiundsechzig, fünfzig Kilo, rote Kurzhaarfrisur.

Alois verließ den Imbisswagen und tauchte in den Schatten

eines Containers. Von hier hatte er den Zugang zum Gelände der Kultfabrik im Blick. Er lehnte sich ans warme Metall und hielt Ausschau nach einem roten Schopf.

Das Alibi des Landlords stand. Hoffentlich stimmte auch sein Tipp mit Anike. Phillip hatte allerdings kein Alibi. Er behauptete, in der Nacht, als Daniel erschossen wurde, nicht Party gemacht zu haben, sondern daheim gewesen zu sein. Keine dreihundert Meter vom Tatort entfernt. Mama bestätigte das. Was sonst? Glauben musste man das nicht.

Ein Piepsen erklang. Alois zog das Handy aus der Halterung. Evi hatte eine SMS geschickt. *Simon geht es gut. Er wünscht dir gn8. Ich auch. BB.*

Es war lieb von ihr und vor allem gut für seine Nerven, dass sie ihn auf dem Laufenden hielt. Er seufzte. Die Evi. Was sollte er tun? Es war total lächerlich. Als Bub, gut, da war er abergläubisch gewesen, hatte echt gedacht, dass einem vom Wichsen die Hände abfaulten, dass Gott die Sünder strafte, dass der Himmipapa mit ihm schimpfte, wenn es donnerte und blitzte. Die Uroma hatte all das immer behauptet. Die Uroma. Sie war eine fromme Frau gewesen. Und total bigott. Egal wo ein Kreuz hing, ob in der Kirche, im Herrgottswinkel oder am Feldweg, Uroma hatte ihre sabbernden Lippen darauf gepresst, und ihn hatte es jedes Mal geschüttelt, wenn er das sah. Ständig hatte sie ihm Angst vor diesem rachsüchtigen Gott gemacht. Und *wichsen* hatte sie natürlich nicht gesagt.

Vielleicht sollte er es einfach mal aussprechen, um dann darüber lachen zu können. Es war so absurd: Ich habe Angst, dass Gott es mir heimzahlt und Simon sterben lässt, wenn ich mich nicht an den Deal halte und Evi nicht heirate.

Sollte er sich nicht besser nach diesem Konfuzius richten? *Es gibt im Schicksal des Menschen keine Hintertüren für Glück und Unglück.* Wenn das so war, dann war der Deal nichts anderes als eine Hintertür, durch die er nicht gehen konnte, weil es die eigentlich nicht gab. Es half nichts. Was geschah, sollte geschehen, war unbeeinflussbar, einfach Schicksal. War das so?

»Herr Fünfanger?«

Alois fuhr hoch und steckte das Handy weg. Der Rotschopf stand vor ihm. Nettes Lächeln. Knuffige Figur. Alexa war ganz nach seinem Geschmack. »Sag einfach Alois zu mir.«

»Geht in Ordnung. Alexa.«

Alois riskierte einen kurzen Scannerblick. Sandaletten mit mörderischem Keilabsatz und Riemchen am Knöchel. Klasse Beine; obwohl Alexa ziemlich klein war, waren sie lang, dafür der Oberkörper ein wenig zu kurz. Stretchmini, aber hallo! Neongrünes T-Shirt, hauteng, schmale Lippen, graue Augen, die seinem Blick standhielten. »Und, wie fällt das Urteil aus? Für geeignet befunden?«

»Passt. Die Polizistin nimmt dir niemand ab.«

Sie lächelte wieder. So ein leicht schiefes Lächeln, das er sofort mochte. »Das ist der Plan. Es geht also um einen verdeckten Ankauf. Mit wem haben wir es zu tun?«

Alois erklärte ihr die Sache mit den Weißen Mitsubishi und berichtete vom Tipp des Landlords, dass Bram sie produzierte und Anike sie für ihn verhökerte.

»Du willst also an die Käufer ran.«

»So werden wir den finden, der Daniel erschossen hat.«

»Und ich soll jetzt shoppen gehen, und du nimmst dabei Anike hoch.« Ihre Augenbrauen schlugen Wellen.

»So sieht es aus.«

»Anike ist nur ein kleines Licht. Wenn wir sie verhaften, tauchen ihre Hintermänner ab. Wenn ich dir helfe, einen Mörder zu finden, will ich auch was davon haben, nämlich diesen Bram und seine Partner. Wir machen das also anders.«

Hoppla, die Kleine traute sich was. »Aha. Und *wie* machen

wir das?« Alois lehnte sich wieder an die Containerwand und stützte sich mit einem Fuß ab.

»Ganz einfach. Ich war noch beim Jourdienst der Staatsanwaltschaft«, sagte sie mit diesem schrägen Lächeln. »Deswegen bin ich aweng spät. Ich habe das Go, als Nöp einkaufen zu gehen.«

»Als Nöp?«

Ungläubig sah sie ihn an. »Als *nicht offen ermittelnde Polizeibeamtin*. NoeP. Noch nie gehört? Echt jetzt? Ich habe die staatsanwaltliche Erlaubnis und die Staatsknete, heute Abend einen vertrauensbildenden Kauf zu tätigen. Bei der Gelegenheit lass ich schon mal rüber, dass ich bei passender Qualität an einer größeren Menge Weißer Mitsubishi interessiert wäre, und dann tauchen wir wieder hier auf und lassen uns von Anike einen Termin bei Bram geben.«

»Und der ist so gastfreundlich und macht mit uns eine Führung durch seine Produktionsstätte.«

Jetzt verengten sich ihre gerade noch freundlichen Augen. »Wenn ich eines nicht abkann, dann wenn man mich unterschätzt. Ich mache meinen Job, und du machst deinen. Du bleibst eh außen vor, bis wir Anike und Bram in Handschellen haben. Dir sieht man den Staatsdiener echt an.«

Alois lachte. Die Kleine war einfach klasse. »Weiß Schweizer von deinen Plänen?«

»Logo.«

Er glaubte ihr keine Sekunde. Und das gefiel ihm. Sie war ähnlich gestrickt wie er. Vielleicht war ihr Vorschlag sogar der bessere, um ans Ziel zu gelangen. Bram hatte sicher nicht nur Anike für den Verkauf. Wenn sie ihn schnappten, würden die Infos über die Käufer nur so sprudeln, nicht nur über Anikes. »In Ordnung. Wir machen das so. Allerdings mit einem Unterschied. *Wir* machen das, und nicht du.«

Erst schob sie die Brauen zusammen, bis eine steile Falte an der Nasenwurzel aufragte, dann erschien ein Lächeln. »Geht in Ordnung. Vorausgesetzt, du hältst dich im Hintergrund. Und jetzt lass uns keine Zeit verlieren. Was ich noch wissen sollte: Ich komme auf Empfehlung von diesem Christian. Richtig?«

»Richtig.« Alois beschrieb ihn bis ins letzte Detail und vergaß auch den Siegelring nicht.

»Gibt es ein Passwort, eine Losung?«

»Frag nach einem mittelalterlichen Schwert. Du hast gehört, dass Anikes Tante es verkauft.«

Alexa schüttelte den Kopf. »Echt jetzt? Du verarschst mich. Gib es zu.«

»Nein. Wirklich. Das ist so. Christians Eltern gehört eine Burg im Fränkischen. Deswegen wohl.«

Sie zuckte mit den Schultern. »Okay. Dann los. Du gehst zuerst in die Unberechenbar und suchst dir einen Platz in der Nähe des Tresens. Und verhalte dich ja unauffällig. Ich komme in zehn Minuten nach. Und wehe, du nimmst auch nur Blickkontakt zu mir auf.«

68

Die Unberechenbar war eine schicke Lounge. Gedämpftes Licht, einschläfernde Musik, kaum Gäste. Entweder waren die Leute wohl in den Clubs oder Discos, oder sie standen mit ihren Drinks im Freien herum, in dieser Bilderbuchsommernacht. Alois sah sich um. Hinter dem Tresen spülte eine dralle Blondine Gläser. War das Anike? Er setzte sich mit dem Rücken zu ihr in einen der tiefen Sessel und studierte die Karte. Nicht schon wieder Hugo. Und ganz sicher kein alkoholfreies Bier. Alexa würde ihn auslachen. Er wählte einen Drink, der nicht auf der Karte stand. Die Bedienung kam und wollte die Bestellung aufnehmen. »Meinst du, sie würde einen White Russian für mich mixen?«, fragte er und wies mit dem Kopf Richtung Tresen.

»*Sie* heißt Anike, und ja, ich glaube, sie würde das.«

Na, ging doch. »Wunderbar. Dann einen White Russian.«

Während er auf seinen Drink wartete, zog er sein iPhone hervor und beantwortete Evis SMS. *Sag Simon auch eine gute Nacht von mir. Gib ihm einen Kuss.* Was hältst du davon, wenn wir heiraten würden? Den letzten Satz schrieb er nicht, stellte sich nur vor, wie das wäre. Ein Antrag per SMS. Evi würde ihn ablehnen. Alleine wegen der Form. Obwohl, ablehnen würde sie ihn nicht direkt. Sie würde gar nicht darauf reagieren. Evi hatte so etwas Altmodisches an sich. Etwas Altmodisches, das ihm zugegebenermaßen irgendwie auch gefiel. Sie würde erwarten, dass er mit einem Ring antanzte und am besten auch noch auf die Knie fiel. Danke! Das brauchte er ganz sicher nicht.

Der White Russian wurde serviert. Alois nahm einen

Schluck. Evi konnte ihn gern haben. Sicher war sie ohnehin mit der Koryphäe unterwegs, mit diesem Kardiologen.

Die Tür ging auf. Alexa kam herein, sah sich kurz um und steuerte auf die Theke zu. Alois konzentrierte sich auf sein iPhone und beobachtete in dessen spiegelnder Fläche, wie Alexa sich auf einen Barhocker schob, einen Mojito bestellte und zusah, wie Anike ihn machte. »Du bist Anike, oder?«

»Ja. Warum?«

»Ich soll dir einen Gruß von Chris ausrichten.«

Anike drückte Limettenviertel über dem Glas aus. »Welcher Chris?«

»Na, Christian. Groß. Blond. Der Freiherr mit dem Siegelring.«

»Ach, Chris. Länger nicht gesehen. Was macht er so?«

»Ist gestern ab in den Urlaub. Dom Rep.«

Die ausgedrückten Viertel plumpsten ins Glas. »Dom Rep? Das passt gar nicht zu ihm.«

»Vielleicht auch Thailand. Irgendwo da unten in Asien.«

Mist! Warum schickte sie den Landlord in die Ferien? Anike oder Bram würden ihn anrufen, um Alexa zu checken. Alois schrieb eine weitere SMS. An Chris. *Bei Nachfragen: Alexa ist okay, und du sonnst dich grad in Thailand.*

»Und du bist …?«, fragte Anike.

»Alexa. Ich bin Kostümbildnerin und auf der Suche nach Requisiten für Shakespeares Richard der Dritte. Chris meinte, deine Tante hätte ein altes Schwert zu verkaufen. Wenn das so ist … Also, ich wäre interessiert.«

Mit einem Holzstößel bearbeitete die Barfrau die Limetten im Glas. »Das ist so. Ich mache noch die beiden Drinks für die Turteltauben da drüben fertig.« Mit dem Kinn wies sie auf ein Paar in der Ecke. »Dann zeige ich dir ein paar Fotos.«

»Super.«

Alois stellte sich Alexas schiefes Lächeln vor. Kurz bevor

Anike mit den Drinks fertig war, ging er zur Toilette. Ein dunkler Gang. Linker Hand zwei Toiletten. Eine für Damen, eine für Herren. Gegenüber eine Tür mit dem Schild: privat. Alois ging in die Toilette und vergewisserte sich, dass er allein war. Die Tür lehnte er nur an und blieb dahinter stehen. Zwei Minuten verstrichen, dann erschien Anike. Sie verschwand im Büro und kam einen Moment später wieder hervor. Der Schlüssel quietschte im Schloss. Ihre Schritte entfernten sich. Alois wartete noch einen Moment und kehrte an seinen Platz zurück.

Alexa saß nach wie vor auf dem Barhocker und betrachtete tatsächlich Fotos. Alois warf im Vorbeigehen einen Blick auf den Tresen. Fünfzig Euro lagen dort. Mit der flachen Hand schob Anike etwas über den Tisch. Es verschwand in Alexas Faust und das Geld bei Anike hinter dem Tresen.

»Genau das, was ich suche«, sagte Alexa. »Ich muss allerdings Requisiten für eine monumentale Schlachtenszene an Bord bekommen. Sprich: Ich brauche jede Menge Schwerter. Kennst du jemanden, der mir da weiterhelfen könnte?«

Der Blick der Barfrau wurde skeptisch.

»Die Produktionsgesellschaft zahlt auch gut. Wird ein Bavaria-Film.«

»Ich kann mich umhören. Gib mir deine Nummer.«

Alexa kritzelte ihre Handynummer auf einen Zettel und schob ihn über den Tresen. »Danke für die Vermittlung.« Mit diesen Worten zahlte sie den Drink und rutschte vom Barhocker.

Nicht schlecht, dachte Alois. Das Küken hat es drauf. Fast jedenfalls. Gemächlich leerte er den White Russian. Zehn Minuten später zahlte auch er und ging.

Alexa wartete beim Container auf ihn. »Dein Freiherr hat ein Rad ab. Die Nummer mit den Schwertern ist ja echt krank. Stell dir mal vor, da fragen ständig welche nach Schwertern.

Das fällt doch irgendwann auf. WG-Zimmer zu vermieten, das wäre einfach, oder Auto zu verkaufen. Etwas in der Art. Puh, bin ich froh, dass ich das hingekriegt habe. Ich war nicht schlecht, oder?« Sie strahlte ihn an.

»Die Nummer mit der Kostümbildnerin war gut. Aber was sollte das mit der Dom Rep?«

»Na, ihr habt diesen Chris doch einsitzen. Er ist nicht erreichbar. Bram und Anike würden sich also wundern, wenn sie ihn nicht ans Telefon kriegen. Im Urlaub machen aber viele Leute das Handy aus, und in Thailand wird es nicht überall ein Netz geben.«

Okay. Der Punkt ging an sie. Beinahe. Alois sah auf die Uhr. Halb eins. »Seit einer halben Stunde ist er draußen.«

»Echt jetzt? Dann sollten wir ihn schleunigst über seinen Urlaub informieren.«

»Ist schon erledigt.«

»Na, wir sind ja ein richtig klasse Team.«

»Wie schaut es mit dem X aus?«

»Gut, würde ich sagen.« Er spürte ihre Hand in seiner, als sie ihm ihren Einkauf zuschob. Ein kleiner Plastikbeutel mit Druckverschluss, darin drei Weiße Mitsubishi. Er ließ ihn in der Hosentasche verschwinden. Die erste Etappe war prima gelaufen. »Wenn Anike sich bei dir meldet oder Bram, dann rufst du mich an. Klar? Du ziehst das nicht allein durch.«

Sie hob die Schultern. »Aber sicher.« Wieder zeigte sie ihr schiefes Lächeln.

69

Kurz vor Mitternacht wurden Phillip und Christian entlassen. Dühnfort fehlte die Voraussetzung, um einen Haftbefehl beantragen zu können: der dringende Verdacht. Gegen keinen der beiden hatten sie etwas in der Hand.

Müde und hungrig betrat er kurz vor halb eins seine Wohnung. In Flur, Küche und Wohnzimmer brannte Licht. Gina lag auf dem Sofa. Sie musste auf ihn gewartet haben und war dabei eingeschlafen. Nun blinzelte sie, als er eintrat. Es tat ihm leid, dass er sie geweckt hatte. Sich reckend stand sie auf. »Du schon da. Wie spät ist es denn?«

Er nahm sie in den Arm und gab ihr einen Kuss. »Spät.« Ihr Körper war vom Schlaf ganz warm. »Komm, ab ins Bett.«

Gähnend hielt sie die Hand vor den Mund. »Nö. Jetzt bin ich erst mal wieder wach. Ich leiste dir noch ein wenig Gesellschaft.«

Sie wusste, dass er noch nicht zu Bett gehen konnte. Wenn er nicht zur Ruhe kam und mit dem Tag abschloss, würde ein steter Fluss von Bildern und Satzfetzen durch sein Hirn ziehen und ihn am Einschlafen hindern. Außerdem hatte er noch nicht zu Abend gegessen. Er hatte Hunger und war durstig.

In der Küche trank er ein Glas Wasser und sah in den Kühlschrank. Dort stand ein Salatteller für ihn bereit, mit Thunfisch, Ei und Oliven. »Das sieht lecker aus.«

»Ciabatta ist leider alle. Soll ich dir ein Baguette auftauen?«

»Danke. Der Salat reicht mir.« Er trug den Teller auf den Balkon und setzte sich an den kleinen Tisch. Gina folgte ihm mit zwei Wassergläsern und einem Glas Wein für ihn. Pinot Grigio. Genau richtig temperiert. Das Glas beschlug schon. Sie war einfach wunderbar. So empfangen zu werden, war er nicht gewohnt. Und er wollte sich auch nie daran gewöhnen, wollte immer spüren, dass es etwas Besonderes war, sie an seiner Seite zu haben.

Es war kühler geworden. Vom Friedhof stieg der zarte Duft von Jasmin nach oben. Von weit her klang das leise Brausen des nächtlichen Verkehrs. Gina zündete die Kerze im Windlicht an. Ihr zunächst flackernder Schein beruhigte sich rasch. Der Salat war genau das, was er jetzt brauchte, nicht zu schwer, um danach schlafen zu können, und erfrischend kühl. Er fragte, wie ihr Tag gewesen sei.

»Ich habe ihn hauptsächlich mit Laufen und Warten verbracht. Buchholz hat die Asservate im Tankstellenmord noch immer nicht auf DNA untersucht. So langsam habe ich die Vermutung, dass es ein Kastensystem bei uns gibt, und wir von den Altfällen sind die Aussätzigen ganz unten in der Hierarchie.«

Dühnfort schmunzelte. Er kannte Ginas Hang zu Übertreibungen, wenn sie frustriert war. »Ganz so schlimm wird es nicht sein.«

»Doch. Jedenfalls beinahe. Unsere Toten sind ja schon lange verblichen. Da ist es nicht mehr eilig, den Täter dingfest zu machen. Das kann ruhig ein paar Wochen länger dauern. Kommt ja nicht drauf an. Ist ja nicht so wichtig.« Sie seufzte. »Egal, was ich will, ob von der Rechtsmedizin, der KTU, den Hütern der Asservate oder gar von der Staatsanwaltschaft, es wird gemächlich, um nicht zu sagen schleppend bearbeitet. Und das liegt nicht daran, dass viele Mitarbeiter in Urlaub sind. Unsere Fälle haben halt nicht erste Priorität. Immer haben die aktuellen Vorrang. Es ist einfach frustrierend. Und dann sind auch noch etliche der Zeugen von damals verreist.

Es geht einfach nichts voran. Ich warte, ich trete auf der Stelle, und das macht mich wahnsinnig. Ich bin mir sicher, dass die Kollegen damals den Falschen vor Gericht hatten. Nicht Axel Schulz ist der Tankstellenmörder, sondern sein Kumpel, dieser Bäumer mit dem Zoofachgeschäft. Es spricht viel dafür. Nicht nur seine Ex belastet ihn. Inzwischen habe ich den ehemaligen Teilhaber des Ladens aufgetrieben. Der will Bäumer und Schulz bei einem Gespräch belauscht haben, in dem es um den Überfall ging. Demnach hat Bäumer ihn geplant, und ich warte und warte und warte auf die DNA-Analyse, mit der ich beweisen kann, dass Bäumer unser Mann ist. Vorausgesetzt, es gibt Täter-DNA am Klebeband. Und die muss es geben.« Sie griff nach seinem Weinglas, trank einen großen Schluck und stellte es seufzend ab. »Und bei dir so?«

»Ähnlich unerfreulich. Wir sind wieder ganz am Anfang angelangt. Wir wissen jetzt, dass wir mit dem Ecstasy abgelenkt werden sollten. Aber das haben wir ja schon vom ersten Tag an vermutet. Inzwischen haben wir allerdings einen Zeugen.« Dühnfort berichtete Gina von Dettmanns Aussage. Er hielt sie für glaubhaft. »Uns fehlt nach wie vor das Motiv. Ich kann mir nicht vorstellen, dass Phillip Daniel wegen eines Streits um sechshundert geklaute Ecstasypillen erschossen hat. Die haben zwar einen Marktwert von mehreren Tausend Euro, aber Phillip hat keine Geldsorgen. Außerdem war das eine vorsätzliche Tat. Da stand jemand über eine Stunde im Dunkeln und hat gewartet. Kalt und berechnend. Da geht es um mehr. Es geht um etwas anderes.«

»Und worum geht's, meinst du?« Sie fischte sich eine Olive von seinem Teller und schob sie in den Mund.

Sascha, dachte er. Es musste um diesen Sascha gehen. »Ich weiß es nicht. Wir haben nichts.« Er rieb sich die Nasenwurzel. »Wir übersehen etwas. Wir ordnen etwas falsch ein.«

»Und was?«

Er ließ die Schultern fallen. »Ich glaube, das hängt alles mit Isas Selbstmord zusammen. Mit Sascha, der sie öffentlich gedemütigt hat und so zumindest der Auslöser war, wenn nicht gar die Ursache.«

»Demnach müsste Daniel Sascha gewesen sein.«

»Ist er aber nicht. Meo hat Daniels privaten PC, den am Arbeitsplatz und sein Handy untersucht. Daniel war definitiv nicht Sascha. Es sei denn, er hätte einen uns nicht bekannten Rechner genutzt.«

»Ja? Und? Was spricht dagegen, dass er sich in ein Internetcafé gesetzt hat?«

»Die Zeiten. Etliche der Nachrichten an Isa wurden während seiner Arbeitszeit verschickt.«

»Okay. Das ist überzeugend.« Sie schnappte sich noch eine Olive und trank noch einen Schluck von seinem Wein.

In der Etage über ihnen wurde die Balkontür geöffnet.

Gina zog die Brauen hoch. »Ups. Wir sind wohl zu laut.«

Der Mieter aus dem vierten Stock blickte übers Geländer nach unten. »Wäre es ein Problem für Sie, Ihre Unterhaltung drinnen fortzusetzen?«

Gina sah nach oben und hob beschwichtigend die Hände. »'tschuldigung. Gar kein Problem. Wir müssen morgen auch früh raus.«

Sie wünschten sich gegenseitig eine gute Nacht. Dann wurden die Balkontüren geschlossen.

70

Diese Hitze! Dühnfort sehnte sich nach einem Regenschauer. Nein, nicht nach einem Schauer, nach einem Regentag, nach Vorhängen aus Wasser, die der Wind vor sich hertrieb, nach spritzenden Tropfen in Pfützen und den zahlreichen Brunnen der Stadt, nach einem regelrechten Wolkenbruch, der die Luft säuberte und abkühlte und die Stadt im folgenden Sonnenschein wie frisch gewaschen funkeln ließ.

Als er sein Büro betrat, schlug ihm die abgestandene Wärme der Nacht entgegen. Er riss das Fenster auf und machte sich einen Espresso, obwohl er einen Cappuccino zum Frühstück gehabt hatte.

Am Morgenmeeting nahm Leyenfels teil und wählte den Platz Kirsten gegenüber. Die randlose Brille hatte er gegen ein Designermodell mit schmalem schwarzem Rand getauscht, und auch der Haarschnitt war neu. Irgendwie pfiffiger.

Dühnfort fasste den aktuellen Stand zusammen und zog sein Resümee. Wenn Dettmann die Wahrheit sagte, befanden sie sich wieder ganz am Anfang. Kirsten hatte offenbar über Nacht ihre Meinung geändert. Plötzlich bewertete sie Dettmanns Aussage mit Skepsis. »Der berühmte Unbekannte ist eine oft bemühte Ausrede. Wir sollten die Suche nach der Waffe wieder aufnehmen und das Waldstück hinter seinem Grundstück durchkämmen lassen.«

Leyenfels stimmte Kirsten zu. »Ganz meine Meinung. Man sollte da nichts übersehen.«

Es würde nichts bringen. Dettmann war aus dem Spiel. Da war sich Dühnfort relativ sicher. Doch nur relativ. Da er an das kleine Waldstück gestern auch schon gedacht hatte, bat er Kirsten, das zu übernehmen, und wandte sich dann an Alois. »Wie weit bist du mit den Weißen Mitsubishi?«

»Ich komme voran.« Alois zog etwas aus der Sakkotasche und schob es über den Tisch. Es war ein Plastikbeutel mit Druckverschluss, darin drei Weiße Mitsubishi. Das sah gut aus. »Hast du Angaben zu Käufern?«

»Da brauchen wir ein wenig Geduld. Anike ist sicher nicht Brams einzige Vertrieblerin. Wenn wir sie festnehmen, wird er seinen Laden dichtmachen und den Verkauf lahmlegen.«

»Du hast sie also nicht festgenommen?«

»Es ist besser, wenn wir ihm einen guten Grund geben, mit uns zu reden. Deshalb habe ich mir Unterstützung geholt. Diesen Ankauf«, er wies auf das Tütchen, »hat eine Kollegin vom REK getätigt und dabei signalisiert, dass sie gerne eine größere Menge abnehmen würde. Ich denke, wir werden heute von Anike hören.«

Alois überraschte ihn, und er hatte recht. Wenn es gelang, Bram festzunageln, hatten sie eine deutlich bessere Verhandlungsposition. »Gut. Einverstanden. Halte mich auf dem Laufenden.« Dühnfort sah in die Runde. »Wir sollten uns nicht allein auf die Weißen Mitsubishi verlassen. Ich würde mich gerne auf die Suche nach Sascha konzentrieren. Gibt es schon eine Reaktion von Facebook?« Diese Frage ging an Meo.

»Bis jetzt nicht.«

Leyenfels, der sich leise mit Kirsten unterhalten hatte, wandte seine Aufmerksamkeit Dühnfort zu. »Der übersetzte Beschluss ist zugestellt. Ich werde nachhaken und Druck machen.«

»Wir sollten uns besser intensiv mit Phillip beschäftigen«, meinte Kirsten. »Sein Alibi ist keines. Er hat mit einer Waffe trainiert, er käme an Weiße Mitsubishi heran, und er hat ein Motiv. Was willst du mit Sascha?«

»Die Weißen Mitsubishi sollten uns ablenken. Da sind wir uns doch einig?«

Kirsten nickte zögernd.

»Phillip hätte sie Daniel nicht untergeschoben. Denn diese Spur führt ja über ein paar Umwege zu ihm.«

Kirsten zuckte widerwillig mit den Schultern. *Wenn du meinst*, schien sie damit zu sagen.

»Ich denke, der Dreh- und Angelpunkt in diesem Fall ist Isas Selbstmord und damit Sascha, von dem niemand weiß, wer er ist. Vielleicht hat Daniel ihn enttarnt und erpresst und musste deshalb sterben. Wenn das so ist, dann muss Sascha viel zu verlieren haben. Nur was? Denn strafbar gemacht hat er sich mit seiner Demütigungsaktion gegen Isa nicht. Er ist höchstens zivilrechtlich belangbar. Kein Grund also, auf eine Erpressung zu reagieren und einen Mord zu begehen. Es sei denn, er hat einen Namen zu verlieren, sein Ansehen, seinen Status. Etwas in dieser Art.«

Alois gab seine zufriedene Haltung auf, die er seit Dühnforts Lob eingenommen hatte, und rutschte auf dem Stuhl nach vorne. »Und wenn es viel einfacher ist? Wenn doch Daniel sich als Sascha ausgegeben hat? Er kann sich an Isa für das Handyvideo gerächt haben, das sie von Mika bei YouTube hochgeladen hat. Damals war er noch mit ihr zusammen. Isa hat seine Freundin bloßgestellt, und er wollte es ihr mit gleicher Münze heimzahlen und hat sie öffentlich fertiggemacht.«

»No way«, mischte Meo sich ein. »Daniel war nicht Sascha. Keine Daten auf seinem Handy und den Rechnern, die er nutzte. Privat und beruflich. Per Telepathie zu posten klappt vielleicht in ferner Zukunft mal, heute noch nicht.«

Ein Gedanke streifte Dühnfort wie ein dunkler Schatten. War es das? Ein Missverständnis? »Daniel war nicht Sascha. Wir wissen das. Doch sein Mörder vielleicht nicht. Er kann geglaubt haben, Daniel sei Sascha. Ein Irrtum. Oder eine gezielte Desinformation. Wer hat ein Motiv, Sascha zu töten? Doch nur Isas Eltern, ihre beste Freundin Mika und Lukas, der an Isas Grab trauert und Songs für sie schreibt. Vermutlich war er in sie verliebt. Wir werden weiter zweigleisig fahren. Alois rollt die Spur der Mitsubishi auf. Kirsten und ich werden uns die Familie und den Freundeskreis von Isa vornehmen.«

Kirsten gefiel das nicht. »Und was ist mit Phillip? Wir sollten uns eingehender mit ihm beschäftigen.«

Herrgott, hatte sie es nicht verstanden? »Phillip hätte alles andere verwendet, um eine falsche Spur zu legen, als ausgerechnet Ecstasy.«

Doch Leyenfels pflichtete Kirsten bei. Also gut. Sollte sie nach der Waffe suchen und anschließend Phillips Umfeld ausleuchten. Wenn er sie anderweitig brauchte, würde er sie von Phillip abziehen. Er beendete das Meeting.

Auf dem Weg ins Büro begann sein Handy zu vibrieren. Er zog es hervor. Eine Nummer mit französischer Vorwahl. Doch es war nicht die seiner Mutter. »Ja? Dühnfort.«

Eine Frau meldete sich. »Jacqueline Le Bohec. Police Nationale, Paimpol. Parlez-vouz français?«

»Un peu.« Sein Schulfranzösisch war längst eingerostet.

»Pas de problème. Isch kann ein wenig Deutsch. Wir haben gefunden Ehepaar Weylandt. Sie wollen sprechen?«

»Oui, bien sûr! Madame Weylandt. Wenn es möglich ist.«

»Warten Sie ein Moment.« Etwas raschelte, dann meldete sich Gerlinde Weylandt. Besorgt fragte sie, was denn passiert sei, dass die Polizei nach ihr suche. Dühnfort beruhigte sie. »Es ist alles gut. Wir brauchen Sie als Zeugin. In der Nacht vor Ihrer Abreise sind Sie kurz vor halb eins mit dem Rad den Petunienweg entlanggefahren. Uns ...«

»Ich bin nachts nicht Rad gefahren. Wie kommen Sie auf die Idee?«

»Jemand hat Sie gesehen.«

»Mich? Nachts um halb eins auf dem Rad? Bestimmt nicht. Um diese Zeit bin ich im Bett gelegen. Wir wollten schließlich früh um fünf losfahren. Ihr Zeuge muss sich irren.«

»Sie waren nicht mit dem Hund noch mal draußen?«

»Ganz sicher nicht.«

Enttäuschung breitete sich in Dühnfort aus. So viel Aufwand, die Zeugin zu finden, und nun war sie keine. Er entschuldigte sich für die Aufregung, die er verursacht hatte, dankte Jacqueline Le Bohec für die Mühe und legte auf.

71

Marlis wachte auf und ließ ihre Hand tastend in Stefans Bett wandern. Es war leer und kalt. Er musste schon länger auf sein. Blinzelnd sah sie auf die Uhr. Kurz vor neun. So spät stand sie normalerweise nie auf. Doch sie hatten die halbe Nacht geredet.

Zuerst allerdings hatten sie miteinander geschlafen, als wären sie siebzehn und hätten sich eben erst Hals über Kopf ineinander verliebt. Dieser Hunger auf den anderen, den es nur am Anfang gab. Lange hatte sie sich nicht so verwirrt gefühlt, so durcheinander und jung, so frei und unbekümmert und gleichzeitig wie eine Gefangene und erdenschwer. Sie war keine siebzehn. Sie war fünfzig. Weit mehr als die Hälfte ihres Lebens lag hinter ihr. Es hing an ihr in Tonnengewichten, ließ sich nur für Sekunden vergessen, Sekunden, die ihr die Illusion gaben, sie habe alles noch vor sich, alles sei einfach, unkompliziert und gestaltbar.

Danach hatten sie geredet. Im Dunkeln. Stundenlang. Es schien Stefan leichter zu fallen, in die Finsternis hinein zu sprechen, wie in einen Resonanzraum, mehr zu sich als zu ihr. Stefan war Controller, weil er Ordnung und Strukturen liebte, und Zahlen, weil sie überprüfbar waren, berechenbar. Das gab ihm ein Gefühl von Sicherheit und die Illusion, alles unter Kontrolle zu haben. Doch nicht alles ließ sich planen und berechnen, im Griff behalten. Wenn dann, für ihn jedes Mal völlig überraschend, eine chaotische Situation eintrat, war er überfordert und reagierte wie das Kaninchen vor der Schlange. Er verfiel in Starre, wurde handlungsunfähig, ließ die Dinge geschehen, nahm sie hin, unfähig zu reagieren.

Ganz im Gegensatz zu Marlis. Dafür bewunderte er sie, während er sich gleichzeitig schämte und das Gefühl hatte zu versagen, kein Mann zu sein. Nach Isas Tod war er für Wochen in Apathie verfallen, während sie begann, die Hintergründe auszuleuchten, die Ursachen zu erforschen, mit Lehrern und Mitschülern sprach, nach Sascha suchte und sogar zur Polizei ging und Anzeige erstattete. Doch! Natürlich! Sie hatte sich von ihm alleingelassen gefühlt! Und das hatte sie ihm gesagt, letzte Nacht. Damit war das Gespräch verebbt, als wäre alles ausgesprochen. Sie war schon im Begriff gewesen einzuschlafen, als er doch noch antwortete. »Ich habe dich nicht alleingelassen. Dich nicht und Isa auch nicht.«

Sie verstand nicht. »Wie meinst du das?«

Er wandte sich ihr zu, suchte in der Dunkelheit nach ihrem Mund und drückte einen Kuss darauf. »Vielleicht ein wenig spät, aber nun unterstütze ich dich doch. Wenn wir durch Facebook nicht erfahren sollten, wer Sascha ist, können wir uns einen Anwalt nehmen oder einen Privatdetektiv engagieren. Und jetzt lass uns schlafen. Ich bin müde.« Wieder wich er aus, flüchtete. Ihre Aktivitäten nahm er also als Vorwurf. Als ob sie ihm damit sagen wollte: Du Versager, du Schwächling, du Feigling. Tu was! Und es stimmte. Wie oft war sie kurz davor gewesen, ihm genau diese Worte entgegenzuschleudern? Doch die Gewissheit, damit endgültig alles zu zerstören, hatte sie immer zurückgehalten.

Die Sonne blendete. Marlis drehte sich im Bett um. Wie sollte ihnen so der Neuanfang gelingen? Plötzlich hatte sie Zweifel und Angst. Sie würden das nicht schaffen. Alles ging kaputt. In diesem Moment der Schwäche hätte sie sich am liebsten die Decke über den Kopf gezogen und vor der Welt versteckt. Sie war so müde und so erschöpft. Es kostete sie alle Kraft. Doch sie gab sich einen Ruck, schwang die Beine aus dem Bett und stand auf. Ein stechender Schmerz fuhr durch ihre lädierte Ferse, für einen Moment wurde ihr so übel, dass sie sich zurück aufs Bett fallen ließ. Was war das denn? Nachdem die Schmerzwelle abgeklungen war, entfernte sie den Verband und machte sich auf den Anblick rot entzündeter Wundränder gefasst. Doch die Wunde verheilte gut. Der Schmerz war weg. Erst als sie die Ferse betastete, war er plötzlich wieder da. Er saß tiefer. Ein Glassplitter musste noch darin stecken.

Humpelnd ging sie ins Bad und verband den Fuß neu. Gerade, als sie damit fertig war, erklangen auf der Treppe Schritte. Stefan kam nach oben. Er trug schon wieder seine Arbeitskluft und brachte Kaffeeduft mit sich. »Frühstück ist fertig.«

»Wie schön.«

»Wie geht es deinem Fuß?«

»Nicht so gut, ich glaube, da ist noch ein Splitter drin. Ich werde wohl zum Arzt müssen.«

»Ich trag dich.« Ein breites Lächeln erschien.

»Nein. Das geht schon.« Doch ehe sie es sich versah, nahm er sie hoch und trug sie die Treppe hinunter. Ihr war gar nicht bewusst gewesen, wie stark er war. Erst auf der Terrasse setzte er sie ab. Sie lachte. Halb aus Albernheit, halb vor Verlegenheit. Was die Nachbarn wohl denken würden, wenn sie das sahen? Doch eigentlich war das egal. Er nahm sie in den Arm und küsste sie. Lange und zärtlich. Und sie erwiderte diesen Kuss voller Leidenschaft. Sollten die Nachbarn doch neidisch gucken. Es war wieder einer der Momente, in denen sie dachte, dass sie eine Chance hatten, dass alles gut werden würde. Warum auch nicht?

Atemlos setzten sie sich. Stefan schenkte Kaffee ein und reichte ihr den Brotkorb. Frische Laugensemmeln, Vollkornbrötchen und Croissants. Während des Frühstücks erklärte er ihr, dass er gerne noch die Teichfolie verlegen würde, wenn er mit dem Aushub fertig war. Er hatte Sorge, dass der Kies sonst nachrutschte oder bei Regenfällen Erde eingeschwemmt würde. Sie verstand es nicht ganz, wollte es auch nicht verstehen. Die Fahrt nach Südfrankreich würde sich um ein oder zwei Tage verzögern. Doch sie wollte weg von hier.

»Gut. Dann mach das. Ich fahre solange zu meinem Vater.« Er war dreiundachtzig Jahre alt und lebte im Bayerischen Wald. Seit dem Tod ihrer Mutter vor zwei Jahren kam er nicht mehr alleine klar. Eine Nachbarin half, und auch seine Schwester kümmerte sich. Pfingsten waren sie das letzte Mal auf Besuch gewesen. Es war höchste Zeit, nach ihm zu sehen. Stefan stimmte zu. So konnte er ungestört weiter am Teich arbeiten.

Nach dem Frühstück rief sie ihren Hausarzt an, doch es lief nur ein Band. Bis Ende August war die Praxis nicht besetzt. Die Vertretung hatte eine Ärztin aus dem Nachbarort übernommen, von der Marlis nicht allzu viel hielt. Daher entschloss sie sich, die Ambulanz des Klinikums Perlach aufzusuchen. Mit dem Auto waren es nur zehn Minuten.

Stefan bot an, sie zu fahren, doch das schaffte sie allein. Je eher er mit dem Teich fertig wurde, je eher würden sie am Meer sitzen. Sie gab ihm einen Kuss zum Abschied.

»Fahr vorsichtig«, sagte er.

»Mache ich.« Sie wollte schon gehen, doch er zog sie noch einmal an sich. »Ich liebe dich. Das habe ich dir lange nicht mehr gesagt.« In seinen Augen lag wieder dieser Glanz von Sommer und Leichtigkeit, der ihr weiche Knie verursachte und ihren Kopf schweben ließ.

»Ich dich auch. Schon immer.« Lange hatte sie das nicht mehr so tief empfunden.

In der Klinik musste sie beinahe drei Stunden warten und war schon kurz davor, wieder zu gehen, als sie endlich an die Reihe kam. Die Untersuchung dauerte lange und mündete letztlich in einen ambulanten Eingriff. Örtliche Betäubung, ein Schnitt und die Suche nach dem Splitter, dann ein paar Stiche und ein neuer Verband. Völlig erschöpft verließ sie das Krankenhaus, setzte sich in das kleine Café am Pfanzeltplatz und gönnte sich einen Eiskaffee. Auf der Heimfahrt machte sie dann noch beim Optiker halt und holte die Sonnenbrille aus der Reparatur. Es war schon nach drei, als sie in ihre Straße einbog. Eine schlaksige Gestalt kam ihr entgegen. Mit gesenktem Blick und hängenden Schultern trottete Lukas den Gehweg entlang. Schwarze Klamotten. Schwarz umrandete Augen. Silberne Piercings im Ohr. Wie immer sah er furchterregend aus. Dabei war er ein lieber Kerl. Irgendwie tat er ihr wegen seiner unglücklichen Liebe zu Isa leid. Sie hupte kurz zum Gruß, doch er nahm sie nicht wahr.

Marlis parkte neben dem Container und ging ins Haus. Stille umfing sie. Der Bagger stand verlassen im Garten neben dem Loch. Von Stefan keine Spur. Sie rief nach ihm. Doch er war nicht im Garten und auch nicht im Haus. Das Auto stand in der Garage. Ob er wohl joggen war, eine seiner Runden drehte? Normalerweise tat er das später. Fürs Laufen war es noch zu heiß. Vermutlich war ihm die Leere im Kühlschrank aufgefallen und er war einkaufen gegangen. Sicher kam er bald mit ein paar Leckereien heim. Der Fuß tat noch weh, sie legte sich aufs Bett und lagerte ihn hoch. Stille umfing sie. Eine Ruhe, die plötzlich bedrohlich wirkte, als ob sich darin etwas verbarg.

72

Ein Geräusch weckte sie. Verschlafen setzte Marlis sich auf. Sie musste kurz eingenickt sein. Kein Wunder nach diesem strapaziösen Tag. Durstig humpelte sie hinunter in die Küche und trank ein Glas Mineralwasser, dabei fiel ihr Blick auf die Uhr.

Was? Schon kurz vor sechs. Sie hatte über zwei Stunden geschlafen. Noch ein wenig benommen stellte sie die Flasche zurück in den Kühlschrank. Er war genauso leer wie zuvor. Stefan war also nicht einkaufen gewesen. Gut, dann würde sie das jetzt erledigen. Sie ging auf die Terrasse, um ihm Bescheid zu sagen. Doch der Bagger stand verlassen neben diesem Loch, das ein Badeteich werden sollte. Isa hatte ihn unbedingt gewollt. Nie würde sie ihn sehen, nie darin baden. Warum legte Stefan ihn an? Für einen Moment wünschte sie sich mit verzweifelter Kraft, er würde aufhören, weiter zu graben und zu graben, das Loch wieder zuschütten, das Haus verkaufen, mit all seinen Erinnerungen. Neu beginnen. Egal wo. Sie stieß den Atem aus, sog die Luft langsam ein, bekämpfte die Panik, zwang sich zur Ruhe. Alles wird gut. Alles wird gut.

Als sie ihre Gefühle wieder unter Kontrolle hatte, ging sie ums Haus. Auch am Container war Stefan nicht. Der Wagen stand in der Garage. Also war er doch joggen gegangen. Zwei Stunden? Bei dieser Hitze? Sicher nicht.

Ein wenig beunruhigt kehrte sie ins Haus zurück. Falls er allerdings die Runde zur Kugler Alm lief, machte er dort Rast. Wie immer. Die einfache Strecke betrug sieben Kilometer und führte durch schattigen Wald. Sicher saß er im Biergarten der

Gaststätte und trank eine eiskalte Cola, bevor er sich auf den Rückweg machte. Trotz dieser vernünftigen Erklärung ließ die Unruhe nicht nach, verstärkte sich sogar noch. Marlis griff zum Telefon und wählte seine Handynummer. Nach dem fünften Läuten ging die Mailbox ran. Dann musste er sich auf dem Heimweg befinden, denn in der Kugler Alm gab es ein Handynetz. Sie hatte dort selbst schon telefoniert. In einer halben Stunde würde Stefan zu Hause sein und einen Mordshunger haben.

Marlis setzte sich ins Auto und fuhr zum Supermarkt. Normalerweise ging sie diese Strecke zu Fuß. Doch die Ferse schmerzte. Sie kaufte Melone und Parmaschinken, etwas Ziegenkäse, Tomaten und Gurke und einen halben Laib von dem frischen Holzofenbrot, das Stefan so gerne aß.

Als sie das Haus wieder betrat, wusste sie, dass er noch nicht zurück war. Sie fühlte es. Etwas fehlte, das ihn ausmachte. Aus der Unruhe wurde Sorge. War ihm etwas zugestoßen? Vielleicht war er im Wald gestürzt und hatte sich verletzt. Doch dann würde er anrufen und sie bitten, ihn abzuholen. Sie zog ihr Handy aus der Tasche. Kein Anruf, keine SMS. Und wenn er so schlimm verletzt war, dass er nicht anrufen konnte? Eine kalte Angst durchfuhr sie bei diesem Gedanken. Doch die Laufstrecke wurde von Joggern, Radfahrern und Spaziergängern stark frequentiert. An einem so schönen Sommerabend wie heute war es undenkbar, dass er verletzt auf dem Weg lag, ohne dass jemand ihn bemerkte.

Sie zwang die aufsteigende Angst nieder. Wenn er in der nächsten halben Stunde nicht kam, würde sie zur Kugler Alm fahren und nachsehen. Falls er dort nicht war, konnte sie die Joggingstrecke abgehen. Irgendwo musste er ja sein. Sie trug die Einkäufe in die Küche. Die Tür war noch nicht repariert. Der Glaser würde erst nächste Woche kommen und die kaputte Scheibe ersetzen. Bei der Erinnerung an diese Nacht schlug ihr Herz ein wenig schneller. Sie hatte sich gehen lassen, und doch war es gut gewesen.

Nachdem sie die Lebensmittel im Kühlschrank verstaut hatte, wählte sie noch einmal Stefans Nummer. Wieder meldete sich nur die Mailbox. Oben im Kleiderschrank lagen seine Laufshirts gewaschen und gebügelt auf einem Stapel, das benutzte fand sie im Bad, im Behälter für Schmutzwäsche. Sie lief nach unten, riss die Fächer des Schuhschranks auf. Die Joggingschuhe waren an ihrem Platz. Ratlos starrte sie darauf.

Wo war er? Jedenfalls nicht joggen.

War er in die Grube gefallen? Marlis ignorierte die Schmerzen in der Ferse, stürzte durchs Wohnzimmer auf die Terrasse und starrte in das ausgehobene Loch. Doch dort war er nicht. Gott sei Dank!

Hatte er eine heimliche Geliebte? Lag er in ihren Armen, während sie langsam krank vor Sorge wurde? Quatsch. Stefan doch nicht. Nicht nach den letzten Nächten. Aber vielleicht davor?, wisperte eine böse innere Stimme. Du hast ihm das Leben zur Hölle gemacht mit deinen stummen Vorwürfen. Warum sollte er sich nicht ins Bett einer bereitwilligen Frau geflüchtet haben, auf der Suche nach Nähe und Zärtlichkeit. Und Sex. Und nun ist es Zeit, das zu beenden. Dafür hat er die Stunden genutzt, in denen du beim Arzt warst – und sich doch anders entschieden.

Sie vertrieb die gehässige Stimme. *Ich liebe dich.* Ein paar Stunden waren erst vergangen, seit er diese Worte an sie gerichtet hatte. Er lag nicht im Bett einer anderen!

Ihre Gefühle schlugen Wellen. Eine Mischung aus Angst, ihm könnte etwas zugestoßen sein, und Ärger über seine Rücksichtslosigkeit, keine Nachricht zu hinterlassen und nicht einmal ans Handy zu gehen. Denn eingeschaltet war es.

Die Mailbox hatte sich bei beiden Versuchen erst nach dem fünften oder sechsten Läuten gemeldet.

Wieder ging sie ins Haus, tigerte unruhig umher. Was war los? Im Flur blieb ihr Blick in der Schale auf der Ablage hängen. Dort war sein Schlüsselbund. Ungläubig starrte sie darauf. Den hatte er noch nie vergessen. Langsam sickerte die Erkenntnis in ihr Bewusstsein: Wenn der Schlüsselbund da war, war auch Stefan da. Hier im Haus. Irgendwo. Angst legte sich hinter ihr Brustbein, sog jeden Gedanken aus ihrem Schädel, ein Vakuum entstand. Eine flimmernde und rauschende Leere.

War sie das, die das Telefon aus der Ladeschale nahm, seine Nummer wählte, durch das Haus ging und lauschte? Lauschte, bis sie leise, von irgendwoher kommend, die Melodie seines Handys hörte, die wieder verstummte. Dann ging auch schon die Mailbox ran. Sie legte auf, wählte erneut, erreichte wieder den Flur. Leise drang eine zum Klingelton massakrierte Version von *Singin' in the Rain* an ihr Ohr. Sie kam aus dem Keller.

73

Es war schon vier, als Mika sich aus dem Bett wuzelte. Auf dem Boden stand ein Tablett mit den Erkältungsmitteln, die Mam angeschleppt hatte. Die Sommergrippe hatte Mika doch erwischt. Sie fühlte sich so zerschlagen, als wäre eine Herde Dromedare über sie hinweggetrampelt.

Aus Phillips Zimmer dröhnte Musik. Er war wieder da, und Mam behandelte ihn wie einen unschuldig Verfolgten. Logisch, denn so hatte er sich präsentiert. »Die haben mich auf einer nackten Pritsche schlafen lassen. Mein Rücken ist im Arsch. Und zu trinken habe ich fast nichts bekommen. Ich bin beinahe verdurstet. Und da, schau, blaue Flecken!« Theatralisch hatte er das Shirt hochgezerrt. Mam war fast in Ohnmacht gefallen. Na ja, schön sah das nicht aus. Aber wer wusste schon, woher diese Flecken wirklich stammten. Mam war der Meinung, das grenzte an Folter. Dr. Bender prüfte bereits, wie man dagegen vorgehen konnte. Dienstaufsichtsbeschwerde oder gleich eine Strafanzeige? Mam überlegte sogar, die Presse zu informieren. Fehlte nur noch, dass sie Amnesty International einschaltete.

Und natürlich war Christian der böse Bube im Spiel. Phillip war das bedauernswerte Opfer eines *falschen Freundes*. Mika hätte kotzen können. Mam und wie sie die Welt sah. Ihre Welt. Ihre verdrehte Wahrnehmung. Ihre ewigen Rechtfertigungen, mit denen sie die Fehler ignorierte, die ihre Kinder machten. Immer waren die anderen schuld. Mika stöhnte. Hoffentlich wurde sie nie so wie ihre Mutter. Sollte sie sich je dabei erwischen, eine von Mams Taktiken anzuwenden, würde sie sich echt einen Therapeuten suchen.

Die Luft in ihrem Zimmer war stickig. Kein Wunder. Die Fenster waren den ganzen Nachmittag über geschlossen gewesen. Irgendwas am Pool war kaputt. Zwei Handwerker hatten stundenlang mit dem Pressluftbohrer Krach gemacht. Jetzt war Ruhe. Mika öffnete die Tür zum Balkon. Das leere Becken lag unter ihr. Die ruhige Wasseroberfläche war verschwunden. Keine Assoziationen mehr von Glas, durch das sie brechen konnte. Darüber war sie seltsamerweise froh. Es war, als sei ein böses Omen verschwunden. Und dennoch spürte sie, dass irgendwo etwas auf sie lauerte. Dieser Gedanke ließ sie erschauern. Sie bekam Gänsehaut. Fröstelnd schlang sie die Arme um sich. Vermutlich lag das an der Erkältung, doch es gelang ihr nicht, dieses Gefühl zu vertreiben. Etwas war in Gang gekommen, das sich nicht aufhalten ließ, das auf sie zuraste. Sie spürte es. Es machte ihr Angst.

Unwillig schüttelte sie den Kopf. Was sie nur dachte. Mam hatte irgendwie recht. Und auch wieder nicht. Langsam musste sie sich aus der Trauer um Isa befreien. Doch allein der Gedanke daran erschien ihr wie ein Verrat. Seit Monaten war sie wie gelähmt, gefesselt, in Trauer gefangen. Wie sie das Abi geschafft hatte, wusste sie selbst nicht. Das Abi. Das Studium. BWL. Sie wollte nicht. Kunst oder Architektur. Das würde ihr Freude machen. Und wenn schon BWL, dann nicht in München. Sie musste hier raus.

Sie musste hier weg. Weg von dieser Familie.

Dieser Gedanke war plötzlich da. So klar und vernünftig und einleuchtend, als hätte er nur darauf gewartet, endlich von ihr wahrgenommen zu werden. Schlagartig fühlte sie sich wie befreit.

Weg aus München. Weg von Mams fürsorglicher Umklammerung. Weg von Phillips arroganter Gleichgültigkeit, weg von Paps, der ohnehin nie da war. Alles einfach hinter sich lassen. Eine neue Stadt. Neue Leute kennenlernen. Das studieren, was sie wollte. Wenn Paps das nicht finanzierte, würde sie eben jobben. Andere taten das schließlich auch. Wo konnte man Architektur studieren?

Mika warf einen letzten Blick in den Pool. Da war nichts, wovor man sich fürchten musste. Keine Fläche aus Glas. Fester Boden statt trügerischer Sicherheit. Sie setzte sich an ihr MacBook und machte sich auf die Suche. Hamburg, Berlin, Wien, Köln. Überall konnte man Architektur studieren. In die Webseite der Beuth Hochschule für Technik in Berlin tauchte sie richtiggehend ein. Was sie las, gefiel ihr, versetzte sie in beinahe fiebrige Hoffnung, dort angenommen zu werden. Leider gab es keine Informationen, ob die Anmeldefrist schon abgelaufen war und welche Unterlagen man überhaupt einreichen musste. Kurzentschlossen schrieb sie eine Mail und fragte einfach nach.

Falls sie die Einschreibungsfrist verpasst hatte, würde sie eben jobben oder ein Praktikum machen und es zum nächstmöglichen Termin wieder versuchen. Mit einem Schlag war die Lethargie, die sie seit Monaten lähmte, wie weggeblasen. Kein Urlaub auf den Seychellen. Job- und Wohnungssuche in Berlin standen an. Auf ihrem Konto war genug Geld, um die ersten Monate zu überbrücken. Sie war erwachsen. Sie konnte tun und lassen, was sie wollte. Sie würde ihren Kram packen und nach Berlin ziehen. Noch diesen Monat.

Wie aus dem Nichts kamen die Tränen. Ein Sturzbach begann zu laufen. Heulend warf sie sich aufs Bett, ließ der Sintflut freien Lauf, ein felsengroßer Klumpen löste sich, wurde fortgeschwemmt. Als die Tränen versiegt waren, fühlte sie sich unsagbar erleichtert.

Warum war sie nur nicht früher auf die Idee gekommen? Mit einem Schlag fühlte sich alles gut und richtig an. Von weit her schien eine Stimme zu kommen. Isas Stimme.

That's it, Mika. Es ist dein Leben. Endlich hast du es kapiert.

»Besser spät als nie. Hat ja lange genug gedauert«, sagte sie in die Stille ihres Zimmers hinein.

Sie stand auf, streckte sich, wuschelte mit den Händen durch die kurzen Haare. Es kam ihr vor, als ob sie sich häutete. Sie schälte Schichten ab, die sie umgaben und ihr wahres Wesen verbargen. Langsam kam sie sich näher. Wenn sie erst in Berlin war, würden die letzten Häute fallen und die wahre Mika erscheinen.

Zeit, den Tag zu beginnen. Auch wenn es schon Abend war. Sie ging unter die Dusche, zog sich an und schrieb Lukas eine SMS. *Lust auf ein Treffen auf der Praterinsel? Es gibt was zu bequatschen.*

Als sie das Handy wieder einsteckte, fiel ihr Blick auf die Mailausdrucke. Ein nicht allzu dicker Stapel, den sie noch durchsehen wollte. Isas Passwort hatte auch bei Webmail funktioniert, und dort waren tatsächlich noch alle Nachrichten gespeichert, die Sascha Isa je geschickt hatte. Mika hatte sie ausgedruckt, aber noch keinen Blick hineingeworfen. Und jetzt hatte sie keine Lust, sich damit zu beschäftigen. Morgen war auch noch Zeit dafür.

74

Ein Einsatzfahrzeug parkte vorm Haus, daneben der Notarztwagen. Die Blaulichter waren ausgeschaltet. Eine trügerische Ruhe. Im Vorgarten standen zwei Streifenpolizisten. Einer sog ein letztes Mal an seiner Zigarette und warf die Kippe auf den gepflasterten Weg. Dühnfort parkte vor dem Container. Schalbretter lehnten daran. Die Kuppe eines Kiesberges ragte über die Kante.

»Wenn Sie den bitte wieder einsammeln würden.« Dühnfort wies auf den Zigarettenstummel. »Es erleichtert die Arbeit der Kriminaltechniker.«

»Seit wann brauchen wir bei Selbstmord die KTUler?« Der Kollege hob jedoch die Kippe auf und sah sich suchend um.

»Solange das nicht hundertprozentig sicher ist, wäre es mir lieber, wenn alles unberührt bliebe.«

Vor zwanzig Minuten hatte Dühnfort einen Anruf von Berentz aus der Einsatzabteilung erhalten. »Suizid in Unterhaching. Stefan Schäfer. Der hat doch etwas mit eurem aktuellen Fall zu tun?«

Isas Vater hatte Selbstmord begangen? Einen Augenblick sträubte sich etwas in Dühnfort, das zu glauben. »Stefan Schäfer? Ja. Wir übernehmen das.«

Kirsten war mit Leyenfels unterwegs. Alois hatte einen Anruf von Alexa erhalten: Anike hatte Kontakt aufgenommen. Also fuhr Dühnfort alleine nach Unterhaching. Bisher hatte er Buchholz noch nicht informiert, obwohl er entschlossen war, auf alle Fälle die KTU vor Ort zu holen. Auch wenn das ein Selbstmord sein sollte, stand er im Zusammenhang mit einem Mord. Da würden sie ganz genau hinsehen. Doch erst wollte er sich selbst ein Bild machen.

Die Haustür war offen. Die Glasfüllung der Küchentür fehlte. Was war da passiert? Aus dem Wohnzimmer drangen Stimmen.

»Das ist nicht wahr. Das ist nicht wahr.« Ein heiserer Singsang, beinahe ein Flüstern, entstieg Marlis Schäfers Kehle. Sie saß auf der Couch, die Arme um den Oberkörper geschlungen. Ein stetes Wiegen. Vor und zurück. Vor und zurück. »Das ist nicht wahr. Das ist nicht wahr.«

Zwei Rettungssanitäter packten ihre Sachen zusammen. Der Notarzt war vor ihr in Hockstellung gegangen und versuchte, zu ihr durchzudringen. »Frau Schäfer, ich glaube, es ist besser, wenn Sie nicht allein sind. Kann sich jemand um Sie kümmern? Verwandte? Eine Freundin? Wen kann ich anrufen?«

Sie reagierte nicht darauf, wiegte sich weiter in diesem monotonen Singsang vor und zurück, während der Arzt versuchte, sie zu erreichen. Es gelang ihm nicht. Er stand auf. »Gehören Sie zur Familie?«

»Dühnfort. Kripo. Wo ist es passiert?«

»Im Keller. Wir haben den Toten nicht angerührt. Wenn ...« Er warf einen Blick auf Marlis Schäfer. »Na ja, Sie werden es sehen. Jedenfalls war sofort klar, dass wir nichts mehr tun können, und Ihnen erleichtert es die Arbeit.«

Dühnfort nickte. »Wer hat ihn gefunden?«

»Seine Frau. Sie hat auch den Notruf gewählt.«

An schreckliche Anblicke hatte er sich gewöhnt. Marlis Schäfer kannte derartige Bilder nicht. Ihr Mann war alles gewesen, was ihr von ihrer Familie geblieben war. Und nun hatte sie auch ihn verloren. Diese Bilder würde sie nie mehr loswerden.

»Kann ich es mal versuchen?«

»Es hat keinen Sinn. Im Moment ist sie unerreichbar. Sie

hat sich vor dieser schrecklichen Wahrheit abgeschottet. Ein Schutzmechanismus.« Der Arzt breitete die Hände aus. »Ich werde sie einweisen. Zur Beobachtung. Nicht, dass sie es ihrem Mann gleichtut.«

»Gut. Wissen Sie schon, wohin?«

»Im Rechts der Isar ist etwas frei. Psychiatrische Abteilung.«

Dühnfort verließ das Wohnzimmer und ging in den Keller. Auch hier war alles picobello sauber. Ein hellgrau gefliester Vorplatz, gesäumt von weißen Einbauschränken. Bei einem stand die Tür einen Spalt offen. Wintermäntel und Jacken hingen darin. In der Luft lag ein schwacher Geruch nach Heizöl und Weichspüler. Heizungskeller, Waschküche, ein Gästezimmer. Daneben eine Werkstatt. Kunststoffboden. Weiße Wände. Regale voller Werkzeug und Heimwerkerbedarf. Ein Fenster, hinter dem sich eine begrünte Anböschung erstreckte, darunter ein Arbeitstisch. Auf dem Boden davor lag ein umgekippter Holzstuhl und daneben die Leiche von Stefan Schäfer, auf der Seite, Dühnfort den Rücken zugewandt. Der Hinterkopf war größtenteils weggesprengt. Blut und Hirnmasse verteilten sich trichterförmig vom Tisch Richtung Tür. Dühnfort holte Latexhandschuhe aus der Tasche, zog sie über und näherte sich dem Toten in einem weiten Bogen. Die Waffe lag einen halben Meter von der Leiche entfernt. Es war eine Ruger Redhawk, ausgelegt für Kaliber .44 Magnum. Ein älteres Modell mit abgenutzter Griffschale und deutlichen Gebrauchsspuren. Dühnfort ging in die Hocke und betrachtete Stefan Schäfers rechte Hand. Ausgedehnte Beschmauchung oberhalb des Daumens und Zeigefingers. Dort fanden sich Blut- und Gewebespuren. Typische Hochgeschwindigkeitsspritzer. Zweifelsfrei ein Selbstmord. Isas Vater musste auf dem Stuhl gesessen sein, als er sich die Waffe in den Mund gesteckt hatte und abdrückte.

Dühnfort erhob sich aus der Hocke und sah sich nach einem Abschiedsbrief um. Er entdeckte ihn auf der Arbeitsplatte, neben einer ausgequetschten Tube Pattex-Kleber und einem Kugelschreiber. Ein Bogen kariertes Papier, offenbar von einem Block abgerissen.

Meine Liebste,
bitte verzeihe mir, was ich getan habe. Auch, was ich nicht
getan habe und was ich dir nun antue. Es gibt für uns keine
gemeinsame Zukunft. Auch ich habe Isa geliebt. Und ich
liebe dich. Für immer.
Stefan

Unter diesem Bogen lag ein zweiter. Dühnfort zog ihn hervor. Es war Stefan Schäfers Geständnis. Ebenso knapp wie der Abschied von seiner Frau. Ein Mann, der wenig Worte machte.

Geständnis.
Ich gestehe, Daniel Ohlsberg in der Nacht zum ersten Au-
gust in einen Hinterhalt gelockt und erschossen zu haben.
Er hat meine Tochter Isabelle in den Selbstmord getrieben.
Mit dieser Tat wollte ich ihr Gerechtigkeit widerfahren las-
sen und mein Rachebedürfnis stillen. Es ist nicht geglückt.
Ich habe einen Menschen getötet und kann damit nicht
leben. Ich bitte Daniels Großmutter und seine Freunde
um Vergebung, auch wenn ich sie nicht erhoffen kann. Ich
habe alles falsch gemacht.

Das Geständnis war handschriftlich niedergelegt und unterschrieben. Es warf mehr Fragen auf, als es beantwortete. Wie war Stefan Schäfer auf die Idee gekommen, Daniel sei Sascha? Woher hatte er die Waffe?

Dühnfort ließ das Blatt sinken. Auf der Tischplatte stand ein Paar Arbeitsschuhe. Tatsächlich, die Leiche trug Socken. Seltsam. Er zog das Handy hervor und informierte Buchholz.

In all dem Grün vor dem Fenster welkte eine blaue Blüte. Ihre Blätter zitterten kaum merklich im Luftzug. Eines löste sich und fiel zu Boden. Ein Missverständnis oder eine Lüge hatten Daniel das Leben gekostet. Wer auch immer Sascha war, er hatte etwas in Gang gesetzt, das sich längst nicht mehr beherrschen ließ.

75

»Du bleibst draußen, damit das klar ist.« Alexa trug Turnschuhe zum Minirock und reichte Alois daher heute nicht mal bis zur Schulter.

Vor ein paar Minuten hatten sie sich am Space Burger getroffen, und schon wieder übernahm sie das Kommando. Was ihn ebenso amüsierte, wie es ihm gefiel. Auf dem Gelände der Kultfabrik ging es ruhig zu. Man bereitete sich auf den Ansturm der Nacht vor. Die Clubs hatten noch geschlossen. Doch die Lokale und Gastronomiebetriebe öffneten. Bald würde hier der Bär steppen. Weiter vorne wurde ein Lieferwagen entladen. Ein Typ auf einem Mountainbike umkurvte Alois und Alexa und verschwand beim Schlagergarten um die Ecke.

»Ganz sicher nicht. Du gehst da nicht alleine rein«, entgegnete Alois.

»Anike wird sich an dich erinnern. Wenn sie …«

»Du ziehst das nicht alleine durch.« Er würde doch dieses Küken nicht mit einem Kerl wie Bram allein lassen.

»Bin ich blöd?« Sie blieb vor ihm stehen. »Echt jetzt! Natürlich gehe ich nicht allein rein.« Fehlte noch, dass sie mit dem Fuß aufstampfte. »Ich nehme Leo und Patrick mit. Kollegen vom REK. Mit denen treffen wir uns. Hier. Jetzt.« Sie wies auf das CupCake, vor dem sie standen, ein Café mit kleiner Terrasse. Im Schatten unter Marktschirmen warteten Plastikstühle und Tische auf Gäste.

Sie wollte ihn also außen vor lassen. Widerwillig musste Alois sich eingestehen, dass sie recht hatte. Wenn er wieder beinahe gleichzeitig mit Alexa in der Unberechenbar auftauchte, würde Anike sich an ihn erinnern und den Braten riechen. »In Ordnung. Dann hast du ja Geleitschutz.«

Sie setzten sich auf die Terrasse und bestellten Cola. Als sie gebracht wurden, bemerkte Alois zwei Männer, die aufs CupCake zusteuerten. Der eine sah aus wie ein Student auf Münchenbesuch. Turnschuhe, behaarte Waden, Bermuda und weites Hemd. Etwa so alt wie Alexa. Der andere war deutlich älter. Etwa fünfunddreißig und machte auf cool. Röhrenjeans, enges schwarzes T-Shirt, unter dem sich gut definierte Muskeln abzeichneten. Ray-Ban-Sonnenbrille. Der Jüngere war Leo. Er begrüßte Alexa mit einem Schlag auf die erhobene Handfläche. »Hi, Alexa.« Alois bedachte er mit einem Nicken. Der Coole stellte sich als Patrick vor. »KHK Patrick Kerstens. Ausbilder beim REK.«

Alois war erleichtert. Er hatte schon befürchtet, ein paar Youngster planten, Bram festzunehmen. »Freut mich.«

Sie schoben zwei Stühle heran.

»Das ist Alois. Der Kollege von Mord, dem wir den Tipp verdanken. Also seid nett zu ihm«, meinte Alexa, setzte dieses schiefe Lächeln auf und holte aus ihrer Umhängetasche einen dünnen Hefter. Mit einem Rundumblick vergewisserte sie sich, dass sie ungestört waren, und zog ein Foto hervor. »Das ist Bram. Eigentlich Abraham de Jong, zweiunddreißig, niederländischer Staatsbürger. Vorbestraft wegen Rauschgifthandels und gefährlicher Körperverletzung. Wir sollten also vorsichtig sein. Seit seiner Haftentlassung 2011 ist er in München gemeldet. Polizeilich ist er in den letzten Jahren nicht in Erscheinung getreten. Sah ganz danach aus, als wäre er sauber. Er ist der Pächter der Unberechenbar und zahlt brav seine Steuern.«

Alois sah sich das Foto an. Ein drahtiger Kerl von der Statur eines Fliegengewichtboxers. Glatze, Ziegenbärtchen, Knopf im Ohr. Ein wirklich leckeres Bürschchen. »Bewaffnet?«

Alexa zuckte die Schultern. »Wenn, dann mit einem Messer. Das war früher sein Markenzeichen. Er ist echt flink damit.«

»Dann haltet Abstand«, meinte Patrick. »Wir machen das wie besprochen.« Er erklärte Alois das Vorgehen. Anike hatte Alexa in die Unberechenbar bestellt. Sie gingen davon aus, dass Bram ebenfalls da sein würde. Einen Deal im Wert von dreitausend Euro würde er selbst abwickeln, und ziemlich sicher nicht im Gastraum, sondern im Büro. Patrick würde vor Alexa hineingehen, sich an der Bar etwas bestellen und dann auf der Toilette verschwinden. Er bedankte sich bei Alois, der die Örtlichkeiten am Abend zuvor inspiziert hatte, für die Vorarbeit. Von der Toilette aus hatte Patrick das Büro im Visier und würde einschreiten, sobald Alexa bezahlte und die Pillen in ihrem Besitz waren. »In diesem Moment klicken die Handschellen. Für alle Fälle postieren wir Leo am Hinterausgang. Falls Bram abhauen will und ihm das wider Erwarten gelingen sollte, wird er nicht weit kommen.« Patrick sah auf die Uhr. »Für mich ist es Zeit zu gehen. Und du kommst am besten mit ein paar Minuten Verspätung. Pünktlichsein ist uncool«, meinte er an Alexa gewandt. »Leo bricht erst auf, wenn Alexa drinnen ist. Alles klar?«

Die beiden nickten.

»Und ich soll derweil Däumchen drehen?« Alois gefiel das nicht.

»Du hältst dich von der Unberechenbar fern. Wir wollen das nicht vermasseln.« Patrick erhob sich und ging. Zwölf Minuten später folgte Alexa. Plötzlich wirkte sie aufgeregt. Sie ließ sich von Alois auf die Schulter klopfen und stapfte los. Kurz darauf verabschiedete sich auch Leo. Alois zahlte die beiden Cola, wartete noch einen Augenblick und schlenderte Richtung Unberechenbar. Seit fünfeinhalb Minuten war Alexa im Einsatz. Wenn es keine Probleme gab und Bram ihr keine Romane erzählte, musste das Geschäft langsam mal abgeschlossen sein.

Er war noch fünfzig Meter von der Bar entfernt, als die Tür aufflog, jemand herausschoss, sich umsah, einen Haken schlug und in Alois' Richtung spurtete. Glatze, Ziegenbart, Fliegengewicht.

War wohl doch nicht so optimal gelaufen. Die Gasse war eng. Alois machte einen halben Schritt zur Seite, täuschte so an, Bram durchzulassen. Von hinten näherten sich Alexa und Patrick. »Halt! Stehen bleiben! Polizei!« Bram zog etwas aus der Gesäßtasche. Eine Bewegung aus dem Handgelenk. Ein metallisches Schnappen. Eine blitzende Klinge. Noch zehn Meter. Zeit, einzuschreiten. Alois zog in einer tausendmal geübten, fließenden Bewegung die Heckler & Koch aus dem Holster, stellte sich Bram in den Weg und brachte sie in Anschlag. »Polizei! Stehen bleiben!« Bram verlangsamte das Tempo, sah sich um, suchte einen Ausweg. Doch da war keiner. »Stehen bleiben!« Bram versuchte an Alois vorbeizukommen. Dummer Fehler. Er schob ein Bein vor. Brams verhakte sich darin. Er knallte auf den Boden, das Messer glitt ihm aus der Hand, schlitterte über Asphalt.

Keuchend stoppten Patrick und Alexa neben Alois. »Merci vielmals.« Alexa grinste. Während sie Bram die Handschellen anlegte, sah sie zu Alois auf. »Wir sind ein klasse Team. Echt jetzt!«

76

»Ohne jeden Zweifel. Das ist die Waffe, mit der Daniel erschossen wurde.« Zufrieden fuhr Buchholz sich übers Kinn.

Die Sonne brannte zum Laborfenster herein und heizte den Raum auf. Dabei war es noch nicht einmal elf. Ein kurzer heftiger Regenschauer. Gerne auch ein Schneesturm oder Eisregen. Ein wenig Abkühlung. Dühnfort sehnte sich danach. Er stand Buchholz gegenüber auf der anderen Seite des Tischs, auf dem die Ruger lag.

»DNA und Fingerspuren stammen von Stefan Schäfer. Du kannst den Abschlussbericht schreiben. Gratuliere.«

Doch da gab es nichts zu gratulieren. Sie hatten es versaut. Und vom Abschlussbericht konnte er derzeit nur phantasieren. Tausend Fragen waren offen. Woher hatte Schäfer die Weißen Mitsubishi, woher die Waffe? Wer hatte ihm zugeflüstert, Daniel sei Sascha? Oder war er alleine auf diesen fatalen Irrtum gekommen? Wenn ja, wie?

Die Vorstellung, dass Daniel stellvertretend für einen anderen gestorben war ... Wegen einer Intrige, eines Irrtums oder wie auch immer Schäfer auf diese wahnwitzige Idee gekommen war, Daniel sei Sascha ... Ein absolut sinnlos ausgelöschtes Leben. Welch eine Verschwendung, welch grausame Fügung des Schicksals. Doch bei diesem Gedanken stieg Wut in Dühnfort auf. Keine Fügung war daran schuld, dass Daniel tot war, sondern das narzisstische Bedürfnis eines Menschen, das Recht selbst in die Hand zu nehmen, oder das, was er dafür hielt. Aug um Aug. Zahn um Zahn. Archaisch. Primitiv. Und so fatal falsch.

Dühnfort dankte Buchholz und ging. Es war höchste Zeit, sich im Haus der Schäfers gründlich umzusehen.

Alois war noch mit Bram beschäftigt. Wie sie den überführt und festgenommen hatten, gefiel Dühnfort. Alois machte sich. Kirsten war an ihrem Platz. »Wie weit bist du mit der Radfahrerin?«

»Der Zeugenaufruf ist raus, und mit unserem Zeugen Ernst Meyer habe ich noch mal geredet. Er behauptet nach wie vor, Gerlinde Weylandt gesehen zu haben.« Kirsten zog die Stirn kraus. »Sollen wir der Sache überhaupt noch nachgehen? An Stefan Schäfers Täterschaft besteht ja kein Zweifel.«

»Um den Fall sauber abzuschließen, müssen wir mit der Radfahrerin sprechen. Wir müssen wissen, was sie gesehen hat. Hoffentlich meldet sie sich aufgrund des Zeugenaufrufs.«

Doch die Klärung der offenen Fragen hatte jetzt erste Priorität.

»Wir sollten uns das Haus der Schäfers vornehmen. Kommst du mit?«

Einen Augenblick zögerte sie. »Ich fahre mit meinem eigenen Wagen.«

»Keine Sorge. Noch einmal vergesse ich dich nicht.«

»Ich habe später einen Termin. Deshalb.«

Kirsten wollte nachkommen. Dühnfort fuhr vor. Das Siegel an der Haustür war unbeschädigt. Er entfernte es und trat ein. Die stickige Luft im Haus trug den süßen Geruch von Fäulnis in sich. Jemand sollte sich darum kümmern, dass der Kellerraum geputzt wurde.

Stefan Schäfer war ein Einzelkind, genau wie seine Mutter und sein Vater, die vor zehn Jahren bei einem Busunglück in Peru verstorben waren. Das hatte Dühnfort gestern von der Nachbarin erfahren. Lediglich Marlis hatte noch Familie. Ihren betagten Vater, der in St. Englmar im Bayerischen Wald lebte, und eine Schwester in Kiel. Dühnfort hatte sie bisher nicht erreicht. Vermutlich war sie in Urlaub.

Er zog sich die Latexhandschuhe über und begann mit der Suche nach Antworten. Zuerst in dem Raum unter dem Dach, den Stefan Schäfer als Arbeitszimmer genutzt hatte. Schreibtisch und Regale, ein Sessel und ein Fernsehgerät. Dutzende Spielfilme auf DVD. Hauptsächlich Western und amerikanische Heldengeschichten, die Isas Vater hier angesehen hatte. Vielleicht war er auch zum Fußballgucken nach oben gegangen.

Dühnfort durchsuchte den Schreibtisch, sah in Schubladen und Ordner. Das Übliche. Kontoauszüge, Gehaltsabrechnungen. Versicherungspolicen, die Unterlagen zum Hauskauf, Zeugnisse. Einige Fotos. Ein paar alte Briefe, aus der Zeit, als man sich noch Briefe schrieb. Der PC war nicht passwortgeschützt. Dühnfort sah die Mails durch. Hauptsächlich berufliche. Etliche von einem Freund. Oliver Pätzold. Studienrat in München. Die beiden kannten sich seit Schulzeiten. Nichts, was einen Hinweis auf den Irrtum gab, Daniel sei Sascha gewesen. Und auch keine Informationen, woher er die Ruger hatte.

Es klingelte. Dühnfort ging hinunter und ließ Kirsten ein.

»Und? Schon etwas gefunden?«

»Bis jetzt nicht.« Abgesehen von der Vermutung, dass er ein einsamer Mann war. Doch das dachte Dühnfort nur. Gleichzeitig flutete Glück in ihm an. *Er* war nicht allein. Gina teilte sein Leben mit ihm. Noch immer erschien ihm das wie ein Geschenk. »Wir sollten die Strickmütze finden und den grauen Arbeitsoverall und am besten auch noch die Handschuhe, die er in der Tatnacht getragen hat.«

Kirsten nickte. »Ich fange im Keller an.«

Zwei Stunden später waren sie nicht weitergekommen. Kirsten durchsuchte mittlerweile das Wohn- und Esszimmer.

Dühnfort hatte das Schlafzimmer auf den Kopf gestellt und sich auch Isas Zimmer vorgenommen, das ihm völlig unberührt erschien. Ein Ordner voller Ausdrucke der Facebook-Postings fiel ihm auf. Die hatte sie bestimmt nicht selbst gemacht. Vermutlich ihre Mutter. Dühnfort sah sie durch. Nirgends tauchte der Name Daniel auf. Das Tagebuch blätterte er durch. Auch dort wurde er nur am Rande erwähnt, im Zusammenhang mit Mika. Er steckte es ein und ging hinunter zu Kirsten.

»Im Keller ist nichts. Er wird die Sachen weggeworfen haben.«

Dennoch zog ihn etwas in den Keller. Alles war wie am Vorabend. Die Schranktür auf dem Vorplatz war angelehnt. In der Werkstatt hatte sich nichts verändert. Sie bot denselben Anblick wie vierzehn Stunden zuvor. Bis auf die Tatsache, dass der Leichnam fehlte und die sich zersetzenden Gewebereste den Geruch von Fäulnis und Verfall verbreiteten. Dühnfort öffnete das Fenster.

Warum hatte Schäfer den Overall und die Mütze weggeworfen, die Waffe aber behalten?

Auf der Arbeitsplatte standen noch immer die Schuhe. Unter dem Tisch bemerkte Dühnfort ein zweites Paar. Sie waren sehr ähnlich. Schuhe mit einer dicken Profilsohle. Wohl fürs Wandern gedacht.

Kirstens Stimme riss ihn aus seinen Überlegungen. »Kommst du mal? Ich habe was gefunden.«

Er verließ diesen trostlosen Ort und ging nach oben. »Was gibt es?«

»Sieh dir das an.« Sie reichte ihm ein Fotoalbum. Die aufgeschlagene Seite zeigte einen alten Herrn in Jagdkleidung, eine Büchse in der Hand.

»Ja?«

»Das ist Marlis Schäfers Vater. Er ist Jäger. Wir sollten ihn fragen, ob er die Ruger vermisst. Wenn ich mich recht erinnere, meinte Buchholz, das Kaliber sei typisch für Kurzwaffen zur Nachsuche.«

Sie hatte recht, und sie war gut. »Hast du eine Telefonnummer?«

Sie nickte und nannte sie ihm. Er zog das Handy hervor und wählte. Das Gespräch stellte sich als undurchführbar dar. Der alte Mann war schwerhörig. Dühnfort suchte die Nummer der Polizeiinspektion von St. Englmar heraus und bat die Kollegen, Marlis Schäfers Vater die Nachricht vom Tod seines Schwiegersohns zu überbringen und dann nach der Ruger zu fragen. Es dauerte beinahe eine Stunde, bis er die Antwort erhielt. Dem alten Herrn fehlte die Waffe. Er hatte das Verschwinden allerdings bisher nicht bemerkt. Seine Tochter und sein Schwiegersohn waren Pfingsten zu Besuch gewesen. Bei dieser Gelegenheit musste Stefan Schäfer die Waffe an sich genommen haben. Dühnfort dankte den Kollegen und legte auf. Schäfer hatte den Mord an *Sascha* also von langer Hand geplant.

»Woher er die Waffe hat, wäre also geklärt.« Er wollte das Handy in die Hosentasche schieben, als es zu klingeln begann. Meo meldete sich.

»Wir haben Saschas Facebook-Daten und die IP des Rechners ausgewertet, von dem aus er die Mails an Isa verschickt hat. Ich sitze grad davor. Du wirst es nicht glauben, wo der steht.«

77

Mika wachte erst gegen Mittag auf und drehte sich noch einmal auf die Seite. Doch es war zu heiß und stickig, um wieder einschlafen zu können. Sie hatte doch das Fenster geöffnet, als sie im Morgengrauen ins Bett geschlüpft war. Weshalb war es jetzt zu? Blinzelnd stand sie auf und ließ frische Luft herein. Und Lärm. Die Handwerker waren wieder zugange. Mam musste das Fenster geschlossen haben, damit sie schlafen konnte. Irgendwie war das ja nett und lieb. Und doch war das zu viel. Ärger vertrieb die Müdigkeit. Verdammt! Sie war kein Baby. Sie konnte das Fenster selbst schließen, wenn sie das wollte. Wütend knallte sie es zu und ging in die Küche. Niemand da. Prima. Sie hatte keine Lust, jemandem zu begegnen. Ein großer Latte macchiato mobilisierte die Lebensgeister. Im Kühlschrank stand eine Schüssel Obstsalat. Mika nahm sich davon und dazu einen Joghurt.

Am Abend kam Paps heim. Sollte sie die große Neuigkeit dann verkünden? Oder sollte sie warten, bis sie sich ein WG-Zimmer organisiert hatte? Mam würde sicher Himmel und Hölle in Bewegung setzen, um zu verhindern, dass Mika nach Berlin ging, und Paps würde es auch nicht gefallen. Vielleicht sollte sie erst alles festmachen. Wohnung und Studienplatz, und falls sie den nicht sofort bekam, dann eben einen Job. Wenn alles unterschrieben war, gab es kein Zurück.

Lukas fand ihre Entscheidung gut, obwohl er traurig war, dass dann auch sie noch weg war. Er hatte Daniels Oma auf dem Friedhof getroffen, als sie die Grabstelle auswählte. Sie war total fertig gewesen und hatte Lukas gebeten, Mika zu informieren, dass Daniel übermorgen beigesetzt wurde.

Etwas ging zu Ende. Und etwas Neues konnte erst beginnen, wenn sie endgültig Abschied genommen hatte. Abschied von Daniel, von ihrem bisherigen Leben, ihrer Familie, von einer Freiheit, die es vielleicht nie wieder geben würde. Doch was war das schon für eine Freiheit? Die der Verantwortungslosigkeit. Bei diesem Gedanken schrak sie zusammen. Doch es stimmte. Bisher hatte sie die Verantwortung für ihr Leben nicht übernommen. Es war höchste Zeit. Berlin. Die Beuth-Hochschule. Vielleicht war ja schon eine Antwortmail da.

Sie trank den Rest Kaffee und ging nach oben. Die Tür zum Zimmer ihrer Mutter stand einen Spaltbreit offen. Die Rollos waren heruntergelassen. Im Zwielicht sah Mika eine Gestalt auf dem Bett liegen. Mam. War sie krank? Leise trat sie ein. »Mam? Geht es dir nicht gut?«

Ihre Mutter drehte sich herum, setzte sich auf und strich das Haar straff aus dem Gesicht. Ihre Stimme trug nicht, klang brüchig. »Stefan hat sich erschossen.«

Was! »Warum denn?« Mikas Stimme klang schrill, während sich gleichzeitig eine unsichtbare Hand um ihren Hals legte.

»Er war es, der Daniel ... Er hat ihn erschossen.«

»Isas Papa? Daniel? Weshalb!«

»Er muss wohl geglaubt haben ...« Mama wischte sich mit einem Tempo die Tränen weg. »Er dachte, Daniel ... Also, dass er Sascha sei. Er konnte ... Er konnte wohl damit nicht leben.«

»Aber Daniel war das nicht.« Wie kam Isas Vater auf die Idee! Es musste ein Irrtum sein. Die Wahrheit traf sie wie ein Schlag: Daniel war wegen eines Irrtums gestorben. Isas Vater hatte ihn einfach abgeknallt. Wegen nichts! Nichts! Nichts! »Daniel war das nicht. Er war nicht Sascha!«

Dünnes Eis, das sicheren Boden vorgaukelte, doch darunter lag unendliche schwarze Tiefe. Wieder entstand dieses Bild in ihr, wieder spürte sie das Schwanken unter ihren Füßen, dieses kaum wahrnehmbare Vibrieren, das stärker wurde und stärker, bis diese dünne trügerische Schicht bebte, Risse und Sprünge sich auftaten. Eine Kraft, die sie in die Tiefe zog. Sie musste hier weg und sprang auf.

In ihrem Zimmer knallte die Sonne durch die Scheiben. Unbarmherzig. Sie lehnte den Kopf daran. Unten im Pool arbeiteten die Handwerker. Die Äste der Buche bewegten sich im sachten Wind. Über den Himmel zogen weiße Schlieren. Die ersten Wolken seit Wochen. Daniel war nicht Sascha gewesen.

Doch Sascha war an allem schuld. Isa hatte sich seinetwegen das Leben genommen. Daniel war seinetwegen erschossen worden, und dann hatte Isas Vater sich selbst getötet. Drei Tote. Wegen Sascha, dieser miesen Ratte, die sich in ihrem Loch verkroch. Doch sie würde ihn da rauszerren.

Mika setzte sich an den Schreibtisch, zog den Stapel Mailausdrucke heran. Hoffentlich hatte er in einer seiner Mails Isa eine Telefonnummer genannt oder seinen Familiennamen. Irgendetwas, das ihn enttarnte.

Sie überflog die Mails auf der Suche nach Zahlen. Fehlanzeige. Gut, dann musste sie eben jedes Wort lesen, jede Information zu ihm finden, bis sie etwas entdeckte, das zu ihm führte. Mondprinzessin. An diesem Wort blieb sie hängen. So hatte er Isa genannt. Das war sein Name für sie, und nur für sie beide bestimmt gewesen. Niemand sonst sollte ihn kennen. Was für ein romantischer Schwachsinn. Natürlich hatte Isa ihr davon erzählt. Mit glühenden Wangen und glänzenden Augen. Sascha war so lieb und so romantisch. Er sah sich sogar die *Twilight*-Filme an. Ein Kerl, der auf Bella und Edward stand, das hatte sie damals schon gewundert. Aber Sascha hatte alles toll gefunden, was Isa toll fand. Logisch. Er wollte sie ja manipulieren. In einer der Mails, die sie gerade überflogen hatte, stand etwas über *Twilight*. Mika nahm sie sich noch mal vor. Sascha schrieb, er habe sich die *Twilight-Triologie* auf Blu-Ray gekauft.

Mika stutzte. Triologie.

Sascha hatte Triologie geschrieben.

Ihr wurde übel. Das konnte nicht sein. Nicht das. Ein Zufall. Sicher gab es Tausende Menschen, die diesen Fehler machten. Und doch. Es würde passen!

Auf ganz schreckliche Weise würde es passen!

Mika würgte die Übelkeit herunter. Das durfte nicht sein. Doch der Verdacht war da, und er ließ sich nur auf eine Weise ausräumen ... oder bestätigen.

Mit zitternden Fingern setzte sie sich an ihren Laptop, öffnete die Startseite von Facebook und gab die erforderlichen Daten ein. Mailadresse und das Passwort. SaasFee. Langsam füllte sich der Ladebalken. Sekunden später war Mika als Sascha eingeloggt.

Sie schaffte es nicht noch einmal. Würgend rannte sie ins Bad und erbrach sich. Wieder und wieder. Bis kalter Schweiß ihren Körper bedeckte und sie zitternd auf dem Fliesenboden lag.

78

Sie war zu weit gegangen. Sie hatte eine Grenze überschritten. Sicher hatte sie nicht auch nur einen Moment innegehalten und versucht, sich vorzustellen, was sie in Gang setzte, was ihre hinterhältige Rache in Isa auslösen konnte, was sie ihr und ihrer Familie antat. Keine Sekunde hatte sie an andere gedacht. Nur an sich und die verletzten Gefühle ihrer Tochter. Was für eine Egozentrik, welch ein Narzissmus.

Drei Tote!

Drei Tote, weil eine Mutter ihre Grenzen nicht kannte, sich in das Leben ihrer Kinder mischte, die keine Kinder mehr waren. Weil sie nicht loslassen konnte oder den rechten Zeitpunkt verpasst hatte und jedes Maß vergaß. Sie hatte Rache genommen. Fürchterliche Rache.

Dühnfort bebte vor Wut, als er durch Krankenhausgänge schritt, durch ein Labyrinth von Korridoren, auf der Suche nach der Station 7, auf der Suche nach Marlis Schäfer.

Er musste sich beruhigen. So konnte er ihr nicht gegenübertreten.

Seit Meo ihm mitgeteilt hatte, dass Saskia Eckel sich mit ihrem richtigen Namen bei Facebook unter dem Pseudonym »Sascha« angemeldet hatte und die IP-Daten zu ihrem Rechner in der Firma führten, wechselten sich Fassungslosigkeit, Wut und Bestürzung in einem steten Kreislauf ab. Diese dumme, arrogante, selbstgefällige Frau hatte sich ins Leben ihrer Tochter gemischt, hatte den Racheengel gegeben, als wäre Mika drei Jahre alt und nicht in der Lage, sich mit ihrer Freundin selbst auseinanderzusetzen. Was Dühnfort nicht verstand: Warum hatte Saskia Eckel ihre

Mobbingaktion gegen Isa nicht abgebrochen, als diese sich bei Mika entschuldigt und das Handyvideo bei YouTube gelöscht hatte? Denn darum war es ja wohl gegangen. Aug um Aug. Zahn um Zahn. Video um Foto. Die öffentliche Demütigung. Wie du meiner Tochter, so ich dir.

Der Korridor verband den Neu- mit dem Altbau. Dühnfort erreichte eine Vorhalle. Türen führten in den Klinikgarten. Dort setzte er sich auf eine Bank im Schatten einer Mauer und versuchte sich zu beruhigen. Wie das, was Saskia Eckel angerichtet hatte, strafrechtlich zu bewerten war, wusste er nicht. Das hatten andere zu beurteilen. Er musste einen Mordfall lösen. Es gab offene Fragen. Zuerst war das Gespräch mit Marlis Schäfer an der Reihe, dann würde er die Familie Eckel aufsuchen.

In den letzten Stunden war das Licht diffus geworden, die harten Schatten weich. Der Himmel hatte sich bezogen, eine dünne milchige Schicht spannte sich wie Gaze zwischen Himmel und Erde. Dennoch war es unerträglich heiß. Kein Lufthauch rührte sich.

Eine junge Frau näherte sich mit unsicheren Schritten. Sie trug einen Morgenrock und schob einen Infusionsständer neben sich her. Instinktiv rutschte Dühnfort zur Seite, signalisierte ihr so, dass dieser Platz im Schatten noch frei war, was sie mit einem kraftlosen Lächeln quittierte. Schweigend saßen sie einen Moment nebeneinander. Es war Zeit. Dühnfort erhob sich. »Auf Wiedersehen.«

»Ich wollte Sie nicht vertreiben.«

»Das haben Sie nicht.« Er lächelte ihr zu und kehrte ins Klinikgebäude zurück. Die Station 7 unterschied sich nicht wesentlich von Hunderten anderer Krankenstationen in den Kliniken dieser Stadt. Eine freundliche Ärztin berichtete ihm, dass Marlis Schäfers Zustand stabil war. »Sie ist eine starke Frau und wird auch mit diesem Schlag fertigwerden.

Natürlich können Sie mit ihr sprechen, aber bitte seien Sie rücksichtsvoll.« Sie erklärte ihm, wo er Marlis Schäfer finden würde. Er klopfte an und trat ein. Das Bett war leer. Sie saß am Tisch, starrte aus dem Fenster und sprach leise vor sich hin. »*Meine Ruh ist hin, mein Herz ist schwer; ich finde sie nimmer und nimmermehr.*«

»Frau Schäfer.«

Sie reagierte kaum. Hob nur kurz den Blick und starrte wieder aus dem Fenster auf eine Reihe dicht stehender dunkler Fichten vor einer hohen Mauer. »*Mein armer Kopf ist mir verrückt, mein armer Sinn ist mir zerstückt.* Kennen Sie das?«

Er schob einen Stuhl heran und setzte sich. »Gretchens Monolog am Spinnrad.« *Nach ihm nur schau ich zum Fenster hinaus, nach ihm nur geh ich aus dem Haus.* Zu Schulzeiten hatte er das mal auswendig lernen müssen. Stefan Schäfer kam nie mehr zurück.

»*Und seiner Rede Zauberfluss, sein Händedruck, und ach, sein Kuss.*« Noch immer sprach sie in Richtung Fenster. Eher zu sich selbst, und doch auch zu ihm. »Wenn er doch nur mit mir geredet hätte …«

Die weißblonden Haare waren ordentlich frisiert. Das ungeschminkte Gesicht war für Dühnfort ungewohnt. Sie trug ein Krankenhausnachthemd und darüber einen offenen Morgenrock in einem blassen Blau. Die Stärke, die sie bisher ausgestrahlt hatte, war verschwunden. Sie wirkte durchscheinend und zerbrechlich. Die Augen waren gerötet und vom Weinen verquollen. Natürlich machte sie sich Vorwürfe. Er überlegte, wie er beginnen sollte, und für einen Augenblick erschien es ihm unmöglich, ihr zu sagen, wer hinter all ihrem Unglück steckte.

»Sie wollen Antworten. Deswegen sind Sie hier?« Ihr Blick blieb nach draußen gerichtet. Ihre Stimme war mürbe.

Gut. Dann erst der Fall und anschließend die schreckliche Wahrheit. »Fühlen Sie sich in der Lage, Fragen zu beantworten?«

»In der Lage schon. Aber ich habe keine Antworten. Glauben Sie nicht, dass ich mir nicht auch Fragen stelle?«

»Die Waffe ...«

»Das ist die einzige Antwort, die ich habe. Sie wird meinem Vater gehören. Er ist Jäger und besitzt eine Ruger. Seit Pfingsten offenbar nicht mehr. Wir haben ihn an Pfingsten besucht.«

»Ja. Das haben wir schon herausgefunden. Haben Sie eine Vermutung, wie Ihr Mann auf die Idee gekommen ist, Daniel sei Sascha?«

Sie schüttelte den Kopf. Ihre Hände verkrampften sich ineinander.

»Hat er nie mit Ihnen darüber gesprochen, dass er ihn in Verdacht hatte?«

»Stefan ist ...« Sie schluckte. »Er war jemand, der die Dinge mit sich abgemacht hat. Allerdings ... ganz am Anfang ... also kurz nachdem Isa ... Die Vermutung war einfach da, Daniel könnte dahinterstecken. Er war Mikas Freund. Und Isa hatte doch das Video von Mika ins Netz gestellt. Aber dann haben die beiden sich versöhnt. Alles war gut. Doch Sascha war weiter aktiv ... Es konnte also nicht Daniel sein.« Ihr Blick ging wieder zum Fenster hinaus, blieb an den Bäumen hängen, eine undurchdringliche Mauer aus Ästen und Nadeln. »Wir haben uns getäuscht. Daniel *ist* an allem schuld. Er hat unsere Familie zerstört.« Ihre Stimme, die eben noch brüchig gewesen war, wurde fest.

Es würde ihn nicht überraschen, wenn sie gleich hinzufügte, Daniel habe es nicht anders verdient. Natürlich. Ein solches Schicksal war leichter zu ertragen, wenn die Rollen klar verteilt waren in Täter und Opfer. Und Marlis Schäfer schien nicht die Absicht zu haben, ihren Mann als beides zu sehen. Als Opfer und Täter.

Doch Dühnfort sah den Mörder in ihm. Stefan Schäfer hatte sich zum Richter und Henker aufgeschwungen, hatte sich zuständig und kompetent gefühlt und vor allem im Recht. Und dabei hatte er einen schrecklichen Irrtum begangen.

»Was wäre denn schon passiert, wenn Stefan Daniel angezeigt hätte? Nichts. Er hat sich ja nichts zuschulden kommen lassen. Er hat nur unsere Tochter in den Tod getrieben, und das ist nicht strafbar«, sagte sie voller Verachtung. Ihr Blick streifte seinen. Sie sah das Unverständnis darin und zog die Schultern hoch. »Ich kann meinen Mann nicht dafür verurteilen … nur dafür, dass er … Er hätte mit mir reden müssen.«

Ärger stieg in Dühnfort auf. Ihre selbstgerechte Haltung machte ihn zornig. »Sie sollten froh sein, dass er das nicht getan hat. Hätte er Sie eingeweiht, müssten Sie sich als Mittäterin verantworten. Außerdem hat Ihr Mann den Falschen abgeknallt. Daniel war nicht Sascha.«

Sie zuckte zusammen. »Was reden Sie denn da? Natürlich war er Sascha.«

»War er nicht. Das habe ich Ihnen schon einmal gesagt. Inzwischen wissen wir, wer Sascha ist. Wir haben die Daten von Facebook bekommen und ausgewertet. Saskia Eckel hat sich mit ihrem richtigen Namen bei Facebook angemeldet und ein Profil mit dem Pseudonym ›Sascha‹ eingerichtet. Die Verbindungsdaten führen ausschließlich zu ihrem PC an ihrem Arbeitsplatz. Mikas Mutter hat sich als Sascha ausgegeben.«

Sie wurde ganz bleich. »Was?«, flüsterte sie. »Das ist nicht wahr. Sie lügen. Warum tun Sie das?«

79

Sie konnte hier nicht länger liegenbleiben und rappelte sich auf. Auf unsicheren Beinen ging Mika in ihr Zimmer. Ihr Körper schien wie mit Blei gefüllt. Der Boden schwankte unter ihren Füßen.

Mam! Was hast du getan?

Wieder lehnte sie den Kopf gegen die Scheibe. Der Himmel hatte sich mittlerweile grau bezogen. Eine Platte aus Metall, die zur Erde zu stürzen drohte, um alles unter sich zu zermalmen und zu begraben.

Die Handwerker machten für heute Schluss. Einer legte Werkzeug in die Metallkiste auf dem Beckenboden. Der andere unterhielt sich mit Mam. Wie sie da so stand, in ihrem luftigen Rock auf hohen Hacken.

Aus Phillips Zimmer wummerte Musik. Paps war im Landeanflug, und Mam redete mit den Handwerkern. Alles sah so normal aus. Wenn man das filmte, würde man nichts entdecken. Eine ganz normale Familie. Welch eine Lüge!

Mika riss sich zusammen. Sie wollte Antworten und würde nur Rechtfertigungen bekommen. Doch sie wollte das jetzt wissen. Sie musste. Das war sie Isa schuldig. Und Daniel.

Die beiden Männer rollten Schläuche und Kabel zusammen und verschwanden aus ihrem Blickfeld. Mam blieb stehen, sah zum Himmel. Mika ging die Treppe hinunter, seltsam ruhig, als ob sie das gar nicht wäre, die das Wohnzimmer durchquerte und die Tür zur Terrasse öffnete. Eine Lieferwagentür wurde quietschend zugeschoben. Ein Motor sprang an. Die Handwerker verließen das Gelände. Eine seltsame Ruhe breitete sich aus. Sogar die Vögel waren verstummt.

Ein unwirkliches Licht lag über allem. Ihre Mam stand noch immer am Rand der Terrasse vor dem Pool und drehte sich um, als sie Mika hörte. »Ach, Mika. Bist du so nett und hilfst mir, die Polster aufzuräumen und das Sonnensegel einzufahren? Es wird Regen geben.«

Wie konnte sie nur! »Hallo, Sascha. Ich hoffe, du hattest einen echt beschissenen Tag.«

Mam hielt mitten in ihrer Bewegung inne, stand wie zur Salzsäule erstarrt.

»Wie fühlt sich das denn an, jemanden in den Selbstmord zu treiben? Super! Ja! Hast du deine Macht genossen?«

»Mika ...«

»Und deine schäbige Rache!« Plötzlich zitterte sie am ganzen Körper. Sie versuchte die Tränen zurückzuhalten. Doch sie liefen einfach. »Scheiße, Mam! Musst du dich immer einmischen? Ich bin erwachsen ...«

»Halt den Mund!« Die Stimme ihrer Mutter war pures Eis.

»Ich kann meinen Kram selbst regeln. Wie konntest du das nur tun? Isa ist tot. Daniel ist tot!«

Mam griff nach ihrem Arm. »Wir werden das nicht hier besprechen!«

Mika riss sich los. »Ach! Sollen die Nachbarn nicht mitkriegen, was du getan hast? Und vor allem, warum. Nicht wegen mir. Deinetwegen. Einzig und allein wegen deiner beschissenen Eitelkeit und ewigen Einmischerei. Hast du Stefan vorgelogen, Daniel wäre Sascha? Damit er ihn umbringt und du ihn endlich loswirst? Hat ja super geklappt. Nur ist Marlis ihren Mann auch gleich losgeworden. Damit hast du bestimmt nicht gerechnet. Weil du nie an andere denkst. Du! Du! Du! Das ist alles, was für dich zählt!«

Die Ohrfeige traf sie ganz unvermittelt. Ein lodernder Schlag. Ihr blieb die Luft weg. Nur einen Augenblick. Dann holte sie aus, schlug zurück. Ihre Handfläche brannte. »Hast du überhaupt kapiert, was du angerichtet hast?«

Eine Sekunde stand ihre Mutter überrascht da, rieb sich die Wange, doch dann griff sie nach Mikas Arm. Eine eiserne Umklammerung. »Wir gehen jetzt rein!«

»Nein! Wir reden hier. Das soll jeder hören! Isa! Daniel! Stefan! Alle tot! Und du bist schuld! Weil *du* eine Kränkung nicht ertragen konntest, die *mir* zugefügt wurde!« Wieder riss sie sich los, verlor dabei das Gleichgewicht, stolperte rückwärts und trat ins Leere.

Sie fiel und fiel, seltsam langsam. Der Himmel über ihr wurde zu blankem Silber, Tropfen lösten sich daraus und netzten ihr Gesicht, den Hals, den Mund.

Dann schlug sie unten auf.

Ihr Körper knallte auf den Beckenboden, der Kopf auf die Metallkiste. Sie hörte, wie ihr Schädel barst, und das Knacken, mit dem die Halswirbel brachen. Dunkelheit hüllte sie ein. Bilder, Gedanken, Erinnerungen sprühten leuchtenden Funken gleich durch die Nacht, verglühten, glitten in tiefe Unendlichkeit. Ein sachter Wind griff nach ihr, trug sie mit sich, sie war nicht schwerer als ein Hauch, ein Gedanke, der im Nichts zerstob.

80

Der Regen fiel ruhig und gleichmäßig. Kein sintflutartiges Rauschen, kein sturmgetriebener Wolkenbruch. Nicht ein Lufthauch rührte sich. Die Tropfen fielen träge, satt und schwer, beinahe lautlos. Noch immer war es heiß. Die erhoffte Abkühlung blieb aus.

Ein Notarztwagen stand vor dem Haus der Eckels, als Dühnfort dort stoppte. Der Lieferwagen eines Schwimmbadherstellers parkte daneben.

Was war passiert? Hatte etwa jemand die Eckels informiert? Das konnte nur jemand aus der Firma gewesen sein. Denn Dühnfort war sich mit seinem Team einig gewesen, dass niemand anrief. Er wollte persönlich mit Saskia Eckel sprechen. Aus diesem Grund hatten Meo und Kirsten die Mitarbeiter in Eckels Firma zum Schweigen verdonnert.

Noch wusste Dühnfort nicht, wie Stefan Schäfer auf die Idee gekommen war, in Daniel Sascha zu sehen, und woher er die Weißen Mitsubishi hatte. Auf diese Fragen hoffte Dühnfort hier Antworten zu erhalten. Beunruhigt trat er durch das offenstehende Gartentor, hörte aufgebrachte Stimmen hinter dem Haus und ging zur Terrasse.

Ein Notarzt und zwei Rettungssanitäter standen im leeren Pool. Einer zog eine Wärmefolie hervor und faltete sie auseinander. Auf dem Boden neben einer Metallkiste lag Mika. Der Regen wusch Blutspuren von Ohr und Nase, spülte rote Rinnsale vom deformierten Hinterkopf. Der Notarzt breitete die Folie über Mika. Sie war tot. Dühnfort konnte das nicht glauben. Wollte nicht. Alles in ihm sperrte sich dagegen. Er atmete durch, versuchte sich zu sammeln und wandte den

Blick ab, während er gleichzeitig den Druck ignorierte, der sich in ihm aufbaute.

Saskia Eckel schlug auf einen Handwerker ein, der mit erhobenen Armen versuchte, ihre Schläge abzuwehren und ihre Hände zu fassen zu bekommen. »Sie sind schuld! Sie tragen die Verantwortung dafür!« Wie von Sinnen schlug sie um sich.

Phillip stand an die Terrassentür gelehnt, kreidebleich, und beobachtete, was vor sich ging, als würde er es nicht verstehen und nicht dazugehören.

Der Notarzt kletterte aus dem Becken. Es war derselbe wie gestern bei den Schäfers. »Sie schon wieder. Hängt das irgendwie zusammen?«

Dühnfort zog die Schultern hoch. »Was ist passiert?«

Ein Kopfschütteln. »Offenbar eine Rangelei zwischen Mutter und Tochter. Das Mädchen ist dabei in den Pool gestürzt und mit dem Kopf auf eine Metallkiste aufgeschlagen, die der Poolbauer vergessen hat. Wenn er das etwas früher bemerkt hätte …« Er machte eine vage Handbewegung. »Die Kante hat ihr das Genick gebrochen. Sie muss innerhalb von Sekunden tot gewesen sein.«

Dem Handwerker gelang es nicht, sich Saskia Eckel vom Leib zu halten. Dühnfort wurde das zu viel. Er ging dazwischen und zog sie weg. »Beruhigen Sie sich!«, herrschte er sie an, in einem Tonfall, der ihm nicht gefiel.

Verblüfft machte sie sich los, schüttelte ihn ab. Doch der Ausbruch schien verpufft. Wasser lief ihr aus den Haaren, Strähnen klebten im nassen Gesicht. Sie ließ sich auf einen Gartenstuhl unter dem Vordach fallen.

Der Notarzt bot an, sich um die Formalitäten zu kümmern und um den Abtransport von Mikas Leiche in die Rechtsmedizin. Während er sprach, rutschte Phillip kraftlos an der Terrassentür entlang und setzte sich auf den Boden. »Ich schlage

vor, wir gehen jetzt alle hinein«, sagte Dühnfort. »Sie auch.«
Das galt dem Handwerker, der den Eindruck erweckte, den
Rückzug antreten zu wollen. Mika war eine nicht natürlichen
Tod gestorben. Es galt, ein Ermittlungsverfahren einzuleiten,
und genau das würde er jetzt tun.

Die Routine seiner Arbeit half ihm, sich das Entsetzen vom
Leib zu halten. Der Notarzt zog mit seinen Leuten ab, nachdem er den Totenschein ausgestellt hatte und Mikas Leiche
abgeholt worden war. Kurz danach ging der Handwerker, der
seine Aussage gemacht hatte. Er hatte die Kiste vergessen und
war zurückgekehrt, um sie zu holen. Doch da war der Unfall
bereits geschehen. Gesehen hatte er ihn nicht. Er war zeit-
gleich mit dem Notarzt eingetroffen. Den hatte Phillip gerufen. Er hatte den Streit zwischen seiner Schwester und Mutter
vom Fenster seines Zimmers aus verfolgt. Seine Mam hatte
Mika eine Ohrfeige gegeben. Mika hatte zurückgeschlagen
und sich losgerissen. Dabei hatte sie das Gleichgewicht verloren und war in den leeren Pool gestürzt. Ein schrecklicher
Unfall also. Dühnfort fragte, worum es bei dem Streit gegangen war.

»Ich habe es nicht richtig verstanden. Mika hat Mam vorgeworfen, Isa in den Tod getrieben zu haben. Aber dann
müsstest du ja Sascha gewesen sein.« Die letzten Worte richtete er beinahe ungläubig an seine Mutter, die darauf nicht
reagierte. »Mam! Ist das wahr?«

Sie rang sich ein Nicken ab. »Ich hab doch nur das Beste
gewollt.«

Phillip wurde noch bleicher. Er stand auf und wirkte seltsam gefasst. »Kann ich gehen, oder brauchen Sie mich?«

»Später. Es gibt noch Fragen.«

»Wohin willst du?« Die Stimme von Phillips Mutter bekam einen schrillen Unterton.

»Weg, Mam. Einfach nur weg.« Er klang wie ein alter, erschöpfter Mann. »Meine Handynummer haben Sie ja.« Das galt Dühnfort. Phillip verließ den Raum. Seine Mutter sah ihm nach. Unverständnis im Blick.

Einen Moment überlegte Dühnfort, ob er Saskia Eckel das anstehende Gespräch vorerst ersparen sollte. Ihre Tochter war gestorben, ihr Sohn verließ sie, ihr Mann war irgendwo, nur nie daheim. Konnte er ihr das zumuten? Doch was hatte sie anderen zugemutet und angetan? Es war unsagbar. Dafür fehlten ihm tatsächlich die Worte.

»Frau Eckel, wie hat Ihre Tochter herausgefunden, dass Sie sich als Sascha ausgegeben haben?«

Sie schwieg. Er bemerkte, wie sie sich zusammenriss, ihre ganze Selbstbeherrschung aufwandte, um nicht vor ihm zusammenzubrechen. Das würde sie jetzt noch durchstehen, und dann, wenn er gegangen war, würde sie sich mit den Nägeln die Haut vom Leib kratzen, zitternd vor der Kloschüssel kauernd bittere Galle erbrechen, dann würde sie vielleicht zum Messer greifen und es sich ins Herz jagen. Er durfte sie keinesfalls alleine lassen. »Wo ist eigentlich Ihr Mann? Kann man ihn irgendwo erreichen?«

Sie zuckte zusammen, als ob sie sich gerade erst erinnerte, verheiratet zu sein, einen Mann zu haben, den Vater ihrer Kinder. Ein Blick auf die Uhr. »Seine Maschine müsste in einer halben Stunde landen.«

Wie sollte sie ihrem Mann beibringen, was sie angerichtet hatte? Dühnfort entschloss sich zu warten, bis Mikas Vater hier war. Und plötzlich ärgerte er sich über das Mitgefühl, das er ihr entgegenbrachte. Sie war die Ursache für zwei Selbstmorde, einen Mord und … ja, das sah er so … auch für Mikas tödlichen Unfall.

Sie hatte etwas ins Rollen gebracht, das sich von Anfang an nicht beherrschen ließ, das sich von ihr nicht kontrollieren ließ und sich zu einer tödlichen Lawine entwickelt hatte, und das einzig und allein, weil sie keine Grenzen kannte. Er hatte keine Lust, sich ihre Rechtfertigungen anzuhören. Er wollte Antworten.

»Frau Eckel, wir wissen, dass Sie sich als Sascha ausgegeben haben, und können das auch beweisen. Mich interessiert nicht, warum Sie das getan haben. Das kann ich mir denken. Ich will wissen, warum Sie nicht aufgehört haben, nachdem Isa und Mika sich versöhnt hatten und das Video gelöscht war. Spätestens da war der Zeitpunkt gekommen, diesen Rachefeldzug zu beenden.«

Ihre Schultern straffen sich, ihr Rücken wurde gerade. Erhobenen Hauptes würde sie das hinter sich bringen. »Weil ich es nicht gewusst habe. Mika hat mir nichts davon gesagt. Genauso wenig, wie sie mir etwas von diesem unsäglichen Video verraten hat. Lukas hat mich darauf aufmerksam gemacht.« Für einen Moment schloss sie die Augen, fuhr sich mit der Hand darüber. »Dieser fette, undisziplinierte, vorlaute und unerzogene Fratz, der sich Mikas Freundin nannte und diese Freundschaft mit keinem Atemzug verdient hat, hat meine Tochter vor aller Welt lächerlich gemacht und gedemütigt, und Mika hat das einfach weggesteckt und so getan, als würde sie das nicht verletzen.« Keuchend holte sie Luft. »Doch ich habe gesehen, wie sehr sie getroffen war, wie sehr sie sich schämte. Es hat mir so wehgetan. Diese rotzfreche Schlampe sollte am eigenen Leib erfahren, wie sich das anfühlt. Deshalb habe ich das getan. Ich wollte immer nur das Beste für meine Kinder.«

Dieser Satz machte Dühnfort wütend. »Das Beste! Ein Inferno haben Sie angerichtet in Ihrer Selbstherrlichkeit. Ein Todesengel sind Sie! Sie haben nichts als Unglück und Verderben gebracht. Wie kam Isas Vater eigentlich auf die Idee, Daniel sei Sascha? Ist das auch auf Ihrem Mist gewachsen?«

»Ich habe keine Ahnung, wie er darauf gekommen ist. Das

ist völlig abstrus. « In einer theatralisch abgeschmackten Geste presste sie die Hand aufs Herz, wie zum Schwur. Dühnfort war kurz davor, sie zu schütteln und anzuschreien, dass sie sich dieses billige Schmierentheater sparen sollte. Doch er beherrschte sich.

81

Als Alexa sich endlich am späten Nachmittag bei Alois meldete, passte ihm das eigentlich gar nicht. Simon durfte heute nach Hause. Evi wollte ihn nach Ende ihrer Schicht abholen, und er hatte ihr versprochen, sie zu fahren. In einer Stunde musste er los. Dennoch hatte er auf Alexas Anruf ungeduldig gewartet, denn zunächst waren die Kollegen von Rauschgift an der Reihe, sich mit Bram und Anike zu beschäftigen. Das war ihr Fall. Doch ihr Deal lief, das hatte Alexa ihm zugesichert, als sie die Festnahmen letzte Nacht noch bei einem Absacker im Schumann's gefeiert hatten. »Wir nageln sie fest, und dann bieten wir ihnen einen kleinen Strafnachlass an, falls sie dir den entscheidenden Tipp geben können.«

Doch erst einmal verweigerten die beiden jede Aussage und schienen darauf zu bauen, dass man ihnen nur das Dealen nachweisen konnte. War ja auch zu dumm gelaufen, sich ausgerechnet die Bullen als Geschäftspartner zu holen. Doch Alexa wollte mehr. Sie wollte den beiden, oder zumindest Bram, die Herstellung von Ecstasy nachweisen. Dann würde es richtig eng, und die Motivation für eine Kooperation würde steigen. Als sie sich nun endlich meldete, klang sie sehr vergnügt.

»Lust auf einen Plausch mit Bram und Anike? Wir hätten sie jetzt gesprächsbereit.«

»Heißt, ihr habt die Produktionsstätte gefunden. Gratuliere.«

»War nicht so schwierig. Er war echt so blöd, den Mietvertrag dafür in seiner Wohnung aufzuheben. Der ist mir förmlich in die Hand gehüpft. Bram hat einen Schuppen auf einem alten Fabrikgelände in Milbertshofen. Wir haben uns heute Mittag dort umgesehen und umgehört. Außer Bram und Anike turnt niemand da herum. So die Zeugenaussagen. Was drin ist, kannst du dir ja denken. Alles vom Feinsten. Er hat richtig investiert. Und nun sind sie bereit für einen kleinen Ablasshandel. Die beiden erwarten dich.«

»Prima. Ich bin in zehn Minuten da.«

Alois schnappte sich die Unterlagen, spurtete zu seinem Auto und fuhr durch die Stadt zur Hansastraße, wo die Kollegen von Rauschgift residierten. Fünfzehn Minuten wurden es dann doch, bis er den Vernehmungsraum betrat, in dem Alexa und Patrick mit Bram und Anike warteten.

Nach Begrüßung und Vorstellung kam Alois gleich zur Sache. Er zog einen der Druckverschlussbeutel hervor, die sie bei Daniel gefunden hatten, und schob ihn über den Tisch zu Bram. »Sieh sie dir genau an.«

Bram griff sich den Beutel, holte eine der weißen Tabletten hervor, betrachtete sie und nickte, während Anike ihn mit verschränkten Armen beobachtete.

»Die stammen also aus eurer Produktion.«

»Jo.«

»Wir haben sie bei einer Leiche gefunden. Ein nettes Ablenkungsmanöver für uns. Pech für euch. Wir gehören nämlich zu den Gründlichen.«

Weder Bram noch Anike verzogen eine Miene.

»Mich interessieren eure Abnehmer. Ich zeige euch jetzt ein paar Fotos. Wenn einer eurer Kunden dabei ist, wird aus unserem Ablasshandel etwas.«

Alois zog Bilder von Phillip, Daniel und Christian hervor, von Stefan und Marlis Schäfer, ebenso von Mika und Lukas und Saskia Eckel. Er breitete sie vor Bram und Anike aus.

Sie wies sofort auf Christian, Daniel und Phillip. »Die waren früher mal Kunden, bis sie ihr Zeug dann irgendwo

anders herbekommen haben. Bunten, billigen Scheiß halt.«
Alois wunderte sich. Hatten Bram und Anike wirklich nicht
mitbekommen, dass sie einige Monate Konkurrenz gehabt
hatten? Wenn, dann mussten die drei Jungs wirklich diskret
vorgegangen sein oder Brams und Anikes Kreise nicht gestört
haben.

Ein kühler Blick aus blauen Augen traf Alois. »Christian
hat euch ja wohl gesteckt, dass ihr euch an uns halten sollt«,
meinte Anike verächtlich.

Bedauernd hob Alois die Arme. »So läuft das Spiel. Er hat
ausgepackt, so wie ihr nun auspackt. Jeder ist sich selbst der
Nächste. So what? Was ist mit den anderen?« Alois wies auf
die Bilder von Isas Eltern und von Lukas und Mika.

Bram zog die Schultern hoch und ließ sie wieder sinken.
»Sorry, Mann.«

Anike schüttelte den Kopf. »Die habe ich nie gesehen.
Und die Senioren sind ja wohl Kollegen von dir. Kleiner Test,
oder?« Mit diesen Worten sortierte sie die Fotos von Saskia
Eckel und Stefan und Marlis Schäfer aus.

Okay. Das lief jetzt nicht so optimal. Dann musste das
eben anders gehen. »Wie habt ihr den Vertrieb organisiert?
Wer verkauft die Dinger noch für euch?«

Bram studierte seine Fingernägel und sah schließlich auf.
Ein dünnes Lächeln im Gesicht. »Mann, wir produzieren ein
Premiumprodukt.«

»Ein Premiumprodukt?«

»Jo. Das ist wie mit diesen Nespressokapseln. Die kannst
du auch nicht überall kaufen. Ist gut fürs Image und für den
Preis. Und genau so machen wir das. Die da«, er wies auf das
Tütchen, das noch vor ihm lag, »gibt es nur bei Anike hinter
der Theke und bei mir, unter Freunden. Und beides nur auf
Empfehlung.«

Vermutlich war das die Erklärung dafür, dass Bram seit

beinahe zwei Jahren unbehelligt geblieben war. Doch Alois half das nicht weiter. Wie war Stefan Schäfer an die Weißen Mitsubishi gekommen? Es gab nur eine Erklärung. Er musste jemanden beauftragt haben, sie für ihn zu besorgen.

Wen hatte er angequatscht, das zu erledigen? Einen Freund? Oder hatte er auf dem Gelände der Kultfabrik jemanden angesprochen und dafür bezahlt?

Sie mussten seine Kontakte durchforsten. Das hatte Alois allerdings schon erledigt. Bis auf Lukas und Mika, die Anike nicht kannte, alles Leute in Stefan Schäfers Alter. Beamte, Lehrer, Marketingleute. Personen, an die Anike und Bram sich schon allein wegen des Alters erinnern würden.

Dennoch hakte Alois nach, fragte nach *Senioren*. Doch die trieben sich nicht in der Unberechenbar herum. Ihre Klientel ginge bis maximal Mitte dreißig, meinte Bram.

Somit musste einer von Brams und Anikes Kunden den Kauf für Stefan abgewickelt haben. »Okay. Jetzt ist euer Gedächtnis gefragt. Ich will die Namen von allen, die im Juli mehr gekauft haben. Um genau zu sein, wenigstens zwölf Stück.«

Bram lachte trocken. »Denkst du, die reden mit dir?«

»Jo. Denke ich. Man muss sie nur ausreichend motivieren.«

82

Verena Bender, Saskia Eckels beste Freundin und Ehefrau des Anwalts der Familie, holte Mikas Mutter ab. »Du brauchst den räumlichen Abstand. Du kommst zu uns!«, erklärte sie in einem Ton, der keinen Widerspruch zuließ.

Der Tod von Mika musste genauer untersucht werden. Außerdem gab es noch offene Fragen im Mordfall. Dühnfort bat um die Schlüssel fürs Haus und erhielt sie widerspruchslos. Minuten später fuhr der silbergraue BMW mit den beiden Frauen vom Garagenvorplatz.

Einige Nachbarn hatten sich vor dem Haus der Eckels versammelt und blickten stumm zu Dühnfort herüber.

Innerhalb einer Stunde ein Notarzteinsatz und der Leichenwagen. Natürlich waren sie begierig zu erfahren, welche Tragödie sich im Haus dieser vom Glück verwöhnten Familie zugetragen hatte. Man würde Mitleid haben und doch auch eine, manchmal vielleicht beunruhigende, Schadenfreude und Häme spüren. Alles hatte seinen Preis. Man konnte nicht immer auf der Gewinnerseite im Leben stehen. Irgendwann schlug das Schicksal zu und forderte Tribut. Und wenn das Mitleid verflogen war wie ein Schatten in der Nacht, dann würde man zu ergründen versuchen, was geschehen war, dann würden aus Halbwahrheiten Gewissheit und aus Vermutungen Tatsachen. Man hatte es ja schon immer gewusst, dass da irgendetwas nicht stimmte.

Dühnfort wandte sich ab, schloss die Gartentür hinter sich und kehrte zurück. Im Haus war es still. Eine bleierne Ruhe. Der Regen rann lautlos über die großen Fensterflächen. Noch immer lag dieses merkwürdige graue Licht über allem. Noch zwei offene Fragen, dann konnte er den Fall abschließen. Eigentlich drei. Wie war Mika dahintergekommen, dass ihre Mutter Sascha war?

Dühnfort gab sich einen Ruck und ging nach oben. Die Tür zu Mikas Zimmer stand offen. Er sah sich um. Der Raum einer jungen Frau, der den Eindruck erweckte, nur für einen Moment verlassen worden zu sein. Jeden Augenblick konnte die Bewohnerin zurückkehren, sich an den Schreibtisch setzen, aufs Bett legen oder im Schrank nach dem passenden Outfit für das Treffen mit Freunden heute Abend suchen. Sie würde nach dem Handy greifen, das neben der Tastatur lag, und sich lachend und scherzend verabreden.

Es erschien ihm unvorstellbar, dass Mika nie wieder dieses Zimmer betreten würde. Die Wut auf Saskia Eckel wollte wieder auflodern, doch es wurde nur ein schwaches Züngeln, das eine Woge von Trauer und Hoffnungslosigkeit mit sich nahm.

Der Laptop auf dem Schreibtisch war eingeschaltet. Dühnfort griff nach der Maus, knisternd ging der Monitor in Betriebsstatus. Eine Facebook-Seite war geöffnet. Es war die von Sascha. Wie hatte sie es geschafft, sich als Sascha einzuloggen?

Ausdrucke von Saschas Mails lagen neben dem Handy. Sie stammten von Isas Mail-Account. Wie war sie an die gelangt? In einer hatte Mika ein Wort mit Kuli eingekringelt. Triologie. Ein Tippfehler. Doch er hatte Mikas Aufmerksamkeit derart erregt, dass sie ihn mit drei Ausrufezeichen versehen hatte. Und plötzlich verstand Dühnfort. Eine Art Wortmarker, ein typischer Fehler. So wie seine Zahnärztin immer Expresso sagte statt Espresso. Offenbar benutzte Mikas Mutter den Begriff Triologie anstelle von Trilogie. Falls Mika dann noch Passwörter ihrer Mutter kannte oder diese leicht zu erraten waren, dann war der Rest einfach gewesen.

Damit war eine der drei Fragen beantwortet, jedenfalls

mutmaßlich. Denn mit Sicherheit würde er das nie erfahren. Mika war tot.

Seine Wut wich Hilflosigkeit. Vier ausgelöschte Leben. Er verstand es nicht.

Unten klingelte das Telefon. Der Anrufbeantworter schaltete sich ein. »Hallo, Schatz, ich bin noch in London. Der Flug aus Shanghai hatte Verspätung. Ich habe den Anschlussflug verpasst und werde jetzt zusehen, dass ich hier heute noch wegkomme. Wenn nicht, übernachte ich in einem Flughafenhotel und fliege morgen früh. Ich melde mich später noch mal.« Mit einem Klicken schaltete sich der Anrufbeantworter aus.

Dühnfort überlegte, ob er Thomas Eckel zurückrufen sollte. Eine solche Botschaft überbrachte man allerdings besser nicht am Telefon. Mikas Vater würde sicher versuchen, seine Frau auf dem Handy zu erreichen, und so die schreckliche Wahrheit erfahren. Er konnte es ihm nicht ersparen.

Diese bleierne Stille zerrte an seinen Nerven. Doch nicht nur sie allein. Noch immer wusste er nicht, wie Stefan Schäfer auf die wahnwitzige Idee gekommen war, Daniel sei Sascha. Vielleicht würde er das nie erfahren. Dühnfort entschloss sich, Daniels Kollegen deswegen zu befragen. Vielleicht war ihnen etwas aufgefallen, die Schäfers waren schließlich Kunden im Autohaus.

Sein Handy begann zu klingeln. Christoph Leyenfels meldete sich und wollte wissen, wann er mit dem Abschlussbericht im Fall Daniel Ohlsberg rechnen konnte.

»Das wird noch dauern. Zwei Punkte sind noch offen.«

»Nämlich?«

»Um den Fall rundum abzuschließen, sollten wir herausfinden, wie Stefan Schäfer Daniel für Sascha halten konnte und woher er die Weißen Mitsubishi hatte. Dann sind alle Fragen geklärt.«

»Das sind doch Peanuts. Wir haben das Geständnis. Wir haben die Tatwaffe, und die Spuren daran stützen es.«

»Ein sehr dürftiges Geständnis. Zur Tat selbst hat Schäfer sich ausgeschwiegen.«

»Hast du etwa Zweifel?«

Erst jetzt, als Leyenfels ihn direkt danach fragte, wurde ihm bewusst, dass er tatsächlich Vorbehalte hatte. »Mir ist das zu mager. Machen wir die Sache rund. Und dann bekommst du den Bericht.«

83

Als Dühnfort nach Hause kam, fielen die Tropfen noch immer in schwerer Stille. Die Luft roch regensatt, ein wenig kühler war es geworden, doch es war noch immer zu heiß. Eine tropische Schwüle lag über der Stadt.

Gina war schon daheim. Sie stand in seiner Küche, massakrierte eine Salatgurke mit dem schweren Gemüsemesser und erweckte dabei den Eindruck, am liebsten alles kurz und klein schlagen zu wollen.

»Hallo, Liebes.«

»Grüß dich.« Sie unterbrach das Massaker für einen Augenblick, ließ sich von ihm umarmen und gab ihm einen flüchtigen Kuss. Er sog ihren Duft ein, fühlte die Anspannung ihrer Muskeln und ein leichtes Beben unter der Haut. Gina stand unter Strom. »Was ist denn los?«

»Ich mache Hacksalat.« Sie griff nach der Paprikaschote, die neben Salatherzen, Tomaten und Schafskäse auf der Arbeitsfläche lag. »Das passende Essen zum Tag«, fügte sie hinzu und ließ das Messer niedersausen.

Ihrer war offenbar nicht besser gewesen als seiner. »Was ist denn schiefgelaufen?«

»Schiefgelaufen?« Unwillig schüttelte sie den Kopf, dass die dunklen Strähnen flogen. »Gar nichts. Ich habe den Fall gelöst. Ich habe den Tankstellenmörder.« In einem regelrechten Stakkato knallte die schwere Klinge auf Paprikahälften, hackte sie in winzige Stücke. »Seine DNA pappt in rauen Mengen am Klebeband und der Plastiktüte.« Sie griff nach den Paprikawürfeln und pfefferte sie in die Salatschüssel.

Offenbar war es besser, ihr nicht zu gratulieren. Etwas

musste grandios danebengegangen sein. »Ist er euch etwa entkommen? Oder hat er Selbstmord begangen?«

»Selbstmord? Gute Idee. Das sollte ich ihm vielleicht mal nahelegen.« Gina warf das Messer aufs Brett und wischte sich die Hände am Geschirrtuch ab. »Du wirst es nicht glauben. Er hat nichts zu befürchten. Unser grandioses Rechtssystem muss ihn laufen lassen.«

Dafür konnte es nur einen Grund geben. »Du meinst ...«

»Ja. Genau. Dieses karrieregeile Arschloch von Staatsanwalt hat damals den Richtigen angeklagt, mit so gut wie nichts in der Hand. In dubio pro reo. Freispruch zweiter Klasse. Aber ist jetzt ja egal. Scheißegal. Freispruch ist Freispruch. Das Urteil ist seit Jahrzehnten rechtskräftig. Ich kriege den nicht noch einmal vor den Kadi. Strafklageverbrauch nennt sich das. Das macht mich so wütend. Wo leben wir denn? Die Errungenschaften der modernen Kriminaltechnik scheinen an unserer Rechtsprechung total vorübergegangen zu sein. Es ist ja gut und schön, dass man jemanden nicht zweimal wegen desselben Verbrechens anklagen kann. Das hat seine Gründe, und das ist gut so. Sonst würde ein Verdächtiger ja niemals wieder seines Lebens froh, wenn man ihn ständig wegen derselben Sache vor den Kadi zerren könnte. Aber für Altfälle, bei denen damals keine DNA-Analysen möglich waren, darf das einfach nicht gelten. Da muss eine Regelung her.«

»Soweit ich weiß, wird daran gearbeitet.«

»Ja, ist mir auch bekannt. Aber das gilt dann für die Zukunft. Axel Schulz bekomme ich damit nicht mehr vor Gericht. Er wird sich niemals für den Mord an Alicia Ehlers verantworten müssen. Wie soll ich das denn ihren Eltern beibringen und ihrem Verlobten? Das versteht doch niemand.«

Er konnte ihren Ärger nachvollziehen, ihre Wut, er wusste, wie sie sich jetzt fühlte. Hilflos und ohnmächtig, nutzlos und verschaukelt. Sie machte einen guten Job, und dann drehte ihr nicht nur der Täter eine lange Nase, sondern auch das System, für das sie arbeitete, sich einsetzte, an das sie glaubte und das sie verteidigte. Er zog sie an sich. Sie schlang ihre Arme um ihn. »Das ist einfach nicht gerecht.«

»Nein. Das ist es nicht. Doch damit müssen wir leben.«

»Müssen wir?«

Er strich ihr eine Haarsträhne aus dem Gesicht, schob sie hinter ihr Ohr. »Manchmal bleibt unser Bemühen um Gerechtigkeit nur ein Versuch. Wenn es uns nicht gelingt, die Waagschalen von Schuld und Sühne in ein Gleichgewicht zu bringen, einen Ausgleich der Interessen herzustellen, werden wir scheitern. Was ist schon Gerechtigkeit? Wie oft liegt sie im Auge des Betrachters und ist etwas zutiefst Subjektives? Wir werden das nicht ändern können. Also müssen wir damit leben.«

»Mag ja sein, dass das im Großen und Ganzen stimmt. Ich rede aber vom Strafrecht. Von Strafe und Gerechtigkeit. Und deshalb werde ich mich nicht zufriedengeben. Es gibt nämlich zwei Ausnahmen. Entweder ich ringe Schulz ein Geständnis ab, dann kann das Verfahren wiederaufgenommen werden, oder jemand hat beim Prozess einen Meineid geschworen oder gefälschte Dokumente vorgelegt. Wenn ich das Geständnis nicht kriege, dann wühle ich mich eben durch die Akten, bis ich ihn vor Gericht habe. Der kommt nicht ungeschoren davon. Nicht, wenn es nach mir geht.«

»Ja, das verstehe ich.« Er gab ihr einen Kuss. Gemeinsam machten sie den Salat fertig. Das Rezept stammte aus Ginas Kochbuch und nannte sich wirklich Hacksalat.

Da es noch immer regnete, deckten sie den Küchentisch fürs Abendessen und genossen es am offenen Fenster. Die Tropfen fielen auf Blätter und Sträucher, auf Gräber und Wege. Es war ein leises Hauchen und Murmeln, Raunen und

Wispern, eine tröstende und besänftigende Regenmusik. Er erzählte ihr von seinem Tag, von der Ungeheuerlichkeit, mit der Saskia Eckel in das Leben ihrer Tochter eingegriffen und welche Katastrophe sie dadurch ausgelöst hatte. Dieser Fall machte ihn traurig und gleichzeitig wütend wie noch keiner zuvor. Selbstherrlichkeit und Dummheit prägten ihn.

Langsam senkte sich die Dämmerung herab. Irgendwann war es Zeit, zu Bett zu gehen. Sie waren beide müde und erschöpft, doch am Gute-Nacht-Kuss entzündete sich das Begehren, das noch so dicht unter seiner und ihrer Haut schlummerte wie beim ersten Mal. Sie schliefen miteinander, während vor dem Fenster noch immer der Regen fiel, der den nachttrunkenen Duft von Gräsern und Blättern ins Zimmer trug, in dem sich der Ventilator langsam drehte.

Bereits im Einschlafen murmelte Gina, dass sie seine Freundschaftsanfrage bestätigt habe. Immerhin hätte er nun eine Freundin bei Facebook, was ja schon mal ein Anfang wäre.

Während er langsam in den Schlaf hinüberglitt, sah er plötzlich ein Bild vor sich. Stefan Schäfers Arbeitsschuhe auf der Tischplatte, eine ausgequetschte Tube Pattex daneben.

84

Dieses Bild ging ihm auch am nächsten Tag nicht aus dem Kopf. Nach dem Morgenmeeting fuhr Dühnfort nach Unterhaching. Er zog den Schlüsselbund hervor, der Stefan Schäfer gehört hatte, und trat ein.

Der süße Geruch nach Verwesung hing in der Luft. Dühnfort kippte die Fenster und öffnete die Tür zur Terrasse, um frische Luft hereinzulassen. Im Garten stand noch immer der Minibagger, so wie Stefan Schäfer ihn verlassen hatte. Ein gelbes, kabinenloses Raupenfahrzeug mit schwarzem Schalensitz.

Vor nicht einmal achtundvierzig Stunden hatte Stefan Schäfer hier auf diesem Bagger gesessen und den Aushub für den Badeteich gemacht. Dann war er aufgestanden, in den Keller gegangen und hatte sich erschossen. Was hatte ihn veranlasst, seine Arbeit abzubrechen und das zu tun? Hatte er sich schon seit Tagen mit dem Gedanken getragen? Hatte er unzählige Male in seiner Vorstellung durchgespielt, wie das sein würde, wenn er sich die Waffe in den Mund steckte und abdrückte, so oft, bis er schließlich dazu bereit gewesen war?

Die vertrockneten Blut- und Gewebespuren im Keller hatten das nächste Stadium der Vergänglichkeit erreicht. Haarfeine Risse zogen sich durch schwarzbraune vertrocknete Lachen und Spritzer. Er umging sie und steuerte die Arbeitsplatte an. Die Pattextube lag noch unberührt am selben Platz wie vor zwei Tagen. Der Verschluss saß fest. Dühnfort gelang es nicht, ihn zu lösen. Die Tube musste schon längere Zeit eingetrocknet sein. Er griff nach den Arbeitsschuhen und betrachtete sie eingehend, zog die Zungen heraus, tastete ins

Innere, drehte sie um und entdeckte schließlich, dass sich am linken Schuh im Bereich der Fußspitze die Sohle ein Stück weit abgelöst hatte. Als er sie zurückklappte, krümelte getrocknete Erde aus dem Profil.

Er setzte sich auf den Stuhl vor dem Tisch.

Als Stefan Schäfer die Treppe in den Keller hinuntergestiegen war, hatte er nicht vorgehabt, sich zu erschießen. Er wollte den Schuh reparieren. Doch der Kleber war eingetrocknet. Deshalb standen die Wanderschuhe auf dem Boden neben dem Tisch. Sie waren der Ersatz für die kaputten. Schäfer musste sie aus dem Wandschrank im Flur geholt haben. Und dann hatte er in Socken hier sitzend den Entschluss gefasst, sich zu erschießen. Warum genau zu diesem Zeitpunkt?

Der Stuhl knarrte, als Dühnfort aufstand und in den Flur ging. Er fand die Tür sofort wieder, die vorgestern einen Spaltbreit offen gestanden hatte. Wintermäntel und Jacken hingen ordentlich auf Bügeln. Auf den Fachböden darunter standen Wander- und Turnschuhe. Ein Paar fehlte. Weiter hinten, in einer Ecke, lag ein helles Stück Stoff. Dühnfort zog es hervor. Es war ein cremefarbener Schal, der sich seidig anfühlte. Einige dunklere Flecken, wie Wasser, verunstalteten ihn. Doch es konnte kein Wasser sein, das wäre längst getrocknet. Dühnfort rieb den Stoff zwischen den Fingern, die Stellen fühlten sich ölig an und rochen auch so.

Eine Ahnung stieg in ihm auf. Er faltete den Schal zusammen, ging nach oben, suchte nach einem Beutel und verstaute ihn darin.

Wen konnte er fragen? Wer konnte ihm helfen? Wer kannte Stefan Schäfer gut genug, um Dühnfort einen Blick in sein Innerstes werfen zu lassen? Seine Frau natürlich. Und hoffentlich sein Freund, Oliver Pätzold.

Adresse und Telefonnummer hatte Dühnfort sich gestern schon notiert, weil er Pätzold ohnehin fragen wollte, ob

Schäfer sich ihm gegenüber zu Sascha und seinem Verdacht geäußert hatte, Daniel sei in diese Rolle geschlüpft.

Nun zog er das Handy hervor, rechnete sich allerdings keine großen Chancen aus, den Oberstudienrat zu erreichen. Ferienzeit. Der Mann war sicher verreist. Doch bereits nach dem dritten Läuten meldete sich Oliver Pätzold.

Dühnfort war sich nicht sicher, ob er bereits von dem Selbstmord wusste. Also tastete er sich im Gespräch vorsichtig voran. Doch am Ende blieb die nackte Wahrheit, auch wenn er noch so sehr versuchte, sie schonend zu übermitteln. Ein Mensch war tot, und in der Regel war diese Nachricht ein Schock.

Pätzold brauchte eine ganze Weile, bis er sich gefangen hatte und Dühnforts Wunsch nach einem Gespräch zustimmte. »Ich bin zu Hause. Sie können jederzeit kommen. Ich werde versuchen, Ihnen zu helfen, Licht ins Dunkel zu bringen, falls ich das kann.«

85

Kurz vor halb zwölf parkte Dühnfort vor einem Altbau in Neuhausen. Im Treppenhaus war es angenehm kühl. Die Stufen knarrten unter seinen Schritten. Pätzold öffnete die Tür. Graumelierte Lockenpracht. Buschige Brauen. Ein gestreiftes Freizeithemd hing über den Bund der Jeans. Die nackten Füße steckten in Gesundheitslatschen. Er bat Dühnfort herein und führte ihn ins Wohnzimmer. Vier Wände voller Regale, die bis unter die Decke reichten und nur die Öffnungen für Tür, Fenster und einen an die Wand gerückten Schreibtisch freiließen. Die Fachböden bogen sich unter der Last der in Doppelreihen stehenden Bücher. Es mussten Tausende sein. In der Mitte des Raums standen sich zwei alte Sofas gegenüber, dazwischen ein Couchtisch, der unter einem Berg von Zeitschriften und Büchern begraben war. Pätzold bot Dühnfort Platz an und wartete, bis sein Gast sich gesetzt hatte, bevor er sich auf die Couch gegenüber fallen ließ.

»Stefan hat sich erschossen, sagen Sie. Eine ungeheuerliche Nachricht.« Pätzolds Hand fuhr hoch zu den Brauen, begann Haare zu zwirbeln. »Wie geht es Marlis?«

»Sie hatte einen Zusammenbruch und befindet sich zurzeit in der Psychiatrie. Wenn ich richtig informiert bin, wird sie morgen entlassen. Sie scheint eine starke Frau zu sein.«

»Ja, das ist sie.« Pätzold gab das Zwirbeln auf und ließ die Hand sinken. »Warum hat Stefan das getan, und wie kann ich Ihnen helfen? Gibt es etwa den Verdacht, dass er es nicht selbst war?«

»Nein. Das nicht. Es besteht kein Zweifel daran, dass er sich selbst getötet hat.« In diesem Raum war es heiß und stickig. Dühnfort hätte am liebsten ein Fenster geöffnet, und versuchte durchzuatmen. »Er hat den Jungen erschossen, den er für Sascha hielt, und konnte damit offenbar nicht leben. Jedenfalls steht das so in seinem Geständnis.«

Die Brauen wuchsen zu einer sich kräuselnden Hügellandschaft zusammen. »Wie meinen Sie das: *den er für Sascha hielt?*«

Dühnfort erklärte ihm diesen fatalen Irrtum und fragte, ob Pätzold eine Idee hatte, wie Stefan Schäfer darauf gekommen sein könnte.

Doch Pätzold hatte keine Vermutung. Mit ihm hatte Stefan nicht darüber gesprochen, und Dühnfort glaubte ihm das.

»Stefan war mein Freund, und er war loyal. Falls er tatsächlich einen Mord geplant hatte, hätte er mich da nicht mit hineingezogen.« Kaum merklich schüttelte Pätzold den Kopf. »Er war ein analytischer Mensch, ein Zahlenmensch, der Fakten vertraute. Wenn er Daniel wirklich erschossen hat, muss er absolut überzeugt gewesen sein, er sei Sascha. Aber ich kann das nicht glauben. Es passt einfach nicht zu ihm. Stefan war kein Rächer, keiner, der von Hass getrieben war und das Recht selbst in die Hand genommen hätte. Er war ein Dulder, ein Hinnehmer. Er gehörte nicht zu denen, die sich wehren. Schon damals in der Schule nicht. Darunter hat er gelitten.« Die Stirn glättete sich. »Also, den Mord glaube ich ihm nicht. Den Selbstmord, ja, den schon. Den habe ich anfangs befürchtet, nach Isas Tod. Stefan fühlte sich schuldig. Er machte sich Vorwürfe, dass er Sascha nicht auf den Zahn gefühlt hat, dass er Isa in ihr Verderben laufen ließ. Dass er sich aus Trauer und aus Scham umbringen würde, das war meine Sorge. Er hat versagt, hat seine Familie und vor allem seine Tochter nicht beschützt. So sah er das. Und damit hat er sich gequält.«

In Dühnfort wuchs die Unruhe. Eine letzte Frage hatte er

noch, die nach Ecstasy, ob Schäfer gewusst hatte, wie er daran kommen würde.

»Stefan?« Ungläubig blickte Pätzold ihn an. »Nein. Ganz sicher nicht. Der hat in seinem Leben keinen Zug von einem Joint genommen, geschweige denn jemals eine Tüte gebaut. Kontakte in die Szene hatte er garantiert nicht. Allerdings kann man heute alles googeln. Wenn er unbedingt an Ecstasy kommen wollte, hätte er herausgefunden, wie er das anstellen muss.«

86

Mit lautem Quietschen kam die einfahrende U-Bahn zum Stillstand. Sie war restlos überfüllt. Unschlüssig stand sie vor den sich öffnenden Türen. Besser, sie nahm sich ein Taxi.

Menschenmassen drängten heraus und hinein. Während sie noch zögerte, wurde ihr Körper einfach mitgerissen, in den Wagon gespült, von einer dampfenden Welle erhitzter Leiber. Nackte Haut streifte ihre. Glatte Ellenbogen, behaarte Arme, rissige, schrundige Hände. Spinnen, krabbelnde Insekten, spröde Panzer, knisternde Hüllen. Sie unterdrückte den Impuls zu schreien, während sich die Masse verdichtete, komprimierte, jede Spalte, jede Lücke sich füllte, sie zusammengepresst wurde, bis sie meinte, nicht mehr atmen zu können.

Eine Station. Es war nur eine Station, die sie bewältigen musste. Vom Max-Weber-Platz zum Ostbahnhof. Eine Minute. Oder zwei.

Jede Pore ihrer Haut war elektrisch geladen, kribbelte, summte. Eine Melodie von Liebe und Tod. Unter den Achseln und zwischen ihren Brüsten sammelte sich Schweiß, rann in Rinnsalen an ihrer elektrischen Umhüllung hinab. Es würde einen Kurzschluss geben, sie würde implodieren, ein Leuchten, das eine Mikrosekunde währte, und dann würde sie zu Staub zerfallen. Ein beruhigender Gedanke, den sie auskosten wollte.

Eine Tasche rammte sich in ihren Rücken. Schrille Stimmen überall. Zusammenhanglose Worte, unverständliche Laute, sinnlose Fragmente, wiederauferstandene tote Sprachen. Die Türen schlossen sich. Sie bekam keine Luft. Knoblauchdunst stieg ihr in die Nase, Schweiß und der Geruch von Menstruationsblut. Dick und zäh gerann es in einer Monatsbinde, wurde zu einer braunen, übelriechenden Substanz, vermischte sich mit weißen Sekreten, die sich zwischen rosa Schamlippen zersetzten. Doch da war noch etwas. Sie witterte es. Sperma, das einer hinterlassen hatte, der keine Grenze kannte, sich selbst der Nächste war. Oder ihr? Oder der Einheit, zu der er mit ihr verschmolz? Wer wusste das schon? Es gab so viele Arten und Spielweisen der Liebe wie Sterne am Nachthimmel, wie Sandkörner am Strand, wie Tropfen im Meer, wie Blätter an den Bäumen dieser Welt, wie Kirschblütenblätter im Frühling, wie Atome im Universum, wie flüchtige Gedanken, wie nie gewisperte Worte zwischen Mitternacht und Morgengrauen.

Ein Hintern drückte sich gegen ihren Bauch. Marlis fuhr zusammen, atmete durch. Ihre Sinne mussten total überreizt sein, wenn sie glaubte, dergleichen wahrnehmen zu können.

Die U-Bahn fuhr an.

Wie lang konnte eine Minute dauern? Tausend Jahre, eine Unendlichkeit? Immerwährender Stillstand? Auf immer und ewig eingepfercht in einer dampfenden Masse heißer, schwitzender, stinkender Leiber. War das die Hölle? War dies das Fegefeuer? Dantes Inferno? Sie war aus ihrem Paradies gestürzt. War sie diejenige, die Dantes Höllenkrater formte, wie ein Meteorit einschlug und sich ihre eigene Hölle schuf, ihr Fegefeuer der Überheblichkeit, des Nichterkennenwollens, des Fremdseins, trotz zwanzig Jahren Ehe? Hast du es geahnt? Dante Alighieri? Hast du es vorhergesehen?

Ratternde Dunkelheit rauschte an ihr vorbei. *Wo ich ihn nicht hab, ist mir das Grab, die ganze Welt ist mir vergällt.*

Warum?

Doch es würde nie eine Antwort geben. Nie. Niemals. Nie und nimmer. Selbst wenn alle Zeit in einer Sekunde gerann.

Warum hatte er nichts gesagt? Worte, Sprache. Ihnen wohnte ein Zauber inne, die Macht, Brücken zu schlagen, zu verbinden, zu versöhnen. Zu verhindern. Auswege zu erkennen.

Warum?

Warum nur?

Tausend Jahre verstrichen binnen einer Minute. Alt und grau schleppte Marlis sich aus der U-Bahn und hinauf zum Taxistand. Eine Fahrt mit der S-Bahn war unvorstellbar. Vielleicht wäre sie doch besser noch einen Tag in der Klinik geblieben, wie es die Ärztin ihr geraten hatte.

Als sie eine Viertelstunde später durch den Vorgarten ging, glaubte sie einen Moment lang, niemals die Kraft aufzubringen, das Haus zu betreten. Doch sie musste, also riss sie sich zusammen, trat ein.

Der Geruch nach verwesendem Blut und Gewebe lag in der Luft. Sie weigerte sich, diesen Gestank mit ihm in Verbindung zu bringen. Es gab nur zwei Möglichkeiten. Entweder sprang sie vor die S-Bahn, oder sie lebte weiter. Wenn sie in seinem Sinn handeln wollte, dann musste sie leben. Auch wenn sie nicht wusste, wie das gelingen sollte.

Sie fühlte sich kalt und fremd in sich, in ihrem Haus, in ihrem Leben. Ohne ihn!

87

»Stimmt. Die Ruger war frisch geölt. Bring mir das Tuch, und ich kann dir sagen, ob die Flecken von demselben Waffenöl stammen.« Buchholz verabschiedete sich, Dühnfort legte auf.

Das Tuch hatte er im Haus der Schäfers vergessen. Mist. Er fuhr zurück nach Unterhaching, zog den Schlüssel hervor und trat ein. Den Schal fand er im Wohnzimmer. Dort lagen die Fotoalben noch so, wie Kirsten sie zurückgelassen hatte. Das oberste war aufgeschlagen. Dühnfort blätterte darin. Aufnahmen einer glücklichen Familie. Isa zwischen Oma und Opa, daneben ihre Mutter. Das Foto hatte wohl ihr Vater gemacht, denn er war nicht auf dem Bild. Dühnfort blätterte weiter zurück im Leben von Marlis Schäfer und ihrer Familie. Eine Aufnahme von ihr erweckte seine Aufmerksamkeit. Er nahm sie heraus und steckte sie ein. Auf dem Sideboard stand ein silberner Bilderrahmen mit einem neueren Bild von ihr. Er erinnerte sich an seine Irritation, als er Marlis Schäfer das erste Mal gesehen hatte. Dieses Widersprüchliche, das sie ausstrahlte, das zwischen Kind und Greisin schwankte. Die großen blauen Augen, der puppenhafte Pagenkopf und der helle Teint, in den sich aber die Furchen der Zeit tief eingegraben hatten, ebenso die Verbitterung, die sie älter wirken ließ, als sie tatsächlich war.

Die Vermutung, die ihn schon den ganzen Tag vor sich her trieb, verstärkte sich. Er wollte Gewissheit, nahm das Bild aus dem Rahmen und steckte es ein. Plötzlich erklangen Schritte. Er spähte in den Flur. Marlis Schäfer kam die Treppe herunter. Sie trug einen türkisfarbenen Rock. Eine Farbe, die ihr ausgezeichnet stand. Offenbar war sie einen Tag früher entlassen worden oder auf eigene Verantwortung gegangen. Als sie ihn entdeckte, fuhr sie zusammen. »Was machen Sie denn hier? Wie kommen Sie überhaupt herein?«

»Es tut mir leid. Ich wollte Sie nicht erschrecken. Mir war nicht klar, dass Sie bereits zurück sind, sonst hätte ich geklingelt. Ich habe einen Durchsuchungsbeschluss. Er liegt seit vorgestern auf Ihrem Küchentisch.«

»Wonach suchen Sie denn noch? Haben Sie nicht längst das ganze Haus auf den Kopf gestellt?«

»Es fehlen Beweisstücke. Eine schwarze Strickmütze, schwarze Handschuhe und ein grauer Arbeitsoverall.«

»Wenn Sie nichts gefunden haben, wird mein Mann die Sachen wohl weggeworfen haben.«

»Das kann ich mir nicht vorstellen. Das wichtigste Beweisstück, die Tatwaffe, behält er, und weniger wichtige wirft er weg. Das passt einfach nicht zusammen. Oder haben Sie eine Erklärung dafür?«

Sie ging an ihm vorbei in die Küche, nahm den Beschluss vom Tisch, las ihn aufmerksam und setzte sich. Dühnfort, der ihr gefolgt war, zog einen Stuhl heran und nahm ihr gegenüber Platz. Sollte er sie ohne Beweise mit seinem Verdacht konfrontieren? Einen Augenblick war er unentschlossen.

Sie legte den Beschluss beiseite. »Ich nehme an, dass Stefan unseren nächsten Besuch bei meinem Vater nutzen wollte, um die Ruger zurückzulegen. Das wäre wohl die beste Möglichkeit gewesen, sie loszuwerden.«

Sie sah dabei an ihm vorbei, zum Fenster hinaus in den Garten. Dass sie ihm auswich, gab den Ausschlag.

»Ihr Vater war hauptberuflich Förster und Jäger?«

»Ja, das ist richtig. Ich bin in einem Forsthaus aufgewachsen. Eine Kindheit als Bilderbuchidylle.« Sie begann zu erzählen, von grenzenlosen Wäldern, durch die sie als Kind mit ihrem Vater streifte, von Fuchsbauten, die er ihr zeigte, und wie er ihr beibrachte, ein Rehkitz aufzupäppeln, dessen Mutter ein Wilderer geschossen hatte.

Er unterbrach sie. »Hat Ihr Vater Ihnen auch beigebracht, mit einer Waffe umzugehen?«

Ihre Schultern versteiften sich unwillkürlich. Sie verschränkte die Hände und legte sie in einer abwehrenden Geste vor sich auf den Tisch. »Ja, natürlich. Ich war ein Einzelkind. Wenn ich einen Bruder gehabt hätte, wäre das vielleicht anders gewesen. Aber so hat er mich unterrichtet.«

Dühnfort zog das Foto aus der Tasche und legte es auf den Tisch. »Ist das die Ruger, mit der Sie da schießen?«

Sie streifte das Bild mit einem Blick. »Ja. Das ist sie. Ich kann schießen. Sehr gut sogar. Warum haben Sie überhaupt gefragt, wenn Sie es ohnehin schon wussten?«

Er antwortete nicht, ließ ihr Zeit, selbst darauf zu kommen.

»Ach, Sie wollten mich testen, sehen, ob ich Sie anlüge. Warum? Glauben Sie am Ende, ich hätte Daniel erschossen?« Fragend blieb ihre Hand eine Sekunde in der Luft hängen, als wollte sie die Ungeheuerlichkeit dieser Unterstellung unterstreichen.

»Ja. Das glaube ich.«

Sie hielt seinem Blick nicht stand. »Das ist unglaublich. Mein Mann hat sich umgebracht ...« Sie schluckte. »Warum hätte er das tun sollen, wenn er es nicht war?«

»Aus zwei Gründen. Zum einen, um Sie zu schützen. Er muss Sie sehr geliebt haben. Und zweitens, weil er sich als Versager gefühlt hat, als er entdeckt hat, was Sie getan haben. Das wäre seine Aufgabe gewesen, als Mann und Vater, als Beschützer seiner Familie. Er hat Sie im Stich gelassen. Er war ein Schwächling. Und Sie waren stark, haben die Dinge geregelt wie ein Mann, und das hat er nicht verkraftet.«

»Blödsinn«, brachte sie mühsam hervor.

Er hatte also voll ins Schwarze getroffen. Obwohl ihm diese Gedankenwelt absolut fremd war. Wo lebten sie denn? In den USA, wo jeder jeden auf Verdacht hin abknallen konnte, wo ein Menschenleben nichts galt? Wo jeder eine Waffe mit sich rumschleppte. Wo Strafe immer auch Rache bedeutete?

Marlis Schäfer fing sich sofort wieder. Ihre Stimme wurde fest. »Ich habe Daniel nicht erschossen. Für Stefan gab es also nichts zu entdecken.«

»Doch. Vorgestern Nachmittag hat Ihr Mann den Aushub im Garten gemacht und irgendwann bemerkt, dass sich die Sohle von seinem Arbeitsschuh löste. Er ging in den Keller, um sie anzukleben, allerdings war der Kleber eingetrocknet. Er brauchte ein anderes Paar und suchte nach den Wanderschuhen. Die standen im Schrank mit den Wintersachen. Sie haben einen Fehler gemacht. Sie dachten, vor dem Herbst gäbe es keinen Grund, diese Schranktür zu öffnen. Irrtum. Und dabei ist Ihrem Mann ein Tuch aufgefallen, in das etwas eingewickelt war. Neugierig hat er nachgesehen und plötzlich die Ruger in der Hand gehalten. Vielleicht hat er eine Weile gebraucht, um zu verstehen, was das bedeutete. Ich nehme aber an, dass es ihm sofort klar war. Sie haben Daniel Ohlsberg erschossen, weil Sie ihn für Sascha hielten. Warum, Frau Schäfer? Warum?«

»Ich habe Ihnen gestern schon gesagt, dass ich nicht einmal eine Vermutung habe, wie Stefan auf die Idee gekommen ist, Daniel sei Sascha.«

»Nicht er. Sie haben diesen schrecklichen Fehler begangen. Daniel hatte nichts mit Isas Selbstmord zu tun, und Sie haben ihn einfach abgeknallt. Warum? Wie konnte es so weit kommen? Frau Schäfer, ich will das wissen, ich will das verstehen, und seine Oma auch und Lukas. Und Mika hätte es sicher ebenfalls gerne gewusst. Sie müssen sich absolut sicher gewesen sein. Wie sind Sie darauf gekommen? Wer hat Ihnen das gesteckt?«

Sie legte die Handflächen aneinander, rieb sie. Er sah ihr die Anspannung an. Dann erschien ein Lächeln.

»Ich folge jetzt einfach mal Ihrer Theorie, mein Mann hätte sich aus Liebe zu mir umgebracht und meine Tat auf sich genommen, weil er keine gemeinsame Zukunft für uns gesehen hat. Wäre es dann nicht schrecklich, geradezu unmenschlich von mir, diesen Beweis der Liebe mit Füßen zu treten, seinem Tod jeden Sinn zu nehmen?« Fragend sah sie ihn an, noch immer mit diesem angedeuteten Lächeln, das wie festgefroren wirkte.

Hier kam er nicht weiter. Dühnfort schob den Stuhl zurück. »Ich werde Ihre Täterschaft nachweisen.«

»Wenn Sie meinen.« Sie stand ebenfalls auf. »Sie finden alleine raus. Sie haben ja auch alleine reingefunden. Und die Schlüssel meines Mannes lassen Sie bitte hier.«

88

Nachdem Bram und Anike sich erneut mit ihrem Anwalt beraten hatten, ging ihnen offenbar der Arsch auf Grundeis. Die Aussicht, auf die zu erwartende Strafe ordentlich Discount zu erhalten, wirkte ungemein motivierend. Jedenfalls diktierten sie nun Alois und Kirsten ein paar Namen und Kontaktmöglichkeiten in die Blöcke.

Anike zupfte an der Nagelhaut ihres Daumens herum. »Als Erster ist mir Krischan eingefallen. Art Director in einer Werbeagentur. Der kauft meistens mehr. Vor drei Wochen wollte er ein Dutzend. Offenbar fürs ganze Team, sie werkten an einem Pitch und mussten die Nächte durcharbeiten.«

»Krischan, und wie noch?«, fragte Alois.

»Keine Ahnung. Die Agentur ist irgendwo in der Neuen Balan. Groß, schlank, trägt ausschließlich weiße Hemden und schwarze Hosen. Labelklamotten. Triskel-Tattoo am linken Unterarm. Den zu finden dürfte nicht allzu schwer werden.«

Das sah Alois auch so. Doch Stefan Schäfer hatte sicher jemanden angesprochen, der so aussah, als ob er Geld brauchen konnte. Krischan stand also nicht an erster Stelle auf der Liste. Weiter ging es mit einem schwulen Pärchen, das offenbar genügend Kohle für eine Eigentumswohnung in Loftgröße hatte, einem Kerl namens Karl, der so aussah, wie er hieß: wie ein Buchhalter. Bram meinte allerdings, mal gehört zu haben, Karl mache in Luxusimmobilien.

Langsam wurde Alois ungeduldig. »Ich suche eher einen armen Studenten oder arbeitslosen Geisteswissenschaftler, gerne auch einen am Hungertuch nagenden Künstler. Jemanden, den man ansprechen würde, damit er einem den Stoff gegen Cash besorgt. Klingelt da irgendetwas?«

Anike kaute mittlerweile auf dem Daumennagel. Das Nagelbett war rot entzündet. »Sophie vielleicht. Es ist noch nicht lange her, gut zwei Wochen. Sie wollte mit Freunden zu einem Rave und hat ein Dutzend gekauft.«

»Und was macht Sophie so?«

»Sie arbeitet mal hier und mal da. Aushilfsjobs halt. Meistens kellnert sie.«

Kirsten warf Alois einen Blick zu. Das könnte sie sein. »Wo können wir Sophie finden?«

»Jemand hat neulich erzählt, dass sie im Korf & Palmström bedient.«

»Im Korf & Palmström?« Fragend stiegen Kirstens Brauen in die Höhe. Sie lebte noch nicht lange in München. Alois erklärte es ihr. »Ein Café im Glockenbachviertel.«

Sophie passte ins Raster. Alois ließ sie sich beschreiben. Klein, drahtig, schwarze raspelkurze Haare. Bram erinnerte sich dann noch an einen Studenten der Filmhochschule. »Tassilo. Der ist notorisch abgebrannt, ein Schnorrer und Schmarotzer, wenn du mich fragst. Aber ein ulkiger Typ, darum mögen ihn alle. Der hat auf einen Schlag fünfzehn gekauft. Ich hab mich gewundert, woher er die Kohle dafür hat.«

Das klang fast noch besser. »Wo finde ich Tassilo?«, fragte Alois. Bram grinste und breitete die Hände aus. »Heute findest du ihn im Nymphenburger Schlosspark. Bei der Badenburg. Er dreht dort ein paar Szenen für einen Kurzfilm. Wenn es nicht regnet.«

»Du bist ja gut informiert.«

»Zwei Mädels haben sich vorgestern am Tresen darüber unterhalten. Sie spielen mit.«

Mit dieser Information schien das Gedächtnis von Bram und Anike erschöpft. Alois rief die Kollegen, um die beiden zurück in die Haftzellen bringen zu lassen. An der Tür wandte Bram sich um. »Du hältst Wort, Mann? Unser Deal läuft.«

Alois nickte und hob den Daumen. Die beiden wurden abgeführt. Die Tür schloss sich hinter ihnen. Tassilo klang nach einem Volltreffer. Alois setzte ihn auf Platz eins der Liste. Den würde er sich vorknöpfen.

Kirsten stand auf und nahm ihren Block. »Wenn du nichts dagegen hast, rede ich mit Sophie.«

»Von mir aus.« Dass sie freiwillig die Niete zog, war ihm gerade recht.

89

Der Bioladen von Gerlinde Weylandt hatte geöffnet. Wie schon vor einigen Tagen klimperte das Windspiel aus Glasplättchen, als er eintrat, und signalisierte so Kundschaft. Die Verkäuferin war dieselbe wie bei Dühnforts erstem Besuch. Sie drapierte Käse in der Auslage der Theke und erkannte ihn sofort. »Hat Gerlinde sich inzwischen bei Ihnen gemeldet?«, fragte sie.

»Ja, schon. Aber sie konnte uns nicht weiterhelfen. Haben Sie ein Foto von ihr?«

Sie rückte einen Brie de Meaux zurecht und sah kurz auf. »Von der Gerlinde? Warum denn?«

»Ich wüsste gerne, wie sie aussieht.«

Die Frau schüttelte den Kopf. »Warum sollte ich ein Foto von meiner Chefin haben? Sie könnten höchstens bei den Nachbarn fragen, die haben einen Schlüssel. Aber ob Sie so einfach ins Haus spazieren dürfen und nach Fotos suchen ... Also, das möchte ich schon bezweifeln.«

»Machen wir es andersherum. Ich beschreibe Ihnen Frau Weylandt, und Sie sagen mir, ob ich richtig liege.«

»Wenn Sie schon wissen, wie sie aussieht, wozu brauchen Sie dann ein Foto?« An einem karierten Tuch wischte sie sich die Hände ab und richtete sich auf.

»Ich weiß es nicht. Ich vermute es. An die sechzig Jahre alt, weiße, kinnlange Haare, etwa eins fünfundsiebzig groß, feingliedrige, schlanke Figur.«

Erstaunt hörte sie ihm zu. »Passt fast. Gerlinde wird im September zweiundsechzig, und sie ist ein bisschen kleiner.«

»Danke. Sie haben mir sehr geholfen.« Er verabschiedete sich und ging.

Die Adresse des Zeugen kramte er aus seinem Gedächtnis. Ernst Meyer, Anemonenweg 22, keine zweihundert Meter vom Tatort entfernt. Er hatte Gerlinde Weylandt vorbeiradeln sehen, als der Schuss fiel. So hatte er es zu Protokoll gegeben.

Je länger Dühnfort als Mordermittler arbeitete, umso weniger traute er Zeugenaussagen. Da wurde beschworen und geschworen, da wurde aus Vermutung Wahrheit, aus einer vagen Wahrnehmung eine detailreiche Beschreibung. Jeder suchte eben nach Klarheit und Gewissheit.

Dühnfort lief zu Fuß zum Tatort. Die Bauarbeiten waren in vollem Gang. Eine Kreissäge kreischte, Männer riefen sich Worte in einer Sprache zu, die Dühnfort nicht verstand, ein Kran hievte eine Palette von einem Lastwagen. Alles wie immer, als sei nichts geschehen.

Selten hatte ihn ein Mord derart wütend gemacht.

Doch Wut war nicht hilfreich. Er sammelte sich und ging weiter zur Hausnummer 22. Ein kleinerer Wohnblock mit acht Parteien. Ernst Meyer wohnte in der dritten Etage. Dühnfort klingelte, wartete, bis die Gegensprechanlage rauschte, und brachte sein Anliegen vor. Der Summer ertönte. Kurz darauf stand er einer älteren Frau gegenüber, Meyers Schwester. Sie ließ ihn ein und erklärte dabei wortreich, dass sie dreimal die Woche kam und ihrem Bruder den Haushalt machte. Seit einer missglückten Hüftoperation schaffte er das nicht mehr allein. Sie führte ihn durch den Flur ins Wohnzimmer. Wuchtige dunkle Möbel, Alpenpanoramen und Bergwiesen in Öl an der Wand. Dazwischen eine Kuckucksuhr, Spitzengardinen vor dem Fenster und der Tür zum Balkon. Am Esstisch saß ein korpulenter Mann, dessen Glatze von einem grauen Haarkranz eingefasst wurde. Er trug ein kurzärmeliges weißes Hemd und sah von der Tageszeitung auf, als sie eintraten. »Ernst, da ist jemand von der Polizei für dich.«

»Schon gut«, brummte er und signalisierte ihr mit einer Handbewegung, sie könne sich gleich wieder verziehen. Die Tür schloss sich. Dühnfort stellte sich vor. »Es geht um Ihre Zeugenaussage. Können Sie mir noch einmal ganz genau schildern, was Sie gesehen haben?«

Meyer schien es zu gefallen, dass sich ein Kriminalhauptkommissar mit ihm befasste. Sein runder Rücken wurde gerade, der Bauch drängte gegen die Kante der Tischplatte. Die verschmierte Brille wurde abgesetzt. »Tja, wie ich Ihrer Mitarbeiterin schon sagte. Ich hörte einen lauten Knall und überlegte, was das wohl war. Auf der 23, da wohnt asoziales Gesindel. Alleinerziehende Mutter mit drei Kindern. Jeder der Bengel hat einen anderen Vater. Ich dachte, die hätten einen Chinaböller losgelassen. Das machen die manchmal. Schert sich keiner drum. Ich gucke also runter auf die Straße und sehe Frau Weylandt auf dem Rad. Und das war es schon.«

»Und Sie sind sich sicher, dass es Frau Weylandt war?«

»Absolut. Da gibt es keinen Zweifel.«

»Darf ich mal auf Ihren Balkon und einen Blick auf die Straße werfen?«

»Natürlich. Ich komme mit.« Meyer stützte sich mit beiden Händen auf die Tischplatte und stemmte seinen Körper schwankend in die Höhe. Einen Augenblick sah es so aus, als würde er das Gleichgewicht verlieren. »Die Hüfte. Die Ärzte haben das verpfuscht«, keuchte er. »Ich hab sie schon verklagt! Die werden bluten!« Er sah sich um, als ob er etwas suchte. »Else! Wo sind denn schon wieder die Krücken?«

Dühnfort ging schon mal vor. Ein weißer Plastiktisch, zwei passende Sessel mit hoher Lehne und gestreiften Polstern standen auf dem Balkon. An der Brüstung hingen Blumenkästen voller Geranien. Dühnfort sah hinunter. Auf dem

Gehweg ging eine Frau, auf der Straße fuhr ein Rennradfahrer. Die nächsten Straßenlaternen befanden sich etwa fünfzig Meter entfernt.

Als Dühnfort schon wieder hineingehen wollte, weil er dachte, Meyer habe es sich anders überlegt, kam dieser auf Krücken gestützt auf den Balkon und wuchtete seinen massigen Körper an die Brüstung. »Da unten ist sie vorbeigefahren.« Mit dem Kinn wies er auf die Straße.

»Sie sind also hier gesessen, haben den Knall gehört, und ...«

Ein Kopfschütteln war die Antwort. »Ich war drinnen, am Esstisch. Bei der Hitze kann man ja nicht schlafen. Ich hab ein Sudoku gelöst.«

»Sie waren im Wohnzimmer, als es knallte?«

»Ja. Sicher.«

Zeugen waren einfach unschlagbar. Dühnfort schluckte seinen Ärger runter. Auch den auf Kirsten. Weshalb hatte sie nicht nachgehakt, sich einfach zufriedengegeben?

»Sie könnten mir sehr helfen, wenn Sie bereit wären, genau das zu tun, was Sie in jener Nacht getan haben. Ihre Beobachtungen sind für uns sehr wichtig.«

»Eine Rekonstruktion, meinen Sie.« Meyers Augen bekamen Glanz.

»Genau. Eine Rekonstruktion.«

Dühnfort begleitete Meyer hinein, half ihm, sich an den Tisch zu setzen, und zog sein Handy hervor. »Fangen wir an.« Er wählte die Stoppuhrfunktion, startete sie und kehrte auf den Balkon zurück.

Bis Meyer sich hochstemmte, seine Krücken angelte und mühsam auf den Balkon kam, vergingen tatsächlich zwei Minuten und acht Sekunden. Wieder lehnte er sich an die Brüstung und sah hinunter. »Ich stehe da also und schaue nach den Bengels. Doch keiner zu sehen. Vielleicht haben sie sich irgendwo versteckt, denke ich. Mal gucken, wann die aus ihren Löchern kommen. Denen werde ich schon Bescheid stoßen, zu nachtschlafender Zeit Kracher loszulassen. Doch da kommt keiner. Haben sich wohl längst verzogen. Ich will wieder rein, und da sehe ich die Frau Weylandt auf ihrem Rad. Wo die wohl herkommt, um die Zeit, habe ich überlegt, und dann bin ich reingegangen.«

»Sie haben also schon eine Weile hier gestanden, als die Radfahrerin vorbeifuhr?«

Meyer nickte, sein Doppelkinn wackelte.

Es konnte passen. Zwischen dem Schuss und Meyers Beobachtung waren sicher drei Minuten oder mehr vergangen. Genug Zeit für Marlis Schäfer, einen Sack zehn Meter weiter zu ziehen, Mütze, Overall und Handschuhe abzustreifen, zusammen mit der Waffe im Rucksack zu verstauen und sich auf das Rad zu schwingen. »Trug die Radfahrerin einen Rucksack?«

Bedächtig schüttelte Meyer den Kopf. »Aber im Radkorb auf dem Gepäckträger, da lag etwas. Eine große Tasche.«

»Welche Farbe?«

»Hm? Schwarz vielleicht. Dunkel jedenfalls.«

»Herr Meyer, wir haben jetzt ein kleines Problem. Frau Weylandt gibt an, um diese Zeit bereits geschlafen zu haben, und ich habe gute Gründe, ihr das zu glauben.«

»Kann nicht sein.«

»Es war spät und es war dunkel. Die nächsten Laternen stehen ein Stück entfernt. Sie haben eine Frau mit weißen Haaren gesehen, etwa schulterlang, eine zierliche Frau …«

»Genau. Das ist die Frau Weylandt. Vom Bioladen. Wenn sie sagt, sie war das nicht, dann lügt sie.« Ächzend ließ Meyer sich auf einen der Stühle fallen.

»Frau Weylandt ist nicht die einzige Frau, auf die diese Beschreibung passt.« Dühnfort zog das Foto von Marlis Schäfer hervor, das er aus dem Silberrahmen genommen hatte. »Ich denke, Sie haben diese Frau hier gesehen.« Er reichte Meyer das Bild. Er betrachtete es eingehend und schüttelte den Kopf. »Nie und nimmer. Die ist ja blond. Wollen Sie mich veräppeln? Ich habe Frau Weylandt gesehen. Das beschwöre ich, wenn es sein muss.«

Herrgott! Genau das traute Dühnfort Meyer zu. Ein sturer Hund, der keinen Millimeter von seiner Meinung abweichen würde und sich so sicher war, dass er einen Meineid schwören würde.

Er brauchte Fakten, belastbare Beweise, und ärgerte sich, das nicht gleich erledigt zu haben. Er ging zurück zum Haus der Schäfers und rief unterwegs Buchholz an. »Es gibt in Unterhaching noch etwas für dich zu tun.«

Zwei steinerne Löwen kauerten auf den Sockeln zu beiden Seiten der Treppe und gähnten sich träge an. Auf einer Bank im Schatten der Badenburg saß ein Pärchen und knutschte derart hemmungslos, dass Alois beschämt wegguckte. Er war nicht prüde, echt nicht, aber das Gefummel ging sogar ihm zu weit.

Er umrundete die Burg, die eigentlich ein kleines Schloss war. Die Fassade erstrahlte in Weiß und Toskanagelb. Warum sie wohl Badenburg hieß? Vielleicht, weil sie am Ufer des großen Sees innerhalb des Schlossparks stand. Ein paar Schritte die Treppe hinunter, vorbei an den Löwen und ab ins Wasser. Alois hatte nicht schlecht Lust, genau das zu tun, ein erfrischendes Bad zu nehmen, einmal quer über den See zu schwimmen, sich am anderen Ufer im Gras auszustrecken und sich zu überlegen, wohin er mit Alexa heute Abend gehen würde, um zu feiern und vielleicht ein wenig mehr zu tun als nur feiern. Sie gefiel ihm. Diese große Klappe, das schiefe Lächeln, und auch ihre Figur war verheißungsvoll. Doch das Schwimmen im See war natürlich verboten. Und er hatte außerdem einen Job zu erledigen.

Hinter dem Schlösschen erstreckte sich eine Wiese. Doch auch dort war niemand. Abgesehen von Spaziergängern, Touristen und ein paar Joggern, die im Schatten der Bäume ihre Runden drehten. Weit und breit kein Filmteam. Es war kurz vor drei. Vielleicht hatte Tassilo den Dreh längst hinter sich gebracht und die Zelte abgebrochen.

Okay. Dann musste Bram noch mal ran und sich überlegen, wo man diesen Jungfilmer auftreiben konnte. Alois schloss die Umrundung der Badenburg ab und setzte sich auf die Freitreppe zwischen die Löwen. Eine kurze Pause, und dann würde er Bram einen Besuch in der U-Haft abstatten.

Er hatte sich gerade erst gesetzt, als sein Handy klingelte und Kirsten sich meldete. »Ich habe Sophie aufgetrieben. Sie ist bereit, eine Aussage zu machen. Allerdings erwartet sie von uns die Zusage, nicht wegen Drogenhandels belangt zu werden.«

So wie es aussah, war wohl er derjenige, der die Niete gezogen hatte. Mist aber auch. Alois rappelte sich auf und ging die Treppe hinunter. »Das wirst du schon hinkriegen. Leyenfels frisst dir ja aus der Hand.« Und du sammelst jetzt die Lorbeeren dafür ein, dass ich mir den Arsch aufgerissen habe, dachte er.

Sie ging auf seine Provokation nicht ein. »Willst du unseren Chef informieren? Schließlich ist das dein Verdienst.«

So viel Fairness hatte er ihr nicht zugetraut. Echt nicht. Irgendwie war sie netter als gedacht. »Gut. Mache ich.« Er wollte schon auflegen, als sie noch etwas hinzufügte. »Du solltest ihm sagen, dass es eine Frau war, die Sophie angeheuert hat.«

Es dauerte eine Sekunde, bis der Groschen fiel. »Nee, oder? Marlis Schäfer etwa?«

91

Es war kurz vor achtzehn Uhr. Dühnfort wartete ungeduldig auf Ergebnisse aus der KTU. Am Nachmittag hatte er Marlis Schäfer vorläufig festgenommen, obwohl er nichts gegen sie in der Hand hatte. Doch er musste verhindern, dass sie auf Ideen kam, ihn durchschaute und sich ihre Aussage zurechtlegte.

Er hatte sie ins Präsidium bringen lassen und dann Buchholz und seinen Leuten zugesehen, wie sie alle Schuhe der Frau behutsam in Spurenkartons packten und zum Bus trugen, in dem bereits ihr Fahrrad verstaut war, Reifen und Pedale mit Plastikfolie geschützt, als sein Handy klingelte und Alois sich meldete. Er und Kirsten hatten die Frau aufgetrieben, die mit dem Kauf der Weißen Mitsubishi beauftragt worden war, und zwar von Marlis Schäfer.

Er war stolz auf sein Team. Sie waren gut. Die Weißen Mitsubishi hatten sie, wie erhofft, ans Ziel gebracht. Doch das allein war noch zu wenig. Sie brauchten tragfähige Beweise, dass Marlis Schäfer zur Tatzeit am Tatort gewesen war. Dühnfort hielt die Warterei nicht aus. Doch Buchholz bei seiner Arbeit zu stören war sinnlos. Dann wurde er grantig, und wenn man Pech hatte, wurde man des Labors verwiesen. Was Dühnfort auch schon passiert war. Er musste sich gedulden, machte sich einen Doppio und aß den Rest Schokolade, der zäh an der silbernen Folie klebte. Noch immer war es viel zu heiß.

Kurz vor halb sieben erschien Buchholz höchstpersönlich in Dühnforts Büro. Zufrieden nahm er Platz und breitete Ausdrucke auf dem Tisch aus. Verschiedenfarbige Kurven.

»Das ist die Analyse von Staub, den wir in den Rillen der Pedale gefunden haben und im Profil der Reifen. Die Schuhe sind alle sauber. Aber das Rad hat sie vergessen.« Zufrieden fuhr Buchholz sich über den stoppeligen Schädel. »Kalk, Ton, Sandstein, Eisenerz in einer speziellen Zusammensetzung.« Mit dem Kuli wies er auf die Kurven und zog dann einen zweiten Satz mit Ausdrucken aus dem Schnellhefter. »Und das ist die Analyse des Zementstaubs vom Tatort.« Er fächerte die Blätter auf und grinste zufrieden. »Volltreffer.«

Dühnfort sah sofort, dass die Kurven identisch waren.

»Prima. Kannst du mir noch einen Gefallen tun?«

»Was? Reicht dir das etwa nicht?«

»Sie kann behaupten, in den Tagen vor dem Mord auf der Baustelle gewesen zu sein.«

»Was für einen Gefallen also?«

»Ihr Mann hat die Waffe abgewischt, damit wir keine Spuren von ihr finden ...«

»Sind auch keine dran.«

»Die Ruger ist alt, und sie ist eine gründliche Hausfrau. Sogar die Kachelfugen sind blütenweiß.«

»Du meinst, sie hat die Waffe auseinandergenommen und gereinigt, bevor sie zum Einsatz kam? Kann sie das denn?«

»Ich denke schon. Ihr Vater hat ihr den Umgang mit der Ruger beigebracht, und sicher auch, wie man sie reinigt. Ich nehme nicht an, dass du sie in Einzelteile zerlegt hast.«

Buchholz schob die Brauen in die Höhe. »Bis jetzt noch nicht. Haben wir schon Fingerabdrücke von der Dame?«

Dühnfort nickte. Die erkennungsdienstliche Erfassung war erledigt.

»Also gut. Dann gehe ich heute nicht in den Biergarten, sondern tue dir den Gefallen.«

Zwei Stunden später meldete Buchholz sich wieder. »Gute Idee von dir. Ein wunderschöner Teilabdruck des rechten Zeigefingers auf der dem Lauf zugewandten Seite der Trommel-achse, und DNA-Material an der Ausstoßfeder. Das muss ich aber erst noch auswerten. Dauert bis morgen.«

»Du hast ein Bier bei mir gut. Danke!«

Ein paar Minuten blieb er noch sitzen, überlegte, wie er vorgehen wollte, und ließ Marlis Schäfer dann in den Ver-nehmungsraum bringen.

92

Im Büro von Kirsten und Alois brannte Licht. Dühnfort warf einen Blick hinein, denn Alois hatte sich schon vor zwei Stunden verabschiedet. Doch Kirsten war zu seiner Verwunderung noch da. Er fragte, ob sie bei der Vernehmung von Marlis Schäfer dabei sein wollte. »Natürlich. Welchen Part soll ich übernehmen?«

»Den netten. Mir würde sie das nicht abnehmen, nachdem ich sie heute Nachmittag direkt konfrontiert habe.« Er erklärte ihr, was er sich überlegt hatte.

Im Vernehmungsraum war es angenehm kühl. Marlis Schäfer saß schon unter Bewachung an einem Tisch. Wieder fiel ihm der türkisfarbene Rock auf. Eine Farbe, die sie beherrscht wirken ließ. Dühnfort begrüßte sie, während die Kollegen sich verabschiedeten und Kirsten sich einen Stuhl heranzog und setzte.

Er erklärte ihr, dass sie nun als Beschuldigte galt, und belehrte sie über ihre Rechte. Sie verzichtete auf anwaltlichen Beistand, was Dühnfort nur recht war. Sie schien sich sehr sicher zu sein, dass man ihr nichts nachweisen konnte. Dühnfort fragte, ob sie etwas trinken oder essen wollte, was sie ablehnte, und tastete sich dann über zunächst harmlose Fragen, die Daniel und seine Freundschaft zu Isa und Mika betrafen, an eine der wesentlichen heran: an die, ob sie jemals auf der Baustelle gewesen war.

Marlis Schäfer reagierte wie erhofft und schüttelte den Kopf. Nur keine Verbindung zugeben. »Ich kenne die Baustelle zwar und bin auch schon häufiger daran vorbeigefahren. Aber drinnen war ich nie. Weshalb auch?«

»Gut. Ich wollte mich nur vergewissern. Sie waren also nie am Tatort. Haben nie einen Fuß in den Rohbau gesetzt. Dann nehmen wir das so ins Protokoll.« Dühnfort wartete einen Augenblick. Sie hielt seinem Blick stand. »Ich würde gerne auf die Waffe zurückkommen. Sie können damit umgehen und haben mir heute gesagt, dass Sie eine gute Schützin sind. Ihr Vater hat Ihnen das beigebracht.«

»Das ist richtig.«

»Hat er Ihnen auch gezeigt, wie man einen Revolver pflegt?«

Unter ihrem linken Auge zuckte ein Nerv. Sie zögerte. »Nein. Das hat er immer selbst gemacht. Allerdings habe ich ihm dabei häufig zugesehen.«

»Die Waffe ist gereinigt und geölt. Dann hat Ihr Mann das also getan.«

Sie zog die Schultern hoch. »Ich weiß es nicht. Vermutlich. Es ist anzunehmen.«

»Wann haben Sie die Waffe das letzte Mal in der Hand gehabt?«

»Ich? Das ist Jahre ... Warten Sie.« Mit der Hand fuhr sie sich über die Stirn. »Ich glaube, ich habe sie angefasst, als ich Stefan ... als ich ihn gefunden habe.«

»Nein. Das haben Sie nicht. Wir haben an der Waffe nur Fingerspuren und DNA von Ihrem Mann sichergestellt.«

Ihre Schultern sanken erleichtert herab.

»Allerdings hat sich unser Kriminaltechniker die Mühe gemacht, sie auseinanderzunehmen. Ein Abdruck Ihres rechten Zeigefingers findet sich auf der Trommelachse. An einer Stelle, die durch den Lauf bedeckt ist. Ihr Mann hat die Waffe gründlich abgewischt, bevor er sich erschossen hat. Doch an diese Stelle kommt man nicht heran, ohne die Trommelachse auszubauen. Das hat er nicht bedacht.« Er blickte ihr direkt in die Augen, wartete, sah, wie sie fieberhaft überlegte.

»Kann sein, dass ich meinem Vater mal beim Zusammenbauen geholfen habe.«

»Erinnern Sie sich, wann das war?«

»Wann? Meine Güte. Irgendwann. Vor einem Jahr oder zwei. Ich habe Daniel nicht ... Ich habe ihn nicht erschossen.«

»Die Waffe ist frisch geölt, die Fingerspur kann also nicht alt sein, sagt unsere Kriminaltechnik.«

»Dann irrt die sich eben.«

»Das glaube ich nicht. Die Mitarbeiter sind Spezialisten. Wie erklären Sie es sich eigentlich, dass auf den Pedalen Ihres Fahrrads und im Profil der Reifen Zementstaub von der Baustelle gefunden wurde, die Sie nie betreten haben?«

Sie starrte ihn an. Das nervöse Zucken wurde stärker. »Ich kann das nicht erklären. Vielleicht hat sich jemand mein Rad ausgeliehen.«

»Wem haben Sie es denn geliehen?«

In einer fahrigen Geste strich sie eine Haarsträhne hinters Ohr. »Ich meinte nicht, dass ich es jemandem geliehen habe, sondern, dass es sich jemand einfach genommen hat.«

»Jemand hat das Rad gestohlen und dann wieder zurückgestellt? Das ist wenig glaubhaft. Frau Schäfer, wollen Sie nicht reinen Tisch machen? Ich weiß, dass Sie Daniel Ohlsberg erschossen haben, weil Sie ihn für den Selbstmord Ihrer Tochter verantwortlich machten. Und ich kann es beweisen. Sie waren am Tatort und bestreiten das. Warum wohl? Sie haben die Tatwaffe gereinigt und geölt, damit Sie sicher sein konnten, dass sie einwandfrei funktioniert. Und Sie haben eine junge Frau auf dem Gelände der Kultfabrik angesprochen, damit sie Ihnen ein Dutzend Ecstasy-Pillen besorgt, um uns auf eine falsche Fährte zu locken. Dumm gelaufen, denn genau die Weißen Mitsubishi haben uns zu Ihnen geführt.«

»Das ist ja völlig absurd. Was für eine Frau denn?« Ein letztes Aufbegehren. Ihre Stimme zitterte.

Kirsten warf ihm einen Blick zu und machte dann weiter. »Sophie Kohnen. Ich habe mich heute Nachmittag mit ihr im Korf & Palmström getroffen. Sie kellnert dort. Klein, androgyner Typ, kurze schwarze Haare. Sie wurde vor knapp drei Wochen auf dem Gelände der Kultfabrik von Ihnen angesprochen. Sie haben ihr zweihundert Euro geboten, damit sie Ihnen die Pillen besorgte.«

»Schwachsinn.«

»Ich habe ihr ein Foto gezeigt. Sie hat Sie sofort erkannt und wird Sie bei der Gegenüberstellung identifizieren.«

»Frau Schäfer, Sie sollten ein Geständnis ablegen. Das sind Sie Daniel schuldig und seiner Großmutter, seinen Freunden. Und auch Isa.«

Als Dühnfort den Namen ihrer Tochter erwähnte, spannte sich ihr gesamter Körper, die Sehnen am Hals traten hervor, die Schultern wurden steif, der Oberkörper erstarrte. Er hatte einen wunden Punkt getroffen. »Daniel, Mika und Isa waren Freunde. Ihre Tochter würde wollen, dass Sie zu Ihrem Fehler stehen, zu diesem Irrtum. Sie haben das aus Ihrer Sicht Beste gewollt.« Wie er diesen Satz hasste, hinter dem man sich verschanzen konnte, mit dem sich alles rechtfertigen ließ. Man hatte das Beste gewollt und Unheil und Verderben gebracht. Er beherrschte sich, bekam seine Gefühle unter Kontrolle. »Erklären Sie ihr und mir, wie es dazu gekommen ist. Wer hat Ihnen gesagt, Daniel wäre Sascha?«

Ihre Hände verkrampften sich. Sie blickte auf, hilfesuchend. Doch da war niemand. Niemand, der ihr beistand. Der, der ihr beigestanden hatte, war tot, hatte sich umgebracht, um sie zu schützen. Er musste sie von ihm ablenken.

»Isa war ein gradliniges Mädchen. Sie war aufrichtig und ehrlich und hat zu ihren Schwächen und Fehlern gestanden.

Sicher hat sie das von Ihnen. Sie würde wollen, dass Sie reinen Tisch machen. Ganz sicher. Wer hat Ihnen gesagt, Daniel sei Sascha?«

Ein Ruck ging durch sie.

»Er selbst. Er hat es mir gesagt.«

93

»Er selbst. Er hat es mir gesagt.«

Eine kalte Welle durchlief sie, kalt wie die Arktis, wie Millionen Jahre altes Schelfeis.

Er oder sie?

Eine Entscheidung war gefallen. Instinktiv. Die Mutter in ihr hatte sie besiegt, die Geliebte, die Ehefrau, die Partnerin, seine Vertraute. War sie das je gewesen? Seine Vertraute? Warum hatte er nichts gesagt? Gemeinsam hätten sie das durchgestanden.

Doch binnen eines Wimpernschlags hatte sie sich entschieden, hatte sich gegen ihn gestellt. Jeder Atemzug ein Messerstich. Sie hatte Stefan verraten.

Dühnfort beobachtete sie, wartete auf eine Erklärung. Es gab kein Zurück mehr. Die Worte waren ausgesprochen, und sie waren wahr. Er selbst hatte es ihr gesagt. Er hatte sich verraten.

Mit einem einzigen Wort.

Wie hast du sie genannt?

Sie gab sich einen Ruck. Graugrüne Augen musterten sie. Gelassene Augen, denen sie sich anvertrauen konnte. Die Bereitschaft zu verstehen lag darin und Ruhe.

Dieser unselige Tag, als sie ihr Auto aus der Werkstatt abgeholt hatte. Daniel hatte ihr die Schlüssel übergeben, erklärt, was gemacht worden war, hatte sie gebeten, den Ölstand regelmäßig zu kontrollieren, und hatte ihr gezeigt, wie das neue Navi funktionierte, das er für sie eingebaut hatte. Er saß neben ihr auf dem Beifahrersitz, freundlich, kompetent. Er hatte sich gefangen, seine Lehre gemacht und war übernommen worden. Isa hatte an ihn geglaubt und ihm vertraut.

Aber sie misstraute ihm, war verärgert, dass ausgerechnet er die Inspektion ihres Wagens gemacht hatte, und auch wieder nicht. Er zog sie im selben Maß an, wie er sie abstieß. Sie wollte Gewissheit, und die konnte sie nicht erlangen, wenn sie ihn mied. Wenn sie ihm allerdings begegnete, kostete es sie alle Kraft, sich zu verstellen, ihm ihre Anklage nicht ins Gesicht zu schreien. Sie musste warten, geduldig sein. Eines Tages würde er sich verraten, eines Tages würde sie die Gewissheit haben, dass er Sascha war, und auf diesen Tag hatte sie sich vorbereitet.

»Er selbst hat es Ihnen gesagt?« Die Polizistin sah sie ungläubig an. Dühnfort schwieg und wartete. Er hatte recht. Isa hatte zu ihren Fehlern gestanden. Diese Stärke hatte sie besessen, hatte sich entschuldigt, und zwar von Herzen, wenn es nötig gewesen war. Sie war gradlinig gewesen und aufrichtig. Manchmal auch schonungslos ehrlich. Doch für das, was sie getan hatte, würden Isa die Worte fehlen. *Mamusch! Warum? Wie konntest du nur!*

Sie hatte einen schrecklichen Fehler begangen! Einen unaussprechlichen Irrtum! Wie sollte sie erklären, was nicht in Worte zu fassen war? Welch tiefer Abgrund in ihr aufbrach, sie auseinanderriss, ein höllentiefer Graben, aus dem sich Tentakel wanden, nach ihr griffen. Er war es nicht gewesen! Nicht Daniel. Mikas Mutter! Saskia!

Saskia! Keuchend holte sie Luft.

»Frau Schäfer? Geht es Ihnen nicht gut?« Dühnfort schien wie auf dem Sprung, bereit, ihr zu helfen, wenn sie Hilfe brauchte. Er würde versuchen zu verstehen.

Sie winkte ab. »Es ist nichts. Es geht schon.« Sie atmete durch. Sie musste das jetzt zu Ende bringen. »Er hat es mir selbst gesagt. Der Streit, als ich mein Auto aus der Inspektion geholt habe ... Es ging nicht um die Bremsbeläge. Jedenfalls nicht sofort.« Sie hielt seinem Blick nicht stand, suchte einen Punkt auf dem Tisch, fand einen eingetrockneten Kaffeefleck mit den Konturen von Cap Ferrat. Südfrankreich. Lavendelduft. Das Meer. Spritzende Gischt. Sie fixierte ihn, hielt sich daran fest. »Daniel hat mir gesagt, was gemacht worden war und dass ich auf den Ölstand achten sollte. Irgendwas war undicht gewesen. Sie hatten es repariert, doch sicherheitshalber sollte ich ein Auge darauf haben. Dann hat er mir noch erklärt, wie das neue Navi funktioniert. Er saß neben mir auf dem Beifahrersitz, und irgendwann kamen wir auf Isa zu sprechen. Ich weiß nicht mehr, was er gesagt hat. Ich habe es vergessen. Doch ein Wort nicht. Er nannte sie Mondprinzessin. Verstehen Sie? Er kannte Saschas Kosenamen für Isa. Mondprinzessin. Den kannte niemand außer Isa und Sascha. Das war ihr Geheimnis. In diesem Moment hatte ich den Beweis. Daniel war Sascha.«

Ihre Worte versiegten, wie der Lauf eines Baches bei Dürre. Daniel war nicht Sascha gewesen. Jede Zelle ihres Körpers, jede Pore ihrer Haut, jeder Gedanke in ihr weigerte sich, das zu glauben. Sie hatte sich gerächt, hatte ihn erschossen, abgeknallt, ja, das hatte sie, und es hatte sich gut und absolut richtig angefühlt. Er hatte Isa gequält und gedemütigt, er hatte ihr den Todesstoß versetzt. Er war es, der ihr das Messer in die Hand gedrückt und es geführt hatte, als sie sich die Pulsadern aufschnitt. Er hatte es verdient! Doch Daniel war nicht Sascha! Nicht er hatte es verdient. Saskia!

»Er hat damit bestätigt, was Sie schon all die Monate vermutet haben«, sagte Dühnfort.

Sie schreckte aus ihren Gedanken hoch. »Was?«

»Daniel kannte den Kosenamen. Er musste Sascha sein. Das hatten Sie schon die ganze Zeit vermutet?«

Sie nickte.

»Woher kannten Sie den Namen?«, fragte Dühnfort.

»Aus Isas Tagebuch. Sie hat geschrieben, dass niemand außer ihr und Sascha das wusste. Woher kannte Daniel ihn, wenn er nicht Sascha war? Woher?«

Die Polizistin mischte sich ein, wie hieß sie noch gleich? Tessmann. Kirsten Tessmann. Sie sah von ihrem Block auf, auf dem sie sich Notizen gemacht hatte, obwohl das Band lief, jedes ihrer Worte aufgezeichnet und dokumentiert wurde. »Ich nehme an, dass Isa Mika davon erzählt hat. Sie waren beste Freundinnen. Hatten Sie denn nie eine beste Freundin, der Sie alles anvertrauten? Alles. Auch, was eigentlich ein Geheimnis bleiben sollte.«

Sie schüttelte den Kopf. Eine beste Freundin? Vielleicht im Kindergarten und dann noch in der Grundschule. Freundinnen schon. Sie waren eine Clique gewesen von fünf oder sechs Mädchen. Doch ihre intimsten Gedanken und Geheimnisse hatte sie nie jemandem erzählt. Nicht mal Stefan. Man musste nicht alles ausbreiten. Sie war schon immer eine gewesen, die die Dinge mit sich abmachte.

»Mika wird mit Daniel darüber gesprochen haben«, sagte Kirsten Tessmann. Ihre Stimme war ruhig und eindringlich, frei von Anklage, und das tat Marlis gut. Man überschüttete sie nicht mit Vorwürfen, man versuchte sie zu verstehen. »Er war ihr Freund. Die beiden waren ein Paar. Und Mika war so froh, dass Isa sich verliebt hatte. Ganz sicher wird sie sich mit Daniel darüber unterhalten haben und hat dabei den Kosenamen erwähnt, den Isa ihr anvertraut hatte. Haben Sie ihn denn nicht gefragt, woher er den Namen kannte?«

»Doch, schon.« *Wie hast du sie genannt?* Daniel hatte ihre Frage nicht verstanden. Ob akustisch oder inhaltlich, wusste sie nicht. *Was denn?* Sie hatte sofort das Thema gewechselt, war auf die Bremsbeläge zu sprechen gekommen, hatte ihm vorgeworfen, verantwortungslos zu sein, und so einen Streit vom Zaun gebrochen, während sie gleichzeitig wusste, was sie tun würde. Ihr war klar, dass sie ihm nicht zeigen durfte, dass sie ihn enttarnt hatte.

»Und was hat er geantwortet?«

»Nichts. Er hat meine Frage nicht verstanden, und ich habe sie nicht wiederholt.«

»Sie sind also mit der Gewissheit nach Hause gefahren, Daniel sei Sascha. Und Sascha sollte zur Rechenschaft gezogen werden. War die Ruger zu diesem Zeitpunkt schon in Ihrem Besitz?«

Natürlich wollten sie es ganz genau wissen. Doch sie war so müde, sie wollte zur Ruhe kommen, sie würde das jetzt beenden. »Ich wusste, dass Daniel oft ins Hachinger Eck ging, ich kannte seinen Heimweg und habe mir die Baustelle ausgesucht, um ihn ... um ihn zur Rechenschaft zu ziehen. Ich habe dort auf ihn gewartet. Als er kam, habe ich nach ihm gerufen. Ich habe ihn ... ja, ich habe ihn erschossen. Es tut mir leid. Morgen beantworte ich alle Fragen, die Sie noch haben. Aber jetzt will ich schlafen. Ich bin müde.«

Dühnfort nickte. »Ich lasse Sie in die Zelle bringen. Brauchen Sie noch etwas? Soll ich jemanden informieren, oder wollen Sie jemanden anrufen?«

»Nicht nötig. Danke.« Es gab niemanden mehr, mit dem sie reden wollte. Zwei Polizisten kamen herein. Junge Kerle, mit unreiner Haut und zu weiten Hosen. Obwohl er mit gedämpfter Stimme sprach, hörte sie, wie Dühnfort zu den beiden sagte, dass man regelmäßig nach ihr sehen sollte. Er befürchtete, sie könnte sich etwas antun. Er war ein einfühlsamer Mensch. Sein Blick traf ihren.

»Es tut mir leid.« Und das meinte sie so. »Ich habe alles falsch gemacht.«

Die Polizisten nahmen sie in ihre Mitte. Leise schloss sich die Tür hinter ihnen. Kaltes Neonlicht erhellte den Flur. Ihre

Schritte hallten nach. Sie hatte sich gegen ihn gestellt. Gegen Stefan. Ihren Mann.

Ach, dürft ich fassen und halten ihn, und küssen ihn, so wie ich wollt, an seinen Küssen vergehen sollt!

94

Ich habe alles falsch gemacht. So lauteten auch die letzten Worte im Abschiedsbrief von Stefan Schäfer. Dühnfort sah Marlis Schäfer nach. Sie ging zwischen den beiden Kollegen, die sie zur Zelle brachten. Die Tür schloss sich hinter ihr. Er suchte seine Sachen zusammen. Kirsten massierte sich die Schulter. Sie sah müde aus. Es war spät. Er wollte nach Hause. Zu Gina, die vermutlich auf ihn wartete und dabei auf dem Sofa eingeschlafen war. Schon kurz nach elf. Im Präsidium war es ruhig.

Kirsten ließ den Arm sinken und streckte den Rücken durch. »Wie überheblich kann man nur sein, und dabei noch so dumm. Sie ist keinen Deut besser als Mikas Mutter, die beiden sind aus demselben Holz geschnitzt. Eine Müttermafia. Blasierte, eingebildete, egozentrische Weiber und kein Hirn im Kopf!«

Ich habe alles falsch gemacht. Dieser Satz hallte in ihm nach, beunruhigte ihn. Sie hatte ihre Tochter verloren und ihren Mann. Sie hatte einen Menschen getötet und dabei einen schrecklichen Fehler begangen. Sie hatte allen Grund, Schluss zu machen. Doch so billig würde sie nicht davonkommen. Man würde auf sie achten, ihr alles wegnehmen, womit sie sich selbst gefährden konnte, und jede halbe Stunde nach ihr sehen. Sie würde zu ihrer Tat stehen müssen, die Konsequenzen tragen. Kein Grund, sich Sorgen zu machen.

Kirstens Ausbruch überraschte ihn. Er passte nicht zu ihr. Besser gesagt, nicht zu dem Bild, das er sich bisher von ihr gemacht hatte. »Rache ist ein starkes Motiv. Und ein egoistisches.«

»Was willst du damit sagen?«

»Sie engt das Blickfeld ein und blendet andere aus. Wenn Mikas Mutter auch nur eine Minute darüber nachgedacht hätte, dass sie mit ihrer Rache Isa in den Tod treiben könnte, hätte sie sich nie und nimmer als Sascha ausgegeben. Wenn Marlis Schäfer Zweifel zugelassen hätte, würde Daniel noch leben. Und ihr Mann auch. Sie haben beide nicht gewollt, was sie angerichtet haben. Zumindest Saskia Eckel nicht.«

Und Marlis Schäfer auch nicht. Jedenfalls nicht den Selbstmord ihres Mannes. Sie hatte wirklich alles falsch gemacht.

Er verabschiedete sich von Kirsten und ging in sein Büro. Zwei Mails waren noch zu beantworten. Aus der Ferne klang das leise Summen der Sommernacht durchs offene Fenster. Und aus der Nähe das Martinshorn eines Rettungswagens. Buchholz hatte seinen Bericht bereits in der elektronischen Akte hinterlegt. In den nächsten Tagen würden sie den Fall abschließen.

Wenn die Gegenüberstellung vorüber war und Marlis Schäfer ihre Aussage gemacht hatte, war nur noch der Schlussbericht zu schreiben.

Er wollte den Rechner schon ausschalten, als ihm noch etwas einfiel. Das gemeinsame Grillen und Segeln. Das Wetter würde sich noch halten. Er schickte Alois und Kirsten eine Mail und lud sie ein, den Sonntag mit ihm und Gina am Starnberger See zu verbringen. Bei dieser Gelegenheit könnte endlich sein Boot umgetauft werden. Das plante er, seit er es gekauft hatte. *Sissi* hatte ihm von Anfang an nicht gefallen. Er wollte es *Ikarus* nennen. Doch auch davor schreckte er zurück. Diese Idee hatte ihm kein Glück gebracht. An dem Tag, als er sie hatte, war er über Bord gegangen und beinahe ertrunken. Ein neuer Name musste her. Doch nicht heute. Er fuhr den Rechner runter, schaltete die Pavoni aus und ging den Flur entlang durch die dritte Etage, vorbei an dem Kaffeeautomaten, der untrinkbare Plörre ausspuckte. Die Flurfenster waren noch offen, die Putzkolonne also noch nicht durch. Aus dem Innenhof drang gedämpfte Unruhe nach oben. Eine surrende Nervosität. Beunruhigt blieb er stehen und sah hinunter. Ein Rettungswagen stand im Hof. Auf dem Pflaster direkt neben dem Eingangsportal lag eine Gestalt, der Notarzt beugte sich darüber. Verrenkte Gliedmaßen, ein verrutschter türkisfarbener Rock.

Merde! Mist! Verdammte Scheiße!

Dühnfort spurtete die drei Etagen hinunter, nahm immer mehrere Stufen auf einmal. Als ob jetzt noch etwas zu retten wäre! Wie hatte das passieren können? Waren hier denn lauter Idioten unterwegs!

Er erreichte den Hof, drängte sich an den Kollegen vorbei und erkannte, dass er recht hatte. Marlis Schäfer lag auf dem Pflaster. Der Schädel war zertrümmert. Sie musste aus großer Höhe gesprungen sein. Noch aus dem dritten Stock. Bei dieser verdammten Hitze standen die Fenster seit Wochen offen und wurden nur nachts von der Putzkolonne geschlossen.

Dühnfort atmete durch, um sich zu beruhigen. Der Notarzt räumte das Feld und schüttelte bedauernd den Kopf.

Wo waren die beiden Polizisten, die sie abgeführt hatten? Dühnfort entdeckte sie ein Stück weit entfernt bei einem halben Dutzend ihrer Kollegen, die sich schützend um sie gescharrt hatten. Der eine hielt mit zitternden Händen einen Becher und schaffte es nicht, ihn zum Mund zu führen. Der andere war kreidebleich. Zwei Pickel prangten am Kinn. Er führte offenbar das große Wort. Die Gruppe verstummte. Acht Augenpaare hefteten sich auf Dühnfort.

»Wie ist das passiert?«, herrschte er den Pickeligen an. »Habe ich mich etwa nicht klar und deutlich ausgedrückt! Suizidgefährdet! Habe ich das gesagt oder nicht! Spreche ich etwa Chinesisch! Herrgott!«

»Es ging alles so schnell«, begann der Pickelige. »Als wir an dem Fenster vorbeikamen ... Sie ist einfach darauf zugelaufen, hat sich aufs Fensterbrett gesetzt, die Beine rübergeschwungen, und weg war sie.«

Und weg war sie!

Seine Wut fiel ebenso schnell in sich zusammen, wie sie gekommen war. Einen Moment lang fühlte er Leere. Er hatte keine Lust auf Erklärungen und Rechtfertigungen. Diese halbe Portion war ihnen entwischt, obwohl er darauf hingewiesen hatte, dass genau das passieren könnte, was nun passiert war. Er mochte nicht mehr. Er war all dessen überdrüssig. Er ließ sie einfach stehen.

95

Drei Tage hatten sie jetzt damit zugebracht, den Fall, so weit es ging, aufzudröseln und abzuschließen. Ein paar Fragen würden sich nicht mit Sicherheit klären lassen, denn Marlis Schäfer hatte es vorgezogen zu schweigen, und zwar endgültig. Tinos Entsetzen darüber konnte Alois nicht so ganz teilen. Es war ihre Entscheidung gewesen. Sie war ein freier Mensch mit freiem Willen. Wobei das mit dem Ende der Freiheit absehbar gewesen war. Offenbar hatte sie keinen anderen Ausweg gesehen. Natürlich war das ein tragischer, unumkehrbarer Entschluss, den sie da gefasst und sofort in die Tat umgesetzt hatte, bei der ersten sich bietenden Gelegenheit. Und bei der einzigen. Auf den anderen Fluren waren die Fenster bereits geschlossen gewesen. Sie musste restlos verzweifelt gewesen sein, doch Alois' Mitleid mit ihr hielt sich in Grenzen. Sie hatte kaltblütig und vorsätzlich einen Menschen erschossen ... Nein, einfach abgeknallt, und das ganz ohne Beweise, mit nichts in der Hand als einem lächerlichen Indiz, das einer Überprüfung nicht standgehalten hätte. Doch diese Mühe hatte sie sich gar nicht erst gemacht.

Frauen. Alois kannte so viele. Er liebte sie und sie liebten ihn, und doch waren sie ihm ein Rätsel. Am schlimmsten waren Mütter. Wenn es um die Kinder ging, wurden sie unberechenbar und manchmal zu reißenden Bestien.

Doch nun war der Fall gelöst, abgehakt, der Abschlussbericht geschrieben. Es war Sonntagmittag, und Alois spurtete durchs Treppenhaus hoch zu Evis Wohnung, um sie und Simon zum Segeln und Grillen am Starnberger See abzuholen.

Auf Tinos Boot war er schon gespannt. Bisher kannte er es nur vom Hörensagen.

Seit ein paar Tagen war Simon wieder daheim. Die Virusinfektion war ausgeheilt. *Die Sache mit dem Herzen*, wie Alois das gerne für sich umschrieb, war zu seiner großen Beruhigung ein einmaliges Ereignis geblieben, der Herzrhythmus war wieder stabil und normal. Der Junge sollte sich noch schonen, aber es ging ihm gut, und dafür empfand Alois eine tiefe Dankbarkeit. Auch wenn er nicht wusste, wem er danken sollte. Gott oder Konfuzius? Dieser Koryphäe jedenfalls nicht. Dr. Niklas Welte und er würden mit Sicherheit niemals beste Kumpel werden.

Natürlich hatte Welte es sich nicht nehmen lassen, seinen kleinen Patienten bei der Entlassung selbst zu verabschieden. Als Alois kam, um Evi und Simon abzuholen, strich der Arzt schon wieder um sie herum und sprach über eine Ausstellung, die demnächst eröffnet wurde. Als Fördermitglied des Museums war er natürlich zu diesem Event eingeladen. Mister Wichtig eben. Und Evi ließ sich davon beeindrucken und fragte nach dem Künstler, dessen Installationen präsentiert wurden. Seit wann interessierte sie sich für Kunst? Oder war sie einfach nur höflich gewesen? Jedenfalls hatte Alois zum Aufbruch gedrängt, Simon huckepack genommen und sich die Reisetasche mit dessen Sachen gegriffen. Bis Evi zum Auto nachgekommen war, hatte es noch ein paar Minuten gedauert. Was sie wohl mit Welte besprochen hatte? Alois wusste es nicht, denn er hatte nicht gefragt, und eigentlich konnte es ihm egal sein. Er wollte von Evi nichts. Außer gut mit ihr auskommen. Zu diesem Schluss war er schließlich gelangt. Sein Deal mit Gott war lächerlich und peinlich, unreifes Kinderdenken, für das er sich jetzt fast schämte.

Er erreichte die vierte Etage. Puls nur leicht erhöht. Super Kondition. Evi öffnete, kurz nachdem er geklingelt hatte.

Wow! Audrey Hepburn in *Frühstück bei Tiffany*. Allerdings in Farbe und nicht Schwarzweiß. Korallenrotes Etuikleid, mit U-Boot-Ausschnitt, das eine Handbreit über dem Knie endete. Wahnsinnsbeine hatte sie schon seit eh und je. Sanft geschwungene Waden, schmale Fesseln. Die steckten allerdings völlig ungewohnterweise nicht in flachen Schuhen, sondern in Peeptoes mit einem waghalsigen Absatz.

»Du siehst klasse aus.«

»Danke.«

»Papa, darf ich die mitnehmen?« Simon kam in den Flur. Die Inlineskates in den Händen.

»Das möchte ich sehen, wie du damit auf dem Wasser fährst.«

»Ach so. Dann aber den Schnorchel und die Taucherbrille.« Simon verschwand in seinem Zimmer.

Erst jetzt fiel Alois auf, dass Evi geschminkt war. Kam eher selten vor. Und die Haare waren auch anders. Der rausgewachsene schulterlange Allerweltsschnitt war auf Kinnlänge gekürzt, die Haare glänzten dunkel und dufteten wie die Rosen an der Hauswand seiner Oma, wenn an einem glutheißen Sommertag der Wind durchstrich.

»Du siehst wirklich toll aus. Echt der Wahnsinn. Aber bist du sicher, dass das das richtige Outfit fürs Segeln ist?«

»Fürs Segeln nicht. Aber für ein festliches Mittagessen mit anschließender Ausstellungseröffnung. Ich komm ned mit, Lois.« Ein leises Bedauern schwang im letzten Satz. Doch das ignorierte er.

Okay. Gut. Sie hatte ein Date. Mit diesem Affen. Konnte ihm egal sein. Ging ihn gar nichts an. Das war ihre Sache. Sie würde schon dahinterkommen, dass die Koryphäe nichts für sie war. Der passte einfach nicht zu ihr. Auch wenn sie jetzt auf Lady machte, sie war die Evi aus Regensburg. Die Evi, die mit ihm in die Schule gegangen war. Die Evi, mit der er in einer lauen Frühlingsnacht auf den Donauwiesen den Simon gezeugt hatte. Seinen und ihren Sohn. Dieser Wichtigtuer würde nie schätzen können, was die Evi ausmachte und was ihn eigentlich bisher an ihr gestört hatte, dieses unglamouröse Bodenständige. Plötzlich schien es ihm verlockend.

»Und der Dino muss auch mit.« Mit dem aufgeblasenen Dinosaurier-Schwimmreifen kam Simon wieder aus seinem Zimmer.

»Gut, der kommt auf den Beifahrersitz. Angeschnallt«, sagte Alois. »Sonst kriegen wir Ärger mit der Polizei.«

96

Dühnfort stand in der Küche. Die Tür zum Balkon war geöffnet. Vom Friedhof klang das Zwitschern der Vögel herein und das leise Rauschen der Blätter im Wind. Eine gleichmäßige Brise wehte. Ideales Segelwetter.

Das Grillfleisch lag seit gestern in der Marinade. Er nahm die Tupperdose aus dem Kühlschrank und hob den Deckel an. Der Duft von Knoblauch, Rosmarin, Thymian und Zitrone stieg ihm in die Nase. Er entfernte den Rosmarinzweig und die Streifen Zitronenschale und warf sie in den Müll.

Gina machte noch den Kartoffelsalat an, und dann war es langsam Zeit loszufahren.

Das Handy begann zu klingeln. Er suchte danach und fand es auf der Ablage im Flur. Bitte nicht Berentz, dachte er. Bitte kein neuer Fall. Er musste den gerade erst abgeschlossenen verdauen. Wenn er daran dachte, stiegen Wut und Unverständnis in ihm auf und eine nie gekannte Trauer. Er wusste, wozu Menschen fähig waren, was sie sich antaten aus Verblendung, aus Neid und Habgier, aus Rachsucht und oft im Namen der Liebe. Er hatte alles gesehen, alles erlebt. Das hatte er bis vor ein paar Tagen geglaubt. Doch dieser Todesreigen, den eine Mutter in Gang gesetzt hatte, indem sie eine Grenze überschritt, die sie niemals hätte überschreiten dürfen, war für ihn unfassbar neu.

Das Handy surrte noch immer. Kirsten meldete sich. Sie fragte, ob es in Ordnung wäre, wenn sie noch jemanden zum Segeln mitbrachte. »Aber sicher. Kein Problem. Auf dem Boot ist Platz genug. Darf ich raten?« Im selben Moment, als er das sagte, fürchtete er, er könnte sich zu weit aus dem

Fenster gelehnt haben, zu voreilig sein. Doch eigentlich war es in den letzten Tagen ganz offensichtlich gewesen.

»Du bist ein guter Beobachter, wirst also nicht raten müssen«, meinte sie. »Natürlich reden wir von Christoph. Und danke für die Einladung.«

Gina kam in den Flur. »Kirsten kommt in Begleitung?«

»Rate mal.«

»Hm? Alois ganz sicher nicht.« Ihre Stirn schob sich in Falten zusammen und glättete sich gleich wieder. »Ich hab's. Unser Sir Walter Raleigh von der Staatsanwaltschaft.«

Dühnfort lachte. »Richtig.« Er gab ihr einen Stups auf die Nase und dann einen Kuss.

Während sie den Picknickkorb packten und die Segelsachen zusammensuchten, schlichen sich Marlis Schäfer und Saskia Eckel wieder an. Er verstand es einfach nicht. Es kam selten vor, dass er völlig ratlos vor einer Tat stand. Eine Grenzüberschreitung. Keinesfalls zu verharmlosen, doch im strafrechtlichen Sinn nicht relevant, wohl aber im moralischen. Damit hatte es begonnen. Ein Stein, der ins Wasser geworfen wurde, die glatte Oberfläche in Unruhe versetzte, Kreise zog, die sich nicht aufhalten und beeinflussen ließen und unbemerkt eine vernichtende Kraft entwickelt hatten.

»Der Fall. Oder? Er geht dir nicht aus dem Kopf?« Gina verstaute die Windjacken im Korb und kam dann zu ihm.

»Ich verstehe es nicht. Das heißt, rein rational schon. Ich weiß, was sie getan haben, diese beiden Mütter, und ich kenne ihre Motivation. Dass man darüber nachdenkt, sich auf diese Weise zu rächen, das kann ich nachvollziehen. Das ist menschlich. Aber sie haben es getan, sie haben es umgesetzt. Wie konnte Mikas Mutter derart in das Leben ihrer Tochter eingreifen? Sie war kein kleines Kind. Sie war erwachsen. Das tut man einfach nicht.«

»Vielleicht liegt es daran, dass man heute nicht einfach

Mutter wird, so wie früher. Kinder werden geplant, wie der Hausbau und die Karriere. Es gibt genügend Mütter, die sich über ihre Kinder definieren. Sie sind Stellvertreter oder Symbol des eigenen Erfolgs. Sie sollen Erwartungen erfüllen und den Status der Familie repräsentieren. Vielleicht verpasst eine solche Mutter dann den richtigen Moment loszulassen. So wie Saskia Eckel. Sollte ich jemals Verhaltensweisen wie Mikas Mutter an den Tag legen, dann norde mich bitte sofort ein oder schicke mich notfalls zum Therapeuten.« Unsicher sah sie ihn an.

Dühnfort durchfuhr ein freudiger Schreck. »Bist du schwanger?«

Sie lächelte. »Nein. Das nicht. Ich hänge dir doch nicht ungefragt ein Kind an. Aber vielleicht sollten wir mal darüber reden. Ich steuere stramm auf die vierzig zu ...«

»Bis dahin sind aber noch drei Jahre Zeit.«

»Trotzdem. Magst du überhaupt? Wir haben nie darüber gesprochen.«

Das stimmte. Das Thema hatte er gemieden. Irgendwie war nie der richtige Zeitpunkt gekommen, mit ihr über seinen Traum von einer Familie zu sprechen. Immer hatte er sich gedrückt, aus Angst vor der Antwort. Was, wenn sie nicht wollte, wenn wieder eine Beziehung an seinem Kinderwunsch scheiterte? Er zog sie an sich, nahm ihr Gesicht in seine Hände. »Und ob ich mag. Wenigstens zwei, oder besser drei? Was meinst du?«

»Fangen wir doch erst mal mit einem an.«

Ich hätte sie viel früher fragen sollen, dachte er, während eine Last von ihm abfiel und er sich glücklich und leicht fühlte. Und dann musste er lachen. Sie hatte schließlich ihn gefragt. Er gab ihr einen Kuss auf die Nasenspitze und dann auf den Mund. Ihre Lippen öffneten sich. Sie erwiderte seinen Kuss. Sanft und zärtlich. Er sog ihren Duft ein, ließ seine Lippen über ihren Hals wandern, versank in dieser wunderbaren Kuhle am Schlüsselbein, während ihre Hände sich unter sein Shirt schoben.

»Hm?«, meinte sie mit einem Blick auf die Uhr. »Wie gefällt dir eigentlich der Name Jonas?«

»Gut. Warum?«, murmelte er.

»Wir haben noch Zeit. Wir könnten also noch ein wenig jonasen.«